国家社科基金重大招标项目"中国古代文体观念文献整理与研究"（18ZDA236）

山东省一流学科曲阜师范大学中国语言文学学科

教育部人文社科一般项目"孔府档案文学书写研究"（19YJA751017）

资　助

文学批评方法与案例教程

LITERARY CRITICISM
APPROACHES AND CASE STUDIES

霍俊国　主　编

马兆杰　孟凡生　副主编

社会科学文献出版社
SOCIAL SCIENCES ACADEMIC PRESS (CHINA)

本教材获：

国家社科基金重大招标项目"中国古代文体观念文献整理与研究"（18ZDA236）　资助

山东省一流学科曲阜师范大学中国语言文学学科　资助

教育部人文社科一般项目"孔府档案文学书写研究"（19YJA751017）　资助

目　录

第一章 马克思主义历史与美学的文学批评方法

方法介绍

用美学的和历史的观点来衡量作品是马克思在 1842 年《评普鲁士最近的书报检查令》一文中提出的。他说："要是你们想在自己的美学批评中表现得彻底，那就得禁止过分严肃和过分谦逊地去探讨真理。"① 这里的美学批评就是用美学的观点来衡量作品。马克思认为作家在反映生活真实时允许有创作的个性和风格的多样性，不能规定作家的风格只有一种严肃或谦逊的。就是说作家如实地反映生活，才符合生活的真实，文艺应当符合生活的真实。马克思认为巴尔扎克用诗情画意的镜子反映了整整一个时代，认为他用诗情画意的镜子来反映，就是运用美学的批评方法；认为他反映了整整一个时代，就是运用历史的批评方法。

1846 年恩格斯在《诗歌和散文中的德国社会主义》一文中正式提出美学的和历史的文艺批评观。他说："我们决不是从道德的、党派的观点来责备歌德，而只是从美学和历史的观点来责备他；我们并不是用道德的、政治的或'人的'尺度来衡量他。"② 他用美学和历史的观点来评论歌德，把作家作品放在一定的历史条件下来进行阶级分析，是一种美学和历史观点相统一的批评方法。恩格斯并不是反对用道德的、党派的、政治的观点来评价作家作品，既然用历史观点的批评是一种社会批评、功利性的批评，自然也就要涉及道德的、党派的、政治的批评。道德的、党派的、政治的观点就包括在历史观点、历史唯物主义的批评之中。恩格斯也不反对用"人的"尺度来衡量作家作品。马

---

① 《马克思恩格斯全集》第 1 卷，人民出版社，2006，第 107 页。
② 《马克思恩格斯全集》第 4 卷，人民出版社，2006，第 223 页。

克思的人的本质论及其人化自然的理论，就是包含在历史观点、历史唯物主义之中。用美学观点和历史观点来衡量作品，是一个最高的文艺批评标准。事隔13 年，恩格斯于 1859 年在《致斐·拉萨尔》的信中仍然重复了这一观点："我是从美学观点和历史观点，以非常高的，即最高的标准来衡量您的作品的，而且我必须这样做才能提出一些反对意见，这对您来说正是我推崇这篇作品的最好证明。"① 它是一种历史唯物主义和唯物主义辩证法相统一的批评观。从美学观来说，它是以辩证唯物主义和历史唯物主义为指导，不仅要求从美学和历史两个方面来衡量作品，而且要求美学批评和历史批评的统一。

（一）用历史的观点来衡量作品，即历史的批评

历史的批评是历史的具体的批评，其哲学方法论是历史唯物主义。恩格斯说："如果不把唯物主义方法当作研究历史的指南，而把它当成现成的公式，按照它来剪裁各种历史事实，那么它就会转变为自己的对立物。"② 历史唯物论是对具体问题进行具体分析的历史方法，而不是一种庸俗社会学。恩格斯批评恩斯特把对德国小市民的看法硬加在挪威小市民身上，是贴阶级标签、教条主义的做法。历史的批评是以历史唯物主义为理论基础，是一种社会功利性的批评，侧重于思想内容、倾向性的批评。它具体表现在如下两条基本原则。

1. 对作家作品进行历史主义的评价

恩格斯说巴尔扎克在政治上是一个正统派，他的全部同情都在贵族方面，但又指出贵族在那时是注定要灭亡的阶级，而共和党人在那时的确是代表人民群众的。所以马克思说巴尔扎克对现实关系具有深刻理解，恩格斯说他有多么了不起的革命辩证法，从他那里学到的东西，要比从当时的历史学家那里学到的东西还要多。马克思主义者在研究文艺现象时，不是只注意直接的线性因果关系一个角度，而是同时从直接的和深远的因果关系两个角度去评价它，辩证地发展地看问题。例如恩格斯对哈克奈斯的小说《城市姑娘》的评价："如果这是对 1800 年或 1810 年，即圣西门和罗伯特·欧文的时代的正确描写，那么在 1887 年，在一个有幸参加了战斗无产阶级的大部分斗争差不多五十年之久的人看来，这就不可能说是正确的了。"③ 因为 19 世纪初工人阶级还处于自发阶段，作者把他们描写成不能自助的消极群众，所以是正确的。但是，到了80 年代，工人阶级已经成为一股自觉力量，再这样描写就不正确了。只有两点论的辩证分析，才能在肯定作家进步性的同时，又从历史运动的发展中指出

---

① 《马克思恩格斯选集》第 4 卷，人民出版社，1995，第 561 页。
② 《马克思恩格斯列宁斯大林论文艺》，人民文学出版社，2010，第 141 页。
③ 《马克思恩格斯选集》第 4 卷，人民出版社，1995，第 682 页。

作品的弱点和不足，这才是全面正确的历史批评。从历史主义原则出发，马克思、恩格斯要求文艺创作必须具有历史和现实的真实性，他们的现实主义理论就是以历史主义为前提的。现实主义的作品必须具有现实的真实性，即便是浪漫主义的作品，也必须具有现实的真实性。马克思曾写信给恩格斯，建议他读一读霍夫曼的幻想故事《小察赫斯》，马克思很喜欢霍夫曼的这篇故事，还把它送给自己的孩子。因为这篇故事通过怪诞的手法真实地反映了当时的现实关系。作者描写了一个极丑的侏儒察赫斯，由于魔女的帮助，他头上长出三根能够发挥魔力的细发，凡是别人所做的好事都记在他的账上，凡是他自己所做的坏事都记在别人的账上。这是对不劳而获的剥削者的讽刺。霍夫曼是19世纪初德国反动浪漫主义作家，他的创作总倾向是病态的不健康的，但也具有现实主义因素。在真实性这一点上，马克思对其给予肯定。

2. 用阶级观点分析作家作品

历史唯物主义的一个重要原则，就是对任何事物都要进行阶级分析，对于文艺作品的研究也不例外。前面提到的恩格斯论巴尔扎克的那一段话，就是把贵族和共和党人放在1830～1836年的历史背景上，对他们进行阶级分析的：贵族是代表腐朽的力量，共和党人是代表历史前进的力量。由此可见，对作家作品进行阶级分析和历史主义的原则又是辩证统一的。正如历史主义一样，阶级分析既是唯物论，又是辩证法；既要遵循历史主义原则，又要站在无产阶级的高度去看问题。马克思在批评《济金根》剧本时说："革命中的这些贵族代表不应当像在你的剧本中那样占去全部注意力，农民和城市革命分子的代表倒是应当构成十分重要的积极背景。"① 并且批评拉萨尔说："你自己不是也有些像你的弗兰兹·冯·济金根一样，犯了把路德式的骑士反对派看得高于闵采尔式的平民反对派这样一种外交错误吗？"② 马克思并不是要求拉萨尔把济金根写成闵采尔式的革命悲剧，而只是要求他在剧本中把农民运动构成积极的背景。这样的评论既坚持了历史唯物主义的原则，又做到了实事求是，不苛求古人。对作家作品进行主观倾向性的分析也是一种阶级分析方法。倾向性具有客观性，但马克思、恩格斯侧重于从主观倾向性上分析作家作品。恩格斯在批评卡尔·倍克的《致路特希尔德家族》一诗时说："诗人并没有威吓说，要消灭路特希尔德的实际势力，消灭作为这一势力的基础的社会关系，他只是希望比较人道地来运用这一势力。他抱怨银行家不是社会主义博爱家，不是幻想家，不是人类的善士，而仅仅是银行家而已。"③ 恩格斯指出这是德国小市民的幻

① 《马克思恩格斯选集》第4卷，人民出版社，1995，第553页。
② 《马克思恩格斯选集》第4卷，人民出版社，1995，第553页。
③ 《马克思格斯全集》第4卷，人民出版社，2006，第223页。

想、德国小资产阶级的鄙俗气。倍克在诗集《穷人之歌》中，歌颂各种各样的"小人物"，他常常忽然发觉他自己原来就是所讲到的那个人，他自己本身就是地道的胆怯的小人物。

（二）用美学的观点来衡量作品，即美学的批评

美学的批评必须遵循美的规律，要符合形象思维的特点，文艺典型化的法则，内容与形式统一的要求等。美学的批评是一种审美的批评、艺术性的批评，侧重于艺术形式的批评。它具体表现在三条主要原则上：（1）根据形象思维特点的要求，美学的批评首先应从审美感受出发。（2）根据典型化法则的要求，要对作品的人物塑造进行分析。（3）根据内容与形式统一的要求，必须是美学批评与历史批评的统一。

1. 首先应从审美感受出发，文艺批评是对文艺欣赏的深化，是建立在文艺欣赏的基础上

创作过程是从生活到艺术，而批评与欣赏的过程是从艺术到生活，正好同创作逆向而行，首先是对作品中的艺术形象的具体感受开始的。因此，文艺批评首先应从审美感受出发。马克思、恩格斯评论拉萨尔的《济金根》剧本就是这样的。马克思说："在我读第一遍的时候，它强烈地感动了我，所以，对于比我更容易激动的读者来说，它将在更大的程度上引起这种效果。"① 恩格斯说："第一二次读您这部在各方面——从题材上看，从处理上看——都堪称德国民族的戏剧，使我在情绪上这样的激动"，"在读第三遍和第四遍的时候，印象仍旧是一样的，并且深知您的《济金根》经得住批评。"② 大家知道，马克思、恩格斯在年轻的时候都写过诗歌，他们对欧洲许多伟大作家作品是很熟悉的。他们在论莎士比亚、歌德、巴尔扎克的作品时，在评欧仁·苏的小说《巴黎的秘密》、卡尔·倍克的诗集《穷人之歌》时，不仅说理透彻，而且动之以情，是文艺批评的光辉典范。文艺批评是一种逻辑思维的科学分析，如果不从审美感受开始，那是很难做到真切动人的。

2. 要对作品的人物塑造进行分析

文艺创作必须遵循典型化的法则，典型化程度的高低标志着作家艺术造诣的高低。文艺批评也必须遵循典型化的法则，对作品的人物塑造的美学分析的高低，标志着批评家的美学造诣的高低。一部文艺作品成败的关键在于人物形象的塑造上。马克思、恩格斯的文艺批评很重视对作品人物塑造的审美分析。马克思在给拉萨尔的信中，提出莎士比亚化和席勒式问题，从人物塑造上来

① 《马克思恩格斯选集》第4卷，人民出版社，1995，第553页。
② 《马克思恩格斯选集》第4卷，人民出版社，1995，第556页。

说，莎士比亚化就是典型化的问题，席勒式就是人物塑造的概念化。恩格斯在给拉萨尔的信中，一方面反对人物性格描写的恶劣的个性化，指出他是垂死的模仿文学的一个本质的标记；另一方面又反对席勒式的概念化的性格描写，提出一个人物的性格不仅表现在他做什么，而且还表现在他怎样做，既要表现共性，又要表现个性。后来，恩格斯在《致敏·考茨基》的信中，对作品的人物塑造提出共性与个性的有机统一的要求，反对所谓"倾向文学"。他在《致玛·哈克奈斯》的信中，提出人物与环境辩证统一的要求，批评《城市姑娘》中耐丽这一人物形象不够典型。

（三）关于美学批评与历史批评的统一问题

用美学观点与历史观点来衡量作品，即文艺批评的两个标准：美学标准和历史标准。文艺批评并不排斥侧重于对作品的美学标准或历史标准的要求。因为文艺作品本身的确存在着思想性与艺术性不平衡的实际情况。但是，从美学理论来说，文艺批评的两个标准是辩证统一的，即思想性、真实性、艺术性的统一，内容与形式的统一。

1. 思想性、真实性、艺术性统一的要求

恩格斯在《致斐·拉萨尔》的信中，对文艺创作提出三点统一要求："较大的思想深度和意识到的历史内容，同莎士比亚剧作的情节的生动性和丰富性的完美的融合。"[①] 较大的思想深度是指作品的思想性；历史内容是指作品的历史和现实的真实性，意识到的历史内容是指用历史唯物主义的观点去反映历史和现实的真实性，孕育着对革命现实主义的要求。不管是历史内容，还是意识到的历史内容，指的都是文艺的真实性问题。历史的批评，用历史观点的批评是思想内容的批评，包括思想性和真实性两个外延，因此它比意识到的历史内容的概念大。而莎士比亚剧作的情节的生动性和丰富性，是指作品的艺术性，是属于美学的批评。因此，这种思想性、真实性、艺术性三者统一的要求，就是美学批评与历史批评统一的具体化。

2. 内容与形式统一的要求

思想性、真实性、艺术性的统一，亦即思想内容与艺术性的统一。思想内容包括倾向性和真实性，艺术形式主要是指艺术作品的艺术性。因此，美学与历史批评相统一的要求，亦即内容与形式相统一的要求。马克思要求用最朴素的形式把最现代的思想表现出来，这就是说作品的思想内容是通过艺术形式表现出来的，艺术形式是为了表现思想内容的。海涅用浪漫主义手法很好地表现了革命民主主义思想，是对现实生活本质的反映；而倍克从海涅那里捡来的浪

---

① 《马克思恩格斯选集》第4卷，人民出版社，1995，第556页。

漫主义表现手法，则和抽象的人的观点拼凑在一起，反映出来的现实生活却并非本质的方面。恩格斯说："情节大致相同的同样题材……在海涅那里，市民的幻想被故意捧到高空，是为了再故意把它们抛到现实的地面。而在倍克那里，诗人同这种幻想一起翱翔，自然，当他跌落到现实世界的时候，同样是要受伤的。"① 这是由于"真正社会主义"世界观的诗人模糊不定，与德国小市民意气相投，所以他们的作品缺乏现实主义的真实性，不能把要叙述的事实同一般的环境联系起来，因而也就缺乏典型性和艺术性。

用美学和历史观点评论作品，既是马克思主义批评观，又是马克思主义文艺批评方法。把马克思主义文艺批评的原则、标准、尺度引进文艺批评中，就是马克思主义文艺批评方法。用美学和历史观点分析作品，就是美学的历史的文学批评，并且具有方法论的意义。把美学的历史的方法运用于文艺理论研究中，便成为文艺理论方法论的原则。

历史的批评是辩证唯物主义、历史唯物主义指导下的批评方法，是一种哲学方法论。美学的批评是审美的批评，是一种美学方法论。它把哲学和文艺学联系起来，具有方法论的意义。美学的批评，是在历史唯物主义指导下的美学批评，它把美学批评建立在历史唯物主义的基础上。恩格斯论歌德就是把作家作品放在一定的历史条件下来考察，以阶级分析的方法来评论他，这就是用美学的和历史的观点衡量他，这样恩格斯就把美学理论建立在历史唯物主义的基础上。由此可见，美学的历史的方法不仅是一种马克思主义文艺批评方法，而且具有马克思主义方法论的意义，它是文艺理论、文艺批评、文学史的出发点和方法论。马克思主义文艺批评是在批判各种文艺思潮和总结欧洲优秀作家的创作经验上建立起来的，而且一旦形成文艺理论又反作用于文艺批评，根据文艺理论对作品进行评论。文艺理论、文艺批评是特殊的科学，它们对哲学和美学来说是属于最低层次，必须以美学的历史的方法为出发点和方法论。当然，非马克思主义的其他文艺批评及其方法也必须以美学的历史的方法为前提、基础、指导，并把它们发展为马克思主义的批评方法。马克思主义创始人在使用美学的历史的批评方法的同时还以美学的历史的方法为理论，吸收和改造了其他多种批评方法。马克思主义文艺批评并不排斥其他有用的批评方法，而是同时交织使用了其他的批评方法，关键是必须以美学的历史的方法为指导，吸收改造和发展这些批评方法，使他们变成无产阶级的批评方法。从哲学方法论上加以改造了的其他批评方法，就不是原有的资产阶级的批评方法，而是在马克思主义指导下的新批评方法。

---

① 《马克思恩格斯列宁斯大林论文艺》，人民文学出版社，2010，第32页。

　　现在所处的是一个经济全球化时代，一个追求民族复兴、建设中国特色社会主义的时代，必然要求有一个与之相适应的文学观念和文学批评标准。曾经把社会主义现实主义作为创作和批评的方法，但不少人认为社会主义现实主义是一个很别扭的名词，带来的是非正常的写作生态，于是出现了"新现实主义""新历史主义"这样的文学观念，强调还原性，即原生态地真实呈现，无意于表达对于生活的认识和评价。近年来，有论者提出以传统的圆融思维构建批评方法的圆形模式，也有论者提出以思想的深度、想象力的广度与中国历史和现代性的张力关系作为当今文学的衡量尺度。但是，社会主义现实主义的观念虽有缺陷，但值得借鉴，把从发展中反映生活当作一个必须遵守的公式，是不可取的，但"写真实"，反映使生活走向社会主义的东西，这样的观念不应抛弃。要求描写的真实性应与以社会主义精神从思想上改造和教育劳动者的任务结合起来，显得有些生硬，但实际上又有什么作品的描写不是与一定的思想相结合的呢？所以问题不在于艺术描写要与一定的思想结合，而在于与什么样的思想结合，结合得是否合理，是否具有艺术性。中国特色社会主义思想指导和规范着中国的社会建设现实社会中的人及人际关系充满着社会主义思想精神，基于这样的认识，应提出与社会主义核心价值观相结合的现实主义文学观，作为评价作品的标准和尺度。这是对以前社会主义现实主义的一种修正，也可以说是根据马克思主义"美学和历史观点"的批评所作的一种阐述，是"美学和历史观点"的批评在当代中国的一种具体化。因为从本质上看，恩格斯要求的以唯物史观作指导的文艺批评观，同与社会主义核心价值观相结合的现实主义，都是以马克思主义作指导的。但马克思主义在不同的时代是发展的，因此与社会主义核心价值观相结合的现实主义，与恩格斯所说的现实主义又有不完全相同的特殊性，这也就是文学观念和批评标准的时代性发展。[1] 以上就是关于马克思主义美学的历史的批评观及其方法在当今时代发展的思考。[2]

批评案例

　　本章选取马克思和恩格斯致斐迪南·拉萨尔的信作为历史与美学文学批评方法的实践案例。

---

① 边恕平：《美学和历史观点的批评与文艺批评体系的重建》，《浙江树人大学学报》2017年第 3 期。
② 本部分内容引自石文年《美学的历史的批评方法及其指导意义》，《厦门大学学报》（哲学社会科学版）1986 年第 2 期。因未联系到作者，请作者见谅。

案例1 马克思致斐迪南·拉萨尔①

……我现在来谈谈《弗兰茨·冯·济金根》。首先，我应当称赞结构和情节，在这方面，它比任何现代德国剧本都高明。其次，如果完全撇开对这个剧本的纯批判的态度，在我读第一遍的时候，它强烈地感动了我，所以，对于比我更容易激动的读者来说，它将在更大的程度上引起这种效果。这是第二个非常重要的方面。

现在来谈谈缺点的一面：第一，——这纯粹是形式问题——既然你用韵文写，你就应该把你的韵律安排得更艺术一些。但是，不管职业诗人将会对这种疏忽感到多大的震惊，而总的说来，我却认为它是一个优点，因为我们的专事模仿的诗人们除了形式上的光泽，就再没有别的什么了。第二，你所构想的冲突不仅是悲剧性的，而且是使1848—1849年的革命政党必然灭亡的悲剧性的冲突。因此我只能完全赞成把这个冲突当作一部现代悲剧的中心点。但是我问自己：你所选择的主题是否适合于表现这种冲突？巴尔塔扎尔（拉萨尔的剧本《弗兰茨·冯·济金根》中的人物）的确可以设想，如果济金根不是借骑士纷争的形式举行叛乱，而是打起反对皇权和公开向诸侯开战的旗帜，他就一定会胜利。但是，我们也可以有这种幻想吗？济金根（而胡登多少和他一样）的覆灭并不是由于他的狡诈。他的覆灭是因为他作为骑士和作为垂死阶级的代表起来反对现存制度，或者说得更确切些，反对现存制度的新形式。如果从济金根身上除去那些属于个人和他的特殊的教养，天生的才能等等的东西，那末剩下来的就只是一个葛兹·冯·伯利欣根了。在后面这个可怜的人物身上，以同样的形式表现出了骑士对皇帝和诸侯所作的悲剧性的反抗，因此，歌德选择他作主人公是正确的。在济金根——甚至胡登在某种程度上也是如此，虽然对于他，正像对某个阶级的一切思想家一样，这种说法应当有相当的改变——同诸侯作斗争时（他反对皇帝，只是由于皇帝从骑士的皇帝变成诸侯的皇帝），他实际上只不过是一个唐·吉诃德，虽然是被历史认可了的唐·吉诃德。他以骑士纷争的形式发动叛乱，这只是说，他是按骑士的方式发动叛乱的。如果他以另外的方式发动叛乱，他就必须在一开始发动的时候就直接诉诸城市和农民，就是说，正好要诉诸那些本身的发展就等于否定骑士制度的阶级。

因此，如果你不想把这种冲突简单地化为《葛兹·冯·伯利欣根》中所描写的冲突——而你也没有打算这样做，——那末，济金根和胡登就必然

① 《马克思恩格斯全集》第29卷，人民出版社，2016，第571–575页。

要覆灭，因为他们自以为是革命者（对于葛兹就不能这样说），而且他们完全像 1830 年的有教养的波兰贵族一样，一方面使自己变成当代思想的传播者，另一方面又在实际上代表着反动阶级的利益。革命中的这些贵族代表——在他们的统一和自由的口号后面一直还隐藏着旧日的帝国和强权的梦想——不应当像在你的剧本中那样占去全部注意力，农民和城市革命分子的代表（特别是农民的代表）倒是应当构成十分重要的积极的背景。这样，你就能够在更高得多的程度上用最朴素的形式把最现代的思想表现出来，可是现在除宗教自由以外，实际上，国民的一致就是你的主要思想。这样，你就得更加莎士比亚化，而我认为，你的最大缺点就是席勒式地把个人变成时代精神的单纯的传声筒。你自己不是也有些像你的弗兰茨·冯·济金根一样，犯了把路德式的骑士反对派看得高于闵采尔式的平民反对派这样一种外交错误吗？

其次，我感到遗憾的是，在性格的描写方面看不到什么特殊的东西。我是把查理五世、巴尔塔扎尔和理查·冯·特利尔除外。然而还有别的时代比十六世纪有更加突出的性格吗？照我看来，胡登过多地一味表现"兴高采烈"，这是令人厌倦的。他不也是个聪明人、机灵鬼吗？因此你对他不是很不公平吗？

甚至你的济金根——顺便说一句，他也被描写得太抽象了——也是多么苦于不以他的一切个人打算为转移的冲突，这可以从下面一点看出来：他一方面不得不向他的骑士宣传与城市友好等等，另一方面他自己又乐于在城市中施行强权司法。

在细节的方面，有些地方我必须责备你让人物过多地回忆自己，这是由于你对席勒的偏爱造成的。例如，在第 121 页上，胡登向玛丽亚叙述他的身世时，如果让玛丽亚把从"感觉的全部音阶"等等一直到"它比岁月的负担更沉重"这些话说出来，那就极为自然了。

前面的诗句，从"人们说"到"年纪老迈"，可以摆在后面，但是"一夜之间处女就变成妇人"这种回忆（虽然这指出玛丽亚不是仅仅知道纯粹抽象的恋爱），是完全多余的；无论如何玛丽亚以回忆自己"年老"来开始，是最不能容许的。在她说了她在"一个"钟头内所叙述的一切以后，她可以用关于她年老的一句话把她的情感一般地表现出来。还有，下面的几行中，"我认为这是权利"（即幸福）这句话使我愤慨。为什么把玛丽亚所说的她迄今对于世界持有的天真看法斥为说谎，因而把它变成关于权利的说教呢？也许下次我将更详细地对你说明我的意见。

我认为济金根和查理五世之间的一场是特别成功的，虽然对话有些太像是公堂对质；还有，在特利尔的几场也是成功的。胡登关于剑的格言是非常好的。

这一次已说得够多了。

你的剧本获得了一个热烈的赞赏者，那就是我的妻子。只是她对玛丽亚不满意。

案例2　恩格斯致斐迪南·拉萨尔[①]

亲爱的拉萨尔：

我这样久没有写信给您，特别是我还没有把我对您的《济金根》的评价告诉您，您一定觉得有些奇怪吧。但是这正是我延迟了这样久才写信的原因。由于现在到处都缺乏美的文学，我难得读到这类的作品，而且我几年来都没有这样读这类作品：在读了之后提出详细的评价、明确的意见。没有价值的东西是不值得这样费力的。甚至我间或还读一读的几本比较好的英国小说，例如萨克雷的小说，尽管有其不可辩驳的文学和文化历史的意义，也从来没有能够引起我的这样的兴趣。但是我的判断能力，由于这样久没有运用，已经变得很迟钝了，所以需要比较长的时间，我才能发表自己的意见。但是和那些东西相比，您的《济金根》是值得另眼看待的，所以我对它不吝惜时间。第一二次读您这部在各方面——从题材上看，从处理上看——都堪称德国民族的戏剧，使我在情绪上这样的激动，以致我不得不把它搁一些时候，特别是因为在这个贫乏的时期里，我的鉴赏力迟钝到了这样的地步（虽然惭愧，我还是不得不说）：有时甚至很少有价值的东西，在我第一次读时也不会不给我留下一些印象。为了有一个完全公正、完全"批判的"态度，所以我把《济金根》往后放了一放，就是说，把它借给了几个相识的人（这里还有几个多少有些文学修养的德国人）。但是，"书有自己的命运"——如果把它们借出去了，就很少能再看到它们，所以我不得不用暴力把我的《济金根》夺了回来。我可以告诉您，在读第三遍和第四遍的时候，印象仍旧是一样的，并且深知您的《济金根》经得住批评，所以我现在就把我的意见告诉您。

当我说任何一个现代的德国官方诗人都远远不能写出这样一个剧本时，我知道我对您并没有作过分的恭维。同时，这正好是事实，而且是我们文学中非常突出的，因而不能不谈论的一个事实。如果首先谈形式的话，那末，情节的巧妙的安排和剧本的从头到尾的戏剧性使我惊叹不已。在韵律方面您确实给了自己一些自由，这给读时带来的麻烦比给上演时带来的麻烦还要大。我很想读一读舞台脚本；就眼前的这个剧本看来，它肯定是不能上演的。我这里来了一

---

①　《马克思恩格斯全集》第29卷，人民出版社，2016，第581～587页。

个德国青年诗人（卡尔·济贝耳），他是我的同乡和远亲，在戏剧方面做过相当多的工作；他作为普鲁士近卫军的后备兵也许要到柏林去，那时我也许冒昧叫他带给您几行字。他对您的剧本评价很高，但是认为，由于道白很长，根本不能上演，在做这些长道白时，只有一个演员做戏，其余的人为了不致作为不讲话的配角尽站在那里，只好三番两次地尽量做各种表情。最后两幕充分证明，您能够轻易地把对话写得生动活泼，我觉得，除了几场以外（这是每个剧本都有的情况），这在前三幕里也是能做到的，所以我毫不怀疑，您在为这个剧本上演加工的时候会考虑到这一点。当然，思想内容必然因此受损失，但是这是不可避免的。而您不无根据地认为德国戏剧具有的较大的思想深度和意识到的历史内容，同莎士比亚剧作的情节的生动性和丰富性的完美的融合，大概只有在将来才能达到，而且也许根本不是由德国人来达到的。无论如何，我认为这种融合正是戏剧的未来。您的《济金根》完全是在正路上；主要人物是一定的阶级和倾向的代表，因而也是他们时代的一定思想的代表，他们的动机不是从琐碎的个人欲望中，而正是从他们所处的历史潮流中得来的。但是还应该改进的就是要更多地通过剧情本身的进程使这些动机生动地、积极地，也就是说自然而然地表现出来，而相反地，要使那些论证性的辩论（不过，我很高兴在这些辩论中又看到了您曾经在陪审法庭和民众大会上表现出来的老练的雄辩才能）逐渐成为不必要的东西。您自己似乎也承认这个标准是区分舞台剧和文学剧的界限；我相信，在这个意义上《济金根》是能够变成一个舞台剧的，即使确实有困难（因为达到完美的确绝不是简单的事）。与此相关的是人物的性格描绘。您完全正确地反对了现在流行的恶劣的个性化，这种个性化总而言之是一种纯粹低贱的自作聪明，并且是垂死的模仿文学的一个本质的标记。此外，我觉得一个人物的性格不仅表现在他做什么，而且表现在他怎样做；从这方面看来，我相信，如果把各个人物用更加对立的方式彼此区别得更加鲜明些，剧本的思想内容是不会受到损害的。古代人的性格描绘在今天是不再够用了，而在这里，我认为您原可以毫无害处地稍微多注意莎士比亚在戏剧发展史上的意义。然而这些都是次要的事情，我提到它们仅仅是为了使您看到，我在您的剧本的形式方面也用过一些心思而已。

至于谈到历史内容，那末您以鲜明的笔调和对以后的发展的正确提示描述了您最关心的当时的运动的两个方面：济金根所代表的贵族的国民运动和人道主义理论运动及其在神学和教会领域中的进一步发展，即宗教改革。在这里我最喜欢济金根和皇帝之间，教皇使节和特利尔大主教之间的几场戏（在这里，您把世俗的受过美学和古典文学教育的、在政治上和理论上有远见的使节同目光短浅的德国僧侣诸侯加以对比，从而成功地直接根据这两个人物的有代表性的性格作出了卓越的个性刻画);在济金根和查理的那场戏中对性格的描绘也是很动人的。您对胡登的自传(您公正地承认它的内容是本质的东西)的确采取了一种令人失望的做法,您把这种内容放到剧本中去了。第五幕里的巴尔塔扎尔和弗兰茨的对话也非常重要,在这段对话里前者向自己的主人说明他应当遵循的真正革命的政策。在这里,真正悲剧的因素出现了;而且正是由于这种意义,我认为在第三幕里应当对这方面更强调一些,在那里是有很多机会这样做的。但是,我现在又回到次要问题上来了。——那个时期的城市和诸侯的态度在许多场合都是描写得非常清楚的,因此那时的运动中的所谓官方分子差不多被您描写得淋漓尽致了。但是,我认为对非官方的平民分子和农民分子,以及他们的随之而来的理论上的代表人物没有给予应有的注意。农民运动像贵族运动一样,也是一种国民运动,也是反对诸侯的运动,遭到了失败的农民运动的那种斗争的巨大规模,与抛弃了济金根的贵族甘心扮演宫廷侍臣的历史角色的那种轻率举动,正是一个鲜明的对照。因此,在我看来,即使就您对戏剧的观点(您大概已经知道,您的观点在我看来是非常抽象而又不够现实的)而言,农民运动也是值得进一步研究的;那个有约斯·弗里茨出现的农民场面的确有它的独到之处,而且这个"蛊惑者"的个性也描绘得很正确,只是同贵族运动比起来,它却没有充分表现出农民运动在当时已经达到的高潮。我认为,我们不应该为了观念的东西而忘掉现实主义的东西,为了席勒而忘掉莎士比亚,根据我对戏剧的这种看法,介绍那时的五光十色的平民社会,会提供完全不同的材料使剧本生动起来,会给在前台表演的贵族的国民运动提供一幅十分宝贵的背景,只有在这种情况下,才会使这个运动本身显出本来的面目。在这个封建关系解体的时期,我们从那些流浪的叫化子般的国王、无衣无食的雇佣兵和形形色色的冒险家身上,什么惊人的独特的形象不能发现呢!这幅福斯泰夫式的背景在这种类型的历史剧中必然会比在莎士比亚那里有更大的效果。此外,我觉得,由于您把农民运动放到了次要的地位,所以您在一个方面对贵族的国民运动作了不正确的描写,同时也就忽视了在济金根命运中的真正悲剧的因素。据我看来,当时广大的皇室贵族并没有想到要同农民结成联盟;他们必须压榨农民才能获得收入这样一种情况,不容许这种事情发生。同城市结成联盟的可能性倒是大一些;但是这种联盟并没有出现或者只是小部分地出现了。而贵族的国民革命只有同城市和农民结成联盟,特别是同后者结成联盟才能实现;据我看来,悲剧的因素正是在于:同农民结成联盟这个基本条件是不可能的;因此贵族的政策必然是无足轻重的;当贵族想取得国民运动的领导权的时候,国民大众即农民,就起来反对他们的领导,于是他们就不可避免地要垮台。您假定济金根和农民确实有某种联系,这究竟有多少历史根据,我无法判断，而这个问题也是完全无关紧要的。此外，就我的记忆所及，在向农民呼吁的文件中胡登只是微微地触及这个和贵族有关的麻烦问题，而且企图把农民的愤怒都特别集中到僧侣身上去。但是我丝毫不想否认您有权把济金根和胡登看做是打算解放农民的。但这样一来马上就产生了这样一个悲剧性的矛盾：一方面是坚决反对过解放农民的贵族，另一方面是农民，而这两个人却被置于这两方面之间。在我看来，这就构成了历史的必然要求和这个要求的实际上不可能实现之间的悲剧性的冲突。您忽略了这一因素，而把这个悲剧性的冲突缩小到极其有限的范围之内：使济金根不立即向皇帝和帝国宣战，而只向一个诸侯宣战（这里虽然您也非常恰当地把农民引进来），并且使他仅仅由于贵族的冷漠和胆怯就遭到了灭亡。但是，如果您在此以前就先比较有力地强调了气势凶猛的农民运动以及由于先前的"鞋会"和"穷康拉德"而必然变得更加保守的贵族的心情，那末这一点就会得到完全不同的论证。然而这一切都不过是可以把农民运动和平民运动写入戏剧的一种方法而已；此外至少还有十种同样好的或者更好的其他的方法。

您看，我是从美学观点和历史观点，以非常高的，即最高的标准来衡量您的作品的，而且我必须这样做才能提出一些反对意见，这对您来说正是我推崇这篇作品的最好证明。是的，几年来，在我们中间，为了党本身的利益，批评必然是最坦率的；此外，每出现一个新的例证，证明我们的党不论在什么领域中出现，它总是显出自己的优越性时，这始终使我和我们大家感到高兴。而您这次也提供了这个例证。

此外，世界局势似乎要向一个十分令人喜悦的方向发展。未必能够设想，还有什么比法俄同盟能为彻底的德国革命提供更好的基础。我们德国人只有水淹到脖子时，才会全都发起条顿狂来；这一次淹死的危险似乎十分逼近了。这倒更好些。在这样一个危机中，一切现存的势力都必然要灭亡，一切政党都必然要一个跟一个地覆灭，从《十字报》到哥特弗利德·金克尔，从莱希堡伯爵到"黑克尔、司徒卢威、布伦克尔、齐茨和勃鲁姆"。在这样一个斗争中，必然出现一个时刻，那时只有最不顾一切的、最坚决的党才能拯救民族，同时必然会出现一些条件，只是在那些条件下，才有可能彻底清除一切旧的垃圾，即内部的分裂以及波兰和意大利附属于奥地利的情况。我们不能放弃普鲁士波兰的一寸土地，而且……

课后习题

1. 理论题：如何理解马克思主义历史与美学的文学批评方法中的"历史"和"美学"？

2. 实践题：请使用马克思主义的历史与美学的文学批评方法分析一部你熟悉的历史题材的文学作品。

本章主要参考文献

1. 边恕平：《美学和历史观点的批评与文艺批评体系的重建》，《浙江树人大学学报》2017 年第 3 期。

2.《马克思恩格斯列宁斯大林论文艺》，人民文学出版社，2010。

3.《马克思恩格斯全集》第 1、4、29 卷，人民出版社，2006、2016。

4.《马克思恩格斯选集》第 4 卷，人民出版社，1995。

5. 石文年：《美学的历史的批评方法及其指导意义》，《厦门大学学报》（哲学社会科学版）1986 年第 2 期。

6. 中国马列文艺论著研究会马列文论研究编委会编《马克思恩格斯文艺批评理论研究》，四川文艺出版社，1985。

第二章 中国传统的点评式文学批评方法

方法介绍

点评式文学批评方法是我国传统的文学批评方法，也可以称为"评点""评注"。"点评"中的"评"就是评议的意思，由点评者对作品进行议论、评说，可以针对全篇，也可以针对某些具体的句子；可以是直观的感悟，也可以是理性的分析。"点"则既有技术上的"圈点"，也有认识上的点拨、点出、点透、点明之意。"点"的用意在于指引后来者对作品的把握，点评者根据自己的理解，用简洁的语言点出文章的主旨，点透作者的表达意图，点明整篇文章的关键所在，帮助其他读者深入理解文章的得失。因此，点评的过程就是批评的过程，点评本身就是批评的一种方法。

点评式文学批评方法的出现具有一段很长的历史，但一直以来学者对点评文体起源于何时仍有争议，有认为点评起于梁代，如清代学者章学诚在《校雠通义·宗刘》中说："评点之书，其源亦始钟氏《诗品》、刘氏《文心》。然彼则有评无点，且自出心裁，发挥道妙，又且离诗与文，而别自为书，信哉其能成一家之言矣。自学者因陋就简，即古人之诗文而漫为点识批评，庶几便于揣摩诵习。而后人嗣起，囿于见闻，不能自具心裁，深窥古人全体，作者精微，以致相习成风，几忘其为尚有本书者，末流之弊，至此极矣。"和章学诚持相同观点的曾国藩《经史百家简编序》亦云："梁世刘勰、钟嵘之徒，品藻诗文，褒贬前哲，其后或以丹黄识别高下，于是有评点之学。"但也有说起于唐代，如袁枚《小仓山房文集凡例》云："古人文无圈点，方望溪先生以为有之，则筋节处易于省览。"按唐人刘守愚《文家铭》云："有朱墨圈者，疑即圈点之滥觞。姑从之。"还有的说起于南宋，如吴瑞草的《瀛奎律髓重刻记言》云："诗文之有圈点，始于南宋之季而盛于元。"又如《四库全书总目》卷三一七《苏评孟子》提要云:"宋人读书,于切要处率以笔抹,故《朱子语类》论读书法云,先以某色笔抹出,再以某色笔抹出。"

从现有材料来看,点评在南宋开始兴盛,点评由评和点两个词组成,评即评论文字,点即为圈点,宋人将评和点合二为一,从而点评成为一种文学批评样式,在南宋时称为"批点",如《新编诸儒批点古今文章》《批点分格类意句解论学绳尺》用的均是"批点",明代运用较多的则是"评林",如《史记评林》《三国志传评林》等,可见点评作为一种批评文体形式,其名称并未始终贯一,古人重其实而不重其名,在使用时非常灵活,在小说诞生之前,中国文学中大多重要的文体都被点评过,如诗、词、曲、赋、文等,但从中国文学批评史来看,南宋以来的批评文体以诗话为主、点评为辅,但此时的点评已经得到了长足发展,到了明清之际,点评在将自己运用到对明清小说和戏曲这两个新兴文体批评时开始声名大噪,从以往的非主流地位一下子冲到了批评文体的第一梯队,和传统的诗话、跋序等文体并驾齐驱。

点评的基本形式包括眉批、旁批、夹批、总评、回批、圈点等,不过也有特殊的情况,如聂先《百名家词钞》则采用了在每个词人作品的最后汇集相关评语的方式。点评在不同的文本中存在一定的差异,如文章的点评注重揭示文法结构,指点文章的主旨及写法;诗词的点评以方回《瀛奎律髓》为例可以看出,重视字词之义的探求,虽也有明确的理论倾向,但具体到书中点评,失于支离破碎;小说戏曲的批评明清两代蔚为大观,作为叙事文学其点评的重点在情节的铺排和故事结构。总的来说,自南宋以来,点评式批评就已经开始为人所重视,从词集点评和小说点评中能够一窥点评式批评的总体特征与发展脉络。

(一)词集点评方法

词集点评虽然本质上是一种批评方法,但使用这种方法还是有一些具体方式的,同样是点评,但表现方式并不一定相同,这些不同是值得关注的,它们直接体现着词集点评这种方法的批评功能。

1. 总评

总评是对文本的总体评论,与针对具体语句、韵律等内容的评语相区别。总评可以是理论阐述,也可以是对作品进行的完整美学鉴赏,还有就相关问题的叙述与考证,如题目的问题、作品的流传等。在大部分的点评中,并不一定撰写总评。总评的位置一般在作品之后,也有放在作品之前的,如郑文焯手批《乐章集》。总评大多由点评者撰写,表达自己的见解,也存在引用前人批评的情况，有时会以"按语"的形式出现，这样的总评往往能体现出点评者的学术功底和理论眼光。引用前人评语作为总评的情况在较早的《草堂诗余》版本中相互沿袭，较为普遍，其总评大多杂引宋人的评论，根据这些引用的材料可以考察《草堂诗余》版本的形成与流传、翻刻情况，当然对于具体作品的理解也有一定程度的帮助。如：

在《增修笺注妙选群英草堂诗余》明洪武遵正书堂刻本中，《鱼游春水》"秦楼东风里"一阕的总评云：

《复斋漫录》"政和中，一中贵人使越州回，得辞于古碑阴，无名无谱，不知何人作也。录以进御，命大晨府填腔，因词中语，赐名《鱼游春水》云。"《古今词话》"东都防河卒于汴河上掘地得石刻，有词一阕，不题其目。臣僚进上，上喜其藻思绚丽，欲命其名，遂撷词中四字，名曰《鱼游春水》，令教坊倚声歌之。词凡九十四字，而风花、莺燕、动植之物曲尽之，此唐人语也。后之状物写情，不及之矣。"二说未详孰是。①

这段总评完全是从宋人词话中引用汇集而成，不过所引材料都是关于无名氏《鱼游春水》一词由来与得名情况的本事，无论得之于"中贵人"还是"防河卒"，都难以置信，而徽宗赐名则似乎有迹可循，不管本事的真伪，可以确定这首词在民间应该有较广的流传，被选入《草堂诗余》自然与受人欢迎有关。在分类本《草堂诗余》中，总评基本都是采用这种形式出现。况周颐作为晚清四大家之一，无疑具有深厚的功底和理论眼光，他曾经撰写了一部《历代词人考略》，此书最后常以按语表达况周颐自己的看法，多有独到之处，如卷八"柳永"条的按语云：

> 吾友况夔笙舍人《香海棠词话》云作词有三要：重、拙、大。吾读屯田词又得一字曰"宽"。"宽"之一字未易几及，即或近似之矣，总不能无波澜。屯田则愈抒写愈平淡。林宗云叔度汪洋如千顷之波，澄之不清，淆之不浊。吾谓屯田词境亦然。何来行文之法最忌平铺直叙，屯田却以铺叙擅场，求之两宋词人，正复不能有二。②

需要说明的一点是，《历代词人考略》是况周颐托名刘承千而写③，故在按语中自引己书称"吾友况夔笙"。这段总评中，况周颐提出了用"宽"评价柳永词的思路，所谓"宽"是指柳永词擅长"铺叙"的特征，况周颐认为宋

---

① （宋）何士信：《增修笺注妙选群英草堂诗余》卷上，明洪武遵正书堂刻本。
② （清）况周颐：《历代词人考略》卷8，南京图书馆藏稿本。
③ 孙克强：《小议〈历代词人考略〉的作者及其学术价值》，《文学遗产》1997年第2期。

人中能够像柳永铺叙的，难以找到第二个。在这里，他把"宽"与"重、拙、大"比并，可见对柳永词铺叙写法在理论上的重视。当然，以按语形式出现的总评也有只是对作品本身的简单说明，如宋泽元刻忏花庵丛书本《草堂诗余》中的许多词后都有宋泽元的按语，如苏轼的《西江月》"玉骨那愁瘴雾"后云："按，坡公此词实为悼朝云作。泽元识。"① 宋泽元的总评，并没有新颖的观点，但其对普通读者却有引导入门的作用。

2. 夹批

夹批是在行文中，批注于文字行间所写的评语、注释。一般来说，夹批又称"双行夹批"，在古书点评本中，正文字号较大，批语则用小号字分两行注于正文之下。夹批可长可短，具有明确的针对性，主要是对词语的解释、辨析，可以是点评者自己的评述，也可以通过材料的引用和罗列帮助读者理解原文之意。夹批的使用非常普遍，但其大多是用于对文辞的解释，也有点评者的点评和对词牌、本事的考辨，如黄昇的《花庵词选》中就采用了夹批点评的方式，引导读者的阅读，如在温庭筠名下双行夹批云："词极流丽，宜为《花间集》之冠。"② 这是对词人作品的概括性评价，虽以夹批的形式出现，其实也有总评的意味。

分类本《草堂诗余》的"笺注"因为在流传中经多人"增修"，十分丰富详尽，其夹批也采用双行方式，博采广收，堪称完善。周美成《瑞龙吟》一阕，批注"章台路"一句云："汉书张敞走马于章台街下。即路也。""暗惜坊陌人家，定巢燕子，归来旧处"句注云："柳悍诗玉户夜惜惜。杜诗频来语燕定新巢。"这两处夹批或注典故出处，或笺词语来源，是夹批的一般形式，使用非常普遍。黄庭坚《蓦山溪》一词中，"鸳鸯翡翠，小小思珍偶"句下夹批云：

> 山谷此词本有所感。鸳鸯翡翠乃成双之物，故郑氏笺诗，言其止则相偶，飞则为双，性驯偶也。李华《长门怨》亦云弱体鸳鸯席，啼妆翡翠林。③

这段夹批就比较充实，不仅有点评者的断语"山谷此词本有所感"，而且征引郑玄笺注《诗经》之语和李华的诗句，强调词的中心在写"偶"，即集中于词中女子求偶的相思之情，同时也寄托着词人内心的怜惜。

---

① （宋）何士信：《草堂诗余》第五卷，清《忏花庵丛书》本。
② （宋）黄昇：《花庵词集·唐宋诸贤绝妙词选》卷1，中华书局，1958，第15页。
③ （宋）何士信：《增修笺注妙选群英草堂诗余》卷上，明洪武遵正书堂刻本。

3. 眉批、旁批、页下批

在书籍的页面上，页眉、页脚和页面左右的空白之处都可以成为点评批语的书写之处，本质上写在这些地方的批语没有什么区别，都是点评者在阅读过程中随手批注，把自己的心得、感受、考证、订误、校记等就近记录下来。这几种批语可以作为一类对待，其内容丰富多彩，虽然零碎，但其中往往蕴含着点评者思想火花的闪现，而文献考订方面的评语也有很高价值，如词集中的许多传抄刊刻方面的错误，如果经词学专家考校，能正本清源。

明代已经有以朱砂批语与墨本正文套印刊刻的词集，如万历年间的闵英壁刻朱墨套印本杨慎点评《草堂诗余》五卷，批语数量很多，长短不一，如：

李煜《浪淘沙》帘外雨潺潺——眉批：后主《玉楼春》宫词成富贵，此极凄惨，醒亦梦耳。

秦观《桃源忆故人》玉楼深锁薄情种——眉批：自是凄冷。

林仰《少年游·早行》雾霞散晓月犹明——眉批：如画。①

从书中所选的点评可以看出，这些批语最短仅两字，多则也可长达数十字，批语的长短本身并不重要，值得关注的是其内容。所选几条批语，有点评者自己对作品的感受，"凄冷""如画"就是这种类型的评语，虽简短，也能启发读者去体会词的意境。也有对词人不同作品的对比，如以李煜被俘后的《浪淘沙》与其早期所作《玉楼春》对比，有恍然如梦之感，可引起读者注意。还有从词的言外之意探寻者，"言近而指远"，明人也注意到了有些词中是有所寄托的。这些批语显示出词集的眉批一类点评已经非常成熟，点评者的批评针对具体作品，有感而发、言之有物，这些批语不仅能够帮助读者把握作品，也能够帮助研究者更深入地研究点评者的词学思想。

4. 圈点

圈点是在原文中加圆圈或加点，这种方法对词集来说，既能标出韵脚和句读，又可以加在字句旁边标注，突出精彩的文辞或全词的关键之处。圈点本身是一种点评的形式，既可以与评语配合，而相得益彰，使读者在阅读时一目了然；也可以不加评语，只是圈点出词中的一些字句，这些圈点的地方正是点评者希望引起读者注意之处；同时也表明点评者对这些地方的欣赏，无言而有意，需要读者去品味、体会和领悟。

词中的圈点，至少在明代就已经开始，如词谱中对韵脚、平仄的标注，词集中评语之外标出字句。圈点之法在词集点评中虽然不像批语流行，但点评者

---

① （明）杨慎：《评点草堂诗余》卷1，明闵英壁刻本。

进行的手批本中，一般都会有一些圈画、勾点。晚清词学家陈廷焯的《词则》以抄本行世，其中圈点的系统和专业堪称词集圈点的典范。陈廷焯在《词则》中的圈点之法非常有条理，可以说把传统的自由圈点上升到了系统化的高度，并且用两种符号组合出各种等级，使所选之词对号入座，陈廷焯心目中的优劣高下在这种体系的涵盖下井井有条，这可以说远接钟嵘《诗品》品第高下的方法，但更加系统。①

（二）小说点评方法

所谓小说点评就是点评文体在小说批评中的运用，小说点评自明代万历年间兴起以后，经过明末清初的繁荣发展，逐渐定型为当时的主流批评文体，小说点评之所以在明清之际声名鹊起，其原因之一是明清小说创作和传播的兴盛和小说文体地位的提高，李贽、金圣叹等文人对小说地位的推崇廓清了文人对小说进行点评的观念和心理障碍，建立了他们对小说世界进行点评的合理性。原因之二是小说点评的形式元素已经齐备，一篇完整的小说点评主要由序文、读法、回前和回后总评、眉批、夹批、旁批等形式组成，而这些不同的批评形式基本上都源于前代已经发展成熟的批评文体。点评者在阅读过程中因触动而随性而发，语气活泼，感情色彩浓厚，其本身其实就是诗话体批评在小说批评中的运用。因此小说点评可谓一种由以往很多批评体式有机汇合而成的综合性批评文体。以上两个方面，为小说点评在明清的兴盛提供了有利的条件。

1. 点评体例有序灵活

中国传统著述有讲究体例的传统，这种传统可以从孔子修《春秋》开始，到了汉代，司马迁独创《史记》纪传体由本纪、世家、列传、书、表五种体例互相配合组成，这种体例直接影响了班固《汉书》之体例，到了清代，由于各种文体体例趋于完善，因此清代特别讲究体例，甚至将体例作为评价著述优劣的标准之一，兴起于明清之际的小说点评对体例的孜孜追求更不例外，可谓综合历代体例之大全。叶朗在谈到明清小说点评体例时说："开头有个序，序之后有读法，带点总纲性质，有那么几条，十几条，甚至一百多条。然后在每回的回前或回后有总评，就整个这一回抓出几个问题来加以议论。在每一回当中，又有眉批、夹批或旁批，对小说的具体描写进行分析和评论。此外，点评者还在一些他认为最重要或最精彩的句子旁边加上圈点，以便引起读者的注意。"② 叶朗先生指出了小说点评的完备体例：序跋、读法、眉批、旁批、夹

---

① 本部分主要参照刘军政《中国古代词学批评方法论》，南开大学博士学位论文，2010。
② 叶朗：《中国小说美学》，北京大学出版社，1982，第13页。

批、总批、圈点，并且这种不同的体例在具体的小说点评中承担不同的批评功能，点评体例中序跋、读法、眉批、夹批、总批各司其职，组成了一个灵活有序的批评体系。一般而言，小说点评各体例有其相对应的固定位置，序言和读法在文本之前，眉批在页面上方空白处，夹批和旁批在文字段落空隙间，回前批在正文前，总批或跋在正文后，这种不同位置的体例似散而实紧，这又源于其批评分工的不同，序言、读法是以整体宏观视角对文本的写作技巧、人物性格等进行分析，往往文字较多，论述翔实。回批原先是在各个回末，是对该回的内容和其中的眉批、夹批进行归结阐发并承启下回内容，金圣叹则将回批从回后移至回前，这样回批即呼应了前面的序言、读法和其他回批，又统帅了本回的夹批和眉批，相当于一个中枢转运站，眉批、夹批和旁批则是从微观上对文本中触动点评者的一个具体的字、词、段等进行点评，具有细读的特征，这样序言、读法、回批善于从宏观视角进行理性思辨，而眉批、夹批和旁批从微观视角进行感性的细致解读，二者共同构成了一个灵活有序，前呼后应，和谐统一的整体批评体例。

小说点评在成为一个有机统一系统的同时，还表现出对所点评文本的强烈依附性，相比明清之前出现的批评文体，无论是序跋体、书信体还是论诗诗、诗话体等，这些批评文体均可以完全脱离批评对象而单独存在，但小说点评一旦离开点评文本，小说点评将成为无源之水、无根之木的痴人梦语，因此依附性是小说点评最为鲜明的特征。由于小说点评是由多元的体例组成，其中不同体例对小说文本的依附强度也不一样，一般而言，序跋、读法因观点明确，篇幅也较长，很多是可以单独独立于小说文本而存在的，如李贽批《水浒传》，卷首有一篇论述较详细的《忠义水浒传序》，李贽在序中提出了《水浒》乃发愤著书的产物，并进行了论证，这篇序文完全可以独立小说文本而存在。相对于序言和读法，回前批和回后批对小说中具体章回的总体点评，虽然也有概括性特征，但是由于针对性强，需要与原文结合在一起读者才能看懂，因此需要依附于原文之中才能存在，独立性较差，但是有的回批论述的问题对小说文本具有普遍适用性，因此也可以独立出来，如李贽批《水浒传》第三回回批：

　　李和尚曰描写鲁智深，千古若活，真是传神写照妙手。且水浒传文字妙绝千古，全在同而不同处有辨。如鲁智深、李逵、武松、阮小七、石秀、呼延灼、刘唐等，众人都是急性的。渠形容刻画来，各有派头，各有光景，各有家数，各有身份，一毫不差，半些不混，读去自有分辨，不必见其姓名，一睹事实就知某人某人也。读者亦以为然乎？读者即不以为然，李卓老自以为然不易也。①

这个回批虽然针对鲁智深而发，但是由于其由批评鲁智深引申到对小说文本中众多和鲁智深类似人物性格的比较批评之中，并且提出了著名的性格描写手法"同而不同处有辨"，因此是可以独立于文本之外的，其实很多的回批相当于一段完整的诗话。和前两者相比，眉批、旁批、夹批因其往往是点评者即兴而发，篇幅较短，针对性单一，大多是无法离开原文而单独存在的。从以上对点评体例的依附性可以得出，优秀的小说点评正是以其依附性特征和小说原有文本紧密结合起来，对读者在阅读小说文本时进行导读，这种特征对提高读者欣赏能力有非常积极的作用，因此读者不仅不会觉得突兀，反而会觉得其本身就已经成为小说文本不可分割的一部分。

2. 多种文体的灵活运用

在上一节对小说点评的体例分析中我们知道小说点评是一种综合体例，一般而言，小说点评中序言就是序跋体，读法、回批和眉批则介于论体和诗话之间，夹批、旁批和圈点等介于注释和诗话之间。体例的综合性决定了小说点评在具体的文本点评中也灵活运用各种文体为其点评服务，小说点评可谓集历代文体之大成。

汉赋体的运用。汉赋自汉代确立以后便成为我国古代文学一种主要文体，其体制的一个突出特征便是采用问答形式，注重铺陈排比等文学手法。小说点评便借用了汉赋体这种体制，这尤其体现在点评体例之"读法"上，在金批《水浒传》中金圣叹借鉴汉赋的问答形式和排比铺陈手法十分明显。他还喜用连段的排比读法来列举《水浒传》的结构之巧、人物之神、章法之妙等，如其对《水浒传》章回结构之巧妙以排比铺陈手法进行点评。毛批《三国》不仅继承了金批《水浒》的体例，而且也继承了金批中的汉赋手法，如其《读三国法》对《三国》章法从不同角度反复进行论说："三国一书，总起总结之中，又有六起六结……《三国》一书，有追本穷源之妙……《三国》一书，有巧收幻结之妙……《三国》一书，有以宾衬主之妙……三国一书，有同树异枝、同枝异叶、同叶异花、同花异果之妙。"②

序跋体和史传体的运用。如前文所述，早在汉代就已经出现了《毛诗》序和《楚辞章句》序，对诗歌的题旨进行点评，序跋体也正式成为中国古代文学和文学批评经常用到的一种文体，小说点评文体中，序跋体便是小说点评

---

① （清）李贽、金圣叹等批《水浒传·名家汇评本》，北京图书馆出版社，2008，第22页。
② （明）毛宗岗批《第一才子书·三国演义》，线装书局，2007，第50~52页。

体制的一个重要有机组成部分。小说点评体例中以序跋体为其体例之首，首创于李贽的《水浒传》批本，李贽在该书卷首有《忠义水浒传序》，以序言的形式对该书的写作宗旨、忠义的深层所指进行解读，自李贽之后，金圣叹、张竹坡、毛宗岗父子的点评体例中均有序跋体对小说进行综合批评。有的序篇幅简短，如王望如的《水浒传》序仅不多字，论述简约，而金圣叹批《水浒》序洋洋洒洒多字，论述翔实。小说点评对史传体批评体现在借用史传批评中经常用到的"论赞体"形式，在司马迁开创的史传文学中，撰史者往往在每一传的末尾以"论曰"的形式对本传所记内容发表撰史者自己的声音，这一种批评形式在小说点评的具体运用中出现于回前批、回后批和一些篇幅较长的眉批等，回批一般是对本回内容的总体叙述和总括，也对该回的艺术手法进行分析和评议。

诗、词、诗话等文体的运用。诗、词、诗话等诸文体在小说点评中运用非常广泛，如金圣叹在《水浒》批本的最前端以一首词来点明自己点评小说之志向："试看书林隐处，几多俊逸儒流。虚名薄利不关愁，裁冰及剪雪，谈笑看吴钩。评议前王并后帝，分真伪占据中州，七雄扰扰乱春秋。兴亡如脆柳，身世类虚舟。见成名无数，图名无数，更有那逃名无数。霎时新月下长川，沧海变桑田古路。讶求鱼缘木，拟穷猿择木，又恐是伤弓曲木。不如且覆掌中杯，再听取新声曲度。"① 而诗话则是小说点评运用最多的体例，可称为小说诗话，小说点评中的眉批、夹批，大都可以纳入诗话体。点评中的读法则几乎是诗话体汇编而来。此外，论体文、小品文、歇后语等文体也纷纷进入了小说点评的队伍，在小说点评中找到了自己用武之地。小说点评对多种文体的包容性使其当之无愧地成为历代批评文体之大成，当然，这种批评文体的复合型也正适合了小说这种文体自身所蕴含的多元性文体。

3. 重视直觉和主观感悟，语言生动活泼，情感色彩强烈

由于小说点评的特殊体制，它在点评的同时需要紧紧依附原文，因此高明的点评会使点评文字和原文浑然一体，这样读者在阅读原文时思维便不会被点评所打断，而是在欣赏文本中人物形象的同时又能够借助点评的启发来提高自己的审美能力。因为小说点评肩负着这种对读者的导读功能，其必须在瞬间将点评者的鉴赏观点传达给读者，这决定了小说点评在篇幅上不会是长篇的系统抽象论述，再加上点评是在原文的基础上进行点评，小说文本的有限空白空间也大大限制了小说点评的篇幅，鉴于对读者的导读功能和小说文本的物理空间，点评不可能成为系统性和条理性的文学批评，于是小说点评选择了另一种

---

① （清）金圣叹批《贯华堂第五才子书·水浒传》（上），万卷出版公司，2009，第25页。

方式，即点评者凭借着自己的生活和艺术经验，随着小说文本的展开即兴发挥，随阅随批，记录自己在阅读中的比较零碎的感受和心得，这样小说点评在批评思维上便呈现出重视点评者直觉和主观感受的特征即直抒己见，很少求证。这种直觉和主观式批评在小说点评中可谓比比皆是，这种批评方式口语色彩浓厚，因此有些类似"灵魂在杰作中跳舞"的印象主义批评。由于点评是有感而发，字数不限，想写在何处均可，因此小说点评是一种开放式的文学批评，这种形式促使点评者更愿意采用生动活泼的语言来记录自己阅读时的所思所感，这使小说点评的语体呈现出很强的情感色彩。这种语言特征在点评中的具体表现就是点评者用非常情绪化的语言或讽刺愤慨，或赞美感叹，或粗言怒骂等。如李贽在《忠义水浒传序》以"愤书"解《水浒》，认为当时"宋室不竞，冠履倒施，大贤处下，不肖处上"，因此"虽生元日，实愤宋事"，还如在楔子中李贽点评太尉向道士求问天师在何处"瘟疫盛行，为君为相底，无调燮手段，反去求一道士，可笑可笑"①。话语中充斥讽刺愤慨之情，让人读着觉得十分过瘾到位。②

综上所述，通过对词集点评和小说点评的发展历史进行回溯，并对其发达原因进行探求，在此基础上着重对点评这一文体的方法进行分析，点评根据不同文本主要由序跋、读法、回前和回后总评、眉批、夹批、旁批等体例组成的一个综合性批评文体。明清小说创作与传播的兴盛和小说文体地位的提高，点评体例的齐备等因素促使了点评的崛起。点评在体制上呈现出有序灵活的特点和对文本的依附性，在具体批评中综合运用各种文体体式，重视直观感悟，语言生动活泼，情感色彩强烈，这种文体特征使点评成为一种综合多样文体体式的文学批评。

批评案例

本章选取《脂砚斋重评石头记》（甲戌本）第一回部分内容作为点评式文学批评方法的实践案例。

---

① 李贽、金圣叹等批《水浒传·名家汇评本》，北京图书馆出版社，2008，第69页。

② 本部分主要参照陈永辉《中国古代文学批评的文体嬗变》，武汉大学博士学位论文，2011。

案例　《脂砚斋重评石头记》（甲戌本）第一回部分①

第一回

甄士隱夢幻識通靈　賈雨村風塵懷閨秀

列位看官你道此書從何而來說起根由雖近荒唐細諳則深有趣味待在下將此來歷註明方使閱者了然不惑原來女媧氏煉石補天之時于大荒山無稽崖煉成高經十二丈方經二十四丈頑石三萬六千五百零一塊媧皇氏只用了三萬六千五百塊只單單剩了一塊未用便棄在此山青埂峰下誰知此石自經煅煉之後靈性已通因見眾石俱得補天獨自己無材不堪入選遂自怨自嘆日夜悲號慚愧正當嗟悼之際俄見一僧一道遠遠而來生得

妙謂落墮情根故無補天之用

---

①　为了直观，本案例直接截取《脂砚斋重评石头记》图像，该书由中华书局上海编辑所出版，1962。

骨格不凡丰神迥别說說笑笑來至峰下生于
石邊高談快論先是說些雲山霧海神僊玄幻
之事後便說到紅塵中榮華富貴此石聽了不
覺打動凡心也想要到人間去享一享這榮華
富貴但自恨粗蠢不得已便口吐人言向那僧
道說道大師弟子蠢物不能見禮了適問二位
談那人世間榮耀繁華心切慕之弟子質雖粗
蠢性却稍通況見二師僊形道體定非凡品必
有補天濟世之材利物濟人之德如蒙發一點
慈心携帶弟子得入紅塵在那富貴場中溫柔
鄉裏受享幾年自當永佩洪恩萬刧不忘也二
仙師聽畢齊憨笑道善哉善哉那紅塵中有却

有此樂事但不能永遠依恃況又有美中不足
好事多魔八箇字緊相連屬瞬息間則又樂極
悲生人非物換竟是到頭一夢萬境歸空到
不如不去的好這石凡心已熾那里聽得進這
話去乃復苦求再四二仙知不可強制乃嘆道
此亦靜極思動無中生有之數也既如此我們
便攜你去受享受享只是到不得意時切莫後
悔石道自然那僧又道若說你性靈却又
如此質蠢並更無奇貴之處如此也只好踮脚
而已也罷我如今大施佛法助你助待劫終之
日復還本質以了此案你道好否石頭聽了感
謝不盡那僧便念咒書符大展幻術將一塊大

石登時變成一塊鮮明瑩潔的美玉，且又縮成扇陸大小的可佩可拿。那僧托于掌上，笑道：形體倒也是個寶物了！還只沒有實在的好處，須得再鐫上數字，使人一見便知是奇物方妙，然後好攜你到那昌明隆盛之邦、詩禮簪纓之族、花柳繁華地、溫柔富貴鄉去安身樂業。石頭聽了，喜不能禁，乃問：不知賜了弟子那幾件奇處？又不知攜了弟子到何地方？望乞明示，使弟子不惑。那僧笑道：你且莫問，日後自然明白的。說着便袖了這石，同那道人飄然而去，竟不知投奔何方。後來不知又過了幾世幾劫，因有個空空道人訪道求仙，忽從這大荒山無稽崖

青埂峰下經過，忽見一石……子房當時恨不能隨此石去，余亦恨不能隨此石而去也。而居然此石去矣，聊供閒者一笑。

青埂峰下經過忽見一大石上字跡分明編述

歷（人字便是）空已色已道人乃從頭一看原來就是無材補

天幻形入世蒙茫茫大士渺渺真人攜入紅塵

歷盡離合悲歡炎涼世態的一段故事後面又

有一首偈云

無材可去補蒼天（書之本旨）

枉入紅塵若許年（慚愧之言嗚咽如聞）

此係身前身後事

倩誰記去作奇傳（若用此句意中以無限）

詩後便是此石墮落之鄉投胎之處親自經歷

的一段陳跡故事其中家庭閨閣瑣事以及閑

情詩詞到還全備（末字中暗藏余謂晚翠有考）或可適趣解悶然朝代年紀

地與邦國都反失落無考空已道人遂向石頭

說道石兄你這一段故事據你自已說有些趣

味故編寫在此意欲問世傳奇據我看來第一
件無朝代年紀可考第二件並無大賢大忠理
朝廷治風俗的善政其中只不過幾箇異樣的
女子或情或痴或小才微善亦無班姑蔡女之
德能我總抄去恐世人不愛看呢石頭笑答道
我師何太痴也若云無朝代可考今我師竟假
借漢唐等年紀添綴又有何難但我想歷來野
史皆蹈一轍莫如我這不借此套者反到新奇
別致不過只取其事體情理罷了又何必拘拘
於朝代年紀哉再者世井俗人喜看理治之書
者甚少愛看通趣閒文者特多歷代野史或訕
謗君相或貶人妻女姦淫凶惡不可勝數更有

事則實事然亦敘得
很有間架有幽所有
順逆有映帶有隱有
見有正有閏有
蛇灰線空谷傳聲
一擊兩鳴明修棧
道暗度陳倉雲龍
霧雨兩山對峙烘
雲托月背面傅粉
千皴萬染諸奇

一種風月筆墨其淫穢污臭塗毒筆墨壞人子
弟又不可勝數至若佳人才子等書則又千部
共出一套且其中終不能不涉于淫濫以致滿
紙潘安子建西子文君不過作者要寫出自己
的那兩首情詩艷賦來故假擬出男女二人名
姓又必傍出一小人其間撥亂亦如劇中之小
丑然且環婢開口即者也之乎非文即理故逐
一看去悉皆自相矛盾大不近情理之話竟不
如我半世親覩親聞的這幾個女子雖不敢說
似前代書中所有之人但事跡原委亦可以
消愁破悶也有幾首歪詩熟話可以噴飯供酒
至若離合悲歡興衰際遇則又追蹤攝跡不敢

梁諸奇書中之
秘法亦不援少余
亦干逐四中搜剔以
剁剁明白註釋以
待高明再批示誤
斈子離騙之亞
開卷一篇立意真
打破歷來小說窠
臼閱其草別是
斯亦太過
謬

稍加穿鑿徒為供人之目而反失其真傳者今
之人貧者日為衣食所累富者又懷不足之心
總一時稍閒又有貪淫戀色好貨尋愁之事那
里去有工夫看那理治之書所以我這一段事
不愿世人稱奇道妙也不定要世人喜悅檢
讀只愿他們當那醉餘飽臥之時或避世去愁
之除把此一玩豈不省了此壽命筋力就比那
謀虛逐妄去也省了口舌是非之害腿腳奔忙
之苦再者亦令世人換新眼目不比那些胡牽
亂扯忽離忽遇滿紙才人淑女子建文君紅娘
小玉等通共熟套之傳稿我師意為何如空
道人聽如此說思忖半晌將這石頭記再檢閱

雪芹舊有風月寶鑑之書乃其弟棠村序也今棠村已逝余睹新懷舊故仍因之

人也大小恁丁想市此之一為儒冤年

一過因見上面雖有此指姦責佞眼惡誅邪之語亦非傷時罵世之旨及至君仁臣良父慈子孝凡倫常所關之處皆是稱功頌德眷眷無窮實非別書之可比雖其中大旨談情亦不過實錄其事又非假擬妄稱一味淫邀艷約私訂偷盟之可比因毫不干涉時世方從頭至尾抄錄回來問世傳奇因空見色由色生情傳情入色自色悟空遂易名為情僧改石頭記為情僧錄至吳玉峰題曰紅樓夢東魯孔梅溪則題曰風月寶鑑後因曹雪芹于悼紅軒中披閱十載增刪五次纂成目錄分出章回則題曰金陵十二釵並題一絕云

八

滿紙荒唐言　一把辛酸淚

都云作者痴　誰解其中味　此是第一首標題詩

至脂硯齋甲戌抄閱再評仍用石頭記

明旦看石上是何故事按那石上書云當日地

陷東南這東南一隅有處曰姑蘇有城曰閶門

者最是紅塵中一二等富貴風流之地這閶門

外有個十里街街內有個仁清巷

廟因地方窄狹人皆呼作葫蘆廟傍住着一

家鄉宦姓甄名費字士隱嫡妻封氏情性賢淑

深明禮義家中雖不甚富然本地便也推他

為望族了只因這甄士隱稟性恬淡不以功名

為念每日只以觀花修竹酌酒吟詩為樂到是

神仙一流人品。只是一件不足，如今年已半百，膝下無兒，只有一女，乳名英蓮，年方三歲。一日，炎夏永晝，士隱於書房閒坐，至手倦抛書，伏几少想，不覺朦朧睡去，夢至一處，不辨是何地方。忽見那厢來了一僧一道，且行且談。只聽道人問道：你攜了這蠢物意欲何往，那僧笑道你放心，如今現有一段風流公案正該了結，這一干風流冤家尚未投胎入世，趁此機會就將此蠢物夾帶于中，使他去經歷經歷。那道人道原來近日風流冤孽又將造劫歷世去不成，但不知落于何方何處，那僧笑道此事說來好笑，竟是千古未聞的罕事，只因西方靈河岸上三生石

（眉批、夾批）

背後亦有諸葛亮章
夏書蜇筆甚苦
只余不過顏頭和
尚何恨

今而後俊煊違化
書何本余之亦是脂
主再出一芹一脂是
大快遂心于今泉
笑甲午八月淚筆

金闺幻情之至妙如
此今録來慶卷其
後可知

035

课后习题

1. 理论题：概述点评式文学批评方法的特点、种类及其发展历史。

2. 实践题：收集 2~3 种使用点评式文学批评方法的著名作品，并与同学交流、探讨点评式文学批评方法的长处和缺陷。

本章主要参考文献

1. 陈永辉：《中国古代文学批评的文体嬗变》，武汉大学博士学位论文，2011。

2. （宋）何士信：《草堂诗余》第五卷，清《忏花庵丛书》本。

3. （宋）何士信：《增修笺注妙选群英草堂诗余》卷上，明洪武遵正书堂刻本。

4. （宋）黄昇：《花庵词集·唐宋诸贤绝妙词选》卷1，中华书局，1958.

5. （清）金圣叹批《贯华堂第五才子书·水浒传》（上），万卷出版公司，2009。

6. （清）况周颐：《历代词人考略》卷8，南京图书馆藏稿本。

7. （清）李贽、金圣叹等批《水浒传·名家汇评本》，北京图书馆出版社，2008。

8. 刘军政：《中国古代词学批评方法论》，南开大学博士学位论文，2010。

9. （明）毛宗岗批《第一才子书·三国演义》，线装书局，2007。

10. 孙克强：《小议〈历代词人考略〉的作者及其学术价值》，《文学遗产》1997年第2期。

11. （明）杨慎：《评点草堂诗余》卷1，明闵英壁刻本。

12. 叶朗：《中国小说美学》，北京大学出版社，1982。

13. 《脂砚斋重评石头记》，中华书局上海编辑所，1962。

第三章　形式主义文学批评方法

方法介绍

"形式主义"指的是 1915 ~ 1930 年在俄国出现的一种文学批评潮流，1914 年成立的"莫斯科语言学会"和 1917 年成立的"诗歌语言研究会"是它的两个组织，分别以雅各布森（Roma Jakobso，1896 ~ 1982）、什克洛夫斯基（Viktor Shklovskyj，1893 ~ 1984）为代表。

针对把文学作品的道德、传记、思想与历史诸因素置于优先地位的主导倾向，形式主义者的主要目标之一是促使文学研究的科学化。雅各布森表达了他们的共同见解：文学科学的对象不是整体的文学或个别的文学文本，而是文学性，即使是一部既定的作品。他们坚信，一部作品何以形成它的结构的——也即它运用了一些什么样的文学技巧和惯例——远比它道出了什么更有意义，文学研究应该科学地研究那些把文学活动与其他形式的话语区分开来的事实。可见，俄国形式主义的特征不仅在于他们对文学形式的研究，而在于他们对研究对象的本质重新作了定义，文学不是摹仿，不是表现，而是一个独立的自足体。什克洛夫斯基打了一个比方：我的文学理论是研究文学的内部规律。如果用工厂方面的情况来作比喻，那么，我感兴趣的不是世界棉纺市场的行情，不是托拉斯的政策，而只是棉纱的支数和纺织方法。所以，首要的问题不是如何研究文学，而是文学研究的对象究竟是什么，理论如何结构它的对象将决定理论本身的性质。

俄国形式主义思潮从诞生之日起，美学倾向就非常鲜明：它否定文学与现实的一切关系，否定传统的文学模仿论，否定内容与形式的关系。提倡以语言学的"训练方法"来处理文学。这股思潮 20 世纪 20 年代中后期在苏联遭到批判。什克洛夫斯基与艾亨鲍姆逃亡到布拉格，雅各布森也流亡东欧。以后，这几位学者在布拉格会合，开创了捷克的结构主义——布拉格学派。1924 ~ 1925 年间，大多数学者再没有机会在苏联发表自己的学术观点，他们只能接受官方的批判，其中甚至包括托洛茨基的批评。1934 年后他们的学术组织最终被解散了。尽管到 1955 年，才有维克托·厄里奇写的《苏俄形式主义的历史与理论》的论著问世，托多洛夫直至 1965 年才编写出《苏俄形式主义论文集》，但是，俄国形式主义影响并未消失。如原民主德国著名的马克思主义戏剧大师布莱希特便深受俄国形式主义的影响，开创了他的史诗剧。欧洲许多著名的理论家、作家，如罗朗·巴特、乔伊斯、卡夫卡等人都深受俄国形式主义的影响。雅各布森与语言学家尼古拉·特鲁别茨科依（Nikolay Trubetzkoy）及捷克学者联合组成的"布拉格语言学派"（Prague Linguistic Circle）更是继往开来，并影响了整整几代人。在一定意义上，俄国形式主义是结构主义美学的发源地之一。到了 60 年代，苏联学者对形式主义也已开始重新估价，试图肯定形式主义在理论上的贡献。①

从 1914 年到 1930 年，形式主义者们大体经过了首先讨论文学技巧，接着讨论因素与功能，最后考虑要素和系统的发展过程，但基本思想是一贯的。

1. 文学的独立自主性和文学性

形式主义者们认为，文学是一个独立有序的自足体。这表现在两方面：一方面文学艺术作为客体是独立于创造者和欣赏者之外的，另一方面它也是独立于政治上层建筑、道德和宗教等各种意识形态之外的，甚至还独立于社会生活之外。什克洛夫斯基有一句名言："艺术永远是独立于生活的，它的颜色从不反映飘扬在城堡上空的旗帜的颜色。"这句话曾经成为形式主义咄咄逼人的口号。

传统观点认为，文学是艺术家对自然、人类和社会生活的一种摹仿。这种观点在西方源远流长，从文字记载可追溯到古希腊时期。如赫拉克利特就认为艺术是对自然的摹仿。柏拉图则更进一步，把艺术的基本特征看作是摹仿，他说："从荷马起，一切诗人都只是摹仿者，无论是摹仿德行，或是摹仿他们所写的一切题材，都只得到影像，并不曾抓住真理。"② 这样，在他看来，艺术就像是一面静止的镜子，它只是消极地照出事物的外形映像，对事物本身并无深知，因为它实际等于"影子的影子"，与事物本身"隔了三层"。如果说苏格拉底和柏拉图更多的是从伦理和政治角度看待艺术的话，那么亚里士多德或许应当作为西方力图探讨艺术本身规律的开创者。尽管他有对艺术与人类其他活动的种种区分，也有关于艺术理论的专著，甚至还有对摹仿说的超越，但是摹仿说仍是他文艺理论体系的基石。他在《诗学》开首谈原理时，就说："史

---

① 参见蒋孔阳、朱立元主编《西方美学通史》（第六卷），上海文艺出版社，1999，第 225～226 页。

② 〔古希腊〕柏拉图：《文艺对话集》，人民文学出版社，1963，第 76 页。

诗和悲剧、喜剧和酒神颂以及大部分双管箫乐和竖琴乐——这一切实际上是摹仿，只是有三点差别，即摹仿所用的媒介不同，所取的对象不同，所采用的方式不同。"①

以摹仿论为中心，辐射出来的有关文艺的看法，基本上是围绕作者（摹仿者）和自然与社会（摹仿对象）二者，其理论中心是文艺与社会的关系问题，例如文艺的社会功用等。

形式主义对摹仿论和社会功用观念进行了尖锐的批评，认为摹仿者、摹仿对象和文艺的社会功用等都是文艺的外部因素，而文学研究应该从作品入手，研究文艺本身的内部规律，强调文艺的自主性。什克洛夫斯基曾宣称："我的文学理论是研究文学的内部规律。如果用工厂方面的情况来作比喻，那么，我感兴趣的不是世界棉纱市场的行情，不是托拉斯的政策，而只是棉纱的支数和纺织方法。"② 雅各布森则用文学性这个概念表达了他们的共同见解："文学科学的对象不是文学，而是'文学性'，也即把某一作品变成文学作品的东西。"③ 文学性是一切具有审美效果的文学作品所必然有的品质，它是使文学作品之为文学作品的根本因素，因此文学研究当然也就要以文学性作为研究的对象。在此之前的文学研究都是将作者放在首位，认为作品是表现世界的窗口，在形式主义这里，作品成了一个独立的世界，作品的文学性成为文学研究的对象，作品的地位自然今非昔比。

可见，俄国形式主义的特征不仅在于他们对文学形式的研究，而在于他们对研究对象的本质重新作了定义，文学不是摹仿，不是表现，而是一个独立的自足体。

不过，早期的形式主义基本上把文学性与形式等同，"艺术是技巧""手段是唯一的主角"就是他们的原则。

对此，俄国形式主义者们认为，文学批评的任务是要研究文学之所以成为文学的内部规律，即文学性，也就是要着重研究艺术形式，要深入文学系统内部去研究文学的形式和结构。既然文学可以表现各种各样的题材内容，文学作品的特殊性就不在内容，而在语言的运用和修辞技巧的安排组织，因此文学性仅存在于文学的形式中。形式主义也由此而得名。按照这一基本原则，只有决定文学作品成为艺术创作的那种特性才是文学科学研究的主要对象和核心。这

---

① 〔古希腊〕亚里士多德、贺拉斯：《诗学 诗艺》，人民文学出版社，1962，第3页。
② 〔俄〕维克托·什克洛夫斯基：《关于散文的理论》，《俄国形式主义文论选》，方珊等译，三联书店，1989，第14页。
③ 〔法〕参见达德维·方丹《诗学——文学形式通论》，陈静译，天津人民出版社，2003，第5页。

个原则很显然是针对那种传统的传记——社会学式的文艺研究方法，即以作家为中心，以文学的政治、道德等作用为主要社会功能的文学观的。形式主义者由于把研究文学的构成规律和形式秩序放在首位，因而又对艺术的形式和内容的传统二元论提出了批评，比如形式主义者维克托·日尔蒙斯基曾以《奥赛罗》中丈夫出于嫉妒杀死了自己的妻子为例进行论证。他认为内容与形式是一种约定俗成的划分，这种划分苍白无力、含混不清。它使人错把在艺术内外两种情况下的内容完全等同，并且容易使人把形式当作器皿，所盛的液体便是内容；或者把形式当作服饰之类，只是一种可有可无的外表装饰。

不过他们的"形式"概念已不同于传统的"形式"概念。形式主义的形式实际上包括了传统说的内容和形式。比如，在形式与结构的研究中，形式主义者指出17世纪塞万提斯的《唐·吉诃德》之所以能成为文学世界的经典，正是因为塞万提斯在人物性格上有新突破，将传统的十五六世纪的武士精神打破，唐·吉诃德所代表的，不再是英俊潇洒的骑士，也没有任何浪漫的故事，这位骑士年老体衰，重幻想而轻实践，但他肩负着人类亘古的理想，至死不渝。塞万提斯的成就是对传统的突破，这种反常化将传统的停滞的观念打破，又能将旧有的素材赋予新的理想。

这就是将人物性格归在形式之内。

2. 陌生化

"陌生化"是俄国形式主义文论的核心概念之一。

一部作品如何才能具有文学性而成为艺术品呢？为此，什克洛夫斯基把文学分成两大类进行讨论：诗和散文。"作品可能有下述情形：一、作为散文被创造，而被感受为诗；二、作为诗被创造，而被感受为散文。这表明，赋予某物以诗意的艺术性，乃是我们感受方式所产生的结果；而我们所指的有艺术性的作品，就其狭义而言，乃是指那些用特殊手法创造出来的作品，而这些手法的目的就是要使作品尽可能被感受为艺术作品。"① 既然文学作品分类（如诗和散文）是相对的，诗歌的形象并不能决定作品是否有艺术性，那么"诗歌形象是作为诗歌语言的一种手段，是一种手法，这种手法在功能上和诗歌语言的其他手法是等同物"，显然，艺术作品不仅仅是形象，（关于艺术为什么是千百年来困扰艺术家甚至哲学家的问题，在这点上，形式主义者反对"艺术即形象思维"的观点，认为"形象思维无论如何也不能概括艺术的所有种类，甚至不能概括语言艺术的所有种类。形象也并非凭借其改变便构成诗歌发展的

---

① 〔俄〕维克托·什克洛夫斯基：《作为手法的艺术》，《俄国形式主义文论选》，方珊等译，三联书店，1989，第3页。

本质的那种东西。"）艺术作品的狭义就是指用手法创造出来的作品，在这里，"艺术即手法"的雏形已现。如上引什克洛夫斯基的话中，一部作品是否有艺术性与人的感受方式相关联，什么样的感受方式才能真正对艺术品产生感受呢？什克洛夫斯基进一步指出："如果我们对感受的一般规律作一分析，那么我们就可以看到，动作一旦成为习惯性的便变得带有机械性了"①，而"艺术之所以存在，就是为使人恢复对生活的感觉，就是为使人感受事物，使石头显出石头的质感。艺术的目的是要人感觉到事物，而不是仅仅知道事物。艺术的技巧就是使对象陌生化，使形式变得困难，增加感觉的难度和时间长度，因为感觉过程本身就是审美目的，必须设法延长。艺术是体验对象的艺术构成的一种方式；而对象本身并不重要。"②什克洛夫斯基提出的陌生化问题不仅在俄国文艺学界，而且在世界文学论坛产生了很大影响。

什克洛夫斯基认为，文艺创作不能够照搬所描写的对象，而是要对这一对象进行艺术加工和处理。陌生化则是艺术加工和处理的必不可少的方法。这一方法就是要将本来熟悉的对象变得陌生起来，使读者在欣赏过程中感受到艺术的新颖别致，经过一定的审美过程完成审美感受活动。形式主义者的一个重要理论主张就是，文艺创作的根本目的不是要达到一种审美认识，而是要达到审美感受，这种审美感受就是靠陌生化手段在审美过程中加以实现的。

这种从审美认识、审美目的向审美感受和审美过程的转向，实际上是形式主义者把批评由创作为中心转向以文学作品和对文学作品接受为中心的必然结果。什克洛夫斯基研究文学作品价值的重点放在读者的审美感受上。文学艺术作品与政论等其他作品的本质区别就在于有无审美感受。文学的价值就在于让人们通过阅读恢复对生活的感觉，在这一感觉的过程中产生审美快感。如果审美感觉的过程越长，文学作品的艺术感染力就越强。陌生化手段的实质就是要设法增加对艺术形式感受的难度，拉长审美欣赏的时间，从而达到延长审美过程的目的。

什克洛夫斯基认为，托尔斯泰的小说中就大量运用陌生化手法。如托尔斯泰的《量布人》以马作为叙述者，用马的眼光看私有制的人类社会，在《战争与和平》里用一个非军人的眼光看战场，都在陌生化的描写中使私有制和战争显得更加刺眼地荒唐不合理。

再如他指出，托尔斯泰小说中常常不用事物原有的名称来指称事物，而是

---

① 〔俄〕维克托·什克洛夫斯基：《俄国形式主义文论选》，方珊等译，三联书店，1989，第6页。

② 〔俄〕维克托·什克洛夫斯基：《俄国形式主义文论选》，方珊等译，三联书店，1989，第6页。

像描述第一次看到事物那样去加以描述。比如,《战争与和平》称"点缀"为"一小块绘彩纸版",称"圣餐"为"一小片白面包"。这样,就使读者对已熟悉的事物产生陌生感,从而延长对之关注的时间和感受的强度,增加审美快感。

不仅在托尔斯泰的作品中可以发现大量的陌生化,而且诗里的夸张、比喻、婉转说法,诗中常用的古字、冷僻字、外来语、典故等等,无一不是变习见为新知、化腐朽为神奇的"陌生化"手法。在俄国读者习惯于玩味杰尔查文那种高雅诗句时,普希金却为长诗《欧根·奥涅金》的女主人公选择了一个村姑或女仆常用的名字:

> 她的姐姐叫塔吉亚娜……
> 我们将第一次任性地
> 用这样一个名字来装点
> 小说里抒写柔情的文字

诗人还特别加注说明,这类好听的名字只在普通老百姓中才使用。他描写夜色,有"甲虫嗡嗡叫"这样当时被视为"粗俗"的句子。然而正是采取民间语言入诗,给普希金的作品带来了清新的气息。陌生新奇的形式往往导致新的风格、文体和流派的产生,一如什克洛夫斯基所说:"新的艺术形式的产生是由把向来不入流的形式升为正宗来实现的。"普希金以俗语入诗,与华兹华斯、雨果、史勒格尔等浪漫主义者的主张相近,也类似于中国古代韩愈以文入诗的做法,合于司空图所谓"知非诗诗,未为奇奇"的论断。钱锺书先生早在20世纪40年代已经注意到什克洛夫斯基这一理论,并在与有关的中国传统议论相比之后总结说:"文章之革故鼎新,道无它,曰以不文为文,以文为诗而已。"可以说这是以"陌生化"为基础的文学史观。

形式主义者研究马克·吐温的《汤姆·索亚历险记》,他们发现其语法上有突破:马克·吐温把现存的语法和语言传统彻底打破了,但其文字并没有支离破碎和意义混淆。他们认为,马克·吐温是通过将传统的文字小心地过渡到文学的文字,而将现实世界的素材升华到文学世界领域里去。马克·吐温的文字,给读者一份惊奇,但惊奇后面便是欣赏和陶醉。形式主义者说,读马克·吐温的小说,除了惊叹文学世界的伟大,也令人对传统文字和现实世界的渺小和枯燥感到惭愧。

什克洛夫斯基把"陌生化"理论运用于小说,还提出了两个影响广泛的概念,即"故事"和"情节"。作为素材的一连串事件即"故事"变成小说的

"情节"时，必定经过创造性变形，具有陌生新奇的面貌，作家愈是自觉运用这种手法，作品也愈成功。按照这种理论，自然主义和写实主义必然让位于现代的先锋派小说，因为这种小说更自觉地运用把现实加以变形的陌生化手法。因此，可以说什克洛夫斯基为现代反传统艺术奠定了理论基础。形式主义者努力确定把故事题材加以变化的各种手法，并指出这些手法对于理解小说意义的重要性。

除了文学上的陌生化外，什克洛夫斯基认为，凡是有形象的地方都有陌生化。他举的例子就是色情艺术。他认为，色情的事物常常被描写为不曾见过的东西。例如在果戈里的《圣诞节前夜》里就这样描述色情：

> 于是，他凑上前来，咳嗽一声，微笑着，伸出纤长的手指抚摸她的丰满的胳膊，带着十分狡猾和得意的神情说：
> "迷人的索洛哈您这儿是什么呀？"他说完这话，便向后退了一退。
> "奥西普·尼基夫罗维奇，这是胳膊，难道你不知道！"索洛哈回答说。
> "唔！是胳膊！嘿，嘿！"教堂执事对于这样的开场白自鸣得意，在房里转了一转。
> "我心爱的索洛哈您这儿又是什么呀？"他带着同样的神情问道，又和她凑近了些，一只手轻轻地搂着她的脖颈，又同样往后退了退身子。
> "奥西普·尼基夫罗维奇，这是脖子，上面还有项圈，难道你看不清！"索洛哈答道。
> "唔！脖子上还有项圈！嘿！嘿！"接着，教堂执事又搓了搓手，又在房里转了一转。
> "那么，无与伦比的索洛哈您这是什么呀？……"天知道，教堂执事那长长的手指现在又要摸什么地方了……①

"陌生化"的基本意义是艺术能恢复并更新我们对生活和经验的感觉。比如步行，因为我们每天都走来走去，我们就不再意识到它，但当我们跳舞时，无意识的姿态就会给人以新鲜之感，舞蹈就是一种感觉到的步行，更准确地说，舞蹈是为了被感觉才构成的步行。而诗歌，它是那种日常无意识的因素或实用语言经过艺术加工后变得陌生新鲜了的东西。在日常语言中，字音是无意识地发出的，但诗歌使语言变得"歪斜""别扭""细薄""弯曲"，普通语言

---

① 〔俄〕果戈里：《果戈里经典小说》，赵匡正译，延边人民出版社，2001，第124～125页。

在诗歌中变得陌生了，字的物理声音变得异乎寻常地突出，这是诗歌的形式基础引起的，诗歌语言就是成了形的语言，它与日常语言的不同，不仅因为它可以包容日常语言中没有的句法和词汇，而是因为它的形式手段作用于旁通词语，使我们对它的声音结构产生新的感觉。

最著名的是这样一则便条："我吃了放在冰箱里的梅子，它们大概是你留着早餐吃的。请原谅，它们太可口了，那么甜，又那么凉。"经美国诗人威廉斯的重新分行排列而成为一首独特的诗：

便条	This Is Just to Say
我吃了	I have eaten
放在	the plums
冰箱里的	that were in
梅子	the icebox
它们	and which
大概是你	you were probably
留着	saving
早餐吃的	for breakfast
请原谅	Forgive me
它们太可口了	they were delicious
那么甜	so sweet
又那么凉	and so cold

这则"便条"和威廉斯的"诗"的内容完全一样，后者却因为排列的形式不同，产生了奇妙的艺术效果，传达出比实用文体的便条多得多的信息。这种语言形式的改变的确延长加深了对事物的审美感知过程。

事实确是如此，如果文学语言基本无异于一般的科学语言和日常生活语言，那么对读者来说就缺少了一种新奇感，就引不起读者的审美注意，就会把读者的阅读变成一种单纯获取知识信息的阅读，读者的目光迅速滑过文本而不会长久地停留在上面。只有文学语言以一种不同于读者习见的陌生化的形式出现，那才会引起读者强烈的惊颤，唤起读者浓厚的审美兴趣，才会把读者引领到文学的形象世界，并悠闲地徜徉于其中，慢慢地观赏其美妙的景致，细细地品咂其绝妙的滋味。如杜甫的《秋兴八首》之八中有这样的诗句："香稻啄余鹦鹉粒，碧梧栖老凤凰枝。"按照通常的语言"习俗"应该写成"鹦鹉啄余香稻粒，凤凰栖老碧梧枝"。按照日常语言的句法结构来写确是自然通畅得多，但也平板庸俗得多，缺少了"诗家语"的特性，谁还去咀嚼玩味？又比如鲁迅先生的《野草·秋夜》一文的开头一段这样写道："在我的后园，可以看见墙外有两株树，一株是枣树，还有一株也是枣树。"这也是明显打破了日常语言的规则的，具有一种陌生化的效果。人们平日说话一般不会这样啰嗦，谁要是平常这样说话也会被指斥为"怪怪的""不会说话"之类。因为这在一般人看来大可不必，一次说"在我的后园有两株枣树"不就完了？但是，从文学语言的角度来说，恰是因为鲁迅先生违反语言常规这样写，才会引起读者的惊奇，进而深思这样写的妙处。这样，读者通过鲁迅先生的语言不是简单地获得"在我的后园有两株枣树"的知识信息，而是体验到了"我的后园有两株枣树"的艺术表述。

文学语言的技巧是文学创作技巧的重要组成部分。这里，我们仅从文学语言与一般语言相区别的方面，即从文学语言的特点简单谈到陌生化技巧。至于实现文学语言陌生化的具体操作性技巧方法很多，这里简述数种如下：①打破日常语法结构规则，如艾略特《荒原》中的诗句"四月是最残酷的一月/从死的大地孕育出丁香/掺糅着回忆与欲望"，像"残酷"与"一月"的搭配就是不符合常规语法规则的。②语序颠倒，如辛弃疾《西江月·夜行黄沙道中》"七八个星天外，两三点雨山前"，正常语序应是"天外七八个星，山前两三点雨"。③词性活用，如歌中所唱"悲伤着你的悲伤，幸福着你的幸福"，这里的前一个"悲伤"和"幸福"就是名词用作动词；又如顾城《我和你》中的诗句"垂帘，静静的垂帘/安静着无数无数/黄金的叶片"，"安静"是形容词用作动词。④运用通感，如李贺在《李凭箜篌引》中把琴声写成"昆山玉碎凤凰叫，芙蓉泣露香兰笑"，"芙蓉泣露香兰笑"是用视觉形象形容听觉感受。⑤省略句法成分，如马致远《秋思》中"枯藤老树昏鸦/小桥流水人家"，又如温庭筠《商山早行》中"鸡声茅店月，人迹板桥霜"，全是名词排列，没有动词。⑥双声叠韵，如李清照《声声慢》中"寻寻觅觅，冷冷清清，凄凄惨惨戚戚"。⑦对偶押韵，如李白《静夜思》中："床前明月光，疑是地上霜。举头望明月，低头思故乡。"⑧隐喻，如庞德《在地铁车站》"人群中这些面孔幽灵般显现/湿漉漉的枝条上的许多花瓣"，后一句诗的意象是前句中"人群中这些面孔"的隐喻。⑨象征，如戴望舒《雨巷》"丁香一样地结着愁怨的姑娘"及诗的标题本身都是象征性的。⑩反讽，如裴多菲的《希望》"希望是什么？……是可恶的娼妓，不管谁，她都同样地拥抱。当你失掉最美丽的财富：青春，那时候，她就把你抛掉，抛掉"，这里把人们赞美的"希望"说成是"可恶的娼妓"，就颇有反讽的意味。此外还有比兴、夸张、幽默、用典、取消标点等。文学语言陌生化的技巧、手法在现代派、后现代派文学尤其是现代派、后现代派诗歌中可谓发展到了极致，每每能引起人的审美惊颤。

有人曾利用陌生化分析了李商隐的《锦瑟》这首诗的用典情况。全诗使用了大量的典故和意象，它们在诗中的使用手法和产生的效果集中地反映了形式主义文论中"陌生化"的原则。

全诗共使用了五个典故，"锦瑟五十弦""庄生梦蝶""望帝和杜鹃""珠泪""玉生烟"，首先作者在使用典故的过程中，有意或无意地选用了一些意义模糊或有多处来源的典故，使读者在解读的过程中往往无法确认典故的来源，多种典故的多种释义，造成了诗歌的主题和意象解释的多义性，这就打破了阅读中的常规化、机械化，营造出了陌生化的效果。"锦瑟五十弦"典中，关于瑟之弦的数量至少有两个出处。《周礼·乐器图》："雅瑟二十三弦，颂瑟二十五弦。饰以宝玉者曰宝瑟，绘文如锦者曰锦瑟。"《汉书·郊祀志》："泰帝使素女鼓五十弦瑟，悲，帝禁不止，故破其瑟为二十五弦。"这些关于弦数不确定的出处，正是后人解读中产生种种穿凿解释的主要原因之一，至于取何种出处，见仁见智，本文从文本本身出发倾向于将"锦瑟"当作绘文之瑟，"五十弦"也仅为瑟的弦数。"望帝和杜鹃"典也有几个来源，《水经注·蜀论》："望帝者，杜宇也，从天下。女子朱利自江源出，为宇妻，遂王于蜀，号曰望帝。"《蜀王本纪》："望帝使鳖灵治水，与其妻通，惭愧，且以德不及鳖灵，乃委国授之。望帝去时，子规方鸣，故蜀人悲子规鸣而思望帝。"《成都记》："望帝死，其魂化为鸟，名曰杜鹃，亦曰子规。"而关于"珠有泪"的典故，《文选注》中记载："月满则珠全，月亏则珠阙。"郭宪《别国洞冥记》："味勒国在日本，其人乘象入海底取宝，宿于鲛人之宫，得珠泪，则鲛人所泣之珠也，亦曰泣珠。"《博物志》："南海外有鲛人，水居如鱼，不废绩织，其眼泣则能出珠。"《大戴礼记》："蚌蛤龟珠，与月盛虚。"至于"蓝田日暖玉生烟"一句，蓝田为产玉盛地，皆无异议。但"玉生烟"却有两种说法，第一种《吴女紫玉传》："王梳妆，忽见玉，惊愕悲喜，问曰：'尔缘何生？'玉跪而言曰：'昔诸生韩重来求玉，大王不许。玉名毁义绝，自致身亡。重以远还，闻玉已死，故斋牲币诣冢吊唁。感其笃终，辄与相见，因以珠遗之。不为发冢，愿忽推治。'夫人闻之，出而抱之，玉如烟然。"另外在《困学纪闻》里也有记载："司空表圣云：'戴容州叔伦谓诗家之景，如蓝田日暖，良玉生烟，可想而不可置于眉睫之前也。'义山句本此。"戴容州之语，使后人往往将"蓝田日暖玉生烟"附会成李商隐在描绘其诗歌创作历程。至于上述种种不同的典故来源应取何意，本文不加深究，因其无碍于对之进行形式主义的分析。

如上所述，此诗使用的典故由于本身在客观上有多义性，且典故数量众多，不仅如此，作者在使用某些典故或意象时，还对典故或意象的本意进行翻新，通过有组织的扭曲，使它们产生了"陌生""反常""疏离"的效果。下面分别对前面六句进行分析。

第一句"锦瑟无端五十弦"，锦瑟这种乐器本身就有五十弦（此处根据李商隐诗中常用的瑟五十弦之例），原本平常，但作者的无端之问：锦瑟啊，你为什么是五十根弦呢？使之产生新意，奇特之问自然引出第二句，为"无端"作解。

第二句"一弦一柱思华年"，锦瑟的一弦一柱令作者想起了逝去的华年。在这里，用锦瑟的弦数比喻逝去的华年，此意非"锦瑟"典所原有，是作者对典故原意的发挥，使之产生新意。而且这两句中对典故的使用也十分高明，"第二句介入一个'思'字，便把两句所咏的客观景象，完全染上了主观的——作者的感情了。"

第三句"庄生晓梦迷蝴蝶"，庄生梦蝶的典故出自《庄子·齐物论》："昔者庄周梦为胡蝶，栩栩然胡蝶也，自喻适志与。"这里讲的是人与"物化"的境界，而此种状态的描述是"栩栩然"，典故的原意并没有突出梦幻，但作者在使用时加入一个"迷"字，使之产生朦胧变幻的美感，此处作者并没有改变原有的意义，但将典故中的一种氛围进行强化，新的意义便表现出来了。加入一个"晓"字，表达梦之短促，人生中所逝年华之感慨。此句中，典故的原意和诗中所表现的意义之间产生了一种语言的张力。

第四句"望帝春心托杜鹃"，本文选取望帝死化为杜鹃作为此句典故的出处，根据的是诗中自始至终所笼罩的哀怨的情调。此典故本身就具有凄美的色彩，作者在此句中介入"春心"二字，和原有典故之意完美结合。"春心"当指伤春之心，与上句中人生短暂相适应，更添其凄美哀怨的情感。添入"春心"，堪称创造，"这便把此一故事完全点活，而使其得到了作者所要求的新生命。"

第五句"沧海月明珠有泪"，月圆之时，珠盈饱满，晶莹透亮，似在流泪，缀沧海之背景，顿生苍茫之感。典故的原意有月圆珠全、月亏珠阙但并无生命逝去之意，但作者加上似泪的比喻，生命无常的感觉就十分自然了，这也是对典故的活用和翻新。

第六句"蓝田日暖玉生烟"，在典故中，紫玉为韩重笃情而复生，如烟而去。这本是一个动人的爱情故事，但在此句中，蓝田这个地方日光照耀，美玉似要化烟而去，显然作者在使用中没有采用原有的情爱的内涵。就如上面几句中，庄生句所表现的是梦幻，望帝句表达了一种哀怨，沧海句所表达的是清廖的氛围，此句营造的是一种缥缈。第四句到第六句中，庄生、蝴蝶、望帝、杜鹃、沧海、月明、珠泪、蓝田、日暖、玉烟等众多意象叠加在一起，其中庄生和望帝、蝴蝶和杜鹃、沧海和蓝田、月明和日暖、珠泪和玉烟皆应出现在选择轴上的词语，在此诗中被组织在横向的组合轴上，使它们形成一组转喻，正如形式主义所认为的诗性功能在于"把对等原则从选择过程带入组合过程"。雅各布森指出："相似性附着于毗邻性，其结果是使象征性、复杂性和多义性成为诗的实质……在诗中，由于相似性被带入到毗邻性，一切转喻都具有了轻微的隐喻特征，而一切隐喻也同样带上了转喻的色彩。"这些意象和词语共同构造了一幅凄美、朦胧、迷离的画面，具有强烈的视觉效果。绚丽摇曳，变幻不定，令人神往，此诗的真正魅力正源于此。

《锦瑟》这首诗在用典过程中有效地使用了隐喻和转喻的手法，达到了陌生化的效果，使这首小诗产生了文学性，成为千百年来人们不断对它进行诠释的作品。运用形式主义理论对其的有效解释也说明了：一部作品从另外一个理论角度进行解释或许更能揭示其本质的东西。

这就是什克洛夫斯基说的，要使人感觉到种种事物，要使人感觉到石头是石头。艺术的技巧使对象变得陌生，使形式变得困难，增加知觉的难度和长度，因为知觉过程就是审美目的，必须予以延长。艺术是体验对象的艺术技巧的一种方式，对象本身并不重要。

"陌生化"，是针对习惯化、机械化、自动化和无意识化而言的，就是克服对事物感知的自动化的手法，或者是对日常生活中感知习惯化的一种反作用。陌生化的目的就是让人从自动化的束缚中解脱出来，唤起人对事物的审美感受，充分发挥人的诗意的感官。这样，陌生化也就成了作品艺术性的最终源泉。因此对于作品而言，要具有艺术性，就要尽力营造一种陌生的感觉，通过运用陌生化的语言，对各种素材进行选择加工，使之成为艺术品，产生文学性。陌生化是形式主义的核心理念之一，"陌生化是形式主义学派最关心的问题，因而形式主义学派对文学的最有价值的分析有很多是关于各种手法以及'陌生化'的产生条件的分析。"而陌生化的基本原则就是对"日常语言进行有组织的暴力"，对日常语言进行选择、组合、加工、变形，以便增加读者对诗歌理解的难度，以便将注意力引向诗歌本身。

从 1914 年到 1930 年，形式主义者们对文学性和陌生化的讨论大体经过了从文学技巧到因素与功能，最后考虑要素和系统的发展过程，不过，总体看其基本思想是一贯的。

早期的形式主义基本上把文学性与形式等同，"艺术是技巧""手段是唯一的主角"就是他们的原则。但他们后来注意到，文学手段本身也是受感觉的无意识化制约，这就使习惯—陌生化这一对立也出现在文学之中。历数千年的文学熏陶，我们对文学中的许多手段、技巧已经熟悉而没有感觉了，这些东西已不再有陌生化的功能，文学—非文学的差别已不能与习惯—陌生化重合了，文学不仅仅是形式——受阻的语言，更重要的是"受阻的形式"。什克洛夫斯基发现，形式和顺序本身能作为强有力的无意识化的因素而发生作用，这就需要另外的陌生化，比如诗歌韵律的文学性有时恰恰不在其韵律，而在其韵律的错乱。什克洛夫斯基说，艺术中有顺序，但希腊庙宇中的柱子没有一根是按顺序很正确地立在它合适的位置上，一旦顺序错乱变成惯例，那么它作为一种使语言失去常态的手段，就会失去效力。"受阻的形式"就是偏离既定规范的形式，它并不一定就是困难的形式，而是体验为困难的形式，在读者期待为复杂形式的地方很可能是简单的形式。

从此发现的问题是"手段"和"功能"的差别，手段的陌生化效果并不取决于它是这样一种手段，而是取决于它在其中出现的那一作品中承担什么功能，同一手段可以具有多种不同的潜在功能，而不同的手段也可能具有同样的功能。作品中包含了消极的或无意识化了的因素，它们是规范化了的惯例，这就有必要区分"支配因素"（陌生化）与无意识化了的因素。雅各布森认为，作品是通过一些占支配地位的因素才成为文学的，它可以界定作品的核心成分，它制约、决定并改变其他成分。这一观点是前期观点的深入化、细致化，它们都属于形式，但功能不一样，作品的意义取决于被置于前景的"支配因素"和起辅助作用的因素之间的关系。就是说，作品具有意义的是那些不仅区别于日常实用语言也有别于作品中其他地方已经变成无意识的成分，审美价值是打破规范的结果，这个规范可能是日常实用规范，也可能是既往的文学规范。

这一深化导致对作品整体性的强调，它不再是把或多或少陌生化的手段组织在一起的东西，而是一个有内在联系、有内在决定意义的系统，它决定某一手段能起什么作用，是支配因素还是无意识化了的因素。形式主义者开始追寻普遍存在于文学作品不同层次和各种手法中的相互功能关系和等级关系，"文学性"的概念让位于对"审美功能"在作品中支配特性的承认，由于发现文学中"支配因素"与无意识化的对立，形式主义者牢牢保持了他们寻找和关注的文学的特殊性，文学性依然是由陌生化与无意识化相对立的差异所确定的。但又不会走向形式主义通常难以避免的"为艺术而艺术"。因为文学性并不与艺术对象相接近或等同，它完全可以包容作品中的非文学因素。

因为文学研究不是传记的、心理的，某些文学惯例或手段的可感性一定是趋向减弱，新的作品只有使过于熟悉的技巧、手段陌生化，或者把某些此前非功能性的手段置于前景。文学中的变化不取决于作者个人的环境和心理，而是取决于此前存在的文学形式，要有独特性，只有依靠对现有手段再加工，而不是靠作家个人的经验。同理，文学与现实的关系被切断了，文学形式的变化不是由现实社会的变化所决定的，而是出于要更新无意识化了的形式，只要它有可感性，能不能摹仿是不重要的。再一说，文学中的观念、意义之类也被颠倒了，它们可以作为可用的素材进入作品，文学依靠作品的功能性手段利用这些素材，形式主义者处理的不是思想而是语言。

陌生化是形式，而且只是形式。形式主义从传统的形式—内容的类比中解脱出来，以形式作为外壳、作为可以倾倒液体（内容）的容器的概念中解脱出来。"形式"与"内容"被代之以"手段"与"素材"，内容得依附于形式，它不能在作品中独立存在，既不能从所谓内容的需要确定形式，也不能从形式去推断内容，形式不取决于内容而取决于其他形式，它们的关系是手段作用于素材，并在使用素材时经常改变它们的形态。雅各布森的比喻是：诗歌性（即形式）就像烹调时用的油，你不能就这样去食用它，但当它和其他食物一起使用时，它就不仅仅是附加物了，它改变了食物的味道，甚至使菜与相应的不加油的菜之间显得不再有任何关系。艺术中的陌生化就像油一样，可以控制并改变材料成分，不要求有其他任何补充的概念。

形式主义开始于对艺术领域非审美标准的统治地位的挑战和对作品本身而不是作品之外的任何其他东西的极力强调，它认为凡是能够归到艺术品名下的东西，就全都不能划为其他的东西，任何对艺术作品之外的其他事物的联想，都算不上对艺术品的合理的反应。应当说，美学作为一个学科而得到承认，主要就是依赖于"审美"作为一个独立的、自治的领域而存在。对此，康德的论证最为有力。贝尔、弗莱的形式主义与后印象派艺术即现代艺术相呼应，他们论证了艺术从再现走向抽象是一个必然的进程。这一努力是成功了，他们确实使一般公众更自觉地意识到艺术作品中非再现性特征的重要性，使他们再不会为现代抽象艺术而惊慌失措。当然这一成功具有历史性，20世纪60年代以后，大部分艺术恰恰是对把艺术与生活相分离的形式主义的反抗，它们努力使艺术回到人类的日常生活中，与生活融为一体，以至像各种普通事物如肥皂盒、罐头盒、广告牌、小便器等都可以成为艺术品。面对这些艺术作品，形式主义是无法解释的。

当形式主义坚持艺术的内在标准时，它是正确的；当它们完全否定再现性因素时，它是不正确的。首先，并不存在他们所说的艺术形式。"形式"如果仅仅指关系本身，与发生关系的具体事物无关，它就只是一种观念。这样的观念在实际的审美经验中根本就找不到，因为通常情况下所说的"形式"，总是指具体的色彩、质地、声调等成分之间的关系，对它的把握只需要普通的知觉，其中并不乏感性的或再现性的内容。其次，他们所说"纯粹的"（"真正的"）审美感情并不纯粹，如果他们要成功地解释欣赏艺术时的快乐和趣味的本质，就只能从艺术之外的不纯粹的源泉中寻找理由和证据。正如接受美学的创始人尧斯归纳的，形式主义有两个根本问题，一是它要求读者严格约束自己，在与文本的接触过程中排除所有的兴趣和偏爱，以便让文本能顺利地展示其意图结构；二是这种规范性的研究强调每一文本的自主性而无法使文本与历史重新结合起来。

批评案例

本章选取三篇论文作为俄国形式主义文学批评方法的实践案例。

案例1　试论新感觉派都市小说的陌生化效应①

1

20 年代末 30 年代初，几个年轻的中国作家主动借鉴国外的创作方法，试图运用"特殊的手腕"来创作，给当时的中国文坛带来了一股新鲜的空气。他们就是新感觉派。虽然他们在文坛上乍生乍灭，然而其作品尤其是都市小说即使在今天看来也仍然闪耀着它们的独特风采。这一独特风采，用一句话来概括，即是自觉地追求陌生化。

那么，什么是陌生化呢？用俄国形式主义论者什克洛夫斯基的话说，就是："为了恢复对生活的感觉，为了感觉到事物，为了使石头成为石头，存在着一种名为艺术的东西。艺术的目的是提供作为视觉而不是作为识别的事物的感觉；艺术的手法就是使事物奇特化（即陌生化——引者）的手法，是使形式变得模糊、增加感觉的困难和时间的手法，因为艺术中的感觉行为本身就是目的，应该延长；艺术是一种体验事物的制作的方法，而'制作'成功的东西对艺术来说是无关重要的。"② 这样看来艺术陌生化就是要化腐朽为神奇，使现实生活中的客观事物"陌生"而呈现出新鲜感或惊奇感。质言之，陌生化就是要突破人们的认知习惯，对客观事物的形象进行重组，从而建构一个全新的艺术世界。并由此指向接受主体，使后者在艺术接受的感知中产生出新奇

---

① 漆咏德：《试论新感觉派都市小说的陌生化效应》，《华中师范大学学报》1992 年第 2 期。感谢漆咏德先生惠允以此文为案例。

② 《俄苏形式主义文论选》，中国社会科学出版社，1989，第 65 页。

的陌生化效应。

本文正是在这个意义上，试图从手法—结构—语言三方面来探讨新感觉派都市小说的特色，期望通过这种角度的变换获取一点有益的启示。

2

新感觉派在都市小说中，明显地采用了一种与传统现实主义不同的表现方法。这就是不屑于单纯地摹写、"再现"现实，而强调艺术是"对于客观存在的情绪的感应和表现"①。确切地说，他们是用"一种使现实陌生的方式表现现实"②的，这表现在他们采用许多独特的表现手法，使熟视无睹司空见惯的事物披上神秘的面纱而重新使人兴奋，使那些自动化的习惯感知陌生化而再度令人敏感。

要想使读者感到惊奇，就必须巧妙地运用与熟悉的事物拉开距离的技巧，新感觉派深谙这一点。从手法角度讲，新感觉派主要采用了以下三种手法。

1. 叠加手法。叠加手法的运用，就有效地破坏了人们的感知与客观世界达成的那份约定俗成的默契，令面对着都市小说的读者不得不相应地以一种陌生的、非日常的阅读方式去领悟和感受文本中的形象。如穆时英《上海的狐步舞》的这段开头：

> 沪西，大月亮爬在天边。照着大原野。浅灰的原野，铺上银灰的月光，再嵌着深灰的树影和村庄的一大堆一大堆的影子。原野上，铁轨画着弧线，沿着天空直伸到那边儿的水平线下去。

这是新感觉小说特有的神奇的表现，它一反呆板的机械的客观描写，使大月亮、大原野、铁轨都与作者的自我感受联结在一起，凸现了主观感觉的效果。尤其是它对时空的再造，为艺术接受者在自己的审美心理结构中创造新的审美天地提供了源泉。这种描写的不同寻常，就在于它打破了现实的实际时空，将三维的立体时空叠加成二维的平面时空，将分属两个层面的天空和原野叠成一个巨大的平面，而让铁轨在中间"画着弧线"。于是这段开头便成了小说中地狱与天堂交错、映照、并陈的大上海的象征。这种独特的表现，因为距离间隔设置，成功地阻隔了读者的自动化感知，同时这份奇特又反过来唤起了阅读者的激情，从而拓展了审美感知的时空。

---

① 穆时英：《当今电影批评检讨》，《妇女画报》第 31 期（1934 年）。
② 〔英〕安纳·杰弗森等：《西方现代文学理论概述与比较》，陈昭全等译，湖南文艺出版社，1986，第 13 页。

2. 复合手法。为了把事物变成艺术事实，就必须使它脱出生活事实的系列，必须把事物从它习惯的组合外壳中解脱出来。复合手法就具有这样的陌生化效果。请看：

> 蔚蓝的黄昏笼罩着全场。一只 Saxophone 正伸长了脖子，张着大嘴，呜呜地冲着他们嚷。当中那片光滑的地板上，飘动的裙子，飘动的袍角，精致的鞋跟，鞋跟，鞋跟，鞋跟，鞋跟。蓬松的头发和男子的脸。男子的衬衫的白领和女子的笑脸。伸着的胳膊，翡翠坠子拖到肩上。整齐的圆桌子的队伍，椅子却是零乱的。暗角上站着白衣侍者。酒味，香水味，英腿蛋的气味，烟味……独身者坐在角隅里拿黑咖啡刺激着自家儿的神经。（穆时英《上海的狐步舞》）

这一片段用异常快速的节奏，电影镜头般的组切方法将形体、声音、光线、色彩、气味、动作、表情等诸种可感的因素通过幻觉、听觉、视觉、嗅觉等多种感觉的复合而描写出来，使殖民地都市中舞厅热烈而疯狂的人事氛围得到了鲜明的表现。舞厅这一完整空间经过全景、特写、中景、远景的多角度多视点的切割后，又在读者的接受过程中重新复合。这种陌生化的手法强烈地刺激着读者的视听注意力，使读者有了充分展开艺术想象的天地，感知时间大大延长了。

3. 情绪具象化手法。

情绪具象化也是新感觉派独有的手法，这种将抽象的情感体验赋予有形表现的手法为读者带来了崭新的感觉。如：

> 生活琐碎到像蚂蚁。
> 一只只的蚂蚁号码3字似的排列着。
> 有啊！有啊！
> 有333333333333……没结没完的四面八方地向我爬来，赶不开，跑不掉的。
> 压扁了！真的压扁了！（穆时英《黑牡丹》）

对琐碎生活的厌倦和疲惫感是一种很普通的生活体验，由于平凡生活的周而复始磨钝了人们的感觉神经，使人们对这种情绪体验几乎麻木而无意识化了，是新感觉派的特殊表现，唤醒了人们沉睡的感觉。短促句式和分行排列的形式外观本身就给人一种厚重的压迫，而情绪通过蚂蚁、号码来视觉化触觉化的独特方式更使人感到一种在命运面前无可奈何的深沉悲哀。这种具象化的表现，由于与对象保持着一定的距离，使人得以用一种旁观者的姿态，冷眼审视那些紧紧纠缠在身边的日常琐碎。艺术感受因此更细腻、深刻，回味也更绵长、持久。

新感觉派就是通过这些特殊的手法，把对象从平常的感知移进新的感知氛围，使事物摆脱感知的自动化，使接受者重新获得"对生活和经验的感觉"的。都市小说也由此表现出奇特的活力、个性和生命，焕发出迷人的魅力。

3

如果说陌生化手法还给人一种只停留在对事物表层进行感知的印象，那么，陌生化结构便构成了形式自身对读者自由的召唤。如果说手法只是作为局部而被重新感知，那么结构就是作为艺术整体产生审美效应的。所以结构在陌生化效果中更具意义。因为一种优秀的结构形式，其最大的审美价值就在于它能最大限度地唤起人们的感知。为了承载那强烈的"新感觉"，都市小说营造了新颖的结构模式。这些模式以其陌生化的组构，使读者重新体验到那种第一次发现事物所产生的惊奇和震颤，恢复了对世界的敏锐感觉。

平列式结构。这是指作品中的众多部分体现出一种平列的关系。它的最大特点就是可以使感觉停留在不断变换的视觉上，使感觉的力量和时间达到最大的程度。穆时英《上海的狐步舞》可以视作这种模式的代表。作者将小说文本所涵括的事物的运动过程剪辑成众多的"此时此地"的时空单元，这些时空单元全是以五彩缤纷的爆发性的瞬时显现的。这些瞬时在小说中依次出现，彼此对照和相互补充，最后形成了一个有丰富意蕴的统一体。小说中的事件没有传统所习惯的编排顺序，几乎是刚开始就被另一个事件所中断。也就是说作品没有一个贯穿始终的情节。小说从傍晚的沪西外景到黎明的浦东外景，一共写了十几个时空单元，这些单元除了少数几个有点联系，其余的几乎都是封闭的。既然情节和事件本身不能发展成自身的主题，那么结构就承担了这个重任。在这里，显然是"对形式的意识构成了这部小说的主题"①。正是作品时空单元并陈平列的结构形式，凸现了大上海的飘忽和轻浮，疯狂和糜烂，真实地暴露了半殖民地都市不合理的病态现实，形成了作品的主题意义：上海——造在地狱上的天堂。作品中平列出现的众多单元不断地刺激着读者的审美注意，然而事物在这里决不是仅仅作为空间的一部分被感觉的，而且可以说是在它的延续性上被感觉的。尽管瞬时的爆发性的原初目的是为了刺激接受者，然

---

① 〔英〕安纳·杰弗森等著《西方现代文学理论概述与比较》，陈昭全等译，湖南文艺出版社，1986，第20页。

而当它们各自的延续性尽情伸展时，便为接受主体的审美再造提供了无限的可能性。这样，结构的陌生化就生成了新奇的阅读效应。

宝塔式结构。它是指作品前后的时空范围呈现出先展后收的特征。如穆时英《夜总会里的五个人》就十分典型。它的第一部分，并列组合了五个互不发生联系自成一体的时空单元，它们延伸开去，便展现了大上海的方方面面；它们聚合起来，便释放了相同的意义：生活正在跌落，生存世界被解体得支离破碎。小说的第二部分可以看成是必要的过场或桥梁。而第三部分则是"塔尖"，是高潮。五个面对着破产、青春消逝、失业、失恋、困惑，心灵已是创伤累累，生活被扭曲已至疯狂和病态的跌落的人，带着快乐的面具从四面八方走到了一起：夜总会。这种由"塔基"向"塔尖"发展的结构形式，便构成了人物生存空间越来越狭小越来越封闭的象征。这显然是作者人为的一种艺术重组，目的是通过这种陌生化的营构来表现一种召唤，使作品能从结构上被感知，使读者能够在审美感知中作出自己的思索，从而强化小说的陌生化效应。

辐射式心理结构。这种结构围绕主人公的意识而展开，而意识本身又伴随着行为、动作而浮现。它以其委婉曲折而又微妙朦胧的安排，时常激起阅读的兴奋点。如施蛰存的《春阳》虽然潜伏着一条为读者所习惯的时间线和情节线，但它是不会吸引读者的。只有围绕蝉阿姨在"春阳"拂照下"很骚动的对于自己的反抗心"而展开的结构，才是作品陌生化效应的源泉。这种结构并不避"俗"，相反却极力模拟特定情境下人物心理活动的流动状态，以对"常规"的逼视来显示对常规的违反，因此使作品产生出异乎寻常的美感效应。

上述结构都以自己特殊的编排使小说形式变得复杂，增加了感知的难度和时间长度。在这种情况下，读者不得不投入更多的精力和注意去适应它，从而使作品更能够被感觉到。这正是陌生化所要达到的目的。

4

艺术语言是实现陌生化的重要保证和条件，也就是说，陌生化的艺术效应最终还是靠语言来实施的。将艺术语言与日常语言进行间离，改变语言的常态，使之尽可能地产生一种特殊的语义变化，使语言具有独特性和新鲜感，从而创造具有新的意蕴的语言，是陌生化的题中之义。为了创造新奇的有表现力的语言，新感觉派十分重视"话〔艺〕术的新形式、新调子，陆离曲折的句法，中国文字的改革"[1]，强调"创新句，新腔，新境"[2]。语言成了他们追逐

---

[1]　《新文艺》月刊第 2 卷第 1 号扉页。

[2]　沈从文：《论穆时英》（《沈从文全集》[第 16 卷]，北岳文艺出版社，2002）。

的对象，成了他们显示自己与众不同、刻意求新的一个标志。无疑，新感觉派比别人更沉浸在新的语汇、诗意、节奏和色彩的感觉中。所以撇开语言，都市小说的陌生化效应是无从谈起的，因为艺术手法、艺术营造都是以语言为基础的。新感觉派在都市小说中，采用了许多手段来"扭曲""变形""干预"普通语言，使之陌生化成为新的文学语言。

新奇的感觉语言是都市小说与众不同的方面之一。请看："她们的高鞋跟，踏着柔软的阳光，使那木砖的铺道上响出一种轻快的声音"，"疾走来停止在街道旁的汽车吐出一个披着有青草的气味的轻大衣的妇人和她的小女儿来"（刘呐鸥《礼仪和卫生》），"红的街，绿的街，蓝的街，紫的街……强烈的色调化装着的都市啊！霓虹灯跳跃着——五色的光潮，变化着的光潮，没有色的光潮——泛滥着光潮的天空，天空中有了酒，有了灯，有了高跟儿鞋，也有了钟……"（穆时英《夜总会里的五个人》）"上了白漆的街树的腿，电杆木的腿，一切静物的腿……revue 似地，把擦满了粉的大腿交叉地伸出来的姑娘们……白漆的腿的行列"（穆时英《上海的狐步舞》）。强烈的主观感觉的渗入，对色彩和节奏的异常敏感，使人从这些语言中感到一种跃动的节奏感和色彩感。这种动态的、视像化的语言，给人以耳目一新的艺术享受。

新感觉派在都市小说里常常不满于用一个名字来指代一个事物，而力图找一个更有表现力的称呼，因此他们总是选择一个不太常用的词，至少在那种情况下不常用的词来突破常规，扭曲日常语言。这样做的目的是为了将概念从它所处的语义学系列中抽出而放进另一个语义学系列里，使词义得到转移。于是我们便能感到语言的新颖，感到事物被置于新的范围中。如"视线容易地接触了。小的樱桃儿一绽裂，微笑便从碧湖里射过来"（刘呐鸥《两个时间的不感症者》），就故意避陈去俗，翻新出奇，用"樱桃儿""碧湖"来生疏我们对嘴、眼的习惯称呼，使对象被移入一个新的情境里，这样便令人惊奇而感到新鲜。都市小说也通过将物人化和将人物化来改变语义范围，造成语言的陌生化。如"咖啡壶里的水蒸气和烟斗里的烟一同地往园子里彳亍着走去，一对缠脚的老妇人似地，在花瓣间消逝了婆娑的姿态"（穆时英《白金的女体塑像》）。这种人化，和"把她挂着拐到两边是青青的叶子的狭径上了"（黑婴《五月的支那》）的这种物化，都因为对象被投进另一个系列而使语言变得生动、活泼、不同凡响。当然比喻也同样具有这样的效果，这里就不再举例了。都市小说这种刻意用不熟悉的词语来延宕人们感受事物的过程，大概就是为了增加语言被感受的难度。从而令读者始终处在寻找意义的领悟活动之中。

新感觉派也不满于用一种感觉来表达一种感受，而总是试图使感觉印象成为"全官感或超官感的东西",因此他们喜欢采用感觉的联通来表达主体内心体验的模糊、朦胧的感受,使感受语言化。这种通感语言以其与常规语言的疏远和差异,来造成陌生化。如"不知哪一间屋子里的钢琴上在流转着 MINUETING;这中古味的舞曲的寂寥地掉到水面上去的落花似的旋律,弥漫着这凄清的小巷"(穆时英《PIERROT》),就将属于听觉形象的"舞曲"转化成为视觉形象的"水面上"的"落花";而"舞着,华尔滋的旋律绕着他们的腿,他们的脚践在华尔滋上面,飘飘地,飘飘地"(穆时英《上海的狐步舞》)中的"旋律"不仅会"绕",还可以被"脚践";至于"她嘴唇上的胭脂透过衬衫直印到我的皮肤里——我的心脏也给染红了"(穆时英《黑牡丹》),则将"吻"这种触觉转化为视觉"染红"了。我们知道,人们平常都是用眼睛去看物体和色彩,用耳朵去听声音,用触觉去感知冷暖,用嗅觉去闻气味,但如此描写,接受者早已司空见惯,习以为常。通感语言却以其全新的功能对普通语言进行了独特的组合:耳朵可以听见形体,触觉可以感知色彩……使语言释放出新的意义。无疑,这种陌生化的艺术语言是新颖的,有表现力的。

新感觉派还运用了许多技巧突出语言的质感,令读者感到惊异。如:

> 电话筒里喷的一声儿,接着就是笑声,一面儿便断了;我再讲话时,那边儿已经没了人。
>
> (喷喷喷喷喷)
>
> 这声音雷似的在我脑子里边哄闹着……(穆时英《CRAVEN"A"》)

这种用字体的变化表现人物的听觉和心理感受,就十分独特。此外重复、外来语、欧化句式等都是都市小说创造"新句、新腔、新境"的重要手段。故意重复使语言繁琐臃肿,故意使用外语、长长的欧化句式,都是为了造成对语言的干预、变形,使感知别扭,使读者对语言保持相当的紧张,不致因菲薄而疏漏。当然这需要把握分寸,如果滥用乱用,反而会导致恶劣的后果。新感觉派都市小说为了突现上海滩的洋场气息而采用这些语言技巧,应该说是成功的。

5

必须说明,上述几个方面在新感觉派都市小说中常常是融为一体的,是作为一个有机的整体释放出陌生化效应的。本文只是为了行文方便才将它们分而述之的。当然新感觉派都市小说的陌生化表现并不是十全十美,有时就显得神秘化,对形式的过分偏爱,对"新奇"的过分执着,对语言的过分依恋,使得呈现在读者面前的这个带有浓郁主观色彩的、不确定的、扑朔迷离的感觉世界虽然丰富却还不够沉实。至于在民族化、形式与内容的和谐统一等方面也存有极大的缺憾，这些恐怕都是导致新感觉派都市小说在文学史上品位不高的重要原因吧。然而不管怎么说，新感觉派对陌生化的自觉追求，在艺术上的敢于创新求新，是应该予以肯定的。

案例2　对于《法国人大决斗》的分析①

《法国人大决斗》是马克·吐温的一篇短篇小说。它讲述了叙述者，一个美国人，是如何被卷入两位虚伪懦弱的法国人的决斗之中的，这场决斗是如何进行和以叙述者作为唯一的负伤者而结束的。文章讽刺了法国人的决斗和所谓的骑士精神。从内容来看，故事的简单并不能使这篇文章成为一篇成功的幽默和讽刺小说。本文会集中分析小说的形式，并运用俄国形式主义的陌生化概念，将分析分为三个方面——叙述视角，修辞手法，还有情节安排。

1. 叙述视角

在这篇小说中，马克·吐温并没有用小说采用最多的第三人称视角②，相反他采用了第一人称的视角来叙述整个故事。与相对较为传统的第三人称视角不同，第一人称视角对于故事中事件的发生只有有限的了解：读者通过叙述者的眼睛和心理获得直接的信息，且无法获得更多的信息——第一人称视角把其他信息藏于黑暗，等待读者自己发现，比如文中只提到了我方决斗者的准备过程以及与对方助手的商量过程，却并没有描述对方决斗者是如何准备的。第一人称视角可以轻易地为读者制造悬念，提升这篇故事的幽默性质，加强陌生化的效果，使之更加引人入胜。整个叙事从"我"的角度出发，用叙述者自己的观察和心理描述，不仅给读者带来了强烈的浸入感，使他们更容易体会出作者在字里行间表达的讽刺，更给读者带来了第三人称叙事不能带来的新鲜感，使一部读者习以为常的小说题材和其中的事件变得陌生，变得"显形"。比如，"他挥出双臂，搂住我的脖子，把我按在他腹部上方胸口，在我两边颊上吻着，紧紧地拥抱了我四五回，然后把我安放在那张他本人平时坐的安乐椅里"，这是决斗前叙述者拜访一位法国议员岗贝塔先生时，后者对叙述者的行为。若是以第三人称来描写，将"我"换成"他"，读者则站在了一旁，冷眼旁观事件的发生；而"我"的角度则加强了临场感，读者自觉认为自己就是"我"，自己正在被一位膀大腰圆的男性搂抱亲吻，陌生感和新鲜感喷涌而出，

---

① 齐骁翔：《从俄国形式主义的角度分析马克·吐温的〈法国人大决斗〉》，《现代交际》2018年第2期。刊发此文前未能联系到原作者，敬请作者见谅。

② 彭娟：《论俄国形式主义的"陌生化"》，武汉大学硕士学位论文，2005。

也加强了男性行为的荒谬性。这个故事中的叙述者也很"新鲜"。虽然叙述者全程参与并目睹了一场有趣和荒谬的决斗，他却是最后一名发觉这是个很有趣的故事的人。在马克·吐温的小说中，这成为他小说的一个特色：他的作品"字里行间透出的那种幽默时时碰撞着我们笑的神经。这种碰撞主要来自作者叙述的方式——那种一本正经"①。读者在文章中可处处找到这种痕迹："我反对这些话，我说要在临死前讲完这一套会拖延太长的时间；对一个疾病患者来说，这确是一篇绝妙的演说词，但是它不适合于决斗场上那种迫切的要求""这一下我把他问倒了"。可以看出，叙述者一点都没有为其他人荒谬的行为所影响，而是全心全意参与到决斗的每个过程，对于他觉得不妥而读者觉得可笑的行为进行质询和协商。他不仅为了同伴成仁时可以念完遗嘱而尽心尽力地缩短冗长的遗嘱，而且为了让决斗能有个结果而选择致命的武器。从他的语言和行动中，读者能感受到的没有调侃，只有真挚。读者自然能看出这个故事何其荒谬且简单，但是叙述者沉迷其中的认真与真诚却为读者带来了崭新的审美体验，这种正经与荒唐的碰撞反而使整个故事陌生化，吸引了读者的眼球。

2. 修辞手法

修辞手法的分析在文学作品形式的分析中是不可或缺的。马克·吐温在《法国人大决斗》中运用了很多种修辞方法，其中夸张和反讽大放异彩。日常生活中正常的行为和情感因为角色夸张的行为而陌生化。"他正在那些砸烂了的家具当中来回疾走，时不时地把一个偶然碰到的碎块从屋子里这一头猛踢到另一头。不停地咬牙切齿，发出一大串咒骂，每隔一会儿就止住步，将另一把揪下的头发放在他已经积在桌上的那一堆的上面。"愤怒到打砸摔的人并不少见，但是夸张到对自己的头皮下手的毕竟还是鲜有。这种夸张非同一般地突出了叙述者朋友的愤怒，与决斗的不可避免，也表现出了决斗者的"男子气派"，加之后来听到武器是一把几乎肉眼不可见的微型手枪之后夸张的两度晕倒，作者用两个极端的描写不仅勾起了读者的嘴角，也表达出了这场冠冕堂皇决斗的荒谬。夸张的频繁使用不仅制造了幽默的效果，也营造了运用反讽的氛围。"作者在反讽中的修辞性介入，不能像非反讽作家那样，以直截了当的方式告诉读者事情的真相，他必须以巧妙的暗示，让读者经过转念一想，心领神会"②。马克·吐温通过对两个极端的描写，塑造了一本正经和荒诞不经的对立，反讽了那两位决斗者外强中干的懦夫性格和决斗本身的荒谬，而这种需要

---

① 范川凤：《马克·吐温的幽默语言艺术》，《逻辑与语言学习》1994 年第 3 期。

② 李建军：《论小说中的反讽修辞》，《中国人民大学学报》2001 年第 5 期。

读者自己加工并心领神会的反讽，也给予了读者一种新鲜感。

3. 情节安排

《法国人大决斗》情节安排的陌生化并不体现在事件的时间安排上，这篇小说是按照传统的时间次序安排事件的。陌生化发生在作者将故事加工成情节这个过程中。这篇小说虽然叫《法国人大决斗》，作为高潮的决斗本身却被不断推迟，而决斗的准备工作却一再延长。这里的故事很简单：双方为了决斗而不断准备和协商。但是，读者会发现双方在第一次协商时定下来的武器和时间，却在后面变更了好几次，遗嘱也是经过不断的精简才定下来。这对于对决斗轻车熟路的法国人来讲并不平常。作者通过情节安排的陌生化为读者接连制造悬念，并将这个平常的决斗故事一步一步引向令人目瞪口呆的结局——节奏紧凑但是时间冗长的万全准备换来了叙述者自己的重伤。

案例3　奇崛冷艳的审美体验

——以形式主义批评理论分析李贺《秋来》一诗①

李贺，素有诗鬼之称，其作品具有"情凄怨、色冷艳、境奇诡、调激越"的独特审美风格。这与他在创作过程中极力求"奇"，大量使用"换喻""通感"等陌生化手法有着密切的关系。

日尔蒙斯基曾运用形式主义批评方法对普希金的诗《为回到遥远祖国的岸》进行了细致的分析。在剖析了诗歌的整体结构之后，根据不同的语言结构修辞技巧，分类进行说明。他认为内容和形式的传统划分，使艺术中有了审美成分和非审美成分的区别。而诗学的任务应从无争议的材料出发去研究审美对象的结构，对于具体的艺术语言作品来说，就是研究作品的结构。② 这与李贺的一些诗歌的某些方面两相契合。

因此，本文试以俄国形式主义批评方法分析其代表作《秋来》一诗，希望能为李贺诗歌研究者提供一点有益的借鉴。

一

日尔蒙斯基在《抒情诗的结构》和《诗学的任务》中分别提到，将形式与内容生硬地划分对于艺术审美是有百害而无一利的。形式不仅仅是内容的外衣，更是艺术审美以及精神内容的一种表现方式与更深诠释。

---

① 周静秋：《奇崛冷艳的审美体验——以形式主义批评理论分析李贺〈秋来〉一诗》，《科教文汇》2010 年第 9 期。刊发此文前未能联系到原作者，敬请作者见谅。

② 参见朱立元主编《20 世纪西方美学经典文本》，第 1 卷，复旦大学出版社，2000，第287 页。

在对普希金的诗《为回到遥远祖国的岸》进行细致分析时，他首先对诗歌的整体结构方式进行了剖析，指出了诗歌的分行分节方式和押韵方式，揭示了诗歌韵律结构的特点。接着，日尔蒙斯基立足于诗歌语言与实用语言的差异，具体而微地分析了诗歌语言是如何偏离日常语言而产生审美效果的。而在对诗歌的语词技巧进行了局部的细节分析后，日尔蒙斯基最后转到对诗歌的整体风格进行比较、剖析，并表明了自己的批评观念。

李贺的这首诗由于篇章较短，这样分析，难免会有较多重复的地方，所以我们不妨逐句进行讨论。原诗如下：

> 桐风惊心壮士苦，衰灯络纬啼寒素。
> 谁看青简一编书，不遣花虫粉空蠹。
> 思牵今夜肠应直，雨冷香魂吊书客。
> 秋坟鬼唱鲍家诗，恨血千年土中碧。

下面我们便以此方法具体分析此诗。

二

《秋来》全诗共八句四联，意义与感情相互关联，层层递进。诗名为《秋来》，给人的感觉此诗应该是秋天来临、秋风乍起时作者的感兴之作，而诗歌的第一句也的确点明了创作的环境：秋风飒飒、桐叶纷纷。但这里李贺却出于用字求新求诡的创作理念，对语言进行了陌生化的处理。

首先，以风中的梧桐落叶来指明节候，"风"即可看成对"秋风"的陌生化。古典诗歌，尤其是近体诗，讲求格律，由于字数所限，作者常常用语精简，但也并非可以随意而为。人们在长期的创作实践中积累出一套相对固定的意象，例如在形容秋天的时候比较常见的词汇有"落叶""落木""桐叶""黄叶"等。秋风梧桐的意象并非没有，但很少会组合成"桐风"这样的词语，笔者对唐诗三百首进行了检索，没有发现同样的词语，可见这一用法并不常见，甚至可能是李贺的独创。

"桐风"的出现使得作者突然感到年华的逝去、岁月的无情、心志的消磨、人生的无奈，一个"惊"字将寒风突至、愁绪骤起的情况描摹出来，但"惊"毕竟只是一个瞬间感受，随之而来的"苦"则具有长久的余味。在"衰灯络纬啼寒素"一句中，我们可以看出，作者已由最初强烈的心理震动转入绵延不尽的愁苦感受。"络纬"即蟋蟀，蟋蟀的生命非常短暂，到了秋季常常伴随着天气的转凉而死亡，因其声似纺线，似促人织衣，所以名为促织，而促织的另一种表达方式叫"络纬"，因此，"络纬"又代称蟋蟀。"络纬"在这里可看做是对蟋蟀的陌生化处理，这里如果直接使用蟋蟀，固然可以，但很容易使读者走向审美的自动化与机械化，而换作"络纬"，突出了其声响上的特征，不仅使原本熟悉的意象奇特化，增加了感知的困难，延长了审美活动的时间，而且促使审美主体进行联想，从听觉的角度上感受秋夜的凄寒与寂静。

通观整个诗句，我们发现作者为了营造这种凄寒寂寞的意境，特别使用了反衬的手法。蟋蟀在秋天已很稀少，其鸣叫声也已微弱，但作者却听得十分真切，我们不仅可以感受到周围环境的安静，也可以体会作者寂寞的心绪与敏感的神经。这种以动衬静的手法将寂寞寒夜的凄苦表现得淋漓尽致。不仅如此，"衰灯"，这一意象也很值得关注，灯火是黑夜中唯一的光源，寒夜中的灯光原本应是格外的温暖，但这里作者面对的却是一个昏暗微弱，即将燃尽的"衰灯"。"灯火"原本具有的"明亮""温暖"的义素与"衰"字形成了强烈的对比，在寒夜的大背景下，构成了语言上和情感上的双重张力。

李贺诗中的色彩、物象往往带有个人的感情色彩，这一点，我们在他的《天上谣》《春归昌谷》等作品中多有体会，有鉴于此，反观诗句"衰灯络纬啼寒素"，我们完全可以将"衰灯""络纬"看做是指向诗人自身的隐喻：昏暗将灭的灯、即将死去的蟋蟀和怀才不遇却年岁不与的自己有着一定的相似性，因此当作者以比喻作"扣针"，将三者系连在一起时，我们并没有感到突兀生硬。而李贺的高明之处就在于并没有像一般的咏物诗一样，借以发挥，而是含蓄地将这关联性埋藏在诗句之中，留给会心的读者去体味。同样，这也在不经意间，拉开了喻体和喻旨之间的距离，并且使二者相互作用，产生了新的意义，从而让短短的诗句蕴含了丰富的内涵，具备了独特的韵味。

前两句在修辞上还采用了倒叙的方法，桐叶秋风所引起的情感波动由惊讶转为愁苦，为什么愁苦呢？作者把原因放在了后一句去解说。那么首联的意思就应理解为：作者因寒风忽至、秋声乍起而感到心头一惊，转看四下，残灯独照、寒蛩悲鸣，感时伤世，引发心中的无限愁苦。若非如此，则第二句就显得有些突兀。"苦"字是全诗的基调之所在，但作为一个形容词，作者很难在不破坏固定的句子结构的情况下将其插入第二句。"苦"与"惊"不同，"惊"是一个表现力极强的动词，完全可以充当第一句的诗眼，但"苦"却取代不了"啼"的位置，由于音韵上的限制也无法充当"啼"的宾语，因而作者将它放在第一句的末尾。这样一来，也使"苦"更为突出，为全篇奠定了感情基调，统摄后面的六句。

"谁看青简一编书，不遣花虫粉空蠹"两句，正面发问，反面补足。任指性疑问代词引导的语气强烈的反问句使作者的悲愤之情得以充分表达。自己呕心沥血写下的诗篇，无人赏识，随着岁月的流逝，白白地让蠹虫蛀成粉末，谁能阻止这种才华的浪费呢？没有人。

"粉空蠹"一语使用倒装句式，造成陌生化效果，两个上声字（粉、蠹）夹一个平声字（空），在诵读过程中造成一种错觉，感觉"空"字音长更长（事实上，声调"55"的字的音长是不可能超过"214"的），突出了"空"字，也使惋惜悲愤之情进一步加强。

"思牵今夜肠应直，雨冷香魂吊书客。"颈联紧承颔联尾句。正如王琦论及此句时所说："苦心作书，思以传后，奈无人观赏，徒饱蠹虫之腹。如此即令呕心镂骨，章锻句炼，亦有何益？思念至此，肠之曲者亦几牵而直矣……"我们不难看出诗人辗转反侧，彻夜难眠，深深为知音难觅、壮志难酬的忧愤愁思所折磨，似乎九曲回肠都要被牵引直了。李贺用笔素来诡谲多姿。历代辞赋中描写悲痛欲绝或愁绪满怀之时，多用"肠断""肠回"等词，而诗人却别具匠心，富于创造性地采用了"肠直"的说法，愁思萦绕心头，把迂曲百结的心肠牵直，形象地写出了诗人愁思的深重、强烈。这种对前人用语习惯的颠覆，也再次造成了陌生化的效果，打破了读者对于"愁绪萦怀"的习惯性感知，使之感到新奇与惊讶的同时恢复了对这一情感鲜活的审美感觉，进而更深入地体会到了作者无处排遣的愁思。

颈联中第二句则更为离奇，从修辞技巧上看，在这里，李贺使用了换喻性的代用语，用"香魂"代指"超越时空界限的知音"。在当时的社会，作者是不被人赏识的，对知音有着无比强烈的渴求，于是他构拟出这样一个具体形象，来指代知音，这个比较抽象的整体，也使读者产生出具体的视觉印象。从语言学的角度来看，这就是诗人对"香魂"一词的施暴、变形和扭曲，使"香魂"一词的本意扩大，指代抽象的"知音"。同理，"书客"一词的意义在这里也发生了变化，它代指着作因无人赏识而被"花虫粉空蠹"的李贺自己。

这联诗中最耐人寻味的字眼就是"吊"字。我们往往习惯性地将"吊"理解为生者对于死者的缅怀祭奠，但李贺却说是死者的鬼魂来凭吊他这个不幸的生者，如此奇诡怪诞的笔触恐怕只有庄周能与之比肩。"凭吊"一词原本寻常，李贺却赋予了它全新的含义，打破了前在的文本经验，创造出一种与前在经验不同的符号经验，营造出这样一幅凄迷冷艳的画面，进而增强了情感的表现力，延长了读者的感受性。

诗歌的尾联在气氛上由凄迷冷艳转向阴森恐怖，秋风夜雨里坟墓边传来了鬼魂的吟唱。但他所吟唱的内容却是鲍照的作品，鲍氏也曾经历过怀才不遇的痛苦，并写下了著名的《行路难》，在作者看来，鲍照心中郁结着怨恨，他的血也会像死于蜀地的苌弘一样，三年化碧。李贺自己又何尝不是如此，借他人之酒杯，浇自己胸中的块垒。志士才人，怀才不遇，千古同恨，这个隐喻再明显不过了。

通观全诗，还可发现，李贺对诗歌陌生化的处理不仅体现在修辞上，也体现在用韵方面。众所周知，押韵的艺术效果在于给人一种周而复始、始而复周的完美感，实际上就是句子节奏和音韵的回归，使人获得一种舒畅、踏实、圆满的音乐美感。平声韵响亮、悠长、圆润，能强化押韵所形成的舒畅、踏实、圆满的音乐美感，因此近体诗严格要求押平声韵。而李贺却故意背离了人们已普遍接受的声律范式，较多地使用仄声韵，以上、去、入三声入韵，而且用字奇诡。如《秋来》这首诗中用"素、蠹、客、碧"几字为韵脚，发音短促、激越，打破了传统诗歌的审美趣味，割裂读来拗逆不顺，但仔细玩味，音韵上的陌生化处理使得激愤之情表现得更为突出，短促、激越的韵脚，似乎更适合悲愤之情的诉说，真正做到了声情并茂，这与杜甫《登高》一诗颈联中"万里悲秋常作客"着实有异曲同工之妙。

三

日尔蒙斯基认为，我们在建构诗学时的任务是，应从绝无争议的材料出发，不受有关艺术体验的本质问题的牵制，去研究审美对象的结构，具体到本文就是研究艺术语言作品的结构。[①] 而他在分析《为回到遥远祖国的岸》时，曾立足于诗歌语言与实用语言的差异，具体分析了诗歌语言是如何偏离日常语言而产生审美效果的，而这其中包括诗中诗人所使用的种种修饰的语言、修辞技巧和语词组合技巧。他认为这些独具的语言表达方式不仅提供了生动的场景和细腻的情感体验，也使读者的注意力转移到视觉形象上了，延长了读者对于事物的感受的过程，更新了读者的陈旧经验。这正是陌生化的诗歌语言给读者带来的审美感受，而李贺的诗歌正是凭此方法而做到"奇崛冷艳"的。

课后习题

1. 理论题：比较俄国形式主义文学批评与英国形式主义文学批评的异同。

2. 实践题：模仿教材中的批评案例，分析下面的文学作品，写一篇不少于 3000 字的小论文。

---

① 参见朱立元主编《20 世纪西方美学经典文本》第 1 卷，复旦大学出版社，2000，第 288 页。

西洲曲

古辞

忆梅下西洲，折梅寄江北。

单衫杏子红，双鬓鸦雏色。

西洲在何处？两桨桥头渡。

日暮伯劳飞，风吹乌臼树。

树下即门前，门中露翠钿。

开门郎不至，出门采红莲。

采莲南塘秋，莲花过人头。

低头弄莲子，莲子清如水。

置莲怀袖中，莲心彻底红。

忆郎郎不至，仰首望飞鸿。

鸿飞满西洲，望郎上青楼。

楼高望不见，尽日栏杆头。

栏杆十二曲，垂手明如玉。

卷帘天自高，海水摇空绿。

海水梦悠悠，君愁我亦愁。

南风知我意，吹梦到西洲。

本章主要参考文献

1. 〔苏〕巴赫金：《文艺学中的形式主义方法》，李辉凡、张捷译，漓江出版社，1989。

2. 〔英〕贝尔：《艺术》，中国文联出版社，2015。

3. 戴冠青：《反叛与发现：形式主义批评对中国文论建设的影响》，《学术月刊》2012 年第 12 期。

4. 刘晓文：《〈花瓶〉：形式主义文论的个案分析》，《重庆师院学报》（哲学社会科学版）1998 年第 1 期。

5. 马振宏：《走向虚无的俄国形式主义文学批评》，《咸阳师范学院学报》2018 年第 3 期。

6. 漆咏德：《试论新感觉派都市小说的陌生化效应》，《华中师范大学学报》1992 年第 2 期。

7. 齐骁翔：《从俄国形式主义的角度分析马克·吐温的〈法国人大决斗〉》，《现代交际》2018 年第 3 期。

8. 〔俄〕维克托·什克洛夫斯基等：《俄国形式主义文论选》，三联书店，1989。

9. 王欣：《形式主义批评发展脉络探究》，《国外文学》2010 年第 1 期。

10. 张燕楠、温辉：《新批评理论研究：从形式主义批评到文化批评》，《理论界》2012 年第 9 期。

11. 周静秋：《奇崛冷艳的审美体验——以形式主义批评理论分析李贺〈秋来〉一诗》，《科教文汇》2010 年第 9 期。

第四章　新批评文学批评方法

方法介绍

　　20世纪欧美文艺批评形形色色，出现了各种流派，也产生了多种不同的美学研究方法，其中出现了多种以艺术形式为艺术本体的形式主义流派，英美的"新批评"即是其中之一。"新批评"又称为"形式主义批评"或"文本批评"，是一种专注于分析作品自身的美学结构和文学风格的批评模式，它把文学作品看作是一个独立自足，不依靠外界因素而存在的本体去进行研究。"新批评"作为英美现代文学批评中最有影响的流派之一，于20世纪20年代在英国发端，30年代在美国形成，四五十年代在英美红极一时并逐渐发展成为一种具有国际性的文学理论批评思潮，50年代后期，逐渐被结构主义批评所取代。

　　"新批评"一词最早起源于美国文艺批评家兰色姆于1941年发表的《新批评》一书。"新批评"的"新"主要是针对英美传统的批评流派而言，它是在反对只注意作家从历史、道德、心理和社会等外在方面去追寻作品解释的流行批评倾向，为适应现代文学发展的需要而产生的，一直是一种适用于现代派文学的批评方法。新批评派和19世纪的唯美主义一样都是形式主义，因为面对文学的基本问题，即内容与形式的关系，他们的回答与传统形式主义没有区别。他们宣称形式比内容更重要，甚至形式产生内容。布鲁克斯提出："一件文学作品内部的形式包含着逻辑关系，但一定会超出逻辑关系；对于一件成功的作品，内容与形式是不可分的；形式就是意义。"[①] 也就是说其内容与形式是一个有机整体，二者不可割裂。不能过度关注文学作品的历史背景，而忽视文本本身的内容，强调通过仔细阅读，来研究一部文学作品如何担任一个自我

---

① 〔美〕布鲁克斯：《形式主义批评家》，赵毅衡编《"新批评"文集》，中国社会科学出版社，1988。

包含的，自指的审美对象。"新批评"以文艺作品的形式为本体，认定艺术批评的目的在于艺术的自身。新批评以"文学性"的探究为核心，完成了文学"内部研究"的转折，促使了文学研究的"本体论转换"，深化了文学自律论的观念。"细读"是新批评的核心，要精致仔细研读语义和句义，要寻找文本自身的价值和审美特点。① 新批评最基本的原则之一就是进行文本细读，它不是纠结于文本的每一个字、每一个标点的使用恰当与否，也不是忽视除文本外的其他因素对文本进行封闭式的阅读，而是对文本进行一种充分、恰当的解读，细致入微的分析，把玩作品中的意象、隐喻、象征，乃至反讽、悖论、含混等颇具张力的因素，从而发掘出作品的内在丰富性和张力下的美。随着克林斯·布鲁克斯《精致的瓮》等著作的出版，"细读"逐渐在文本解读中成为一种占据主流的流行的文学批评方式。

　　"新批评"方法的原则包括：一是坚持以文学文本为本体，以作品为研究对象，在研究一部作品的时候只专注这部作品本身，而不去考虑其他作品所产生的影响，强调文本研究；二是探究作品的内在构成，文学作品是形式和内容的统一，所以要探究文学作品的性质和技巧；三是区别文学语言与科学语言，认为文学语言在于情感。②

　　"新批评"在形成期的理论代表是艾略特（T. S. Eliot，1888~1965）和瑞恰慈（I. A. Richards，1883~1981）。艾略特提出的有机形式主义的文学观和象征主义的诗歌理论，奠定了新批评的理论基础。艾略特强调："诚实的批评与敏感的鉴赏，并不注意诗人，而注意诗"③，强调对文本的研究重点在于对文本自身的剖析，将文学作品置于整个人类文化传统、文学传统中来考察。艾略特主张"艺术自立论"，他的文学批评的理论基点，就是文学批评"越不注意作品自身以外的目的越好"。艺术就是艺术，不是社会、政治、宗教的附属品。艾略特的《批评的功能》阐述了他的"总体论"观点，主要有以下内容："第一，世界文学不是作家作品的汇集，而是有机的整体；作家和作品只有同这个整体联系起来才有意义。新的作品产生后，导致文学艺术传统的理想秩序的变化，以及新旧之间的互相适应，文艺批评主要是从理想秩序的变化和新旧适应这些方面来衡量艺术家。艺术家不能只维护自己微不足道的特点，必须遵从共同联合的原则才能作出贡献。艺术固然可以有本身以外的目的，但不应强调，对艺术所发挥的作用来说，越不注意这种目的越好。第二，批评是为了解

---

① 杨慧：《新批评与小说评点当代适用性探析》，《大连教育学院学报》2015年第4期。
② 胡经之、王岳川：《文艺学美学方法论》，北京大学出版社，1994，第202页。
③ 〔英〕T. S. 艾略特：《传统与个人才能》，赵毅衡编《"新批评"文集》，中国社会科学出版社，1988，第28页。

说艺术作品，培养读者的鉴赏能力。批评家必须努力克服个人的偏见和癖好，追求正确判断，与最大多数人协调一致。就作家而言，在创作前的准备和创作本身过程中，批评也具有头等重要性。他的创作可能有很大一部分是属于批评活动，因为创作是在自觉中进行的。但批评和创作毕竟有区别。假如说创作或艺术作品本身就是目的，那么批评还涉及这本身以外的东西。但与创作活动结合的批评是最高的、真正有效的批评。第三，批评应以'外在权威'或传统（亦即古典主义批评原则）为准。但在解释一个作家或一部作品时，还须使读者掌握他们所容易忽视的种种事实。批评家必须有高度的事实感，他的主要工具或方法是比较和分析。这样才能向读者提供事实，提高读者的认识和鉴赏能力。"① 强调艺术批评的明确目的在于艺术自身，而不在于"艺术本身以外的目的"。除此之外，艾略特主张诗歌的"非个性论"，即认为诗歌只能被看作是诗歌而不能是其他任何东西。艾略特认为诗歌不是简单地对于情感语言的应用，也不单纯是诗人为了表达自己的情感给读者知晓而肆意作出的作品。艾略特认为，诗歌不是对于情感的无限解放，而是对于个性的一种逃避。批评的核心要义是指向诗歌作品本身的，而不是指向诗人或单纯的追究时代、社会、环境因素的。批评和鉴赏的正确方向在于对艺术作品的阐释，只是调查作家的背景无法达到文学批评的目的，只有将研究的重心由作家转向作品，看到作品本身所拥有的内涵，才是批评的要点所在。批评的目的是对于文学作品本身的深入剖析和阐释，帮助读者更好地理解、赏析作品。

瑞恰慈则主要提倡语义分析方法从语义研究出发，认为文学批评必须以语义学为依据，对文学作品本身所包含的预警和语义进行剖析。瑞恰慈提出了文学特异性，并提出其是三维的。新批评派在这第三维上立论，是为新批评派的一大特点。他把语言的使用分为"科学性"的和"感情性"的。"前者的功用是指事称物，传达真实信息；后者的功用则是激发人的情感和想象。前者是真实的陈述，是科学的真；后者是所谓的伪陈述，是艺术的真。"② 他认为语词的意义固然与语词本身相关，同时与作者要表述的思想相连，还包含社会和心理因素："对于'意义'的各种意义的分析，需要从研究思想、词和事物之间的各种关系开始。这些关系存在于掺杂着情感，充满外交辞令或其他干扰因素的思维性话语中。"③ 除此之外新批评兴盛时期的理论代表是美国文艺理论批评家兰色姆（John Crowe Ransom，1888～1974）以及他的三个学生阿伦·退特

---

① 参见伍蠡甫《现代西方文论选》，上海译文出版社，1983。
② 参见黄展人《文艺批评学》，暨南大学出版社，1991，第166页。
③ 〔英〕C. K. 奥格登、I. A. 瑞恰慈：《意义之意义》，白人立等译，北京师范大学出版社，2000。

（Allen Tate，1888～1979）、克林斯·布鲁克斯（Cleanth Brooks）、罗伯特·潘·沃伦（Robert Penn Warren）。兰色姆在其《诗歌：本体论札记》（*Poetry: A Note In Otology*，1934）中提出诗歌有三种分类：事物诗、概念诗和玄学诗。兰色姆认为，事物诗其构成要素是事物，是意象派诗人笔下所创作出来的诗歌；概念诗又称作"柏拉图式的诗歌"，组成这种诗歌的元素是一些概念性的东西，是包含某种精神、传递某种精神的诗歌载体；对于玄学诗，兰色姆认为，正是因为有了隐喻，才有了玄学诗的存在。新批评派把玄学诗奉为圭臬，鼓吹其是诗歌的最佳范例。[1] 兰色姆的《新批评》提出了"本体论"的主张，把文学作品看作是独立的实体。体现了新批评的根本特点，即认为文学的研究对象只限于作品本身，把作品本身看作文艺批评的出发点和归宿。[2] 兰色姆认为，最能符合新批评本体论要求的是他的"构架—肌质"论。因为他认为诗的本质、精华及其表现世界本质存在的能力，都在于肌质，而不在于构架，肌质才是具体的"世界的肉体"[3]。

围绕着文本细读问题的研究，新批评派的批评家们提出了一系列的基本概念，包括阿伦·退特的张力，克林斯·布鲁克斯的悖论、反讽、隐喻等。新批评派认为"隐喻"是诗歌的一种非常重要的语言，新批评派代表人物瑞恰慈在其《修辞的哲学》中探讨隐喻的作用时引用他举的例子是英国诗人彭斯的几句诗作：

O, my luve's like a red, red rose	哦，我的爱人是一朵红红的玫瑰
That's newly sprung in June	在六月里刚刚绽开
O, my luve's like the melodie	哦，我的爱人是一支歌曲
That's sweetly play'd in tune	奏着甜美的曲调[4]

隐喻中的两物在审美价值上是密切联系在一起的，这里的爱人喻为玫瑰，因为玫瑰的美，玫瑰令人心动，令人向往和留恋；将爱人喻为歌曲，同样因为歌曲使人心情愉悦、舒畅，如我的爱人一样，让人沉溺其中。爱人喻为玫瑰和歌曲，更多的是一种情感价值和审美价值上的相通。燕卜逊也指出暗喻"是一种复杂的思想表达，它借助的不是理性的分析，也不是直接的陈述，而是对一种致力于寻找文学本质的客观关系的瞬间领悟。当人们用另一种事

---

① 参见胡译方、焦亚东《试论英美新批评的文学研究观念与方法》，《名作欣赏》2016 年第 5 期。
② 参见黄展人《文艺批评学》，暨南大学出版社，1991，第 166 页。
③ 参见胡译方、焦亚东《试论英美新批评的文学研究观念与方法》，《名作欣赏》2016 年第 5 期。
④ 赵毅衡编《"新批评"文集》，百花文艺出版社，2001，第 108 页。

物来赞赏这一种事物时，它们必定具有某些传统或传承的美感形式，才使它们彼此相似"①。他所寻找的是一种在文学本质上的相同。相比于直接的赞美抒情，比喻的形式抒发出的情感委婉却同样浓烈，诗句更有张力，所表现出来的情感更加形象生动，容易引起读者的情感共鸣。

新批评派理论家阿伦·退特提出张力、外延、内涵的概念。张力在新批评派的历史上具有重要地位，以至于新批评派被称为"张力诗学"。1937 年，新批评派理论家阿伦·退特《论诗的张力》中提出张力概念："把逻辑术语外延（Extension）和内涵（Intension）去掉前缀而形成的。我所说的诗的意义，就是指它的张力，即我们在诗中所能发现的全部外展和内包的有机体。"② 阿伦·退特认为，一首好的诗歌作品就在于这首诗歌所表现出来的"张力"，是我们在诗里所能找到的，组织完整的所有外延和内涵。退特认为，一首好的诗歌作品，既要有清晰明了的表层含义，又要具备一定的隐含的深层含义，如此内外结合下的诗歌才是一首具有"张力"的优秀作品。

布鲁克斯对于新批评的主张也有他自己独到的见解：

文学批评是对于批评对象的描述和评价；

文学批评主要关注的是整体，即文学作品是否成功地形成了一个和谐的整体，组成这个整体的各个部分又具有怎样的相互关系；

文学最终是隐喻的、象征的；

文学批评的原则规定了批评所涉及的范围，文学批评的原则没有规定批评的方法。③

他与沃伦合作的《理解诗歌》（*Understanding Poetry*，1938）以及《小说借鉴》（*Understanding Fiction*，1943）是新批评细读法的代表作，要求诗歌的学习者真正地学会阅读文本，用新批评理论在文学作品中的小说领域开辟了一片天地。1947 年，布鲁克斯发表了《精致的瓮——诗歌结构研究》（*The Well Wrought Urn：Studies in the structure of poetry*，1947），选取诗歌名篇，对其诗歌文本进行详细的分析，探讨悖论、隐喻、反讽、格调、态度、语境等重要问题，不仅展示了文本细读的强大作用，而且标志着美国新批评的细读法的实践达到了一个巅峰。《精致的瓮》集中探讨了十位英语诗人的重要作品，分别是：约翰·邓恩（John Dunn）的《成圣》（*The Cannonization*），莎士比亚的《麦克白》（*Macbeth*，1606），约翰·弥尔顿（John Milton）的《快乐的人》

---

① 参见万宇《语义杂多：新批评的文学意义论》，《中外文化与文论》2015 年第 1 期。

② 参见赵毅衡编《"新批评"文集》，中国社会科学出版社，1988，第 117 页。

③ 〔美〕布鲁克斯：《形式主义批评家》，赵毅衡编《"新批评"文集》，中国社会科学出版社，1988。

（*L'allegro*）和《沉思的人》（*Penseroso*），赫里克（Robert Herrick）的《克里娜去五朔节》（*Corina's Going Maying*），蒲柏（Alexander Pope）的《鬈发遇劫记》（*The Rape Of the Lock*，1714），格雷（Thomas Gray）的《墓畔哀歌》（*Elegy Written in a Country Churchyard*），华兹华斯的《不朽颂》（*Ode：Intimations of Immortality*，1807），济慈（John Keats）的《泪，无端的泪》（*Tears，Idle Tears*），叶芝的《在学童中间》（*Among School Children*，1926）。布鲁克斯认为诗歌具有不可忽视的价值，"诗提供一种特殊的知识。通过诗，人才能了解他自己与现实生活的关系，进而得到关于生活的智慧。"① 通过对不同主体诗歌的剖析，证明新批评的诗歌细读法在各种情况下都适用，立足于寻找诗歌的共同特质。布鲁克斯在对诗歌进行剖析的过程中，从诗歌的语言入手，探索诗歌语言中的悖论、反讽、隐喻等的运用，进而由字词联系到句子、段落以及整首诗歌。在其《精致的瓮》中，探寻诗歌中的悖论与反讽是其中一个关键。布鲁克斯的悖论观实际上是一种对诗歌语言内在特质的深入探索。这种特质不会自己呈现在我们的眼前，因此需要我们不断地通过深入剖析诗歌的语言来探索这种特质的存在。布鲁克斯认为"诗歌语言就是悖论的语言""诗人要表达真理只能用悖论语言"②，而"悖论"的寻找要结合社会历史文化背景和语言学的知识。在布鲁克斯看来，诗歌中的词语总能给人们带来新鲜感。一方面，这些词语修改着传统字典中的含义；另一方面，诗歌语言也在修改着对方的含义，使其更加丰富，诗人使得我们日常熟悉的语言变得陌生，获得一种新奇感，从而深化对世界的认识。③

新批评派的代表人物燕卜逊还提出了"含混"的含义。他对新批评的贡献在于，他认为作品中一个词语的意思可能比看起来要丰富得多，诗歌具有复杂性和张力，"但过度挖掘文本的意思很容易使得燕卜逊从现实走向臆想，暴露出新批评的弊端。"④ 1930 年，威廉·燕卜逊在其《朦胧的七种类型》中提出"含混（朦胧）"，把含混分为七种类型，并把含混作为诗歌的根本和衡量诗歌好坏的标准。含混的七种类型包括："说一物与另一物相似，但它们却有几种不同的性质都相似。""上下文引起数义并存，包括词义本身的多义和语法结构不严密引起的多义。""两个意思，与上下文都说得通，存在同一词语

---

① William K. Wimsatt & Cleanth Brooks，*Literary Criticism：A Short History*，Knopf，1957，p. 601.
② 〔美〕布鲁克斯：《悖论语言》，赵毅衡编《"新批评"文集》，中国社会科学出版社，1988。
③ 参见张万盈《布鲁克斯诗歌细读方法研究》，重庆师范大学博士学位论文，2013。
④ 参见张友燕《二十世纪上半叶英国文学批评的流变》，《常熟理工学院学报》2018 年第 3 期。

之中。""一个陈述语的两个或更多的意义，互相不一致，但能结合起来，反应作者一个思想综合状态。""作者一边写一边才发现自己的真意所在，所以一个词的意义在上文一个，下文又有一个意义。""陈述语字面意义累赘，而且矛盾，迫使读者找出多种解释，而这多种解释也互相冲突。""一个字的两种意义，一个含混语的两种价值，正是上下文所规定的恰好相反的意义。"①

新批评与社会历史批评相对立，社会历史批评在对文学作品进行批评时主要强调从文艺作品产生的社会环境、时代环境、人文环境、社会背景以及作者本身经历的角度来进行。他把一个文艺作品的创作看作是在一定社会时代背景之下的人类实践活动的一部分。因此，在社会历史批评派的文学批评中，重心放在一个文学作品的社会性、历史性、时代性、政治性等方面。而新批评派则是将批评的重心置于文学作品本身，也就是文学艺术的"本体"属性。

由于新批评派的批评理念认为应该将批评的重心放在文本作品本身，打破了传统重视作家和环境的因素，有利于认识作品本身所具有的独特的审美价值，对于文本本身的结构和其内部深刻的文学象征进行审视和评价。所以，新批评派对于作家个人的情感表达，写作动机等并不加以剖析，认为如果过多的评析写作背景、写作意图等，就会在批评的过程中受到作者主观意图的影响，从而失去批评家在对文学作品进行批评时所应该具有的客观性的批评标准以及批评原则。同时，对于读者的理解和感受，也并不放在重点之中。认为文学作品本身所存在的意义，是不会根据读者自身所形成的感受以及读者对于文本的不同感受而发生变化的。这种将艺术看作是不依附于外物的独立存在的"本体"的观点，有利于将文学作品放在文艺批评的中心位置，将关注的点更多地放在作品本身，有利于更客观公正地进行批评，有利于文艺批评的正常进行。它既反对社会历史批评模式中过于注重时代、社会、环境要素的片面性，又反对传统浪漫主义批评模式的过于注重作者自身的情感因素的片面性，正确认识了文艺作品形式与内容之间的关系。但新批评派有时过于机械，如他们认可亚里士多德的有机论—整体论，认为一件艺术作品的任何一个细节都不能改动，否则就会破坏它的美。新批评的这种对于形式的过分强调在一定程度上导致了新批评的形式主义。而且，从新批评的本体论立场来解释这种"整体性"有机论，从文学作品文本本身的性质来证明整体性是不可能的事。这又证明了新批评的理论中有很多矛盾之处。② 同时，即使文艺作品是一种独立的存在形态，也难免会受到社会环境、历史环境、文化环境不同程度的影响，想要完全

① 〔英〕威廉·燕卜逊：《朦胧的七种类型》，周邦宪译，中国美术学院出版社，1996，第1页。
② 胡译方、焦亚东：《试论英美新批评的文学研究观念与方法》，《名作欣赏》2016年第5期。

离开这些因素也是无法成立的，把表现社会内容的文学完全与广阔的社会背景以及作者自身的经历割裂开，也在一定程度上影响了对作品剖析的深度，对于作品背后所蕴含的思想内容的揭示也有一定的隐蔽性。同样的，在对文艺作品进行分析时，不能只为了表现作者的情感而忽视对于艺术形式和艺术表达技巧、写作手法的应用，但也不能认为文学作品的批评可以完全忽视作家情感表达对于文学作品的影响和价值。文学批评家的客观性不应该完全局限于自己独到的见解，各种影响文学作品的因素也都应该放在考虑之中。

批评案例

本章选取克利安思·布鲁克斯、罗伯特·潘·沃伦合写，万培德译的《邪恶的发现：〈杀人者〉分析（1943）》和编者汇编的《对几首诗的解读》作为新批评文学批评方法的案例。

案例 1　邪恶的发现：《杀人者》分析（1943）①

这个短篇小说的写作技巧，有些显而易见的特点值得一提。全篇分为一个长的场景和三个短的场景，实际上，作者的写作方法如此突出了场景，以致只需要三四个句子就能从一个场景过渡到另一个场景。叙述部分自始至终都强调客观性，而且几乎所有的内容都是用简单的、现实主义的对话来表现的。在第一个场景中，通过寥寥几个有分量的细节，就点出了暴徒的任务：暴徒进餐不脱手套（以免留下指纹）；他们俩都盯着餐柜后面的镜子；涅克和厨子被绑起来以后，守候在递菜窗口、手持散弹猎枪的一个暴徒布置同伙和乔治在店堂各自占据一定位置，"就像摄影师布置别人拍团体照似的"。作者先交代这些细节，再写暴徒的任务的具体性质。

这篇小说的写作技巧还有其他特点：作品结构巧妙，写作手法精细含蓄，在第一个场景里用暴徒们的取笑逗乐维持悬念，然后再不知不觉地把悬念转移到第二个场景里的另一个水平上。这些看法虽然值得一提，但是它们不能回答读者通常首先产生的疑问或可能产生的疑问。这个疑问是：这篇小说讲的是什么？

及早回答这个问题很重要，因为有一种读者初次接触到这篇作品就倾向于认为故事讲到第一个场景就已经把可讲的话讲完了，甚至认为第一个场景没有

---

① 〔美〕克利安思·布鲁克斯、〔美〕罗伯特·潘·沃伦：《邪恶的发现：〈杀人者〉分析（1943）》，赵毅衡编选《"新批评"文集》，百花文艺出版社，2001。刊发此文前未能联系到有关人士，敬请见谅。

说到点子上，或者根本就没有"意义"。另一种读者看出第一个场景没有解决问题，其真正的作用是为第二个场景埋下"伏笔"。他看到奥勒·安德生决定不再设法逃避暴徒，决定不再"东奔西跑"，便从这里面找到了作品的意义。这位读者觉得作品应该到此为止。他觉得最后几页是毫不相关的，并且捉摸不透作者为什么要冲淡故事的效果。不妨说第一位读者觉得"杀人者"是篇强盗小说，是一篇情节小说，但是未能引人入胜。第二位读者比较精细老练，他把作品看成奥勒·安德生的故事，但是可能纳闷，一篇写奥勒·安德生的故事为什么要这么旁敲侧击，为什么要漫不经心地东拉西扯。换句话说，读者倾向于把"作品讲的是什么？"这样一个问题，改为"作品讲的是谁？"当读者这样提出问题的时候，他就面临下述事实：在海明威笔下，故事的焦点既不在暴徒，也不在安德生，而是在餐馆里的两个男孩身上。小说的最后几句话值得思考：

> "我要离开这个城镇了，"涅克说。
>
> "好，"乔治说，"那倒是一桩好事。"
>
> "他明知有人要杀他，却还呆在屋里等死，我想着就受不了。他妈的太可怕了。"
>
> "得了，"乔治说，"你不如别去想它了。"

由此可见，两个男孩中受到刺激的是涅克，而乔治已经接受了现状。由此可见，这是涅克的故事。而故事的主题是发现了邪恶。从某种意义上说，是哈姆雷特的主题，或是舍伍德·安徒森的主题："我要知道为什么。"

对小说的主题作这样的解释，即使看来是能够接受的，当然也还要和小说的大小结构进行对照，加以检验。不论是理解这篇小说或评价这篇小说，都必需考虑到体现这个主题所采用的艺术手段。不妨提个具体问题：有些细节初看似乎是信手拈来，如实反映的小事，但是小说的最后一段是否给读者点明了这些细节的含义呢？如果我们认为小说的主题是这个男孩发现了邪恶，那么，好几个上述这种细节就起到了作用，具有了意义。涅克起先被暴徒绑了起来，嘴里塞了东西，现在又被乔治释放了。书中写道："涅克站起身来。他以前嘴里从来没有塞过毛巾。他说：'妈的，碰上什么鬼了？'他尽量摆出一副洋洋得意的样子。"嘴巴被人堵上，你在惊险小说里经常看到，但是却不会遇上；反应首先是兴奋，几乎是惊喜，至少也是显示男子气概的好时机（在此或许值得指出：海明威用的是"毛巾"这一具体的词，而不是"塞嘴物"这一通称。确实，"毛巾"一词胜过"塞嘴物"一词，因为它能造成感觉印象，使人联想到粗糙的织物和它吸干唾沫使嘴膜干燥难受的作用。但是，这个词能产生实感的长处被另一个长处压倒了；在惊险小说里毛巾就是"塞嘴物"的化身，在这篇小说里，惊险小说里的陈词滥调成了现实）。整个事件的写法——"他以前嘴里从来没有塞过毛巾"——使得表面看来是现实主义的细节描写起到了暗示的作用，指向最后的发现。

另一个暗示是暴徒关于电影的俏皮话："你应该多看电影。像你这么一个机灵鬼，看电影大有好处。"从某种意义上说，先写暴徒在餐馆进行布置，紧接着就写他们反复说了多遍的关于电影的那几句话，这无疑起到一种间接解释的作用：读者知道暴徒杀人的通常原因和过程。但是，在另一层次，这些话着重表明书中人物发现非现实的骇人听闻的陈词滥调却有其现实性。

暴徒跟男孩谈到电影，男孩一听就懂，并且立即问道："你们干嘛要杀死奥勒·安德生？他干过什么对不起你们的事呢？"

"他从来没机会干对不起我们的事。他见都没见过我们。"那个暴徒接受了他自己生活行事的规矩，并且有点以此为荣，这些规矩超越了小城镇的天地。可以说，他是按照一套准则生活的，这套准则使他高居个人恩怨好恶之上。这套虚构的准则——其所以是虚构的是因为它否认生活中普普通通的个人因素——和塞嘴物一样突然被发现是真实的。虚构性和戏剧性在接下来一段描述中有所反映：两个匪徒离开餐馆，走到外面，在弧光灯照耀下穿过马路："他们穿着紧身大衣，戴着圆顶礼帽，就像一对歌舞杂耍演员一样。"虚构性和戏剧性甚至贯穿了他们的对话。对话本身具有低劣的、机械的插科打诨的特点，这是一种僵化的、千篇一律的取笑、逗趣，它总是出现在紧张场面之前并且破坏紧张场面。在这一层次来看，把暴徒比作一对歌舞杂耍演员是对早先用隐晦曲折的戏剧手法表现的细节所做的某种明白无误的总结。在另一层次，暴徒那种不耐烦和装腔作势的机智另有它冷酷无情的一面，它表明，同一个场面，男孩见了感到震惊，他们却能以行家的眼光对待，处之泰然。他们目中无人，甚至百无聊赖，这是内行碰到乳臭未干的外行所感到的轻蔑和厌烦。这套准则突然从惊险小说里和电影里的虚构世界变成了现实，这已经够令人震惊的了，但是更加令人震惊的是被追捕的奥勒·安德生也接受这套准则。奥勒·安德生听到了涅克带来的消息，却拒绝作出任何涅克认为是正常的反应：他不肯叫警察，不肯把这事看成是虚声恫吓，也不肯逃往外地。"你不能想办法补救一下吗？"男孩问道。"不行。我一开始就上了邪路。"

我们在前面说过：对某一种读者来说，这是故事的高潮，而且应该到此为止。如果要说服读者相信作者写下去自有道理，就必须回答读者的问题：此后发生的、相当平淡乏味的、看来毫无关系的一件小事……有什么重要性？有人说贝尔太太的作用是给故事提供事后的解释，或者甚至是为了给奥勒·安德生争取同情，借以点明主题，因为对她来说，安德生"真是个好人"，一点不像她心目中的拳师。但是一位认真的读者对此是不会满意的，而他的不满也是有道理的。其实，贝尔太太同《麦克白斯》里地狱之门的守门人一样，象征正常世界，而现在看来正常的世界是令人震惊的，因为它一如既往，若无其事地滚滚向前。对贝尔太太来说，奥勒·安德生尽管一度以拳击为业，但他还是个好人；天气这么好，他应该照样出去散步。贝尔太太点出了安德生作为一个普通的人的个性，这种普通人的个性同机械的准则要求形成对照。即使惊险电影里虚构的恐怖已经变成了现实，即使被追捕的人在楼上躺在床上苦苦地想下决心出去散步，贝尔太太还是贝尔太太。她不是赫思奇太太。赫思奇太太是业主，贝尔太太只是代她管理客店。她只是贝尔太太。

涅克在客店门口遇到贝尔太太——正常生活的化身没有意识到她形成的对照所具有的讽刺意味。涅克回到餐馆，便重新处在正常生活中，但是处在这种正常生活中的人却意识到恐怖的侵袭。还是那个餐馆，还是乔治和厨子各自干着自己的活儿。可是他们和贝尔太太不一样，他们知道出过什么事情。可是即使他们也几乎没有偏离自己日复一日的普普通通的生活。乔治和厨子代表着对这种局势所作的两种不同水平的反应。厨子从一开头就力图避免介入，他一听到涅克回来以后说话的声音就说："我连听也不要听，"接着就把门关上。可是乔治起初曾经建议涅克去看看安德生，然而他同时对涅克说："你不愿意去就别去。"涅克把事情的经过说了，乔治还能够评论说："可怕极了，"可是乔治至少在一种意义上也接受了这套准则。当涅克问道："我想不出他到底干了什么事？"乔治的回答如同杀人者的口气一样若无其事："背信弃义。他们杀人就为这种事。"换句话说，这个场面使厨子感到震惊，但只限于涉及他个人安危的程度。乔治意识到问题不只是个人安危，可是他能不去想它。对他们两人来说，这一场面并不意味着发现了邪恶。可是对涅克来说，却是发现了邪恶，因为他还没有学会接受乔治少年老成的规劝："得了，你不如别去想它啦。"

以上对《杀人者》的讨论是从事件之间的关系以及从人物的不同态度这个角度来看小说的结构，但是，下述这些问题还有待回答：海明威对他的题材抱什么态度？这种态度是怎么表现出来的？

解决这两个问题最简便的方法，可能是考虑一下海明威最感兴趣的情境和人物。这些情境通常是狂暴激烈的：《太阳照样升起》里纵情酒色的世界；《向武器告别》《钟为谁鸣》或《你永远不会这样》里一片混乱、粗野冷酷的世界；《太阳照样升起》《午后之死》《打不败的人》《五千元》里危险而刺激的斗牛场或拳坛；《杀人者》、《有产和无产》或《赌徒、修女和收音机》里的黑社会。典型的海明威人物通常是硬汉，他们生活在一个严酷的世界里，富有经验，而且表面上看来麻木不仁：例如《向武器告别》里的亨利上尉，《乞里马扎罗山之雪》里的猛兽猎手，《钟为谁鸣》里的罗伯特·乔登，甚至奥勒·安德生。他们通常也是被打败的人。但是，他们尽管在现实中遭到失败，却能从中有所得。这就涉及海明威对这种情境和人物的根本兴趣所在。他们只是根据自己提出的条件被打败的；其中有些人甚至是自找的；至少，他们在现实的失败中还保留着自我的理想——他们的理想可能是阐述得清清楚楚的，也可能是隐晦模糊的，但却是他们立身行事的准则。海明威的态度，从某种意义上来说，同罗伯特·路易·史蒂文斯类似，史蒂文斯在《尘土与影子》（*Pulvis et Umbra*）一文中说：

> 可怜的人啊，生命如此短促，生活如此艰辛，种种欲望相互矛盾，要想满足它们又力不从心，自己是兽性未除的人的后裔，又被兽性未除的人所团团包围，因而无可挽回地注定了要同类相残；如果他与命运协调一致，只是一个野蛮人，有谁会怪罪他呢？但是我们却见他充满了并不完美的德行……他有正直的理想，只要可能，就会起而身体力行；他有羞耻感，只要可能，虽然坠落却不会超过一定限度……毫无疑问，人想正身行善，是注定要失败的。但是，人类精英尽管毫无例外地劳而无功，大家却能继续生存下去，这岂不十倍地令人惊叹；眼看人生成功无望；人类却不停地劳动，这无疑令人感动，令人鼓舞……我们不论往哪里看去，人们所处的不论是什么环境，不论是什么气候，不论是社会发展到什么阶段，不论多么愚昧无知，不论受到什么荒谬的道德观念的压迫；不论是印第安人在阿西尼波依河的篝火旁，任凭雪花落在肩上，狂风吹打裹身的毯子，而举行和平仪式，彼此传递烟袋，像古罗马元老院议员一样表达严峻的意见；不论是在大海航船上的海员，他虽然习惯于艰辛的生活和下流的享受，最大的希望莫过于在小酒店里奏一曲轻歌和跟卖身骗财、浓妆艳抹的妓女鬼混，他却心地朴实，性格开朗，为人善良，犹如孩童，又勤劳苦干，勇于为他人舍身溺水；……在妓院里，傻子、窃贼、窃贼的伙伴，他们虽然为社会所不齿，主要以烈酒维持生命，以受人当众侮辱为家常便饭，却也有个人的尊严和对人的怜悯之心，常常以有益的行为报答世人的蔑视，常常坚定地遵循某种道义原则，并且不惜付出一定代价，摒弃财富；——人们处处都珍惜或表现出某种道德，处处都有某种正派的思想或行为，处处都显示出人类无效的善良……在各式各样的失败处境中，人们

没有希望，没有健康，善无善报，却仍然默默无闻地为无法取胜的美德战斗，身在妓院或断头台上，却仍然紧紧地抓住一丝一缕的尊严，把它当成自己灵魂的可怜的珠宝首饰！他们可能企图遁世逃跑而又不能；这不仅是他们的特权和光荣，也是他们的厄运，因为他们命中注定要执行某种崇高的使命……

对史蒂文斯来说，世界这一演出人生戏剧的场所，客观地看，既狂暴激烈，又毫无意义——"我们的旋转岛屿，在太空中穿行，上面住满了残杀成性的生物，到处血流成河……比哗变的叛舰上流血更多。"这同样是海明威的世界。但是，这出戏剧的人物，至少是那些海明威觉得值得加以表现的人物，则无不作出豪迈的努力，以期挽救这一世界杂乱无章和毫无意义的状态：他们力图把某种外在的标准强加于他们的混乱生活——斗牛士或运动员的技巧，士兵的纪律，匪帮的准则，它虽然粗暴冷酷，使人丧失人性，但却具有其自身的道德标准。（奥勒·安德生准备接受惩罚而不怨天尤人。《赌徒、修女和收音机》里垂死的墨西哥人拒绝告密，尽管侦探劝告他说："一个人可以揭发袭击自己的人而不丧失自己的尊严。"）这一外在体系总是略有欠缺，不足以制约世界，但忠于这一标准却使得失败带上了英勇豪迈的性质。

前面说了，典型的海明威人物通常是硬汉，而且表面上看起来麻木不仁。但这只是表面现象，他们忠贞不渝地遵守某种准则、某种纪律，就足以表明他们具有某种感受性，凭这种感受性他们会有看清自己困苦处境的瞬间。有的时候，一般是在高度紧张的时刻，能够意识到处境的悲剧性或者处境中足以引起怜悯的因素的人，常常是硬汉，按海明威的理解，即受某种信条约束的人。个人的硬气（这可能是世界强加于个人的某种约束）可能会跟某种更自然、更自发的人类感情发生矛盾；与后者对照，这种约束可能显得违反人性，但是海明威式的英雄尽管意识到人类这种自发感情的要求，却不敢屈从于它，因为他已经懂得惟有按照他的信条去生活，才能保住"尊严"，保住个性，保住与世界的粗暴混乱相对立的、符合人性的秩序。这就是海明威的英雄的处境对他们的嘲弄。海明威的英雄涉世很深又遵循一种自行其是、独善其身的道德准则，从这个意义上说，他们是贵族式的人物。

海明威的英雄表达自己不是装腔作势，夸夸其谈，而是以嘲讽的口吻打着折扣说话。打折扣的陈述来源于硬气和敏感的对照，暴力和敏感的对照，这是海明威手法中时刻存在的特点。《纽约人》杂志在几年前登了一幅漫画，很好地抓住了这个特点。漫画家画了一个健壮多毛的前臂和一只肌肉发达的大手，握着一朵娇嫩纤巧的玫瑰花。漫画标题是"海明威的心灵"。正像海明威的人物在失败中享有几分胜利，同样地，他们在自己那个粗野而狂暴的世界里也还有几分感受性。启示来自最不起眼的环境和最不起眼的人物——如《追逐》《打不败的人》《我家老头儿》，此外还不妨加上《杀人者》）。

前面已经指出，奥勒·安德生是符合这一模式的。他不肯怨天尤人。他默默无声地忍受惩罚。但是奥勒·安德生的故事是蕴藏在一个大故事里，大故事的焦点却聚在涅克身上。涅克·亚当斯是否符合这个模式呢？海明威习惯于把他的基本情境放在两个水平中的一个上来处理。一个故事说的人已有涉世经验而且已经选择了一种适当的信条或准则；若非如此，他会无法应付周围世界。（例如《太阳照样升起》里的杰克和布雷特，《钟为谁鸣》里的乔登和皮拉尔，《打不败的人》里的斗牛士，等等。）还有一个故事说的却是涉世过程，是对罪恶和混乱的发现，以及迈向掌握准则的第一步。这就是涅克的故事（但是，这一基本情境在海明威的其他作品里也屡见不鲜，例如《在北方的密执安州》《印第安人营地》，以及《三天大风》）。

前面说了，典型的海明威人物是硬汉，而且表面上是麻木不仁的。一般地说，这个人也是简单纯朴的。促使海明威写简单纯朴人物的动机同促使华滋华斯这样一位浪漫主义的人做出同样选择的动机是类似的。华滋华斯的许多诗篇都是写不失天然本色的农民和儿童，因为他觉得这种人物比有修养的人在反应上更为诚实，因而也更富有诗意。在海明威的作品里，典型的华滋华斯的农民不见了，取而代之的是斗牛士、士兵、革命者、运动员，以及匪帮；典型的华滋华斯的孩子不见了，取而代之的是像涅克这样的青年。当然，海明威和华滋华斯在处理上是有差别的，但是在最低限度感受性的问题上，差别却微乎其微。

两位作家之间的主要差别，取决于两人各自的世界之间存在的差别。海明威的世界比起华滋华斯的那个简单纯真的世界来，更为混乱和狂暴。因此，海明威人物的感受性同他的世界的本质之间就形成更为强烈的对照。这就产生了华滋华斯作品中所没有的、带有嘲讽意味的矛盾。海明威尽量压低作为感受性的感受性，并且用硬汉信条把它包藏起来。格特鲁德·斯泰因评论海明威说："我读过的小说中，海明威是最羞涩、最高傲、最清香的一位作家。"看来，当她说海明威"羞涩"，她想到的是海明威以嘲讽的口吻说着打折扣的话。典型的人物可能是敏感的，但是作者从来不在这上面大作文章；人物可能值得同情，但是他从不强求。或许能够这样来概括隐藏在海明威作品里的态度：怜悯，只有从阅历丰富、久经锻炼的人的内心深处挤出来的怜悯，才是能够接受的；而只有那敢于承担风险而又不要求怜悯的人才值得怜悯。因此，一个人有过暴力经验就受到高度重视。

这就自然而然地引起另一个问题：海明威的语言风格同他写小说时关心的其他问题有什么关系呢？在《杀人者》里，正如同在他的许多其他小说里一样，风格简单到了单调的地步。典型的句子是简单句或并列复合句；如果是并列复合句，在句子的组合中并没有什么精细微妙的含义。典型的段落结构是简单地循序展开的。首先，我们能看到这种风格和作者关心的人物和情境之间有着显而易见的关系：不失纯真的人物以及简单、基本的情境是用不假巧饰的风格表现出来的。但是，这个问题还有另一个更饶有兴趣的方面：它涉及的不是人物的感受性，而是作者本人的感受性。简短的节奏、首尾相连的并列复合句和通常避免主从关系——这一切都使人联想到一个土崩瓦解、四分五裂的世界。海明威似乎是企图用他的风格来暗示直接经验（即被看到和感受到的事物）一个个首尾相衔的原貌，而不是经过头脑组织和分析以后的样子。某种风格如果包括主从关系和不同程度的强调，如果倾向于使用带有许多修饰性从句和短语的主从复合句，那么，它势必包含批判性的辨异——即通过理智对经验进行筛选。但是，从表现上看，海明威首先关心的是传达经验产生的即刻冲击的影响，而不是对细节进行分析和评价。（与此相联系，我们会注意到他在写作中难得沉溺于心理分析，难得关心精细的人物刻画。）因此，他的风格本身似乎暗示，理智的运用，包括仔细斟酌的辨异，可能会模糊了对经验的表现，可能使之失去本来面目。海明威的这一风格以及他对最低限度感受性的性质的根本性的关心，可能表示了他对于用理智来解决人类问题所持的怀疑。他似乎在说：尽管人类用理智解决世界上的问题，但是世界还是杂乱无章、粗暴残忍的，很难找到能够用来衡量价值的可靠尺度。因此，一个人应该牢记人生根本情境的需要。人生根本情境涉及性、爱、危险、死亡，在这种情境中，生命的本能占优势；但是，根本情境提出的需要，常常被社会传统或缺乏血气的理智所掩盖或歪曲。此外，一个人还应该牢记勇气、诚实、忠贞和律己这些纯朴的美德。

但是，这是不是说海明威的写作方式是天真无知的、不经雕凿的或者粗糙的呢？实事求是地来看，他的风格是经过精雕细凿的；严格说来，也根本不是自发的和质朴的。所以说，他的风格是一种戏剧手段，作者是为了制造某种全面效果而发展了适合这一目的的语言风格。一位真正未经师传、完全自发的作者，大概无法表达海明威在他的优秀作品里体现的自发性和直觉性：这是指他能够把他的基本态度和题材真正地、有机地结合起来的那些作品。

我们在评论这个短篇小说的过程中所关心的，除了一些显而易见的问题以外，还力图把小说的语言风格同主题联系起来，然后再把这篇小说的特点同海明威的全部作品以及他对他的世界所持的态度联系起来。我们通常孤立地研究一篇小说，但是我们现在应该认识到，一个优秀作家总是持有某些基本态度，这些基本态度会把他写的不同作品（往往是差别很大的不同作品），联系起来。这是因为，一个人只能是他自己。既然如此，如果我们乐意把一篇作品同作者其他作品联系起来看，我们几乎总能更深地发掘它和理解它。一个好作家不会向我们提供——比如说——花样繁多、琳琅满目的主题。他大概会反复地写他在现实的生活中和对生活的观察中感到最为重要的少数几个主题。我们都记得，一个优秀作家并不是在玩弄把戏，娱乐读者，也不是为了糊口谋生——虽然他在干别的事情时也干这些事是完全无可非议的。一个优秀的作家是不断地力图发现并且表现他心目中的生活的真实。

案例2　对几首诗词的解读[①]

在西方，新批评主要运用于对诗歌的分析，特别是对17世纪英国玄学诗歌的分析。原因在于玄学诗和现代派诗歌相对于其他诗歌来说晦涩难懂，包含着深层次的潜在的含义，存在大量的值得仔细推敲和需要通过反复琢磨才能理解的隐喻等写作手法的表现和细节的运用。新批评派认为分析诗歌，必须立足于对诗句的剖析，深入诗歌的字词进行分析。随着新批评派的发展，除对于诗歌的剖析之外，新批评派也逐渐运用于对小说和戏剧的分析当中。

布鲁克斯在对文学作品进行分析时强调对诗歌中悖论、隐喻、反讽等的运用的分析。他认为这些基本方法的运用使诗歌的内容和涵义得到升华，因此在进行文学批评时，必然得注意文学作品的这几个方面。在对邓恩的《成圣》作出分析时提到，《成圣》的诗歌内容像是对爱情的忠贞的宣言，而诗歌表述出的这爱情又是向死而生的，用世俗的爱情隐喻圣徒的隐修。在爱情中的恋人们彼此忠贞，超脱世俗，似宗教中圣徒的虔诚。布鲁克斯认为爱情和宗教在邓恩这里是同等重要的，而只有从悖论的角度去理解整首诗读者才能体会到情感的升华。布鲁克斯认为《成圣》这首诗本身就是对它所主张的教义的坚持，既是坚持，又是对主张的实现。[②]

We can die by it, if not live by love,	我们若非靠爱生，总能死于爱
And if unfit for tomb or hearse,	如果配不上灵车和厚葬，
Our legend be it, it will be fit for verse;	我们的传奇至少配得上诗章；
And if no piece of chronicle we prove,	如果我们不配载史册上记载，

---

① 本案例由编者汇编而成，引用的文献已在文中注明。
② 参见〔美〕克利安思·布鲁克斯《精致的瓮》，郭乙瑶等译，上海人民出版社，2008，第13～20页。

We'll build in sonnets pretty rooms;　　就在十四行诗中建筑寓所，

As well a well-wrought urn becomes　　如此精致的骨灰瓮独具高格

The greatest ashes, as half-acre tombs,　不会比占半英亩的墓葬逊色，

And by these hymns, all shall approve　这些颂歌将会像天下告白：

Us canonized for love.　　　　　　　我们成圣是由于爱。①

《精致的瓮》的出版也在一定程度上将反讽诗学推到了顶峰。布鲁克斯将反讽定义为"语境对一个陈述语的明显的歪曲"②，布鲁克斯认为只有用含混的语言、充满想象力的隐喻通过诗歌的反讽结构，释放诗的张力，这样的诗才能永远地占据真理，抑或说永远地奔跑在抵达真理的路上。③ 布鲁克斯认为反讽是一种诗歌结构原则和诗学态度：

> 今天，我们不能不强调，"反讽"一语，不必有强烈的情感与道德的意味。我们可以把反讽看做是一种认知的原理（cognitive principle），"反讽"原理延伸为矛盾的原理，进而扩张为隐喻与隐喻结构的普遍原理——这便使文字以一种新颖而富有活力的方式被重新使用时，张力也就呼之欲出了。④

由此可以看出，在布鲁克斯的语境下，反讽的作用是不断使文本内的冲突因素相互修正（modify）和限定（qualify），所以文本的意义可以不断地"生成"⑤。

同样的，布鲁克斯也十分重视隐喻在诗歌中的运用。他认为"诗人必须用隐喻，而且只能用隐喻来写作"⑥。布鲁克斯认为，现代诗人、玄学诗人和浪漫主义诗人的分界点就是隐喻：

> 现代主义诗人和17世纪玄学派诗人因为对隐喻的巧妙使用而并肩站

---

① 〔美〕克利安思·布鲁克斯：《精致的瓮》，郭乙瑶等译，上海人民出版社，2008，第245页。

② 赵毅衡编《"新批评"文集》，中国社会科学出版社，1988，第313页。

③ 邵维维：《隐喻与反讽的诗学》，吉林大学博士学位论文，2013。

④ William K. Wimsatt & Cleanth Brooks, *Literary Criticism: A Short History*, Knopf, 1957, p. 747.

⑤ 邵维维：《隐喻与反讽的诗学》，吉林大学博士学位论文，2013。

⑥ Cleanth Brooks, *Modern Poetry and The Tradition*, the University of North Carolina Press, 1939, p. 16.

在一起，并不是邓恩的个人品质吸引了现代人，譬如人们经常提到他的"扭曲的怀疑主义"、"荒诞的精巧"和他有现代感的"巧妙的冷嘲热讽"，这样的描述的确使阅读他的诗歌变得更加有趣，但是毫无疑问，这种浪漫化邓恩的方式使我们对他的批评变得更肤浅，虽然他在某种程度上解释了邓恩诗歌的重新流行原因，但是这种解释多少有点似是而非，不能真正地说明这位诗人的重要性。事实上，玄学派诗人和现代主义诗人站在一起，与他们背道而驰的是新古典主义和浪漫主义诗人，他们的分界点就是隐喻。[①]

布鲁克斯认为有好的想象，才会写出好的隐喻。而对于想象力，柯勒律治给予这样的含义：第一是原始想象，具有一种塑造性的能力，是原始的审美快乐，把美好的、伟大的或者不同寻常的材料组织起来；第二是艺术想象，是大脑运作带来的欢乐，大脑把各种原有材料加以分解、再组织，然后创造出新的经验。[②]

在邓恩的诗歌《圣骨》中，我们也可以看到隐喻的存在：

> 当人们重新掘起我的坟，
> 去取乐某些二流的客人
> 那个掘墓的人，一眼看到
> 一圈手镯似的金色头发围着骨头，
> 那么，他会不会让我们独自逗留？
> 这里躺着一对恩爱的情侣，他会思考——
> 他们曾认为，这方法也许不凡，
> 能使他们的灵魂，在最不忙碌的一天，
> 在这坟茔里相逢，停留上一小段时间。
> 如果这件事情发生在
> 迷信统治的地方和时代，
> 那把我们掘起的人，自然
> 会把我们带到主教和帝王面前，
> 将我们当作圣骨，那样一来，

---

① Cleanth Brooks, *Modern Poetry and The Tradition*, the University of North Carolina Press, 1939, p. 11.
② 邵维维：《隐喻与反讽的诗学》，吉林大学博士学位论文，2013。引用此文时未能联系到原作者，敬请见谅。

你将是个马利亚·抹大拉，而我，

附近的某一个家伙；

女人，还有一些男人将把我们崇拜；

既然在这样的年代，人们寻找奇迹，

我要用这一张纸告诉这个世纪，

我们没心眼的爱人能造成什么样的奇迹。

首先，我们爱得热烈，爱得执着，

但又不知道爱的是什么，或为什么，

也不知道男人和女人不同的地方，

就和守卫着我们的安琪儿一样，

来来去去，我们

也许亲吻，但不在那一餐餐中间；

我们的手从不去碰那些让自然

解放了的封条，虽然又为新法所损；

我们造成了这些奇迹；但如今，吁，

纵然我能使用所有的方法和言语，

我可能讲出曾是个什么样的奇迹？

邓恩在这里描写"一圈手镯似的金色头发围着骨头"，金色与枯骨的灰白形成视觉上的强烈对比，将生命活力的颜色与死亡的苍白放在同一句诗中，以一种极具想象力的隐喻形成诗歌极大的张力，将强烈的情感和学识上的独创完美结合。[1]

布鲁克斯提到的另一种基本概念"反讽"，其基本性质是"假象与真实之间的矛盾以及对这矛盾并无所知"，例如诗人北岛在其著作《回答》中所写：

卑鄙是卑鄙者的通行证，

高尚是高尚者的墓志铭，

看吧，在那镀金的天空中，

飘满了死者弯曲的倒影。

冰川纪过去了，

---

[1] 参见孙博《新批评文本细读视野下的高中语文新诗教学研究》，河北师范大学博士学位论文，2018。引发此文前未能联系到原作者，敬请见谅。

为什么到处都是冰凌?
好望角发现了,
为什么死海里千帆相竞?

我来到这个世界上,
只带着纸、绳索和身影,
为了在审判之前,
宣读那些被判决的声音。

告诉你吧,世界
我——不——相——信!
纵使你脚下有一千名挑战者,
那就把我算作第一千零一名。

我不相信天是蓝的,
我不相信雷的回声,
我不相信梦是假的,
我不相信死无报应。

如果海洋注定要决堤,
就让所有的苦水都注入我心中,
如果陆地注定要上升,
就让人类重新选择生存的峰顶。

新的转机和闪闪星斗,
正在缀满没有遮拦的天空。
那是五千年的象形文字,
那是未来人们凝视的眼睛。

　　诗人以坚定的口吻通过诗歌表达着对暴力世界的怀疑。全诗共七节,诗人企图在一个封闭的逻辑空间内构建一个相对完整、自足的"自我"形象,而这种独立的"自我"形象的树立,诗人是寄希望于建立一个与外部世界的对立关系来实现并得到进一步的强化的。诗歌开头"卑鄙是卑鄙者的通行证,高尚是高尚者的墓志铭",就是以一种反讽的手段,讽刺社会中高尚的消亡和卑劣的畅行。相比于对高尚和卑鄙态度的直接表述，反讽的方式，使得诗句所表现出来的内容更加深刻，对于读者的冲击性和警示性也更加强烈。同时，"镀金的天空"和"弯曲的倒影"与邓恩诗中"金色头发围着骨头"形同，"镀金"揭示虚假，"弯曲的倒影"暗指冤魂，形成鲜明的对照。第三节中诗人以"普罗米修斯"式的拯救者的形象自居，站在新时代诗人的立场上，抒发自己对自己肩负的责任的意识和担当，为诗歌的后续发出震慑心灵的呐喊。整个诗篇以极具张力的语言和表达揭露了黑白混淆、是非颠倒的现实，对黑暗的社会发出了愤怒的质疑。并表明"我不相信"的不屈的决心，表现了一种无惧无畏的挑战者的形象。诗歌的最后以"五千年的象形文字"象征拥有五千年历史的中国，以"未来人们凝视的眼睛"暗示出我们这个具有五千年历史的民族的强大的再生能力和生命活力。[①] 诗中既有直接的抒情和呐喊又有大量曲折的讽刺和象征、隐喻，意蕴丰富，又极具震撼力。

　　从上面对于北岛《回答》的分析我们可以看出新批评的文本细读不仅适用于外国文学作品的赏析，对于中国诗歌作品，特别是新诗的赏析也有一定的借鉴意义。20世纪初，中国传统文学批评正面临着向现代的转型，中国学者在一定程度上受到西方文学批评的影响，对西方盛行的文学批评方式进行借鉴。五四运动的产生和发展，更进一步为西方文艺批评理论传入中国打开了大门。随着中国学者对于西方所传入的这种新批评的文学理论著作翻译逐渐增多，兰色姆的代表作《新批评》的翻译也在中国广泛传播，新批评派的其他代表人物韦勒克、燕卜逊等的著作《文学理论》《含混七型》（又译为《朦胧的七种类型》及《歧义的七种类型》）等也被中国学者翻译带入中国文学批评界，新批评的文学批评方式对中国文学批评产生了深远影响。在西方"新批评"流派的影响下，深入探索文学语言的意义，开始实现了语言意识的最初自觉，并警示了中国传统文学批评对语言意识的轻慢与回避，也进一步宣扬了语言意识对中国现代文学批评建设的必要性。[②] "新批评"理论在一定程度上推动了文学观念的转向，促进了语言意识的觉醒。因此，对于新诗这一在五四运动前后产生的，以白话文为基本语言的诗歌也成为一种适合运用新批评文学的批评方式去赏析的体裁。例如，徐志摩的《再别康桥》：

[①] 孙昕光：《大学语文》第2版，高等教育出版社，2009，第19页。刊用此文前未能联系到原作者，敬请见谅。

[②] 张惠：《从载体论到本体论的语言自觉——"新批评"对中国文学批评的影响》，《苏州大学学报（哲学社会科学版）》2015年第1期。引用此文前未能联系到原作者，敬请见谅。

轻轻的我走了，
正如我轻轻的来；
我轻轻的招手，
作别西天的云彩。

那河畔的金柳，
是夕阳中的新娘；
波光里的艳影，
在我的心头荡漾。

软泥上的青荇，
油油的在水底招摇；
在康河的柔波里，
我甘心做一条水草！

那榆荫下的一潭，
不是清泉，是天上虹；
揉碎在浮藻间，
沉淀着彩虹似的梦。

寻梦？撑一支长篙，
向青草更青处漫溯；
满载一船星辉，
在星辉斑斓里放歌。

但我不能放歌，
悄悄是别离的笙箫；
夏虫也为我沉默，
沉默是今晚的康桥！

悄悄的我走了，
正如我悄悄的来；
我挥一挥衣袖，
不带走一片云彩。

徐志摩的这首诗作为新月派的代表作品，以离别康桥时的情感起伏为线索，抒发了对康桥依依不舍的惜别之情。离别之心难诉说，对康桥的感情深沉又复杂，说多了一分，感情太浓重悲伤，惊扰了康桥的美景，将自己对康桥的感情表达的浓艳俗气；说少了一分，又怕无法将康桥的迷人，自己的情谊表达不出，辜负了美景也辜负了自己。因此，诗人"轻轻的来""轻轻的走""轻轻的招手"，轻轻、悄悄背后实际隐藏的是诗人浓烈无处安放的情感。诗人借助康桥美景，将自己无形、抽象的内心情感寄托给"河畔的金柳""西天的云彩"以及"康河的柔波"，化作具体可感的留恋和感伤，创造出一个个意蕴十足的心理情结意象。每一个景物都不只是康桥的美景，都包含着诗人的深意，都是诗人情感的化身。诗人写到"那河畔的金柳，是夕阳中的新娘；波光里的艳影，在我的心头荡漾"，用隐喻的形式将人们带入诗歌的结构。在中国传统诗歌意象中，"柳"与"留"有相似之意，想要留却依旧要走，表现出诗人对于康桥的不舍之情。同时，将金柳比作是"新娘"，以人的一生中最美的时刻来比喻康桥美景，表达出来的感情委婉而又直接生动，难舍难分之情分外真实。"悄悄是别离的笙箫，沉默是今晚的康桥"，"沉默"是康桥夏夜的寂静，也是诗人对于离别无言的感伤。

另外还有席慕蓉的诗歌《一棵开花的树》：

> 一棵开花的树
> 如何让你遇见我
> 在我最美丽的时刻
> 为这
> 我已在佛前求了五百年
> 求它让我们结一段尘缘
> 佛于是把我化作一棵树
> 长在你必经的路旁
>
> 阳光下慎重地开满了花
> 朵朵都是我前世的盼望
>
> 当你走近请你细听
> 颤抖的叶是我等待的热情
> 而你终于无视地走过

在你身后落了一地的

朋友啊那不是花瓣

是我凋零的心

《一棵开花的树》作为一首现代诗歌，诗的开篇刻画了主人公曲微深婉的内心，表达出她对爱情的美好期盼，将少女痴痴等待意中人的心境幻化为长在他必经之路旁的一棵开花的树，以"开花的树"喻情窦初开、情谊无限的美丽年华，表达了这位少女一片痴心，空自凋零的失落之情。借助佛教语言，将前世今生融入诗歌当中。诗歌选择了"树"作为一种中心意象，单纯而又新颖。用树的扎根泥土，不轻易动摇，来喻"我"对意中人不变的情谊和坚贞不渝的执著。写树在"阳光下慎重地开满了花"，以"慎重"一词，表现出小心翼翼的形态，同时隐含着少女希望将最好的一面展现在心上人面前的紧张与期待。从诗的显在含义来看，是写树、树上的叶、开满的花，但诗歌的潜在含义则是用树代表"我"坚贞不渝的心，用树上的叶代表"我"颤抖的心，用落地的花象征"我"等意中人等到凋零的心，以"树""叶子""花"来代表诗人的精神原野，是诗人情感的外化，表现着诗人情绪的流动与飞扬。整首诗富有真情美，娓娓道来却饱含诚挚；极具画面感而又引人无限遐思与感动的意象美；还极具声韵谐和之美，是一首精致感人的美丽小诗。[1]

燕卜逊认为：复义是增强作品表现力的基本手段。复义的运用可以使作品的内容更加丰富，产生更强烈的效果。因此复义的作用构成了诗歌的最基本的要素之一。……复义因此能使作品的表现力达到相当丰富的程度，它可以使语言活动方式中潜在的意义得到充分的表达，从而增强作品的表现力。[2] 例如《古诗十九首》中的《行行重行行》一诗：

行行重行行，与君生别离。

相去万余里，各在天一涯。

道路阻且长，会面安可知？

胡马依北风，越鸟巢南枝。

相去日已远，衣带日已缓。

浮云蔽白日，游子不顾反。

思君令人老，岁月忽已晚。

---

① 王祺主编《中国现当代文学作品精读》，中央广播电视大学出版社，2012，第326页。引用此文前未能联系到原作者，敬请见谅。

② 参见朱立元主编《当代西方文艺理论》，华东师范大学出版社，1997，第115～116页。

弃捐勿复道，努力加餐饭。

　　这首诗作为《古诗十九首》的第一首，是一首汉末动荡岁月中的相思乱离之歌。抒写了一个女子对远行在外的丈夫深切的思念之情。前六句，着重描写两人相隔甚远，天各一方，相见的道路远且艰难；后十句则着重刻画思妇之苦，以朴素自然的语言，通俗易懂地表现出相思的情感。叶嘉莹在其《迦陵论诗丛稿》中对"与君生别离"一句中的复义作出过详细的探讨："与君"二字是何等亲切的关系，"生别离"三字又是何等无奈的口吻，其不甘与难舍之情岂不跃然纸上。而除此之外，"生别离"三字还更有另一种解释，那就是不把"生"字看作与"死"对举的死别生离之意，而把"生"字解释作"硬生生"的"生"字之意，如马致远《汉宫秋》剧之"锦貂裘生改尽汉宫装"及《康熙乐府》无名氏《端正好》赶苏卿一套之"本是对美甘甘锦堂欢，生扭做悲切切阳关怨"，便都是把"生"字作"硬生生"的意思来用的。如按此意，则"与君生别离"一句，乃是说我与你硬生生被别离所拆散之意，似乎也更有一种激动强烈的不甘之感，所以吴淇之《古诗十九首定论》，就采用过此一解释说："生字当解做生熟之生，犹云生生未当别离而别离也。"而"生"字之被用作"硬生生"的意思，则似乎乃是唐宋以后的事，所以此句"生别离"三字，当然仍以其他注家所采用的《楚辞》之"生别离"的揭示，指死别生离之意为是。①

　　在运用文本细读的方式对中国新诗作剖析时，除了能看到诗中蕴含的隐喻、反讽等手法之外，中国新诗还继承了中国古诗的发展特征，重诗歌中意象的描绘与运用。在中国古诗中，意象是古诗的重要组成部分，意象选取的好与坏直接影响着一首古诗在意境创造以及情感表达上的意蕴。意象不仅是诗歌本身形式的一种体现，同时亦是对诗人情感的一种寄托、外化。诗歌意象除直接描绘，用以表意表情之外，也多有潜在的含义。新批评中所提到的"意象含混"在中国新诗的赏析中也经常可以看到。这里以郭沫若的《凤凰涅槃》中的意象含混进行简要分析。

除夕将近的空中，
飞来飞去的一对凤凰，
唱着哀哀的歌声飞去，
衔着枝枝的香木飞来，

---

① 　叶嘉莹：《迦陵论诗丛稿》，河北教育出版社，1997，第 134 页。

飞来在丹穴山上。

山右有枯槁了的梧桐，
山左有消歇了的醴泉，
山前有浩茫茫的大海，
山后有阴莽莽的平原，
山上是寒风凛冽的冰天。

天色昏黄了，
香木集高了，
凤已飞倦了，
凰已飞倦了，
他们的死期将近了。

"除夕将近的空中，飞来飞去的一对凤凰，唱着哀哀的歌声飞去，衔着枝枝的香木飞来，飞来在丹穴山上。"凤凰飞来的丹穴山是凤凰存在的地点，也是凤凰涅槃重生之前存在的旧的世界。"山右有枯槁了的梧桐，山左有消歇了的醴泉，山前有浩茫茫的大海，山后有阴莽莽的平原，山上是寒风凛冽的冰天。"那个凤凰生存的旧世界是阴暗的，是令人难以生存，感到窒息的。没有合适的栖息地，没有适宜的饮食，没有生存的环境，没有合适的天气，一切都是毫无生机与希望的。暗示当时旧中国生存环境的恶劣腐败。而正是这种不适，才有了后来的涅槃重生。《凤凰涅槃》的主要意象自然是凤，是凰，整首诗歌既包含了对现实的诅咒，又有着对理想的歌赞。凤与凰是五四新文化时代的"先驱者"，是知识阶层自命的形象。除了凤与凰这两个主意象外，《凤凰涅槃》还包含着多种具有深意的其他意象。例如，"群鸟歌"中的群鸟。

群鸟歌

岩鹰：
哈哈，凤凰！凤凰！
你们枉为这禽中的灵长！
你们死了吗？你们死了吗？
从今后该我为空界的霸王！

孔雀：

哈哈，凤凰！凤凰！

你们枉为这禽中的灵长！

你们死了吗？你们死了吗？

从今后请看我花翎上的威光！

鸱枭：

哈哈，凤凰！凤凰！

你们枉为这禽中的灵长！

你们死了吗？你们死了吗？

哦！是哪儿来的鼠肉的馨香？

家鸽：

哈哈，凤凰！凤凰！

你们枉为这禽中的灵长！

你们死了吗？你们死了吗？

从今后请看我们驯良百姓的安康！

鹦鹉：

哈哈，凤凰！凤凰！

你们枉为这禽中的灵长！

你们死了吗？你们死了吗？

从今后请听我们雄辩家的主张！

白鹤：

哈哈，凤凰！凤凰！

你们枉为这禽中的灵长！

你们死了吗？你们死了吗？

从今后请看我们高蹈派的徜徉！

　　凤凰更生歌

鸡鸣：

听潮涨了，

听潮涨了，

死了的光明更生了。

春潮涨了，

春潮涨了，

死了的宇宙更生了。

生潮涨了，

生潮涨了，

死了的凤凰更生了。

凤凰和鸣：

我们更生了，

我们更生了。

一切的一，更生了。

一的一切，更生了。

我们便是他，他们便是我，

我中也有你，你中也有我。

我便是你，

你便是我。

火便是凰。

凤便是火。

　　群鸟的描写都是具有象征和隐喻意义的形象：岩鹰视自己为"空界的霸王"，象征着握有权力，割据一方的反动军阀；孔雀"花翎上的威光"，美丽动人，象征着那些在社会黑暗的时代粉饰太平，忽视社会黑暗的卑劣的人；鸱枭阴险狡诈；家鸽忍让求和；鹦鹉只会学舌，没有思想、见解。诗人用不同凡鸟的不同特点来暗指不同的现实世界中的人类。用群鸟对于凤凰的嘲讽和不屑，反衬出凤凰的高尚，群鸟的意象与凤凰的意象在对比之中使得高尚的更高尚，卑劣的更卑劣。同时讽刺群鸟的耀武扬威，每一句都以"哈哈"开头，以一种嘲笑的方式和轻佻的口吻，质问凤凰"你们死了吗"，表达对凤凰的蔑视和轻视。认为凤凰"枉为这禽中的灵长"，而自己才是世界的领袖主宰，讽刺群鸟的自傲和不自量力。"鸡鸣"在诗中起到了一个承上启下的过渡作用，"鸡鸣"是新的一天的开始，是光明的到来，是光亮划破黑夜的昭示，"死了的光明更生了""死了的宇宙更生了""死了的凤凰更生了"，凤凰重生，光明重现，呈现出一片生机盎然。在这种新的环境下，凤凰和鸣，一切融为一体。

"火"同样象征希望、象征光亮、象征生命力和活力。火一样的革命理想与信念、激情与力量照亮着人们黑暗已久的心灵。"凤凰精神"是当时包括中国知识分子在内的中国人民追求摧毁腐败黑暗的旧世界，建立新世界的真理。这种真理在当时科学、民主、自由和一切新事物逐渐升起的新时代下受到了热烈的追求和高度的礼赞。渴望获得光明成为时代的精神主题，同时凤凰也是五四时代在黑暗腐败的旧中国，世人看到了未来会发生的光明前景和无限希望。① 每一句诗都是短短数字，简短却有力，配合排比的运用，将光明和希望的种子播撒世间，表达出对未来光明和新生的无限期盼和渴望，洋溢着浪漫主义豪情的同时给人以深深的震撼力。《凤凰涅槃》中"凤凰"就是典型的形象象征，是五四时期知识分子革命激情下的精神象征，"凤凰"更是整个五四时代背景下中国现状的象征，是中华民族的象征，更生后的凤凰是新中国的象征。

从上文对《凤凰涅槃》的分析中我们可以看出，新批评的方法虽然可以以文本细读的方式来对中国的新诗进行赏析，但完全抛开诗歌作品创作的时代背景、社会状况，以及作者本身的经历、情感等去对诗歌本身进行剖析的新批评的方式，并不能完全适用于所有的中国的诗歌。中国的文学作品的创作，不只是诗歌，往往都是在一定的社会时代背景的影响下作出的。与新批评不同，中国品读文学作品强调"知人论世"，在关注作品本身的基础之上，往往会结合文学作品创作的时代背景、社会背景以及作者的经历、情感体验等。且在文学作品中往往渗透着一个地区、一个时代的风俗，如果如新批评派所倡导的那样，抛开文学作品以外的因素，单纯地对文学作品本身进行深入剖析，可能无法完全领会文学作品想要表达出来的含义，或者会有所偏颇。就如《凤凰涅槃》这首诗，如果我们完全抛开当时中国所处的社会历史背景，那么就无法将这首诗歌放入当时昏暗腐败的中国社会背景之中，相应的，对于诗歌当中群鸟的意象分析也就无法对应到当时社会中所存在的不同的阶级不同的人群当中。不考虑当时中国所处的境况，更加无法深刻体会诗人在那种社会状况下所表达出来的深刻的呐喊，甚至在对于意象分析或情感体验时会出现一定的偏颇。了解作者、了解社会、了解历史、了解风俗，结合诸多因素再运用文本细读的方式，才能够把中国委婉曲折、含蓄幽微、寓意深刻的中国文学作品品读得彻底、细致且准确。

随着新批评的发展，其已经不止局限于对于诗歌的赏析，用英美的新批评不仅可以赏析中国的新诗，分析中国的小说也可以获得不同的审美体验。《红楼梦》作为中国文学史上的一部不朽的著作，对中国文学史的影响之深远不

---

① 参见刘路《〈凤凰涅槃〉语境带来的意象含混》，《牡丹江教育学院学报》2014年第9期。

言而喻。《红楼梦》不仅为我们讲述了一个家族的兴衰，更是以一种近乎完美的笔触展现出一部优秀文学作品应有的样子。布鲁克斯这样认为"批评家主要关注的是作品本身"，"文学批评是对于批评对象的描述和评价"。① 新批评不主张对于文学作品以外的社会历史背景、作者等进行剖析，而是专注于文本自身。从对《红楼梦》的研究当中我们可以看出，在不细究《红楼梦》的历史背景以及曹雪芹本身的情况下，《红楼梦》作品本身的优秀性足以经得起对于其作品文本本身的深入剖析。《红楼梦》的一大特点就在于作者甚少使用旁白，文中所描写的场景都是出自文中人物之眼、人物之嘴，不同的场景以不同人的不同视角去观察去描写，人物特点也由文中不同的角色去诉说。相反，过度地去纠结《红楼梦》所创造的历史背景以及作者本身，反而会延伸出许多并无根据的文学作品以外的猜测和评析。例如对《红楼梦》作者究竟应该属谁的纠结，对《红楼梦》人物与作者本身或者是清王室人员的关系等，反而忽视了对于文学艺术的探讨。《红楼梦》的整体结构完整，人物刻画形象，故事描写细腻，文章前后紧密相连。且多有前文暗示后文之结局的写法。《红楼梦》第五回"游幻境指迷十二钗，饮仙醪曲演红楼梦"中所写的人物判词，以短短几句刻画人物，暗示人物结局，意蕴深刻，若非进行细究，恐会难以理解其中的奥义，忽视而过，反而浪费了作者的精心布局。例如黛玉与宝钗的判词："可叹停机德，堪怜咏絮才。玉带林中挂，金簪雪里埋。"对这句话进行细读我们才可分析出其中的含义。"停机德"意指宝钗符合封建道德标准，权夫从官，走仕途之路。无奈宝玉心不在此，不能领会其好意，不愿做这"俗事"，反觉宝钗的劝勉不合心意。"咏絮才"意指黛玉才华过人。古有谢道韫以"未若柳絮因风起"比雪，文采卓然，《红楼梦》中的黛玉亦是这样一个雅好高洁的才女，可惜却未落得好下场，与宝玉心意相通，却不得厮守。"玉带林中挂"前三字倒过来即为"林黛玉"，暗示这是黛玉的判词，而后"金簪雪里埋""雪"即为"薛"的谐音，以姓氏谐音暗指宝钗，宝钗与宝玉"金玉良缘"，金也是薛宝钗的象征，雪里埋同时暗示宝钗才情被忽视，不得其所，命运凄惨。在《红楼梦》第三十七回"秋爽斋偶结海棠社，蘅芜苑夜拟菊花题"中，薛宝钗做的一首《咏白海棠》又一次向我们暗示着宝钗的命运。

珍重芳姿昼掩门，自携手瓮灌苔盆。
胭脂洗出秋阶影，冰雪招来露砌魂。
淡极始知花更艳，愁多焉得玉无痕。

---

① 朱立元主编《当代西方文艺理论》，华东师范大学出版社，1997，第 109 页。

欲偿白帝凭清洁，不语婷婷日又昏。

首句以"芳姿"形容白海棠花的美好姿态，描写的白海棠表面上是花儿本身，而内涵却是薛宝钗本人，以花喻己，显现出自己对自己身份的珍重。"珍重芳姿"四个字刻画出了封建家族少女恪守封建妇德的矜持心理，表现自己的端凝庄重的性格。也就与前文判词中所说的"停机德"相照应。"自携手瓮灌苔盆"，亲自为花浇水是对花儿的爱惜，同时也是隐喻薛宝钗对自我的珍重。第二句"胭脂洗出秋阶影，冰雪招来露砌魂"，诗句原意指海棠的洁白无瑕，而内涵实际上正是影射宝钗的朴素淡雅，而宝钗的朴素淡雅、不爱脂粉装饰在书中作者也不止一次提到，不仅不爱脂粉，也是一直不争不抢。颈联"淡极始知花更艳，愁多焉得玉无痕"，前半句中"淡"表层含义是写白海棠颜色不及其他花朵艳丽却又有一种淡极更艳的视觉色彩；深层含义则指薛宝钗自身的朴素淡雅，淡雅之中更显得艳丽动人，安分守己，更显得自己的大家风范。后半句"愁多焉得玉无痕"中以一"愁"字代指黛玉，因在曹雪芹笔下，林黛玉就是"心较比干多一窍"的多愁善感的形象，所以一"愁"字，自然让人想到黛玉的神态。似有以黛玉之多愁善感反衬出自己的宁静娴雅。尾联"欲偿白帝凭清洁"，"清洁"亦是含混的用法。一方面，它依旧是对海棠花颜色形态的描绘，指海棠花儿之色泽清丽；另一方面，它的潜在含义仍是对薛宝钗自身品性的一种叙述，认为自己品行高洁。"不语婷婷日又昏"中"不语"原意指海棠默默不语迎来一个又一个黄昏，在此映射到薛宝钗身上，则是体现薛宝钗内心的孤独和自己的端庄稳重。同时"婷婷"一词，也是对自己美妙身形的一种描绘。①

再如"金陵十二钗副册"中对晴雯的判词描写："霁月难逢，彩云易散。心比天高，身为下贱。风流灵巧招人怨。寿夭多因诽谤生，多情公子空牵念。""霁月"雨后新晴为"霁"，喻"晴"字，"彩云"云呈彩叫雯，喻"雯"字，"难逢""易散"即说明晴雯如此性子的人极为难得，同时也就难于为阴暗、污浊的社会所容，即已暗示出晴雯悲惨的命运。晴雯不善阿谀奉承，不会讨好他人委屈自己，反抗性极强，"心比天高"无奈却居于"下贱"之位，空有高傲之心。晴雯作为丫头，生的一副好相貌，第七十四回中凤姐对王夫人说："若论这些丫头们，共总比起来，都没有晴雯生得好"，足以见晴雯相貌出众。身为丫头，相貌过于出众，又生的心高气傲，自然惹的人怨恨嫉

---

① 韩妍：《薛宝钗：温婉背后的深沉——对〈咏白海棠〉的文本细读》，《名作欣赏》2017年第12期。刊发此文前未能联系到原作者，敬请见谅。

妒。最终得罪了人，被人诬告，成了王夫人眼中的"狐狸精"，病中被撵出大观园，含冤而死，即判词所写"风流灵巧招人怨。寿夭多因诽谤生"。晴雯死后，宝玉对其念念不忘，特意为她写下一首《芙蓉女儿诔》，以抒发自己内心的哀痛和愤慨。曹雪芹对于判词的描写暗喻了不同人物不同的结局，构思巧妙，令人赞叹。不仅对于判词的描写蕴含深意，而且在人物判词的出场顺序的安排上也都是饱含深意。在介绍十二钗的册子时，将晴雯置于首位，就是有心的安排。在描写晴雯不幸遭遇的同时，也可能还有政治上的寄托。若不对其进行文本的细读，则会错过作者在文学作品中倾注的心血。

从上述对《红楼梦》的分析中我们可以看出，曹雪芹在《红楼梦》中描写的每一处景，每一所见闻，每一首诗都有其深意所在，只有经过仔细地琢磨研读，并能够联系文本整体，才能更好地体会其中深意，领悟作者想要向读者传达的真实的东西。所以，以文本细读的方式对《红楼梦》进行深度的剖析是一种必要的方式，也是当今红学家在不断为之努力的事。对《红楼梦》进行深入的分析不仅可以感受到作者惊人的创作水平以及《红楼梦》这部作品本身蕴含的无穷无尽的惊喜，还可以感受到中华民族文字中所蕴含的巨大魅力。

课后习题

1. 理论题：概述新批评文学批评方法的核心。
2. 实践题：请用新批评方法解读戴望舒的《雨巷》。

本章主要参考文献

1. Cleanth Brooks, *Modern Poetry and The Tradition*, the University of North Carolina Press, 1939.

2. William K. Wimsatt, Cleanth Brooks, *Literary Criticism: A Short History*, Knopf, 1957.

3. 〔英〕奥格登、瑞恰慈：《意义之意义》，白人立等译，北京师范大学出版社，2000。

4. 〔美〕布鲁克斯、沃伦：《理解诗歌》，外语教学与研究出版社，2014。

5. 〔美〕布鲁克斯：《精致的瓮》，郭乙瑶等译，上海人民出版社，2008。

6. 韩妍：《薛宝钗：温婉背后的深沉——对〈咏白海棠〉的文本细读》，《名作欣赏》2017 年第 12 期。

7. 胡经之、王岳川：《文艺学美学方法论》，北京大学出版社，1994。

8. 胡译方、焦亚东：《试论英美新批评的文学研究观念与方法》，《名作欣赏》2016 年第 5 期。

9. 黄展人：《文艺批评学》，暨南大学出版社，1991。

10. 刘路：《〈凤凰涅槃〉语境带来的意象含混》，《牡丹江教育学院学报》2014 年第 9 期。

11. 邵维维：《隐喻与反讽的诗学》，吉林大学博士学位论文，2013。

12. 孙博：《新批评文本细读视野下的高中语文新诗教学研究》，河北师范大学博士学位论文，2018。

13. 孙昕光：《大学语文》第二版，高等教育出版社，2009。

14. 万宇：《语义杂多：新批评的文学意义论》，《中外文化与文论》2015 年第 1 期。

15. 王祺主编《中国现当代文学作品精读》，中央广播电视大学出版社，2012。

16. 王向峰：《"新批评"方法的起点与末路》，《汕头大学学报》（人文社会科学版）2015 年第 1 期。

17. 伍蠡甫：《现代西方文论选》，上海译文出版社，1983。

18. 〔英〕燕卜逊：《朦胧的七种类型》，（学院丛书又译为《歧义的七种类型》《含混七型》）周邦宪译，中国美术学院出版社，1996。

19. 杨慧：《新批评与小说评点当代适用性探析》，《大连教育学院学报》2015 年第 4 期。

20. 叶嘉莹：《迦陵论诗丛稿》，河北教育出版社，1997。

21. 张惠：《从载体论到本体论的语言自觉——"新批评"对中国文学批评的影响》，《苏州大学学报》（哲学社会科学版）2015 年第 1 期。

22. 张万盈：《布鲁克斯诗歌细读方法研究》，重庆师范大学博士学位论文，2013。

23. 张友燕：《二十世纪上半叶英国文学批评的流变》，《常熟理工学院学报》2018 年第 3 期。

24. 赵毅衡编《"新批评"文集》，百花文艺出版社，2001。

25. 赵毅衡编《"新批评"文集》，中国社会科学出版社，1988。

26. 朱立元主编《当代西方文艺理论》，华东师范大学出版社，1997。

第五章　结构主义文学批评方法

方法介绍

　　结构主义批评发端于20世纪20年代初期的俄国形式主义批评，60年代中期风行于欧美，70年代初期达到鼎盛，而后逐步走向衰落。结构主义批评是一种借用结构主义语言学的理论来分析叙事作品的内在结构和内在规律的批评模式。结构主义首先在语言学研究中被提出，由瑞士语言学家索绪尔创立，创立当时他用的不是"结构"而是系统。后来又经过人类学家列维－斯特劳斯把索绪尔的结构主义语言学模型，逐渐用到人类学研究上，从而创立了结构主义人类学。除此之外，结构主义还被运用在社会学、历史学和文学研究之中。索绪尔的结构主义语言学、韦尔特海梅尔等人的格式塔心理学和皮亚杰的结构主义心理学、列维－斯特劳斯的结构主义人类学以及罗曼·雅各布森的结构主义诗学构成了20世纪上半叶结构主义空前活跃的局面。到20世纪下半叶以及21世纪，结构主义批评逐渐发展成为用来分析语言、文化与社会的研究方法之一。结构是一个可以包容事物各种层次关系的总体，这些关系由组成事物并且可以变化的元素组成，元素本身的变化必须依赖于整体结构，而且并不改变事物的总体结构。[①] 结构主义的特征就是对于所研究的对象进行系统的符号化、模型化，在此基础之上，进一步深入探索研究对象其自身存在的本质和发展的规律。强调的不是对个别作品的词语解释，而是着重探讨作品结构的形成过程和理解文字语言的活动方式。结构主义基本理论认为，任何事物都有自身的内在结构，这个事物本身所包含的内在结构具有一定的逻辑规则，如果要从深层次上把握事物的内在意义和内在结构的深层价值，就必须深入研究事物内在结构的深层逻辑性。

---

　　① 参见冯宪光《结构主义理论与结构主义艺术理论》，《四川戏剧》2014年第4期。

　　"结构"概念来源很久，只是最开始并不是运用于结构主义文学批评领域，一般用于对事物组成形式的看法，多用于对事物的形式分析。而在结构主义这一概念当中的"结构"则是用来揭示事物存在及其存在意义的根本来源的一种概念。狭义的"结构"是指由部分构成整体的方法；广义的"结构"指事物的系统模型、形式联系、关系总体等。结构主义可以被看作是一种具有许多不同变化的概括研究方法。研究的重点是现象之间的关系，是一种模式化的思想活动。结构主义企图探索一个文化意义是透过什么样的结构被表达出来，在探寻现象内部各因素之间的关系，以及现象间的结构关系中，抽象出对于客观世界的一种基本的结构体系模式。同质性事物在于内在结构相同，异质性事物在于内在结构不同。寻找所研究的事物在心态和结构上共时性存在的规律是结构主义理论最基本的要义。①

　　一个文化意义的产生与再创造是透过作为表意系统的各种实践、现象与活动，来找出一个文化中意义是如何被制造与再制造的生成结构。结构主义评论方法实际上是哲学上的结构主义方法在文学批评领域里的体现。② 结构主义想要在整体的结构中把握事物，进而在事物的相互关系中抽象出能够说明和解释事物的模式。结构主义方法首先是一种特殊的社会文化现象的分析方法，它有这样一些特点：（1）强调静态的共时性研究，忽视以致反对历时性研究；（2）强调注意和描述构成要素之间的关系，而不是要素本身；（3）通过结构去认识事物，先找出一个模式；（4）在观察到的水平之下，经验范围之外，去寻求结构；（5）把事物看做一个整体，它按照一定的模式由要素组成，但整体对于部分有逻辑上优先地位。③

　　费尔迪南·德·索绪尔是现代西方重要的语言学家之一，他的理论著作《普通语言学教程》在现代西方语言学的发展中产生过重大影响，他最早在语言学领域里提出了系统和结构的方法。索绪尔认为，"语言的各个方面都建立在各种关系之上"，如能指和所指的任意性（arbitrary）关系；语言（langue）和言语（parole）的具体和抽象关系……索绪尔语言学有两个层面，即本体论层面和符号学层面：本体论是索绪尔语言学的基础，符号学建立在本体论的基础之上。任意性是语言符号的根本属性，索绪尔将它奉为语言学的第一原则。它可以指语言符号对概念的任意性，一个语言概念可以由任意语言符号代替，语言符号也可承载任意一个语音形象与概念。其《普通语言学教程》将"言语"看作具体的词句使用，将"语言"看作一个符号系统，并将语言划分为

---

① 参见冯宪光《结构主义理论与结构主义艺术理论》，《四川戏剧》2014 年第 4 期。
② 参见范明华《文学评论教程》，华中理工大学出版社，1995，第 134 页。
③ 参见刘登《列维－斯特劳斯的结构主义方法浅析》，《现代交际》2013 年第 9 期。

内部系统和外部系统，语言体系中言语的使用都是由结构体系决定的，在语言状态中，词语的使用往往要存在于各自的体系中才能产生作用。索绪尔指出："语言是由相互依赖的诸要素组成的系统，其中每一要素的价值完全由于另外要素的同时存在而获得。"① 也就是说，要素只有在与其他要素共同存在、相互关系中才具有其本身的意义，并不能脱离结构整体单独存在。索绪尔的具体做法是将言语活动分离为"语言（langue）"和"言语（parole）"，并将"语言"确立为语言学的研究对象。任意性与线性、不变性与可变性是两个辩证统一的双重性。任意性使得我们可以任意选择语言符号来表达意义，即最初语言符号与概念之间没有绝对存在的联系，但是当语言符号一旦确定了概念后，建立在社会契约的惯例上，就具有了不变性，即语言符号与概念之间存在了某种确定的关系。② 例如"水"在汉语、英语中的不同使用，其表达就离不开语言系统，只有在各自的整体的符号系统中才具有其本身所想要表达的意义。语言的内部系统，其内在的结构体系才是具有决定作用的本质存在。索绪尔的语言符号是音响形象和概念相结合的整体，是一个双面的心理实体，即符号＝音响形象＋概念，符号的所指包含在符号的内部，不在符号之外的现实世界。③结构主义这种关于概念和意义是多种系统相互作用而创生的理论对于陈旧的理性主义或经验主义的语言观产生了冲击，人们开始注意到语言不仅仅是对于客观实在的表达和反映。詹姆逊认为，索绪尔的语言学任意性原则打破了存在着一种天然语言的神话，同时它也彰显了这样一个事实，即人类之所以有别于其他动物不再是因为他有能说话的特殊技能或天赋，而是因为他有创造符号这一全面的能力。有了这种解释，从语言学通向人类学的康庄大道就畅行无阻了。④

　　受到索绪尔关于一种基本的语言或生成具体的言语能力的概念的影响，格雷马斯在其《结构语义学》（1966）和《意义》（1970）两部著作中试图按照一些公认的语言范例，运用"结构主义"方法，来描述叙述的结构。广泛来讲，结构主义是一种方法，企图探索一个文化意义是通过怎样的相互关系即结构被表达出来，而这种观点首先出现在索绪尔的语言学研究当中，他认为语言的特点不是由声音和意义构成的，而是声音和意义间的关系组成，这种关系间的各种联系即为"语言结构"，研究这些"语言结构"的理论叫作"结构主义

①　Saussure, *Course in General Linguistics*, London: Perter Owen, 1960, p. 18.
②　参见黄丹怡《索绪尔语言符号观与双重性的剖析》，《汉字文化》2017年总第19期。
③　参见李文新《索绪尔语言本体论视域下的符号观研究——以人们把所指等同于事物为切入点》，《东莞理工学院学报》2018年第6期。
④　参见〔美〕詹姆逊《语言的牢笼》，李自修译，百花洲文艺出版社，1995，第26~27页。

语言学"。①

　　格雷马斯对意义问题做了深入的探讨，他试图按照公认的语言范例来描述叙述的结构。格雷马斯在发展了结构主义二元对立理论基础之上创立了符号矩阵，他并不注重研究命题的意义表达与符号功能，更多的是对于意义的细微构成的讨论。格雷马斯将文本分析划分为深层（基本语法）结构和表层（叙事语法）结构两个层次。相应地提出了"行动元理论"和"符号矩阵"两种概念。在其符号矩阵理论中，他设立了 X、非 X、反 X 和非反 X 四种角色。其基本概念原理为，如果设立其中一项为 X，那么反 X 就是与之对立的一项，同时与 X 存在矛盾关系但又不完全对立的为非 X，相应的也有反 X 的矛盾方非反 X。在这四者之间存在着两两对立的关系：互为否定关系的 X 和反 X 是二元对立的关系；非 X 与非反 X 又是一对次要的相互对立关系。而 X 和反 X 矛盾的出现在某种意义上来说就可以看作是故事的开始。

　　列维－斯特劳斯依据索绪尔的"系统理论"建立了自己的结构主义人类学。列维－斯特劳斯的指导思想是：一切社会活动和社会生活中都深藏着一种内在的、支配表面现象的结构，社会科学和人文科学的任务就是寻找出这些内在的结构。② 这些内在结构是他从人类学和语言学的角度，在总结和吸取以往人类学和语言学研究成果的基础上建立起来的。他第一次全面地提出并论证了结构主义的基本原则。他说："结构主义不是一种哲学理论，而是一种方法。它对社会事实进行试验，把它们转移到实验室。试图以模型的形式把它们表现出来。"在列维－斯特劳斯的结构体系中，人类的思想被看作各种自然物质的一个贮存库，从中选择对的成分，就可以形成各种结构。对立的两种成分可以分开，各成单一的成分，这些单一的成分又可以构成新的对立成分。他认为，所谓"结构"，实际上是一个展示系统特征的"模型"，在这一理论基础之上，提出了"原型论结构"。斯特劳斯认为，他所创立的结构主义的精髓和基本部分，是由一系列"结构主义方法"构成的，也就是说，他把自己的哲学看作一种方法论，而不是本体论或认识论。列维－斯特劳斯把社会文化现象视为一种深层次的结构体系来表现，把个别习俗、故事看作"语言"的元素。他的结构主义方法，就是从混杂的现象背后找出秩序或者结构来，即通过运用一定的模式研究事物结构构成因素之间的关系，发掘结构模式，以期获得对事物的

---

① 参见李查苏娜《索绪尔语言学理论简析》，《赤峰学院学报》（汉文哲学社会科学版）2018 年第 9 期。

② 参见闫慧《列维－斯特劳斯的人类学结构主义》，《大众文艺》2010 年第 17 期。

认识方法。① 斯特劳斯的结构主义分析方法包括结构模式的划分和结构层次的转换，对研究的现象采取一种共时性的研究方法，将语言作为时间截面上的一个完整的系统来进行研究。目的在于通过对现象的分析来掌握研究对象的内在结构。列维－斯特劳斯认为与语言的结构性相对应的也会存在于其他的一些文化形式之中，以此探讨了语言与亲属关系，神话的结构主义等方面。列维－斯特劳斯认为，结构主义人类学领域除了包括索绪尔所说的聋哑人的字母、象征仪式、礼节形式、军事信号等自然符号外，还应加入许多别的符号系统，如神话语言、构成礼仪的口语和手语符号、婚姻规则、亲属制度、习惯法以及经济交换的某些形式。② 于是，列维－斯特劳斯指出，"我们认为人类学是语言学尚未宣称属于它的那些符号学领域的真正的占领者"③。他认为，神话也像语言一样，可以被看作一个由许多因素相互关系构成的完整的系统。这些神话以一个自足的符号系统的形式在自己的结构中生成各个具体的神话。神话的主题不断变化，但其基本的内部因素的排列组合规则固定，存在一种永恒的普遍结构。这种神话中存在的逻辑就如同语言学中的二项对立，如日月、阴阳、夫妻的相互对立存在。一旦掌握了这种内在固定的普遍结构，掌握了这种逻辑和语言，就可以读懂任何神话。这对于结构主义叙事文体的研究提供了借鉴。而在语言与亲属关系的问题上，列维－斯特劳斯认为："社会学家在研究跟亲属关系有关的问题时（也许研究别的问题时也是如此），发现自己所处的局面跟音位学家十分相似，因为表达亲属关系的词项跟音位一样，都是意义成分，它们照样必归入系统才能获得意义。'亲属关系的系统'跟'音位系统'一样，都是头脑在无意识思维的阶段建立起来的；最后，重复出现在世界上相距遥远的不同地区和迥异的社会里的那些亲属关系的形式、婚姻规则、某些类型的亲属之间同样必须谨守的态度等，都使我们相信，这些可以观察到的现象无一例外地全部都来自一些普遍的隐性法则的作用。"他进一步提出了关于亲属关系的新理论："把婚姻规则和亲属系统当成一种语言，当成一种在个人和群体之间建立某种沟通方式的一系列过程。在这种情况下，起到中介作用的是能够在氏族、宗族和家族之间流通的群体内的妇女，它代替了能够在个人之间流通的群体内的语词，但这种代替根本改变不了以下事实：这两种情形在现象上有着完全一致的本质。"④ 列维－斯特劳斯对于亲属关系问题的研究，与文化生活相

---

① 参见刘登《列维－斯特劳斯的结构主义方法浅析》，《现代交际》2013 年第 9 期。
② 参见肖伟胜《列维－斯特劳斯结构人类学与"文化主义范式"的初创》，《学习与探索》2016 年第 3 期。
③ 〔法〕斯特劳斯：《结构人类学》（第 2 卷），俞宣孟等译，上海译文出版社，1999，第 10 页。
④ 〔法〕斯特劳斯：《结构人类学》，张祖建译，中国人民大学出版社，2006，第 32～33、58 页。

联系，产生亲属之间的社会性，通过对于亲属之间的人际关系的分类，在复杂的文化体系中建立一种正确的、符合原则的社会秩序。列维－斯特劳斯把亲属关系系统地视为"一种具有自我调节和自足的特性语言"或"一种具有自我调节和自足的特性符号系统"。列维－斯特劳斯这种对于亲属之间结构关系的分析，实际上是在探讨自然如何转向文化，用符号学的话来说，就是客体如何符号化。① 列维－斯特劳斯所提出的结构主义的一系列观点粉碎了西方思想界的逻辑中心主义、语音中心主义和主题中心主义，严重动摇了西方思想方法论中的"主体哲学"和"意识哲学"的统治地位，成为"二战"后哲学人文社会科学方法论的一个革命性转折点。②

卡勒将结构主义诗学引入了文学领域。卡勒结构主义诗学，以文学能力为核心，从读者接受的角度入手，对结构主义进行批判继承，同时对结构主义进行开拓和发展，建立起一种综合的有机体系。乔纳森·卡勒认为，当代文学理论实际上是阅读理论，诗学的核心问题是关注作品为什么能够被人们理解，解释阅读、阐释作品的可能性，文学效果和文学交流的可能性，而不仅仅是局限于文本作品本身。卡勒认为，文学研究的目的正是去获取关于其运行机制的知识。"一种方法，如果不仅能够使人思考那些具体的元素，而且能使人思考那些元素的运行机制，他就比只是力图去回答文本向其标准读者所提出的问题的那些方法，更有可能获得新的发现"③。他认为："它并不提供一种方法，一旦用于文学作品就能产生迄今未知的新意。与其说它是一种发现或派定意义的批评，毋宁说它是一种旨在确立产生意义和条件的诗学。它将新的注意力投向阅读活动，试图说明我们如何读出文本的意义。"卡勒在其著作《结构主义诗学》中对文学领域中结构主义和现代语言学的关系进行了阐释，借助索绪尔语言学中的部分术语作为自己的理论依托，同时对一些激进的批评进行了反驳。结构主义诗学实际上是想要通过对文学作品的研究来揭示文字背后的深层次的意义以及阐释程式系统。④

结构主义的基本理念包括：第一，整体性理念。这种理念认为任何事物的系统结构都是一个整体，而不是孤单的，简单的混合体。正如索绪尔所说："语言既是一个系统，它的各项要素都有连带关系，而且其中每项要素都只能

---

① 参见肖伟胜《列维－斯特劳斯结构人类学与"文化主义范式"的初创》，《学习与探索》2016 年第 3 期。

② 参见同慧《列维—斯特劳斯的人类学结构主义》，《大众文艺》2010 年第 17 期。

③ 〔美〕卡勒：《为"过度诠释"一辩》，《诠释与过度诠释》，王宇根译，三联书店，2005，第 129 页。

④ 参见董学文主编《西方文学理论史》，北京大学出版社，2005，第 404～438 页。

是因为有其他各项要素同时存在的结果。"因此对语言学的研究就应该从整体性、系统性的观点出发，而不应当离开特定的符号系统去研究孤立的词。列维－斯特劳斯也认为，社会生活是由经济、技术、政治、法律、伦理、宗教等各方面因素构成的一个有意义的复杂整体，其中一方面，必须与其他联系起来考虑，否则便不能得到理解；结构主义强调整体优于部分，重视对文学自身内在规律的研究，提倡将文本看作一个自足的、封闭的系统。结构主义坚持认为要分析某种现象，无论是语言现象还是其他社会现象，必须先弄懂他们的内部结构。第二，要素转换理念。这种理念认为，在任何事物的系统结构中，各个成分均可以按照一定规则相互转换，并不根本改变整个系统结构的性质。第三，自身调整理念。这种理念认为事物的系统结构模式虽然具有常态性、稳定性、封闭性，但它并非永远不变，同样能进行自身调整。① 第四，强调共时性。索绪尔认为，"共时"现象和"历时"现象没有共同之处，一个是同时要素之间的关系，一个是一个要素在时间上代替另一个要素，是一种事件。语言是一个符号系统，系统内部各要素之间的关系是相互联系的、并存的，因此作为符号系统的语言是共时性的。所以在对共时性的语言系统进行共时性的研究时，要采取对系统内同时存在的各个部分之间的关系，特别是对它们整个系统的关系进行研究的方法。

在结构分析的过程当中，首先应该把作品从具体的时间当中抽象出来，分析其符号系统结构和叙事话语结构。在找出该作品结构的基本因素的基础之上，对其基本因素，依照组合变化列出模式。从符号形式的角度出发，根据人物的行动，对于整个文学作品情节发展的影响，展开进一步的研究。结构主义的方法，因其注重文学作品结构的深层次分析。为人们去分析文学作品，对文学作品的结构层次进行合理的剖析理解，提供了新的有效的方法。由于结构主义批评，特别重视分析文学语言本身所蕴含的问题。强调文学作品本身的重要性。语言表现的重要作用，使得人们对于文学作品，特别是文学作品的结构及语言过程，有了更进一步的重视和研究。但人们只注重作品本身的结构模式，而忽视了作品与外部世界社会时代背景的联系。过于注重文学作品本身的独立性，而忽视了文学作品本身与其他因素的相互联系性和相关性。这些缺陷使得结构主义批评逐渐在 20 世纪 70 年代以后走向衰落，被日后新兴的后结构主义和接受美学的批评方式所取代。虽然结构主义总要寻找事件背后的系统和具体行为背后的程式结构，它却无论如何也离不开具体的主题。主题可能不再是意义的起源，但是，意义却必须通过它展现出来。结构和关系并不是外在客体的

---

① 参见孔智光、蒋茂礼《文艺批评方法论》，山东大学出版社，2010，第 147～148 页。

客观属性，它们只是出现于构筑结构的过程中。

结构主义也存在一定的局限性。结构主义注重文艺批评上的科学性，其强调使用科学主义旗帜，打击并排斥人文主义，有反人本主义趋势。结构主义文学批评是与传统研究方法相左的，其忽视作者因素在整个文学研究中的实际作用，结构主义批评在整个文学研究中既排斥作者作用，也未重视读者因素，将文学当成是封闭自主系统，割裂作品与生活间的关系。结构主义批评家在不深入阐述文学指向外部世界的基本功能，却将文学局限于语言的自指性上。结构主义批评家隔断了文学和现实、文本和作者、文本和读者间的关系，忽略人与现实之间的作用。其弱点还有系统封闭性，因其将文本和意义来源分开。结构主义者在探讨同一个系统中的多种因素间关系时，需要首先确立系统中的多个元素或基本元素，之后再遵守其组合变化排列模式，研究彼此之间关联性，寻找结构原则。这不是最佳的做法，需要引起注意和修正。

批评案例

本章选取《平衡—失衡—再平衡：结构主义视角下的〈转吧，这伟大的世界〉》和《对〈边城〉〈日瓦戈医生〉等的分析片段》作为运用结构主义文学批评方法的案例。

案例1　平衡—失衡—再平衡：结构主义视角下的《转吧，这伟大的世界》①

一　引言

《转吧，这伟大的世界》（*Let the Great World Spin*，以下简称《转吧》）是美国作家科伦·麦凯恩（Colum McCann）的扛鼎之作，荣获 2009 年美国国家图书奖和 2011 年都柏林文学奖。小说的地理中心设置在纽约，时间背景为世贸大厦刚建成的 1974 年——水门事件余波未平，美军深陷越战泥潭。小说以匿名的方式记录了菲利普·帕特（Philippe Petit）在双子塔间的高空行走，并以此为主线，采用"后现代拼贴法"②，串联起十多位共同见证这一惊世之举的纽约市民的不同故事，再现了纽约社会的图景和逝去的 70 年代。

---

① 曾广：《平衡—失衡—再平衡：结构主义视角下的〈转吧，这伟大的世界〉》，《外国文学动态研究》2017 年第 3 期。刊发此文前未能联系到原作者，敬请作者见谅。

② 杨金才：《论新世纪美国小说的主题特征》，《深圳大学学报》（人文社会科学版）2014 年第 2 期。

虽然这部获得殊荣的小说出版于 2009 年，并被《绅士》杂志誉为"一部伟大的'9·11 小说'"[①]，但目前对其研究的成果数量并没有反映出学界应有的关注。笔者以"let the great world spin"为关键词，在 ProQuest 数据库中检索，仅有四十三例结果（截至 2015 年 12 月 31 日），且主要为书评和新闻。其中，雷吉娜·肖伯（Regina Schober）认为《转吧》在危机时代重新解读了文化创伤，并对国家身份进行了重建；友希·渡边（Yuki Watanabe）以《转吧》为例探究了城市环境建构在当代纽约小说中的作用和意义。国内研究多集中于对作品叙事技巧运用的解读（叙事时间、叙事视角、叙述声音等），以及部分关于孤独主题和越战创伤的探讨；但汉松对德里罗《坠落的人》与《转吧》进行了对比研究，认为"9·11 小说"的人文关怀体现在本土性和全球性两轴，通过"悼歌"和"批评"叙事维度的结合，形成了独特的"反叙事"力量。本文采用结构主义视角下的叙事语法对《转吧》进行解读，阐释麦凯恩如何在小说中系统建构"平衡—失衡—再平衡"的叙事模式，从而摆脱传统"9·11 小说""平衡—失衡"的叙事话语，实现寻求慰藉与平衡的反思书写，以期揭示《转吧》独特的艺术效果和审美价值，为该小说的进一步研究提供参考。

二　结构主义文学批评

对西方文学理论产生重大影响的结构主义兴起于 20 世纪 60 年代的法国，并很快扩展到其他西方国家，成为一股独领风骚的国际性研究潮流。"结构"指物质系统内各组成要素之间的相互联系及其相互作用的方式，结构主义认为世界具有二重性，一切表层现象都由其内部深层结构所决定。结构主义致力于系统理解作为一切人类经验、活动、产品基础的根本结构；语言作为思维的物质外壳，塑造了人类的一切文化活动及其产品，语言同样具有深层结构和表层结构，例如通过有限的语法结构实现无限的话语表达；而文学正是人类利用语言对世界进行认知和阐释的重要手段。

费尔迪南·德·索绪尔的现代语言学为结构主义文学批评提供了理论基础和方法论导向，克洛德·列维－斯特劳斯的神话分析和弗拉基米尔·普罗普的民间故事研究则进一步推动了结构主义文学批评的发展。其中，结构主义代表人物茨维坦·托多罗夫提出的叙事语法理论为分析和阐释文学文本提供了重要思路：

---

① Tom Junod，"Let the Great World Spin: The First Great 9/11 Novel", in Esquire, 8 July, 2009.

叙事单元		语言单元
命题（人物＋行为/属性）	←→	句子（名词＋动词/形容词）
序列	←→	段落
故事	←→	文本

图1　叙事、语言结构单元间的系统对应

托多罗夫将叙事结构单元与语言成分相类比，划分命题（proposition）、序列（sequence）和故事（story）三个维度：命题是故事的基本单位，由人物及其不可再分的行动或属性构成，人物和名词、人物行为和动词以及人物属性和形容词之间构成系统对应关系，例如命题可以是"X 被抛弃"，或"X 寻找爱"；与句子形成句段相类似，不同的命题组合构成序列，序列是具有完整叙事结构的最小单元，如"X 被抛弃→X 追求爱→X 与 Y 相爱"；而连续的序列最终构成故事，故事由至少一个序列构成，序列之间的组合排列体现了作品的叙事方式，如故事的嵌套、交替和离题等。如图 1 所示，叙事作品可以类比拓展的句子结构，正如一个句子在某种程度上可以构成小的叙事作品，叙事语法正是用以发现和分析故事中支配命题和序列组合规律的重要工具。

三　《转吧》中的"平衡—失衡—再平衡"

《转吧》的背景设定在 1974 年 8 月的一个上午，纽约市民又开始了各自单调而又冗长的一天，在街头匆匆走过，当他们不经意抬起头，却发现原本沉寂的天空被一条架设在世贸中心双子塔之间的细长钢丝绳所划破，一位杂技人即将开始他的跨世纪行走。这次表演构成本书所有叙事平衡和冲突的枢纽，进而将不同身份的观众各自的故事拼接起来，逐幅呈现在读者面前。

小说以走钢丝这一中心为线索，在第一章"观者噪声"后，共分四卷十二章，每一个章节都围绕不同人物展开。无论是街头妓女爵士琳（Jazzlyn）、蒂莉（Tillie），还是圣徒科里根（Corrigan）；无论是涂鸦爱好者费尔南多（Fernando），还是电脑黑客山姆（Sam）、丹尼斯（Dennis）、加雷思（Gareth）、康普顿（Compton）；无论是在毒瘾中挣扎的青年艺术家布莱恩（Blaine）、劳拉（Lara），还是儿子在越战中丧生的所罗门（Solomon）、克莱尔（Claire）夫妇等，不同人物的故事在他们对高空行走的共同见证下产生交集，相互交织，形成一幅马赛克似的纽约市民生活图景；不同的"观者"都以"我"的声音和视角讲述着各自的生活以及对生活的反思和体会。本文将参考托多罗夫的叙事语法，从不同人物故事的内容以及小说的组织结构两个层面对《转吧》进行解读，揭示贯穿小说始终的"平衡—失衡—再平衡"叙事模式。

1. 杂技人

整部小说由杂技人的一次无畏壮举引入，高空行走不仅引发双子塔附近纽约市民的围观，也将他们的故事联接，使得不同人物的不同故事基于对高空行走的共同见证这一交叉点各自延展开来。

对于走钢丝的杂技艺人而言，在高空中保持平衡是必备的能力和技巧，每一步前行，都必须努力取得平衡，而一旦失去平衡，他必须迅速进行调整而使自己恢复平衡。这样一种"平衡—失衡—再平衡"的模式恰巧也与主人公的表演相对应：

平衡　通过倒叙和不同章节的插叙可以发现，杂技人为这样一次壮举进行了长年累月的练习和精心筹备，当走上世贸双塔间的钢丝后，他"屈身站起来之后，手里拿了一根杆子，在摇动，在测试它的重量"①，他非常沉着谨慎地使自己保持着良好的平衡，"第二步，第三步。他走过了牵引索，整个人处在完美的协调之中"（《转》：198）；

失衡　然而在行走的过程中似乎出现了意外，人们对他失去平衡的行为惊恐不已："那空中行走者会不会砰然落地？"（《转》：127）事实上，这是杂技人对于自我的一种挑战，他故意打破行走中已有的平衡以追求艺术上的完美和超越，他"停在了中间"（《转》：216），他在钢丝上"弹跳""两只脚换着跳""像剪刀的样子左右跳"（《转》：220），他甚至在高空中"蹲住""坐着""躺倒"（《转》：222）在钢丝上，旁若无人地仰望天空；

再平衡　一切都在他的控制之中，他重新掌握了平衡，他以一种完美的状态在钢丝绳上行走，无比纯熟，像是在跑一般在双子塔间来回了六七次，最终他圆满地完成了绝世的表演，观众们报以"雷鸣般的掌声"（《转》：238）。

"平衡—失衡—再平衡"叙事结构同样体现在杂技人长期的训练准备过程之中：

平衡　长达六年的筹备，辗转各地展开训练，在草原、在纽约州的空地、在海滨的停车场……使他具备了在钢丝绳上保持平衡的绝佳技巧和能力，在雷雨交加中走钢丝对他来说，就"如同踩着冲浪板"，他游刃有余地感受着"最为纯粹的人体的运动"，"对着狰狞的狂风放声大笑"（《转》：191）；

失衡　一切似乎都很顺利，只需等双子塔的竣工，以迎接他的造访，他在训练中从未从绳上跌落，除了那一次死里逃生的经历：那是一个冬天，精湛技艺让他在走钢丝训练过程中得意忘形地纵身跃进下面的雪地里，雪粒像流沙一样钻进他的靴子、衣服，他被齐胸的大雪困住了，后悔已来不及，寒冷夹杂着恐惧渗入了他的骨髓，最终是一条围巾救了他，他用围巾勾住钢丝，将自己一

---

① 〔美〕科伦·麦凯思：《转吧，这伟大的世界》，方柏林译，人民文学出版社，2010，第6页。后文出自同一著作的引文，将随文标出该作名称首字和出处页码，不再另注。

点一点向上提,钢丝"如同他的脊梁"(《转》:193),支持着他的生命。这样的缺憾在他看来是必要的,因为任何作品都会有瑕疵,但那次跌落折断的肋骨,却在每次呼吸时都隐隐作痛,"就像一个提醒,在他心脏边上轻戳"(《转》:194);

再平衡　正是这次美丽的提醒,让他获得了重生,他再也不会让这样的跌落发生,他更加忘我地进行训练,为高空行走制定了更加详尽和完善的准备,而最终完成了这样一次对于世贸中心的善意的"突袭","他在空中时,一切都被重写。人类的样式,出现了新的可能。它超越了平衡"(《转》:198)。

综上,杂技人高空表演和进行筹备的故事都是通过"平衡—失衡—再平衡"的叙事模式所展开的,可以用以下三个命题组成的序列进行表征:X 处于平衡之中→平衡被打破→X 寻求并重建平衡。正如作者麦凯恩在访谈中所回答:"不仅杂技人在高空中进行着挑战重力的行走,每个人在生活中都踩着一根无形的钢丝绳,同样以极大的风险在各种矛盾中寻求着平衡。"① 作为小说的主线,杂技人故事的叙事结构同时为其他人物的故事提供了框架,"平衡—失衡—再平衡"的叙事模式也适用于在各自"钢丝绳"上艰难前行的不同个体。

2. 科里根

在科里根回忆都柏林童年生活的描述部分,其成长经历符合"平衡—失衡—再平衡"的叙事模式:

平衡　尽管父亲没有承担相应的家庭责任,几乎缺席了他和哥哥凯兰的童年生活,但他们和母亲在一起的那些日子却充满着幸福和欢乐,科里根"身上有种特质,叫人不得不喜欢他","他所关注的生活主题是快乐:怎么会不快乐"(《转》:17);

失衡　然而好景不长,一场癌症夺走了母亲的生命,也打乱了一家人原来平静的生活,他们"卖掉了房子。父亲拿走了一半的钱"(《转》:20),"那天的阳光仿佛让一切分崩离析"(《转》:17);

再平衡　母亲的去世使科里根深陷孤独和悲恸之中,而他最终在向上帝寻求安慰的过程中获得了新的平衡。他成了一名信徒,以自己独特的方式在逆境中生活,"晨祷,午祷,黄昏祷,晚祷。荣耀颂歌,赞美诗,福音书阅读"(《转》:21),他努力在信仰中寻求着平衡。

科里根随后来到了纽约,他的故事随着"平衡—失衡—再平衡"结构的

---

① Colum McCann, "Diane Rehm Interview with Colum McCann", in WAMU, 88.5, 29 June, 2009.

进一步逐渐展开：

平衡 离开都柏林的山区，科里根辗转布鲁塞尔、那不勒斯，最终来到纽约寻求他的信仰，他"带着一手提箱的书，他的跪垫和一本《圣经》"（《转》：22），在布朗克斯定居，为附近的妓女提供方便之所，在当地的养老院照顾老人，逐渐适应了在这个被遗弃的城市的生活；

失衡 但生活的平衡却被两股外力打破了，一是科里根对艾德丽塔产生了情愫，和"上帝立约，矢志抵抗肉欲"（《转》：60）的他深陷爱与虔诚信仰的对立所带来的无尽折磨，他想要找寻上帝，但他"看的只有这个女人，这是一场灾难，自己在下沉，就像一个不会水的人在水里一样"（《转》：58）；二是警察的一次突然检查，逮捕了妓女蒂莉和爵士琳，留下爵士琳的孩子无人看管，这样一次突袭打破了布朗克斯街头处于堕落中的平衡；

再平衡 科里根以死亡为代价实现了最终的平衡，当他从曼哈顿法庭归来，载着爵士琳行驶在罗斯福公路上时，却被青年艺术家布莱恩、劳拉驾驶的古董车撞出了车道。"世界上有三十六个圣人，他们承担着这世上的酸楚，他们几乎都能和上帝联系，只有一个人例外，这个人被上帝忘了"，科里根"失去了与上帝的联系，他在独自承受着人生的痛苦"（《转》：50），于他而言，死亡成了唯一解脱的时刻，在那个世界，没有上帝、没有苦难、没有疾苦，科里根留下他的遗言："让这个世界黑下来。释放我。给我爱，主啊。"（《转》：83）

3. 凯兰

科里根哥哥凯兰的故事也以类似的结构展开：

平衡 凯兰从大学退学，"昏头昏脑地过到三十多岁，找了一个白领工作"，但仍想着二十多岁嬉皮年代时"肆无忌惮的生活"（《转》：22），似乎他的一生就应该这样碌碌无为，像死水一般平静地度过；

失衡 然而1974年春的一个周五晚上，从蒲公英市场买完大麻回来的凯兰，在爱尔兰共和军的恐怖爆炸袭击中受伤，却因携毒被拘捕，这次处罚和摆脱以往生活的决心让他执意前往纽约开始全新的生活；

再平衡 虽然纽约并非想象中重建生活的乐土，但凯兰却努力适应着这里的生活，在酒吧找到一份立身的工作，逐渐理解弟弟科里根的作为，甚至不再厌恶而是发自内心地同情附近的妓女们。

"平衡—失衡—再平衡"的结构随着情节的展开，也进一步拓展延伸：

失衡 离开都柏林的凯兰努力在纽约为生活重建新的平衡，但好景不长，在陪伴老人和艾德丽塔返回公寓后，等来的却是弟弟科里根的噩耗——驾驶的面包车遭遇车祸，爵士琳当场死亡，科里根抢救无效，凯兰失去了所有的亲人，这一晴天霹雳再次使他趋于安定的生活破碎不堪；

再平衡　失去了生活信仰的凯兰决意回到故乡，而劳拉——正是她和布莱恩开着的古董庞蒂亚克造成了这次车祸——出现在爵士琳的葬礼并向凯兰坦白了真相，最终凯兰原谅了劳拉，因为"摆在眼前的事实是，它已经发生了，无从挽回"（《转》：80），而从最后一章《向着大海咆哮而去》关于爵士琳的女儿爵丝琳的故事中，可以发现凯兰最终选择回到了爱尔兰，与劳拉结婚，在一个小镇过着平静安定的生活，凯兰成了一家"互联网公司的CEO"，而劳拉也在对艺术的追求中重新寻得了内心的平衡，"模样善良而温和"（《转》：421）。

4. 纽约市民

小说中其他纽约市民的故事也表现出上述叙事特点：

A. 克莱尔

平衡　克莱尔作为中产阶级，接受良好教育，和丈夫所罗门、孩子约书亚过着优越幸福的家庭生活；

失衡　然而越战夺走了约书亚的生命，所罗门的"应对方式是沉默"（《转》：107），克莱尔则始终沉沦在创伤的折磨之中；

再平衡　一次偶然的机会，克莱尔在《村声》杂志上发现"越战老兵母亲，征同类交流"的广告（《转》：108），随后成为这个有着共同经历的特殊群体的一员，在讲述创伤的过程中，她与黑人格洛丽亚建立了不渝的友谊，逐渐走出丧子的悲恸、忧虑、痛苦、空虚和后悔混杂的泥潭。

B. 格洛丽亚

平衡　格洛丽亚虽然是有色人种，却接受了良好的教育，积极参加各种争取女性权利的运动，是全家人的骄傲，正像她的名字那样（Gloria，意指光荣、荣誉）；

失衡　然而她却逐渐发现黑人永远无法享受和白人妇女同样的生活权利，毕业后求职受挫，生活中被歧视、误解，婚姻失败，三个儿子死于越战；

再平衡　但她没有放弃，始终积极勇敢地沟通，与克莱尔建立了真挚的友谊，并收养了爵士琳的两个女儿，最终在她们的陪伴下安详地度过余生。

C. 劳拉

平衡　她和布莱恩原本都是极具天赋的杰出青年艺术家，他们的婚姻在开始之初幸福美满；

失衡　小有名气之后，他们却逐渐沉溺于充斥着"毒品、酒精、性、享乐主义"的堕落生活方式，在曼哈顿的一次"夜宴狂欢"后（《转》：143），他们的庞蒂亚克撞飞了科里根的面包车，夺去了科里根和爵士琳的生命；

再平衡　肇事逃逸后，劳拉承受着良心和愧疚的煎熬，决意向凯兰坦白寻求救赎，而最终获得宽恕，与凯兰在爱尔兰的小镇定居，过着平静的生活，重新在艺术中寻得人生意义。

杂技人、科里根、凯兰、克莱尔、格洛丽亚等个体，是整个纽约社会和20世纪70年代的缩影，而作为群体的纽约市民的故事，也呈现出相应的结构：

平衡　那些成千上万匿名的、生活在纽约的普通市民们，如同蝼蚁一般，低着头，匆匆忙忙、慌慌张张地在偌大的城市中穿行，重复着单调的生活，每个人却都被困在自己造就的孤岛上，"寻常的一天，寻常的忧愁"；

失衡　而正是杂技人对于双子塔的这次善意突袭，打破了城市日复一日死水一般的平衡，人们纷纷停下来，开始举头仰望这座空中的纽约丰碑，"人群开始叽叽喳喳，大家的平衡即将打破，其沉默也在接近尾声"；

再平衡　对于高空行走的共同见证为"这样一个星期三充了电，增添了意义"，"突然间，大家感觉这样的空气，是大家一起共享的"，这一事件如同"一个纽带，让这些人变成了一个家庭"，在那一刻，人们相互交流、沟通，"大家在相伴之中找到一些慰藉"（《转》：2-6）。重复单调的生活下众生坚守各自孤岛的平衡被这一突如其来的高空行走所打破，在彼此的相互联系中寻求救赎和慰藉的新的平衡由此建立，这次"神迹"如同一道闪电，给每个纽约人的生活都带来了些许新的希望。

5. 组织结构

通过分析发现，《转吧》中的故事遵循了特定的叙事模式：起始于一种平衡状态，随后出现某种作用力破坏现有平衡，最终向着另一种平衡演化发展。值得关注的是，"平衡—失衡—再平衡"的循环可在故事中多次重复。此外，平衡的重建往往并不是简单的重演，而是一种基于原有平衡，向着全新平衡状态曲折发展、螺旋上升的过程，如下表所示：

人物	平衡→失衡→再平衡
杂技人	（高空行走）良好平衡→表演"失误"→完美谢幕
	（训练准备）万事俱备→死里逃生→惊世行走
科里根	（童年经历）幸福童年→母亲离世→成为信徒
	（纽约生活）尘世中保持信仰→爱与信仰的冲突；警察的突袭→死亡中解脱
凯兰	漫无目的的生活→恐怖袭击→远离故乡，逐渐适应纽约的生活
	纽约平凡的生活→至亲科里根离世→重归故乡，重建生活
克莱尔	美满家庭生活→儿子死于越战→在越战母亲集体中寻得慰藉
格洛丽亚	父母的骄傲→被歧视、误解，婚姻失败，儿子死于越战→与克莱尔建立友谊，收养爵士琳的女儿

| 劳拉 | 年轻有为→生活糜败，肇事逃逸→坦白，寻求并获得宽恕 |
| 纽约市民 | 单调、沉寂的都市生活→高空行走打破宁静→人与人之间有了交集，生活有了新的意义 |

不仅是不同个体的微观叙事情节，《转吧》在宏观叙事上同样进行了精心的设计与布局，使得小说的整体组织结构也符合"平衡—失衡—再平衡"模式：

平衡　通常，故事本身应构成完整统一的有机整体，通过协调时间、地点、人物、起因、经过、结果等要素达成内部平衡；

失衡　然而，作者麦凯恩却故意打破了独立故事内部的平衡，在阅读过程中可以发现，不同章节不同人物的故事间相互交织，一个故事的要素往往由另一个故事提供，这个故事中的某个片段又为理解其他故事提供了新的视角和线索。例如第一章记录了高空行走的概况；起因以及筹备经过则在第五章，通过杂技人第一人称叙事提供；而在第九章，却采用第三人称叙事刻画了杂技人的心理细节；

再平衡　但最终，小说拼贴画式的宏观叙事又呈现给读者一种全新的、整体的平衡：首先，不同人物的故事如同反应物，而杂技人的钢丝绳便是催化剂——串联起不同的叙述者，高空行走的故事既为不同人物的故事提供线索，又与之紧密交织，从而在形式上催生出新的平衡；同时，最后一章，爵丝琳在养母格洛丽亚死后，前往爱尔兰拜访了凯兰和已成为凯兰妻子的劳拉，随后又到纽约陪伴"姑妈"克莱尔走完了生命最后的时光。作为蒂莉的孙女和爵士琳的女儿，爵丝琳的故事本身在时间上已然跨越了历史；此外，爵丝琳与凯兰、劳拉以及克莱尔重逢的情节设置再次将整本小说中涉及的主要人物在爵丝琳的故事内部联接起来，这样的结尾也使小说在内容上实现了平衡。

四　结语

本文从结构主义视角对麦凯恩的小说《转吧》展开分析，主要运用托多罗夫的叙事语法，发现"平衡—失衡—再平衡"的模式贯穿小说始终：不仅是书中不同角色的微观叙事，对于相互交织的不同故事进行组织的宏观叙事同样如此：麦凯恩打破独立故事内部的平衡，却通过杂技人的高空行走串联不同人物的故事，从而使小说达到形式上的平衡；小说结尾爵丝琳的故事跨越了时间，以书中不同人物团聚和重逢作为结局的设计同时也实现了内容上的平衡。

此外，与传统"9·11小说"通过"平衡—失衡"叙事结构强调双塔坍塌象征美国权利失衡，关注创伤本身（创伤悲痛、创伤难愈）的特点相比，麦凯恩通过《转吧》为"9·11小说"建构了崭新的叙事模式，将目光转向"再平衡"：在对悲剧委婉的缅怀中展开反思，并给予更多的人性关怀——人们努力求索，看到希望和救赎的曙光，最终寻得慰藉与新的平衡。

小说标题援引了英国桂冠诗人阿尔弗雷德·丁尼生（Alfred Tennyson）《洛克斯莱大厅》（*Locksley Hall*）中的诗句（"Let the great world spin for ever down the ringing grooves of changes"），在被问及原因时，麦凯恩回答："世界周而复始，我们只能随之变化，从中发现生活的美。"[①] 面对"人们携手从双子塔坠下"的"原始恐怖"，作家的使命应是"赋予那片嚎叫的天空以记忆、温情和意义"，打破单一、定型化的"创伤悲痛"的官方和传统叙事桎梏，将视线转至彼此慰藉、创伤愈合以及救赎与希望，或许这正是麦凯恩创作《转吧》的意义所在。

案例2　对《边城》《日瓦戈医生》等的分析片段[②]

结构主义批评主要用于分析小说。结构主义批评打破了传统批评对于作品本身研究的不重视，有利于恢复文学批判的客观性和准确性。他不仅强调回归作品本身，更强调作品本身内在结构的完整性和整体性。但结构主义批评同新批评一样，把作品看作是一个完全独立的个体，作品结构模式与社会历史条件无关，因而忽视了作者，读者，社会历史时代背景的因素，进而否定了文学的社会性。卡勒在其《结构主义诗学》中提出"二元对立"的原则，二元对立是结构主义分析中最重要的关系和最基本的方法，它在结构主义文学理论中是个重要概念，它被广泛应用于结构主义人类学、结构主义诗学和结构主义叙事学，这是结构主义中最简单也是最重要的关系。二元对立原理是结构主义文学评论的一个基本手段。结构主义中的二元对立可以从人类思维模式和文化秩序两方面去理解。二元对立是人类思维创造结构中的一种思维模式，同时也是一种文化创造物。二元对立的原理，使得人们能够深入文学作品的内在结构当中去，突破作品的外在结构，进入作品所蕴含的深层次的结构。对作品内在的，深层次的内涵进行进一步准确的把握。比较细致、客观地分析和把握文学作品内在元素的对立和运动发展，对文学作品的复杂内容的把握和分析有一定效果。但并不是所有的作品都能用二元对立原理去进行分析。需要结合具体的文本来进行具体分析方式的选择。

以沈从文小说的代表作《边城》为例，我们可以分析其基本的故事结构。

---

① 邹咏梅：《麦凯思获 2009 年度美国国家图书奖》，《外国文学动态》2010 年第 2 期。

② 本案例由编者汇编撰写而成。引用的文献已在文中注明。

《边城》是我国文学史上一部优秀的抒发乡土情怀的小说，它以 20 世纪 30 年代川湘交界的边城小镇茶峒为背景，以兼具抒情诗和小品文的优美笔触，描绘了湘西边地特有的风土人情。借船家少女翠翠的爱情悲剧，凸显出了人性的善良美好与心灵的澄澈纯净。它以独特的艺术魅力，生动的乡土风情，吸引了众多海内外的读者，奠定了在中国现代文学史上的特殊地位。《边城》当中存在着相互交织，充满着矛盾的二元对立。二元对立最早见于索绪尔的理论，主要是能指和所指、语言和言语、共时和历时的对立，体现在《边城》中，最明显的就是社会现象和梦境中理想之现象的对立。①

在《边城》中，贯穿全文的线索就是翠翠的爱情故事。翠翠生活的时代和社会环境对其性格的形成产生着不可忽视的影响。一方面，在遇到二佬傩送后，翠翠心中爱情的种子已经开始萌芽，但那时觉得爱情是可望而不可即的，正如文中所写："翠翠温习着两次过节两个日子所见所闻的一切，心中很快乐，好像目前有一个东西，同早间在床上闭了眼睛所看到那种捉摸不定的黄葵花一样，这东西仿佛很明朗的在眼前，却看不准，抓不住。"② 用黄葵花的形象去形容自己捉摸不定的爱情和心。翠翠与傩送情投意合，傩送夜晚为翠翠唱了半夜的歌，翠翠听着歌声沉浸在自己的梦境中"我昨天就在梦里听到一种顶好听的歌声，又软又缠绵，我像跟了这声音各处飞，飞到对溪悬崖半腰，摘了一大把虎耳草，得到了虎耳草，我可不知道把这个东西交给谁去了。我睡得真好，梦的真有趣！""翠翠每天到白塔下，被太阳的一面去午睡，高处既极凉快，两山竹篁里简单的使人发松的朱雀和其他鸟类又如此之多，致使她在睡梦里尽为山鸟歌声所浮着，做的梦也便常是顶荒唐的梦。"③ 翠翠的心念所系，皆是对她内心渴望的展现，这种对爱情甜美的渴望、向往，都在梦中存在。

另一方面，在社会现象中，傩送的追求者中有虎视眈眈、财大气粗的碾坊王团总的女儿，对翠翠造成一定的心理压力；当时封建社会中父母之命，媒妁之言的观念，爷爷为翠翠选取对象时世俗的态度；城里人们的窃窃私语，都使得在现实环境中，翠翠没有勇气宣告自己与傩送之间的情谊。当祖父一次次试探翠翠的心意时，翠翠总是用"爷爷，你疯了"为借口，不予回应，最终造成了大佬伤心离去，到茨滩淹溺而亡，自己家与二佬傩送的家庭产生了隔膜，傩送远走他乡，一直未归。现实与理想的状态对立交替进行，现实中翠翠的怯懦在她自己内心真实渴望的梦境对比之下显得更加具有悲剧的效果。

---

① 参见张巧燕《浅谈〈边城〉中矛盾的张力及意义》，《中学语文教学参考》2018 年第 13 期。刊发此文前未能联系到原作者，敬请见谅。
② 沈从文：《边城》，长江文艺出版社，2017，第 52~53 页。
③ 沈从文：《边城》，长江文艺出版社，2017，第 99 页。

在《边城》的整体结构中，我们还时常能看到"热闹"与"凄凉"的对立交替。边城的景物是充满野气和活力的，人物情感是薄薄的凄凉。边城的小镇是热闹的，人来人往；而翠翠一家的构成却是"一个老人、一个女孩，一只黄狗"。这个小城是热闹的，"也有商人落脚的客店，坐镇不动的理发店。此外饭店、杂货铺、油行、盐栈、花衣庄，莫不各有一种地位，装点了这条河街……"但是这个小城镇又是寂寞的，"一切总永远那么静寂，所有人民每个日子皆在这种不可形容的单纯寂寞里过去。"① 这种热闹与寂寞的相互交织，使这个小城镇显得更具一种鲜明生动感。同时热闹与孤寂也可看作贯穿全书、贯穿主人公的一种情感的交替。翠翠在小镇的生活是热闹的，传统的活动和习俗为她的生活增添色彩，有迎婚送亲办喜事，"为了想早早的看到那迎婚送亲的喜轿，翠翠还爬到屋后塔下去眺望。""过不久，那一伙人来了，两个吹唢呐的，四个强壮乡下汉子，一顶空花轿，一个穿新衣的团总儿子模样的青年……吹唢呐的一上岸之后，又把唢呐呜呜喇喇吹起来，一行人便翻山走了。"② 小城里还有热闹的划船，"一会儿，河下的炮声响了，几只从对河取齐的船只，直向这方面划来。先是四条船皆相去不远，如四只箭在水面射着。到了一半，已有两只船占先了些，再过一会子，那两只船中间便又有一只超过了并进的船只而前。看看船到了税局门前时，第二次炮声又响，那只船便胜利了。这时节胜利的已判明属于河街人所划得一只，各处便皆想着庆祝的小鞭炮。"③ 热情的湘西保存着最原始朴素的民情，自然也包含着中国最传统的节日和活动。这些时节热闹的场面在书中也不止一次写到。但书中的热闹却也不是唯一的节奏，与热闹并行的还有翠翠心中的孤寂。"她有时仿佛孤独了一点，爱坐在岩石上去，向天空一片云一颗星凝眸。""空气中有泥土气味，有草木气味，还有各种甲虫类气味。翠翠看着天上的红云，听着渡口飘来下乡生意人的杂乱声音，心中有些薄薄的凄凉。""黄昏照样的温柔，美丽和平静。但一个人若体念或追究到这个当前一切事，也就照样的在这黄昏中会有点儿薄薄的凄凉。"④ 与二佬傩送相遇后的翠翠尽管口头不愿承认自己内心的情感，但心意藏不住，自己孤身一人之时，内心难免波澜起伏，因为心中惦念着一个人，那个人却不在身旁，连美景都开始在眼中变得孤寂、凄凉。文中说"但这份凄凉日子过久一点，也就渐渐淡薄些了"。淡薄，究竟是凄凉真的在时间的冲刷下慢慢变淡了，还是在时间的磨砺下人物不再愿意把凄凉情感表露出

① 沈从文：《边城》，长江文艺出版社，2017，第10~11页。
② 沈从文：《边城》，长江文艺出版社，2017，第42~43页。
③ 沈从文：《边城》，长江文艺出版社，2017，第72~73页。
④ 沈从文：《边城》，长江文艺出版社，2017，第92页。

来，而是沉淀到生命的底色，成为生命的一种常态。"哑哑的声音同竹管声振荡在寂静空气里，溪中仿佛也热闹了些。实则歌声的来复，反而使一切更加寂静。"① 热闹和寂静相互交织，相互映衬，相互对立又彼此联系。

同样，我们也可以以表格的形式去更加直观地分析一篇文章的结构发展脉络，这里我们引用周晓的《结构主义诗学视野下的〈日瓦戈医生〉》中对于《日瓦戈医生》这篇小说的情节结构分析表。从中我们可以很直观地看出《日瓦戈医生》这篇小说中所写到的空间位置（即主人公日瓦戈所经历的地点的变化），引起空间位置发生变化的相应故事情节以及对于情节结构的分析，对整篇小说的结构从整体上有了把握。②

空间位置	故事情节简述	情节结构分析
A 莫斯科	a 第一次世界大战期间，日瓦戈在沙皇的部队任军医，亲眼看见了战争的残酷，内心发生急剧的变化	为国家而战的理想抱负与战争的残酷性发生冲突
西伯利亚 莫斯科	b 十月革命后，日瓦戈继续在医院留任	不仅理想受到挑战，日瓦戈医生开始连自己的温饱都难以保证
B 莫斯科	c 日瓦戈一家举家向西伯利亚迁徙，定居瓦雷金诺	时事混乱，日瓦戈一家为了生存选择了遥远的西伯利亚
	d 日瓦戈与拉拉在尤里亚金的图书馆相遇，陷入与拉拉的爱情	挣扎在拉拉的爱情与背叛家庭的道德观之间
瓦雷金诺 尤里亚金	e 日瓦戈被游击队俘虏，被迫充当军医。从此与家人失去联系	多次试图逃跑，与白军的交战中，救助敌军
莫斯科	f 日瓦戈逃离游击队，与拉拉再次重逢，返回瓦雷金诺的旧宅短暂居住	想与拉拉过远离他人的生活，面对生活的困窘，骗拉拉离开
C 莫斯科	g 日瓦戈与拉拉再次分离，徒步返回莫斯科寻找家人，与马琳娜共同生活，死于莫斯科的街头	历经艰辛，寻找亲人，与马琳娜开始新的生活后选择避开所有人的视线专心著述。孤独地死在莫斯科的街头

结构主义批评在对文学作品进行批评时往往具有以下几个特点：第一，用

① 沈从文：《边城》，长江文艺出版社，2017，第6页。
② 周晓：《结构主义诗学视野下的〈日瓦戈医生〉》，山东大学硕士学位论文，2012。此文刊发前未能联系到原作者，敬请见谅。

系统—结构方法来考察、分析各种文学观象，他们往往把一个作家、一部作品、一种文艺思潮当成一个整体，突破传统的文学批评孤立地分析文学现象中某一部分、某一要素的局限性，将文学作品看作一个完整的整体，强调文学作品的整体性；第二，把各种文学作品分成不同的层次、不同的要素，并力图探索层次、要素之间的复杂关系，探索各要素之间的联系性；第三，强调透过文本的表层结构来发现作品未经显露的深层意义，对文学作品进行深入的剖析，挖掘文学作品隐含的内在深度，开拓了批评思维的空间；第四，特别重视对叙事作品的语言分析，认为语言是文学作品的重要构成部分，将功能的、行动的、叙述的三个描述层的特征以及它们之间的上下结合的关系，作出深入细致的分析等。这种注重整体的批评方法有利于更好地去把握文本本身及其深层含义。

对于结构主义的这种批评方式，我们以鲁迅先生的短篇小说《狂人日记》为例进行简单的分析，分析《狂人日记》的基本叙事结构及其深层次的意蕴。

《狂人日记》是鲁迅创作的第一篇短篇白话日记体小说，也是中国第一部现代白话文小说。俄国十月革命胜利之后，鲁迅深受鼓舞，与李大钊、陈独秀、胡适等人以及当时中国备受鼓舞的先进知识分子一起进行一系列的新文化运动。鲁迅积极提倡新文化、新思想、新道德，猛烈抨击几千年来压迫人们的旧文化、旧思想、旧道德。《狂人日记》是鲁迅在经历了沉默与思索后发出的第一声呐喊。小说通过被迫害者"狂人"的形象以及"狂人"的自述式的描写，揭示了封建礼教的"吃人"本质，表现了作者对以封建礼教为主体内涵的中国封建文化的反抗，作者以彻底的"革命民主主义"的立场对中国的文化进行了深刻的反思，同时对中国的甚至是人类的前途表达了深切的忧愤，是一篇彻底的反封建"宣言"。

当我们考察小说内部结构的时候，应时刻注意其人物形象、对话冲突、情节走向等元素与整体结构的关系，从而考察整体性系统中纵向与横向的双重结构特征。《狂人日记》是按照时间顺序所记录的"狂人"的经历，从整体结构来看，共分为十三节外加一个序。小说首先通过序交代了《狂人日记》的来源以及"狂人"如今的去处"然已早愈，赴某地候补矣"，交代当时"发狂"的"狂人"却早已走向了官途。从正文第一节开始，以"狂人"日记自述的口吻写了"狂人"发狂到呐喊再到忏悔的过程。

"狂人"先是在周围人们用奇怪的、凶狠的眼神中，感受到他们要"吃人"的欲望，以"狂人"的口吻控诉周围人对他的迫害，然后，在历史缝隙中发现所谓的"仁义道德"原来都是"吃人"："我翻开历史一查，这历史没有年代，歪歪斜斜的每页上都写着'仁义道德'几个字。我横竖睡不着，仔细看了半夜，才从字缝里看出字来，满本都写着两个字是'吃人'！"，发现了"仁义道德"对人性的泯灭的真相。紧接着，"狂人"开始"发狂"，改变自身受虐者的胆怯，开始高声呐喊，向"吃人的人们"竭力呼喊，劝告他们不要再继续"吃人"："我偏要对这伙人说，你们可以改了，从真心改起！要晓得将来容不得吃人的人，活在世上。""你们要不改，自己也会吃尽。即使生得多，也会给真的人除灭了，同猎人打完狼子一样！——同虫子一样！""可是偏要说，你们立刻改了，从真心改起！你们要晓得将来是容不得吃人的人……""狂人"劝解他人以无用告终，开始审视自己，突然在审视自己五岁妹妹的死时意识到自己可能也无意中早已成了这"吃人者"的一部分，"我未必无意之中，不吃了我妹子的几片肉，现在也轮到我自己了……四千年吃人履历的我，当初虽然不知道，现在明白，难见真的人。"忏悔意识由此产生，并最终发出了一声深切的呐喊："没有吃过人的孩子，或者还有？救救孩子……"在忏悔意识的高潮中结束全文。《狂人日记》的尾声三节与前几节的表达有所不同，在反转式的结构中将启蒙文化的主题、忏悔意识的出现进行表述。

从《狂人日记》的主题分析来看，通常情况下对于《狂人日记》的主题分析集中于对封建礼教"吃人"本质的突出，以及对以封建礼教为主题内涵的中国封建文化的反抗。但从结构主义二元对立的角度去分析《狂人日记》的主题，我们可以将其主题看作是反抗与忏悔，反抗与妥协的二元对立。

一方面，鲁迅在其《狂人日记》中揭示了中国封建文化中腐朽的部分对人的精神的迫害。在小说中，鲁迅以"古久先生的陈年流水簿子"比喻中国封建主义统治的长久历史，点明"歪歪斜斜的每页上都写着'仁义道德'几个字。我横竖睡不着，仔细看了半夜，才从字缝里看出字来，满本都写着两个字是'吃人'"，矛头直接指向保守的传统文化，借"狂人"之口来揭露几千年来封建礼教"吃人"的本质，以及家族制度和礼教的弊害。用家庭中的专制腐朽去揭露社会的专制腐朽，家国同构。另一方面，在《狂人日记序言》中，鲁迅又写道狂人"然已早愈，赴某地候补矣"，常人眼中"狂人"的痊愈即是与正常人无异，也就是说现在的"狂人"已经与周边的人无两样，在对周边人强烈呼唤不要再"吃人"无果后，"狂人"似乎选择了妥协。"候补"为清代的官制，"狂人"不再疯狂，而选择了做官，顺从了他极力想突破的中国封建礼教制度，实际上可以看作一种妥协，这在一定程度上也表现出鲁迅对于中国人民的前途以及思想转变的深切的忧愤。

再从忏悔的角度来看，《狂人日记》中的"狂人"在对自己五岁妹妹的死亡的反思中觉悟到自己在无意识之中可能已经成了"吃人"的人，于是开始在反抗的同时产生忏悔的心理，并进一步呼喊出"没有吃过人的孩子，或者还有？救救孩子……”的声音。这一描述实际上也表现出鲁迅对中国封建文化所做出的深刻反思，这也正是《狂人日记》这部小说在抒发对中国封建礼教为主题的中国封建文化的反抗意识之外的另一个主题。

从人物形象的分析来看，《狂人日记》中的“狂人”是一种基于现实主义的象征主义的形象。无论当时的路人对“狂人”的态度，还是何先生对他的诊断，都是当时社会上真实且普遍存在的生活现象，都是现实主义的描写。而“狂人”自身的形象变化也是在现实主义的基础上带着象征性。最开始“狂人”是一种觉得自己时刻都要被迫害、被吃掉的胆小怯懦的形象，是被压迫的形象。后来在逐渐的思索中转变成了对周围人高声疾呼的启蒙战士的形象。他极力劝告周围的人不要继续“吃人”，劝告无效后又转向了对自我的忏悔和对社会的大声呐喊。他的身上同时存在着理性、非理性、启蒙、非启蒙的特征，是被社会宣布为疯子的觉醒者、是社会的见证者。但从序言的描述中我们又可以看到，在以后的日子里，“狂人”又从既定秩序的挑战者逐渐变为既定秩序的维护者。

《狂人日记》中的另一形象就是小说中的“大哥”。如果说，“狂人”是对中国封建礼教文化的反抗者，那么大哥就是对中国封建礼教文化的支持者、拥护者，同时是一个家庭中专制的实施者。“狂人”的角色是 X，大哥就是典型的反 X 角色。“大哥”作为与“狂人”的思想、性格、行为等各方面冲突的对立面而存在。在“大哥”角色的对照之下，使得“狂人”这个刚刚开始觉醒的封建家族制度下的叛逆者的形象更加真实具体。

按照之前所讲，结构主义批评强调整体优于部分，它将研究的重点放在对文学作品自身内在规律的研究，在文学作品这一封闭的系统中分析文学作品本身、分析其内在结构，然后再进一步探索文学作品中包含的所存在的语言现象、社会现象。

对于鲁迅的另一部作品《阿 Q 正传》我们也可以尝试以相似的手法进行分析。

《阿 Q 正传》同样是鲁迅的代表作之一，是鲁迅于 1921 年 12 月创作的一部中篇小说，最初发表于北京的《晨报副刊》，后收入鲁迅的小说集《呐喊》。以辛亥革命前后的中国农村为背景，描写了未庄的流浪雇农阿 Q 的故事。

首先，从整体上来看《阿 Q 正传》这部小说的结构。小说全文共分为九章，包括《序》《优胜记略》《续优胜记略》《恋爱的悲剧》《生计问题》《从中兴到末路》《革命》《不准革命》《大团圆》。从小说整体结构布局来看，整篇小说结构是一脉相承的，鲁迅在《序》中，先对阿 Q 姓甚名谁进行简单的介绍，正如文中所写“立传的通例，开首大抵该是‘某、字某，某地人也’”，所以，即使作者对于阿Q的姓、名、籍贯都无准确所知，但依旧遵循立传"通例"，在开头之《序》中进行了解释。简单介绍了阿Q之后，继续叙述阿Q的事例，或者我们说是"行状"，以具体的事例展现阿Q这个人物的生活、行迹，带出与阿Q有关的其他人物形象，并借事例表现阿Q的人物性格特征。两篇《优胜记》写出阿Q的"精神胜利法"，从《恋爱的悲剧》《生计问题》《从中兴到末路》三个部分，写了阿Q的人生阶段三个部分，阿Q认为"不孝有三无后为大"，而"若熬之鬼馁尔"，也是人生的大衰，在这样的思想下，阿Q觉得人生当中应该有个女人，便动了恋爱的念头。可阿Q无财无权，居无定所，最基本的生活都难以维持，况且他选择的对象还是在赵老太爷家做女仆的吴妈，一系列的原因导致了阿Q"恋爱的悲剧"。最终，挨了打，赔了财，酒店不再给他赊欠，管土谷祠的老头子也在赶他走，连谋生之所都没有了。无奈之下，只能离开未庄"出门求食去了"。那么小说的下一章节顺应自然地转向了阿Q的生计问题，便有了第五章的《生计问题》。阿Q为谋生计离开未庄来到城里谋生，不久后带着"风光"而归，仿佛到达了人生的巅峰，就连未庄的人对他都有了一丝的敬畏。后来才得知阿Q的财物是在城里做小偷得来的，而且还是"不能上墙、不能进洞，只能在洞外接东西"的"小脚色"，因而人们又觉得阿Q"斯亦不足畏也矣"。阿Q的人生也是经历了"从中兴到末路"。

从上述的分析我们可以看出，文章的整体结构连贯，按照一般立传的方式从人物简介到人物事迹的顺序进行描述，符合一般的逻辑顺序。内在的各章节故事之间结构前后联系，构成一个完整的结构整体。中国传统文化讲究"九九归一"，《阿Q正传》九章内容结构完整，构成最后的"大团圆"。之前在对结构主义批评的特点进行分析时提到，结构主义批评不仅注重文章结构的整体性，而且把各种文学作品分析成不同的层次、不同的要素，并力图探索层次、要素之间的复杂关系，探索各要素之间的联系性，从我们对于《恋爱的悲剧》到《生计问题》再到《从中兴到末路》三部分之间的关系分析也可以看出，《阿Q正传》内在结构层次之间也具有比较明显的连续性。

另外，结构主义批评在对文学作品进行批评时还强调透过文本的表层结构来发现作品未经显露的深层意义，对文学作品进行深入的剖析，挖掘文学作品隐含的内在深度。对《阿Q正传》进行深层次的剖析我们可以看出，后面的章节中涉及革命问题，当时的中国经历了辛亥革命。革命的真正含义本来是推翻不合理的制度，建立一种新的合理的制度，目的是造福于人民。而《阿Q正传》中阿Q起初对于革命的态度是深恶痛绝的，他认为"革命便是造反、造反便是与他为难"，而后来，在见识到了"革命"的"好处之后"，阿Q对革命的态度转变为心向往之。只不过阿Q所喊出的"革命"却是"反清复明"

的革命，革命的目的是报复瞧不起他的人，革命是为了劫财、掠色，为了自己的利益而去进行"革命"。这种革命不仅表现出了阿Q作为一个社会底层平民身上所具有的"劣根性"，同时也在一定程度上暗示着革命的失败，阿Q的失败。鲁迅实际上是以阿Q的个体的劣根性去揭示当时中国国民存在的劣根性，同时是对辛亥革命为什么会失败进行的一种深刻的反思。这便是《阿Q正传》通过文本表层结构来揭示的文学作品的深层次含义。

除了对于《阿Q正传》的文本结构进行整体的分析之外，我们还可以用结构主义中的二元对立的观点来分析《阿Q正传》中阿Q的人物形象中所包含的二重性。

首先，阿Q的性格中包含着勤劳朴实与蛮横霸道、欺软怕硬的二元对立。阿Q作为中国社会底层的代表人物，他靠着给别人做短工勉强维持生计。他"没有固定的职业，只给人家做短工，割麦便割麦，舂米便舂米，撑船便撑船"，他有着中国劳动人民所具有的勤劳和朴实。文中也写道"有一个老头子颂扬说：阿Q真能做！"这都体现了阿Q本身所具有的勤劳朴实的性格特点。从另一个方面来看，阿Q又具有霸道蛮横的一面。他对于比他弱的弱势群体不但看不起还随意欺辱。例如文中所描写的阿Q对于小尼姑的态度。"阿Q走近伊身旁，突然伸出手去摩着伊新剃的头皮，呆笑着说：秃儿，快回去，和尚等着你……""阿Q更得意，而且为了满足那些鉴赏家起见，再用力地一拧，才放手。"对于没有还手之力的小尼姑，阿Q用她来作为宣泄自己情绪的对象，用对于小尼姑的欺辱来洗刷自己从王胡、假洋鬼子那里受到的"晦气"，这就体现出了阿Q性格当中霸道不讲理的一面。

阿Q虽然处于社会群体的弱势一方，但阿Q本身对于与自己同等阶级或者更弱的人又习惯采取一种欺软怕硬的态度。例如在面对王胡的时候，阿Q想的是"倘是别的闲人们，阿Q本不敢大意坐下去。但这王胡身边，他有什么怕呢？老实说，他肯坐下去，简直还是抬举他"。对于小D，这个在阿Q看来在王胡之下的人，更是不放在眼里。也因此，在阿Q调戏吴妈未果，被赵家撵走，由小D抢去了自己的饭碗之后，阿Q便更加的瞧不起他，甚至是对他怒目而视。但是在面对有钱有势的强者，例如赵老太爷一家时，阿Q又变得非常的懦弱，打不还手、骂不还口，一点没有了在王胡等人面前嚣张的样子。这也正说明了阿Q性格中欺软怕硬的一面。

其次，阿Q的性格中还包含着妄自尊大与敏感禁忌的二元对立。阿Q作为一个现实生活中悲惨的失败者，却执着于用"精神胜利法"来赢得精神上的胜利。他妄自尊大，即使是倒霉，他也因为觉得自己是"天下第一的倒霉"而洋洋得意。就算被人欺辱，他仍然能用"精神胜利法"使自己反败为胜。

"阿 Q 在形式上打败了，被人家揪住黄辫子，在壁上碰了四五个响头，闲人这才心满意足的走了，阿 Q 站了一刻，心里想：我总算被儿子打了，现在的世界真不像样……于是也心满意足的走了。"在阿 Q 的这个理由被人所知之后，再挨打求饶之时，阿 Q 却也能另外寻得一个好的由头来使自己获得精神上的"胜利"。"然而不到十秒钟，阿 Q 也心满意足的得胜的走了，他觉得他是第一个能自轻自贱的人，除了自轻自贱不算外，余下的就是第一个。状元不也是第一个么?"如此的"精神胜利"不由得让人感受到阿 Q 性格中的妄自尊大，时刻将自己视为"第一"。

另一方面，阿 Q 又不是目空一切，完全无所畏惧，他有着自己的"禁忌"，且对禁忌极其敏感。"他忌讳说'癞'和一切近于赖的音，后来推而广之，'光'也讳，'亮'也讳，再后来，连'灯''烛'都讳了，一犯讳，不问有心与无心，阿 Q 便全疤通红的发起怒来，估量了对手，口讷的他便骂，力气小的他便打。"阿 Q 对于禁忌已经到了一种非常敏感的地步。

从上述所举的案例分析我们可以看出，结构主义文学批评首先是站在文学作品本身的整体性上对文学作品进行自身结构的剖析。这种对于文学作品整体性的结构批评既包括对文学作品浅层结构的分析，同时更注重对于文学作品本身内在深层次结构的剖析。通过对于结构的深层剖析，找到文学作品潜在的结构特征，以达到对文学作品本身的整体的、准确的、深刻的理解。一部好的文学作品，往往在其表层含义之下蕴含着更加深刻的经得住历史考验的深层结构。

课后习题

1. 理论题：如何理解结构主义的表层结构和深层结构?

2. 实践题：请比较几篇（部）中国古代小说，列表分析出它们共有的某一种结构。

本章主要参考文献

1. Saussure. , *Course in General Linguistics*, London：Perter Owen, 1960.

2. 安贝托·艾柯、斯特凡·柯里尼：《诠释与过度诠释》，王宇根译，三联书店，2005。

3. 董学文主编《西方文学理论史》，北京大学出版社，2005。

4. 范明华：《文学评论教程》，华中理工大学出版社，1995。

5. 冯宪光：《结构主义理论与结构主义艺术理论》，《四川戏剧》2014 年第 4 期。

6.〔美〕科伦·麦凯思：《转吧，这伟大的世界》，方柏林译，人民文学出版社，2010。

7. 孔智光、蒋茂礼：《文艺批评方法论》，山东大学出版社，2010。

8. 〔法〕列维·布留尔：《原始思维》，商务印书馆，1986。

9. 〔俄〕普罗普：《故事形态学》，中华书局，2006。

10. 沈从文：《边城》，长江文艺出版社，2017。

11. 〔法〕斯特劳斯：《结构人类学》（第2卷），俞宣孟等译，上海译文出版社，1999。

12. 〔法〕斯特劳斯：《结构人类学》，张祖建译，中国人民大学出版社，2006。

13. 〔美〕詹姆逊：《语言的牢笼》，李自修译，百花洲文艺出版社，1995。

14. 曾广：《平衡—失衡—再平衡：结构主义视角下的〈转吧，这伟大的世界〉》，《外国文学动态研究》2017年第3期。

15. 张巧燕：《浅谈〈边城〉中矛盾的张力及意义》，《中学语文教学参考》2018年第13期。

16. 周晓：《结构主义诗学视野下的〈日瓦戈医生〉》，山东大学硕士学位论文，2012。

第六章 叙事学的文学批评方法

方法介绍

叙事学是受结构主义影响而产生的研究叙事的理论，它是研究叙事的本质、形式、功能的学科，它所研究的对象包括故事、叙事话语、叙述行为等，它的基本范围是叙事文学作品。针对叙事所作的批评，称之为叙事批评。叙事批评有广义和狭义之分。广义的叙事批评，指的是对具有叙事性质的内容所展开的批评活动。这里所谓的"具有叙事性质的内容"，既可以是文学话语叙事，也可以是社会政治叙事、图像叙事、生活话语叙事、身体叙事等等。所谓的"批评活动"，既可以是批评理论在书本中的学理运用，也可以是针对性很强的批评实践活动；既可以是有系统理论支撑的批评，也可以是零散的、不成系统的感悟式批评；既可以是针对叙事内容所作的专门的批评，也可以是在叙事过程中夹杂着某种批评因素。总之，只要批评与某种叙事有所关联，这种批评均可称为广义的叙事批评。[①]

狭义的叙事批评指的是文学叙事批评，它有明确的批评对象，即叙事文学。狭义的叙事批评有自觉和不自觉之分。自觉的叙事批评是说批评者自觉运用叙事学的有关知识对文学文本进行阅读批评，非自觉的叙事批评是说批评者在进行文学批评时暗合叙事学的有关知识，更多的是一种就事论事式的批评，没有系统的理论知识作为内在支撑。按照华莱士·马丁的说法，狭义文学叙事批评，关注"视点，人物塑造，描写和文体"等特性，批评家运用的是"精密的解释方法"，"对于批评家来说，单独的作品是意义的所在地"。[②] 叙事学作为一门独立的学科，本身就是在具体的文学批评中产生出来的，其目的也是

---

① 方法介绍部分主要参考江守义《叙事批评的发生与发展》，《安徽师范大学学报》（人文社会科学版）2010 年第 2 期。

② 〔美〕华莱士·马丁：《当代叙事学》，伍晓明译，北京大学出版社，1990，第 12 页。

对某一叙事行为或叙事文本进行解读，因此，了解叙事批评，就要了解叙事学的相关知识。

（一）外国叙事批评的发展

就西方而言，非自觉的叙事批评，早在柏拉图时代就已经出现。柏拉图在《理想国》中区分了单纯叙事和狭义模仿，狭义模仿是指叙述者模仿人物的口吻说话，单纯叙事则是诗人"以自己的名义讲话，而不试图要我们相信是另一个人在讲话时"所讲述的一切。① 所谓"叙述者模仿人物的口吻说话"，指的是叙事学所说的展示，所谓诗人"以自己的名义讲话"，指的是叙事学所说的讲述。1884 年，亨利·詹姆斯为了与沃尔特·贝桑争论，发表了著名论文《小说的艺术》，声称："一部小说按它最广泛的定义是一种个人的、直接的对生活的印象：这，首先，构成它的价值，这个价值根据印象的强度而或大或小。"② 这意味着，小说的价值在于人物对生活的印象，小说中的一切叙述都要通过人物思想的过滤，这种"意识中心"理论，涉及叙事学所说的叙事视角的转换问题。同时，詹姆斯自己写了大量的小说，并通过为自己的小说撰写的一系列序言，来进行叙事批评。1966 年，巴黎《交际》杂志第 8 期出了专刊，标题是"符号学研究——叙事作品结构分析"，这一专刊是法国叙述学家们的圣经和先知，它标志着现代叙事学的正式诞生。叙事学诞生之初，其成就主要集中在法国叙事学界，其基本走向主要有三：一是注重被叙述的故事的结构，以格雷玛斯为代表；二是注重叙述者的作用，以热奈特为代表；三是注重叙事作品的构成体系，以罗兰·巴特为代表。在格雷玛斯看来，叙事作品的本质结构，需要从语言学角度进行再解释。在语言学中，音位和意义都通过二元对立呈现出来，在叙事作品中，二元对立同样是产生意义的最基本的结构。格雷玛斯主要在"音位"和"句法"两个层次上，展开他的语义分析。在"音位"层次上，他认为叙事作品中的人物可以简化为三对行动元，即主体/客体，授者/受者，助手/敌手。所谓"行动元"，是说人物作为一个行动的单位对整个故事进展的推动作用。在句法层次上，他要求建立"意义基本结构"。这一结构"是黑白对立这类二元义素范畴的逻辑发展。这范畴的两项之间是反对关系，每一项又能投射出一个新项——它的矛盾项，两个矛盾项又能和对应的反对项产生前提关系。"③ 这样，就形成了一个语义方阵。从语义方阵出发，可以细致地分析出叙事作品中角色与角色之间的关系，进而把握作品的主

---

① 参见张寅德《叙述学研究》，中国社会科学出版社，1989，第 280 页。
② 伍蠡甫、胡经之：《西方文艺理论名著选编》（下卷），北京大学出版社，1987，第 142 页。
③ 张寅德：《叙述学研究》，中国社会科学出版社，1989，第 98 页。

旨。从这个方面看，格雷玛斯提出语义方阵，对叙事学是一个不小的贡献。热奈特关注的重心是叙述者的话语和行为。在《叙事话语》中，他对叙事作品从"故事""叙事话语"和"叙述行为"三方面进行层次划分，并反复强调了叙述行为的重要性。在他看来，"叙述"包含三层意义：第一层意义：叙述系指陈述语句，口头的或书面的话语，用来连贯一个事件或一系列事件。第二层意义：叙述是指构成这段话语主题的一连串真实的或虚构的事件，以及它们之间的各种关系，如衔接、对比、重复等。第三层意义：叙述也指一个事件，但不再是讲述的事件，而是指某人讲述某事这个事件：叙述行为本身。① 与此同时，他搬用语言学术语，从语式、语态等方面对故事展开讨论。

格雷玛斯、热奈特等人的叙事学理论一般被称为经典叙事学，其基本特征是一种基于结构主义理论的纯形式研究。到 20 世纪 80 年代中后期，经典叙事学的纯形式研究受到了强烈的冲击，这种冲击在美国最为明显。美国叙事文学研究协会会刊《叙事技巧杂志》原来集中关注形式技巧的研究，到 1993 年更名为《叙事》，由关注文本内部的形式技巧转而关注文本和社会或意识形态之间关系的探讨，由关注以小说为主的文字叙事转而关注以绘画、电影等为代表的非文字媒介的叙事。但叙事学形式分析的衰落并没有影响叙事学的进一步发展，90 年代以来，研究者们从新的角度介入叙事研究，到 20 世纪末 21 世纪初，在美国，甚至出现了小规模的叙事学复兴。和经典叙事学相比，后经典叙事学在具体作品分析和寻找叙事作品共有特点两方面都体现出新的特点。就具体作品分析而言，后经典叙事学有时候以阐释具体作品为主要目标，虽然意义的阐释有时候难免要运用某种叙事模式，但其着眼点已经不是叙事模式而是具体作品的意义。

自觉的叙事批评经过经典叙事学和后经典叙事学的发展，到目前已显得非常灵活，它的基本特点虽然是一种形式主义的文本批评，但在一定程度上，已经不拘泥于具体的文学文本，而是将文本的叙事分析和文本之外的历史文化分析结合起来，表现出强劲的生命力。

叙事学的主要理论特征体现在以下方面：首先是寻求批评的恒定模式。文艺理论者们运用索绪尔的语言学模式创造了叙事模式，它在从语言研究过渡到文学研究，力图找出那些不仅在单部作品中，而且在作品与作品之间的关系中发挥作用的结构原则，建立一些相对稳定的模式来把握文学，以达到有理性、有深度的认识。而结构主义叙事学家们的理想是：通过一个基本的叙事结构来

---

① 参见张寅德《叙述学研究》，中国社会科学出版社，1989，第 188～189 页。

观察世界上所有的故事，他们设想可以从每一个故事中提出它的虚实模式，然后在此基础上建立一个无所不包的叙事结构，这就是隐藏在一切故事下面的那个最基本的故事。他们相信存在某种可以超越时代、超越地域、超越各种虚实媒介的独立故事。如普洛普在《民间故事的形态学》中，归纳出人物行动的31 种功能，虽然故事中的人物不同，行动也不一样，但他们却是由这 31 种功能组合而成，故事的结构是固定不变的。因此，我们可以从那不变的结构中来分析故事，为结构主义叙事学在理论和方法上，奠定了基础。其次，强调整体观，重视部分之间的关系。它把文学作品视为一个由各种因素相互联系而形成的一个封闭的结构整体，不仅强调文学系统内部部分与部分、部分与整体之间联系的重要性，而且强调文学系统和外在于文学的文化系统对具体作品解读的重要性。如列维－斯特劳斯在具体的神话模式分析中，注重寻找不同神话或同一神话的不同变体在功能上类似的关系。他把神话分割为一个个小的单位，即"神话素"，这在神话的叙述中发挥着自己的功能并组合起来产生意义，它们被运用到任何一个具体的神话叙述之中，并被人们明显地感知到，这不仅考虑到同一神话的历史性叙述，而且还考察共时存在的各种变体以及其他神话。再次，强调对叙事作品深层结构的研究。在叙事作品中，我们综合表层结构与深层结构对文本进行剖析，表层结构，指的是事件与事件的先后结构关系；而深层结构指的是叙事内容与故事之外的文化背景之间的关联性。情感的深层结构是由人的心理素质与生活经历长期造成的，它具有相对的稳定性，而且很隐秘，制约情感的表层结构。深层与表层两条线的分析，使作品的结构脉络和主题思想更加清晰地呈现在读者眼前，解释并说明隐藏在文学意义背后的一些点与事实。例如，高晓声的《陈奂生上城》的表层结构可以分析为：（1）陈奂生天天上城卖油绳（初始的平衡状态）；（2）陈奂生舍不得买帽子，受凉得病（平衡被破坏）；（3）陈奂生住招待所（进入新的环境——不平衡环境）；（4）陈奂生回家（新的积极的平衡）。作品情节从初始的平衡状态到平衡被破坏，进入新的不平衡环境，再到试图恢复平衡，最后取得新的积极的平衡。表层线索诱导读者跟着情节发展进行阅读，但深层结构却对文本内部进行深层次的剖析，揭示叙述内容在叙述背后的内在关系，即陈奂生生活在一个常规状态中，性格弱点被遮蔽了，虽自得其乐，但这是一种封闭的落后的生活状态。他一旦进入一个非常规的生活状态，性格弱点就凸显出来，从而使我们认识到改造国民性的必要性和严峻性。

（二）中国叙事批评的发展

中国的叙事批评大致经历了三个阶段：一是文史不分的叙事批评，二是感悟式的文学叙事批评，三是有理论自觉的叙事批评。

中国古代文史不分，文学往往依附于历史，叙事既是一种文学叙事，也是一种历史叙事，叙事批评既是一种文学批评，也是一种历史批评。《左传》中的"君子曰"评论模式便是一种叙事批评；唐代刘知几的《史通·叙事》探讨了历史书的编写方法，并认为"国史之美者，以叙事为工"。南宋真德秀编选《文章正宗》，也专列了"叙事"卷；文史不分的叙事批评和感悟式的文学叙事批评都没有自觉的叙事理论支撑，都是非自觉的叙事批评。中国自觉的叙事批评，是在接受了西方的叙事学理论之后才出现的，1985年，杰姆逊在北京大学作了有关西方文化理论的系列演讲，并且用格雷玛斯的语义方阵理论，对《聊斋志异》中的《鸲鹆》进行了叙事学的示范分析，中国学界就对叙事批评表现出极大的兴趣，可从三方面见之：一是对西方叙事批评的译介；二是运用西方叙事理论对中国的文学展开批评；三是参照西方叙事理论，建构有中国特色的叙事批评。

后经典叙事学的出现，使叙事批评的发展前景更为广阔。主要体现在三个方面：一是运用叙事理论，对文本进行叙事批评；二是在叙事理论研究领域，拓展研究内容；三是叙事批评和其他批评方法的结合。叙事批评主要是对叙事文本进行解读、批评，这一点在未来仍将是叙事批评的主要内容。毕竟，叙事批评的成就奠定在文本解读的基础之上，叙事批评无法离开文本分析。无论是经典叙事学还是非经典叙事学，它们都同样关注叙事学对文本的解读功能，对叙事文本的解读都是它们的主要任务。毕竟，叙事学首先是一种方法，既然是方法，就要运用到文本的解释中去。经典叙事学基本上局限于文本的解读，但文本的解读不是目的，通过文本解读所建构出来的叙事模式才是其目的所在。后经典叙事学很多时候也以阐释具体作品为主要目标，只是其着眼点已经不是叙事模式而是具体作品的意义。比如说，詹姆斯·费伦《作为修辞的叙事：技巧、读者、伦理、意识形态》的正文有九章，每一章都具体分析了一部作品，从作品的分析中得出某种意义。虽然作为一本书来说，该书显然自成体系，每部作品的分析都是构成这个体系的组成部分，但是这种体系总体上看是比较松散的，章与章之间并没有非常严格的理论体系安排，充其量只是每章有一个侧重点而已，和热奈特那种力图建立分析叙事作品共有模式的努力有很大差别；更为重要的是，书中除第五章以外的其他八章都以单篇论文的形式先期发表过，作为单篇论文，它只能是针对某一作品的具体分析，从这些分析中很难看出有什么宏观理论体系的建立。如第九章《走向修辞的读者——反映批评：〈宠儿〉的难点、顽症和结局》，在直觉阅读经验的基础上，将阅读经历和阐释活动联系起来，把颇具抒情意味的反应表达与抽象的理论化并置起来，从而得出结论：有些像《宠儿》那样的"文本顽症不可能得到全面解释"。显然，其出发点和目标都是具体的作品《宠儿》。叙事批评可能会随着叙事理论研究在某些方面的突破而出现新的生长点。比如说，叙事学对叙事空间研究的拓展会导致叙事批评对文本的空间结构的关注。按照莱辛在《拉奥孔》中的意思，文学是一种时间艺术，叙事批评对叙事时间理应给予高度关注，事实上，叙事批评在文本分析时，也对叙事时间进行了详尽的分析，取得了很多收获。但随着叙事学研究的深入，有些研究者越来越感觉到对叙事空间的研究远远不够。随着很多新的样式的叙事文学的出现，特别是时间感模糊或缺失的叙事文学的出现，叙事空间就显得异常重要。所谓叙事空间，是指叙事作品中的空间维度，它既包括人物活动和故事发生的物理空间，也包括通过文字而建构起来的心理空间，还包括文本中文字所呈现的空间排列形式。从目前情况来看，国外的叙事空间研究已经有一定进展，但国内的叙事空间研究可以说是刚刚起步。总体上看，叙事空间研究主要包括以下几方面内容：一是叙事空间的理论阐述。如佐伦在《走向叙事空间理论》中区分了构成空间的三个层次：地志学层次，即作为静态实体的空间；时空体层次，即事件或行动的空间结构；文本层次，即符号文本的空间结构。二是探讨叙事空间与时间的关系。如赵冬梅《现代小说中的时空关系》认为，小说的时空关系除了作为叙事方法拓展小说的表现手法以外，还蕴含着更多的意义，因为读者的介入使这一时空成为认识、感知历史及作者的一种有效方式，从而肯定并激发了文学作品的价值和意义。三是分析空间形式与情节的关系。如拉布金在《空间形式与情节》中区分了情节的历时性和共时性变动不居的关系，区分了主从结构情节和并列结构情节，认为后者更具有空间特性。从中国目前的叙事学研究状况看，可以预见，对叙事空间研究的关注将会导致两方面的结果：一是使叙事批评在文本批评中拓展了自身的批评领域；二是在拓展自身批评领域的同时，也深化了文本批评，从而能更好地有助于读者理解批评对象。随着后经典叙事学的出现，叙事批评现在已经突破了形式批评的藩篱，和形式之外的其他方面有机地结合起来。马克·柯里对当前的叙事学特点进行总结认为："多样化、解构主义、政治化——这三者便是当代叙事学转折的特点……叙事学研究则更具跨学科的特点……往往把叙事问题与特殊人群（如性别、种族、民族）或话语类型联系起来。这些书不那么抽象，不那么科学化而更具政治色彩。它们常常宣称叙事无所不在，宣称叙事是一种思维与存在方式，并非只有文学里面才有。"① 对马克·柯里这段话的理解，具体可以从两方面来展开。一方面就研究方法来说，叙事批评不再是单纯的叙事学研究方法的运用，而是将叙事学方法和其他

---

① 〔英〕马克·柯里：《后现代叙事理论》，宁一中译，北京大学出版社，2003，第8页。

研究方法结合起来。叙事批评超越形式批评，拓展了批评的应用范围，它可以和女性批评、殖民批评、社会批评、文化批评等非形式批评有机结合起来，使自身获得一种勃勃生机。另一方面，随着叙事批评应用范围的扩大，叙事批评和日常生活的联系更加紧密，阿瑟·阿萨·伯格在《通俗文化、媒介和日常生活中的叙事》中，将叙事理论应用于人类发展和日常生活。叙事批评的范围可以说是包罗万象，在马克·柯里看来，"日常生活中经常被引用的叙事例证有电影、音乐、录像片、广告、电视和报纸新闻、神话、绘画、唱歌、喜剧性连环画、逸闻、笑话、假日里的小故事、逸闻趣事，等等。"① 从这两个方面看，无论是叙事学方法和其他研究方法的结合，还是叙事学对日常生活的关注，都预示着叙事批评会有广阔的发展前景。②

批评案例

本章选取《〈一个陌生女人的来信〉的解读》和《解读小说〈劝导〉》作为运用叙事学文学批评方法的案例。

案例1 《一个陌生女人的来信》的解读③

短篇小说《一个陌生女人的来信》是奥地利作家斯台芬·茨威格（1881～1942）的代表作之一，一个青年男作家在他四十一岁的生日那天收到了一封来自陌生女人的信件，一个临死的女人，在信中讲述了一个刻骨铭心的爱情故事。作品问世以来，评论界众说纷纭。随着19世纪90年代后叙事学进入后经典时期，叙事学理论有了新的发展，产生了修辞叙述学、女性主义叙事学、认知叙述学等后经典叙事学学科。使叙述学不再拘泥于文本，让作者、读者、文本开始相互观照。所以，为顺应这一发展趋势本文将运用后经典中叙事学修辞叙事学理论来分析文本，从一个新的阐释角度来观照文本。

1. 修辞叙事学与詹姆斯·费伦修辞叙事学理论

20世纪90年代，经典叙事学得以充分发展，叙事学进入了后经典时期，修辞叙事学也有了重大发展。随着叙述学进入后经典时期，在修辞叙事学中最有成就的理论家之一就是美国著名文学理论家、杰出的叙事学家詹姆斯·费

---

① 〔英〕马克·柯里：《后现代叙事理论》，宁一中译，北京大学出版社，2003，第3页。
② 本部分内容总体参照江守义《叙事批评的发生与发展》，《安徽师范大学学报》（人文社会科学版）2010年第2期。
③ 田乐乐：《〈一个陌生女人的来信〉的修辞叙事学分析》，《文学教育》2019年第2期。刊用此文前未能联系到原作者，敬请见谅。

伦，他著述丰富，有《来自词语的世界：小说语言理论》《阅读人物，阅读情节，人物进程及叙事阐释》，以及其代表作《作为修辞的叙事：技巧、读者、伦理、意识形态》和《为了生存的叙述：人物叙述修辞与伦理》，并从这些著作中发展了读者维度、叙事进程、可靠性与不可靠性等理论概念，为修辞叙事学的发展起到了促进作用。

2. 读者维度

詹姆斯·费伦提出的读者维度观是在拉比诺维茨的四度维度读者观发展而来的，并且将读者分为四类：实际读者、作者的读者、叙述读者、理想的叙述读者。实际读者也即现实中有血有肉的读者，拥有自己独特的价值观；作者的读者即作者在创作文本时，心目中所想象的隐含读者，完全相信作者的创作，但也知道文本是虚构的；叙述读者，即叙述者为之叙述的想象中的读者，认为人物和事件是真实的；理想的叙述读者，是叙述者心目中理想的读者，完全相信叙述者的所有言辞。而且，詹姆斯·费伦读者与文本之间的互动关系，尤为重视读者在阅读过程中的独特作用。由于读者不同的知识程度、文化背景、信仰追求以及各种各样的兴趣和偏见都意味着读者有不同的立场，对文本就有了多样化的解读。

在《一个陌生女人的来信》的文本解读中，实际读者也即有血有肉，有情有欲的读者，会根据自己的生活阅历，对文本中的女主人公产生自己的评价。针对文本中的陌生女人，通过对其少女时代到后来临死之前的自白的审视，每个鲜活的实际读者都会有不同的感触。如果是一个同样痴迷于暗恋的女子在读这个文本的时候，会对文本中的陌生女子的这个痴恋的过程产生共鸣，会赞同作者对这个陌生女人的建构，也让读者为心理现实主义大师茨威格对女性内心世界的剖析拍案叫绝。但是如果实际读者是一位禁欲主义者，则会反对茨威格在文本中对陌生女子心理方面的塑造，女主人公的个人单恋就显得荒诞不经，进而对女主人公痴恋的态度提出抗议。作者的读者则会接受作者的想法，完全相信作者的看法，并且清楚地知道文本中女主人公故事的虚构性。知道文本中的男主人公和女主人公都是虚构的人物，文本中所有的情节，都是作者塑造的，但是作者的读者可以在知道文本虚构的前提下对叙述者进行评价分析。

而第三种维度，即叙述读者，叙述读者认为叙述所描述的一切都是现实历史上存在的事物，在叙述读者看来，青年作家以及女主人公都是历史上存在着的真实人物和场景。在《一个陌生女人的来信》的尾端作者这样描述："他的目光忽然落到他面前书桌上的那只蓝花瓶上。瓶里是空的，这些年来第一次在他的生日这一天花瓶是空的，没有插花。他悚然一惊，仿佛觉得有一扇看不见的门突然被打开了，阴冷的穿堂风从另外一个世界吹进了他寂静的房间。"① 这段描述，在作者的读者眼中，"一扇看不见的门"以及"另外一个世界的冷风"都是虚构的，而叙述读者则认为从另外一个世界吹来的冷风是存在着的。所以，针对文本的读者来说，不同的维度有不同的解读。

3. 可靠性与不可靠性叙述

詹姆斯·费伦在不可靠性叙述方面也有所收获，詹姆斯·费伦认为，叙述者有讲述有关的人物、事件、思想以及事物的功能，在读者接受的过程中，一定会有所赞同或者有所分歧。读者如果赞同，就是可靠性叙述，如果不赞同，就是不可靠叙述。不可靠叙述有三个发生轴即事实与事件、价值与判断、知识与感知，并由此产生了六种不可靠性：即发生于事实与事件方面的错误报道与不完整报道，在价值与判断、知识与感知方面的错误报道与不完整报道。

在《一个陌生女人的来信》中，除了可靠性叙述之外，不可靠性叙述也随处可见。对于可靠性叙述来说，在文本中是最普遍的存在，在《一个陌生女人的来信》中女主人公从小到大为了见到男主人公所做的任何努力，都是可靠的，包括他们的儿子死了的事实也是可靠性描述。而对于不可靠叙述而言，也在文本中有着广泛的体现：在《一个陌生女人的来信》中女主人公向男主人公写信的整个氛围都是在一个十分有激情的状态下进行的，由于男主人公也就是这个男青年作家并不知情，也没有爱上她，所以这一切的激情状态本身也是一个女主人公自己自欺自恋的幻想。所以作为作者的读者，从一开始读这封信的时候就认为叙述者的叙述是不可靠的，如，该文本一开始陌生女人在叙述青年男作家刚搬进来之前，那屋子里的人的样子，她是这么叙述的："在你搬进来以前，你那屋子里住的人丑恶凶狠，吵架成性，他们自己穷的要命，却特别嫌弃邻居的贫穷，他们恨我们，因为我们不愿意染上他们那种破落的无产者的粗野。"② 女主人公这一部分把邻居们描述的不堪一提。在她心里，只有干净、优雅、腹有诗书的英俊男青年作家过得奢靡的社会主流生活才是她所想要的生活，所以叙述者对邻居的叙述有着事实的不完全报道，对读者来说是不可靠叙述。以及第一次见到青年男作家时，"你穿着一件浅褐色的运动服，上楼的时候总是两级一步，步伐轻捷，活泼灵敏，显得十分潇洒。你把帽子拿在手里，所以我一眼就看见了你的容光焕发，表情生动的脸，长了一头漂亮，

---

① 〔奥〕斯台芬·茨威格：《一个陌生女人的来信》，张玉书译，上海译文出版社，2008，第299页。

② 〔奥〕斯台芬·茨威格：《一个陌生女人的来信》，张玉书译，上海译文出版社，2008，第262页。

有光泽的头发……"① 这里，女主人公描述的青年男作家是一个英俊且有活力的青年男子的形象，但是作为作者的读者来说，叙述者也即女主人公，她从男主人公还没有出现的时候，就已经开始幻想这个男性，在见到他之前，女主人公便开始整晚都想着他，一切感觉都是她自己的建构，在这里，青年男作家就成了她建构的一种信仰。而在作者的读者看来，叙述者叙述的这种爱慕只是女主人公一厢情愿的，这样的叙述是完全不可靠的。

陌生女人终其一生都在自欺。作为读者来说是十分清楚这一点的，因为有关于爱情的一切甜蜜美好都只发生在了她自己身上，现实却是她自己一个人的独角戏，这样的叙述是极其不可靠的，读者对于她的爱情是不认同的。当她还是一个女孩的时候，她会把青年男作家习惯性勾引女孩的温柔眼神当成对自己的爱抚，她叙述说："你看了我一眼，那眼光温暖、柔和、深情，似乎是对我的爱抚……"叙述者已经沉沦于对青年男作家的爱情幻想中，给读者描述了一个优秀的恋人，但是她也时常忽略了男主人公在道德层面是十分不检点的，经常有一些女伴儿相随，所以说这种叙述对于读者来说也是不可靠的。而且，从另一方面来说，她还拒绝了其他青年男子的追求，在她的世界观里，只有她暗恋的那个青年作家才能给自己惬意的生活。她认为不会有其他人会使她迷恋，但是在读者看来，叙述者的这个观点也是不可靠的，那个青年作家并不是唯一的可以爱的男人。故而女主人公的叙述是不完全的正确，即不可靠叙述。

综上所述，《一个陌生女人的来信》在修辞叙事学的理论下有了新的解读，而且詹姆斯·费伦的读者维度和可靠性与不可靠性叙述也在文本的解读中有了更深入的理解，这也正好契合后经典修辞叙事学中注重作者、文本与读者的互动，调动了读者的积极性、能动性，使文本有了新的解读。

案例 2 解读小说《劝导》②

1. 女性题材和女性形象

《劝导》讲述的是一个曲折的爱情故事。贵族小姐安妮·埃利奥特同青年军官温特沃思曾倾心相爱，并订下了婚约。可是安妮的父亲沃尔特爵士和教母拉塞尔夫人却嫌温特沃斯出身卑贱贫穷，极力反对这门婚事。年轻的安妮接受了教母的"劝导"，忍痛同温特沃斯解除了婚约。8 年后，安妮重逢战争中出

---

① 〔奥〕斯台芬·茨威格：《一个陌生女人的来信》，张玉书译，上海译文出版社，2008，第265 页。

② 王中强：《女性主义批评和女性主义叙事学的不同研究方法——以小说〈劝导〉的解读为例》，《广东工业大学学报》（社会科学版）2010 年第 2 期。感谢王中强先生惠允刊用此文。

人头地的旧日情人，两人最终抛弃前嫌，结成良缘。

奥斯汀生活在英国历史上风云激荡的年代。英国工业革命大大地解放了生产力，原有的生产关系发生了巨大而且深刻变革，重大政治事件和革命运动层出不穷。当时男性作家都将他们的创作焦点聚焦于这些政治历史事件，津津乐道于宏大叙事。不过，奥斯汀对宏大叙事并不感兴趣。在《劝导》中，长期处于当时社会边缘的女性又一次出现在了主要位置上。对于奥斯汀来说，宏大叙事被认为是男性写作特色，是男性霸权的体现，因此她选择了恋爱、婚姻、家庭之类的写作题材。

奥斯汀在选择女性以及女性生活作为《劝导》主要题材的同时，也成功地刻画了积极正面的女性形象。通过对这些女性形象的描述，她抗议了男性文学对女性的歪曲和贬抑，纠正和颠覆了男尊女卑的模式。比如奥斯汀在形容沃尔特·埃利奥特的妻子时变相地称赞："理所当然，他的美貌和地位使他有权利获得爱情，也正是沾了这两方面的光，他才娶了一位人品比他优越得多的妻子。"[①] 他的大女儿伊丽莎白虽然是有些傲慢，并且对安妮不屑一顾，但是也拥有与男性不相上下的处事能力："她当了十三年凯林奇大厦的女主人，掌家管事，沉着果断。"[②] 哪怕是小说的一个配角，奥斯汀也洋溢了赞美之辞："克罗夫特夫人虽不说既不高也不胖，但她体态丰盈，亭亭玉立，富有活力……她举止坦然，果断，不像是个缺乏自信的人，一举一动都不含糊。"[③] 至于小说的女主人公、焦点人物自不待言，安妮不仅在外表上曾经"五官纤巧，一对黑眼睛流露出温柔的神情"，性格上"优雅的心灵、温柔的性格"，在后面的叙事发展中，读者更可以感受到奥斯汀笔下的安妮更是成熟稳重，宽容大度的可贵品质，临危不惧的做事风范，可以说，安妮改变了男性叙事文学中女性柔弱无助的形象。

值得注意的是，在奥斯汀笔下，一直被认为是尊贵绅士的男性反而常常成为反面角色、受人奚落，比如自命不凡却又愚蠢无能的沃尔特爵士，以及安妮那品格卑劣的堂哥埃利奥特先生等。

2. 新婚姻模式

在奥斯汀的其他一些作品中，女主人公的爱情故事都具有童话般的浪漫模式。这些"灰姑娘"们并不富有，也没有丰厚的嫁妆，但是她们美丽、善良，是男性心目中理想的结婚对象。他们都符合男权政治下的女性标准——她们不比男性强大，不会给男性带来难堪，于是最终她们有了皆大欢喜的结尾、完成

---

① 〔英〕简·奥斯汀：《诺桑觉寺　劝导》，孙致礼译，译林出版社，2009，第243页。
② 〔英〕简·奥斯汀：《诺桑觉寺　劝导》，孙致礼译，译林出版社，2009，第245页。
③ 〔英〕简·奥斯汀：《诺桑觉寺　劝导》，孙致礼译，译林出版社，2009，第283页。

贵族佳人的佳话。这些故事显示了某种男权社会的观念，那就是女性是男性的依附、能嫁个有钱人是女性完美的归宿。"灰姑娘模式"的深层心理原因其实是女性在经济、社会、政治上对男性的依赖。

安妮一开始本来也是个灰姑娘，不过在《劝导》里，奥斯汀让传统的灰姑娘和白马王子的故事情节有了新的变化。后来的安妮展示给读者的是她的成熟和宽容，而且她有时甚至比男性更强大，她有独立自主的观点和意识。在"莱姆事件"中，路易莎摔在码头的人行道上，所有的人都乱成了一团，乱糟糟不知道该怎么办的时候，安妮却能够镇定地将事情安排好。"'你去帮帮他，你去帮帮他，'安妮大声说道，'看在上帝的分上，你去帮帮他。我一个人能扶住他。你别管我，去帮帮他。揉揉她的手和太阳穴。这里有嗅盐，拿去，快拿去。'"① 这里读者看到安妮不再是男性的附属，她那坚强的意志和果断的处事能力让男性自叹不如。安妮有着奥斯汀所描绘的理想新女性的冷静和成熟，她拥有强烈的女性自我意识。这些让安妮在两性交往中掌握了话语权，掌握了婚姻主动权。尽管她曾听从教母的劝导，没有和温特沃斯结婚，但最终还是根据自己的主见，选择了温特沃斯。值得注意的是：安妮在选择配偶的时候，对男性进行了细心地观察，并且不再把财产当成最重要的婚姻条件。

在《劝导》里，奥斯汀让男性和女性在婚姻中处在同等的地位，正如男性喜欢女性的漂亮善良一样，安妮喜欢温特沃斯不是因为他的男权和金钱（温特沃斯不是天生富贵，而是凭着自己努力一路上升的，他代表着新兴的阶层）。尽管小说的最后，奥斯汀还是坚持把女主人公按照男权社会的规约，把她嫁了出去，但是她的婚姻观不再是"灰姑娘模式"，不再依靠男权的施舍，而是具有了妇女解放运动的萌芽。

3. 自由间接引语的运用

自由间接引语是19世纪以来西方小说中十分重要的引语形式，也是近十几年来西方叙事学界和文体学界的一大热门话题。作为处于"直接引语"和"间接引语"之间的形式，"自由间接引语"在人称、时态上和间接引语一致，但是它不带引导句，转述语本身就是独立的句子。"因摆脱了引导句，受叙述语境的压力较小，这一形式可以像直接引语那样保留体现人物主体意识的语言成分，如原话中的时间和地点状语、疑问句式或感叹句式、不完整的句子、口语化或带感情色彩的语言成分。"② 自由间接引语可以使叙事者的声音和人物的声音在文本中一起被听到，叙事者在表达时也拥有了比较大的自由度。通过

① 〔英〕简·奥斯汀：《诺桑觉寺　劝导》，孙致礼译，译林出版社，2009，第340页。
② 申丹：《"话语"结构与性别政治——女性主义叙事学"话语"研究译介》，《国外文学》2004年第2期。

自由间接引语，叙事者可以巧妙表达对人物的同情，也可以表达对人物的反讽，并建立自己的叙事声音。

作为女性作家，奥斯汀一直被认为有着强烈的女性意识。但是她这种女性意识并不是说教式的，她的政治意图在表达时（是）隐忍的。其主要原因是奥斯汀的小说曾因直白的叙事声音被出版商拒绝，太直露的女性声音会与男性政治发生激烈冲突。黄必康认为："女性的叙述声音不仅仅是一个形式技巧问题，而且更重要的还是一个社会权利问题，是意识形态冲突的场所。"① 于是在《劝导》中，奥斯汀广泛使用自由间接引语，把自己隐藏在任务背后，间接表达自己的声音，这样她的叙事才被男权社会认可和接受，"奥斯汀……，在男性目光的虎视眈眈之下，建构了女性叙事声音和女性作者权威。"②

以下是《劝导》中几处运用自由间接引语的例子：

例1. 她充其量只能耐心地听着，为种种苦衷打打圆场，替双方都开脱开脱。她暗示说大家挨得这么近，相互间应该包涵着点才是……③

例2. 他（查尔斯）的眼睛只能从一个妹妹身上转到同样不省人事的另一个妹妹身上，或者看看他妻子歇斯底里大发作的样子，拼命地喊他帮忙，可他又实在无能为力。④

例3. 且说埃利奥特先生听到她堂妹安妮订婚的消息，不禁大为震惊。这样一来，他那寻求家庭幸福的美妙计划破产了，他那企图利用做女婿之便守在旁边不让沃尔特爵士续娶的美梦也破灭了。不过，他虽说受到挫败，感到失望，但他仍然有办法谋求自己的利益与享受。⑤

在例1中可以看出安妮是非常成熟稳重、顾全大局的女性；例2中，奥斯汀告诉读者，当男性面对突如其来的事件时，有时候并不比女性镇定多少，他们也同样会手足无措；例3则颠覆了传统的男尊女卑、男性都是高尚绅士的命题，男性中败类也层出不穷，埃利奥特就是这样品格低下的人。

总之，自由间接引语间接地执行了某些叙事行为，建构了女性的叙事权威。苏珊·兰瑟认为："奥斯汀以及其他的'无权无势'的作家正是用这种策略来包容作者权威和女性气质、坚持己见与礼貌得体、激忿郁怒与彬彬有礼之间的矛盾。"⑥

---

① 黄必康：《建构叙事声音的女性主义理论》，《国外文学》2002 年第 2 期。
② 谭颖沁：《论简·奥斯丁小说叙述声音的女性主义立场》，《武汉大学学报》（人文科学版）2006 年第 7 期。
③ 〔英〕简·奥斯汀：《诺桑觉寺　劝导》，孙致礼译，译林出版社，2009，第 281 页。
④ 〔英〕简·奥斯汀：《诺桑觉寺　劝导》，孙致礼译，译林出版社，2009，第 341 页。
⑤ 〔英〕简·奥斯汀：《诺桑觉寺　劝导》，孙致礼译，译林出版社，2009，第 477 页。
⑥ 〔美〕苏珊·兰瑟：《虚构的权威》，黄必康译，北京大学出版社，2002。

4. 女性视角和"女性聚焦"

在传统的文学作品中，讲故事人（或叙述者）多是男性，而听者（或被叙述者）则往往是女人，文本因此成为男性意识的载体，女性意识则常被忽略和淡忘。如果改用从女性视角叙述故事，那么女性意识和女性人生体验就能得到更多的表现。由于在男权社会里，女性声音在某种程度上被禁止，因此聪明的奥斯汀在《劝导》中用眼睛来表达所观察的一切，她采用了女性的视角（女主人公安妮的视角）来观察、推动故事的发展。沃霍尔（Warhol）曾经从女性眼光和"看"身体的角度发表过一篇著名的论文，其独特的女性视角研究方法得到了文艺批评理论界广泛关注。

在女性主义批评当中，女性被当成真人，放在具体的社会历史条件下来考察。这种情况下，如果叙事视角为男性的话，就会将女性客体化。可是在沃霍尔的文章当中，她从女性主义叙事学的角度出发，不是将人物看成真人，而是将人物视为文本功能，着重讨论作为叙述策略或者叙述技巧的聚焦人物的意识形态作用。"但是如果一个女性主义者不受诱惑，拒绝把奥斯汀笔下人物当成真实的人，而是把她们视为文本功能加以细查，那又会如何？"

在《劝导》中，从故事层面来看，安妮最终沦为男性的妻子，她受限于当时的社会历史条件，婚姻命运被历史环境所左右。但是从《劝导》的话语层面来看，却具有颠覆传统权利关系的作用。从生理学角度来说，"看"是眼睛的功能，是理解他人价值和意识的可靠方式。但是奥斯汀告诉我们，并不是每个人都能很好地"看"别人和被别人"看"。在《劝导》中，只有女性才能通过观察别人的身体细节来解读其内心意义，焦点人物安妮的"看"是推动故事发展的重要线索，安妮的"看"对小说的叙事结构非常重要。在以前的一些文艺理论中，"看"是将别人的身体客体化，沃霍尔认为"看"与"被看"是一种权利和身份标志。在《劝导》这部女性主义小说中，普通人物、男性、下层阶级没有"看"的权利，一些次要人物或者下等阶层甚至没有"被看"的权利，他们的容貌语焉不详，一笔带过；只有作为焦点人物的安妮才能仔细的"看"，才能出现在各种场合中"看"。虽然她必须经历一些和她本来没关系的场景（否则故事没法发展），或者她不得不经历让她难堪伤心的场面，但是总体而言，安妮的"看"化解了小说中的二元对立，推动了叙事发展，塑造了一个女性主义主人公的形象。安妮的"看"，是小说女性主义意识建构的重要组成部分。

课后习题

1. 理论题：分析结构主义文学批评方法与叙事学文学批评方法的异同。
2. 实践题：用叙事学文学批评方法分析鲁迅《阿Q正传》中的人物及其

功能。

本章主要参考文献

1. 戴冠青：《西方叙事学理论对中国文学批评的影响》，《江西社会科学》2009 年第 10 期。

2. 胡亚敏：《叙事学》第 2 版，华中师范大学出版社，2004。

3. 〔美〕华莱士·马丁：《当代叙事学》，伍晓明译，北京大学出版社，1990。

4. 江守义：《叙事批评的发生与发展》，《安徽师范大学学报》（人文社会科学版）2010 年第 2 期。

5. 李立：《汉画像的叙述——汉画像的图像叙事学研究》，中国社会科学出版社，2016。

6. 田乐乐：《〈一个陌生女人的来信〉的修辞叙事学分析》，《文学教育》2019 年第 2 期。

7. 王中强：《女性主义批评和女性主义叙事学的不同研究方法——以小说〈劝导〉的解读为例》，《广东工业大学学报》（社会科学版）2010 年第 2 期。

8. 杨义：《中国叙事学》，人民出版社，1997。

9. 张芳：《叙事学视域的张承志小说研究》，东北师范大学出版社，2017。

10. 张寅德：《叙述学研究》，中国社会科学出版社，1989。

第七章　西方马克思主义文学批评方法

方法介绍

西方马克思主义是 20 世纪中叶一批有别于传统马克思主义文论的理论家形成的一个派别，它最初由德国的卡尔·柯尔施于 1930 年在《〈马克思主义与哲学〉问题的现状——反批判》一文中提出，1955 年法国的梅洛·庞蒂在《辩证法的历险》中使用并确认。西方马克思主义文论不是一个严密的理论，而是内部存在着多元思想、观点驳杂的格局，西方马克思主义文论家只是用他们自己对马克思主义的理解去阐释分析文学问题，同时，也出现了不同流派的新马克思主义：法兰克福学派、实证主义马克思主义、结构主义马克思主义、存在主义马克思主义等，但从总体上看，这些流派与文论家中也有共同的理论趋向。"他们都坚持马克思哲学的彻底的批判精神，并努力使马克思的思想成为发达资本主义的深刻的、具有活力的批评精神。而且，西方马克思主义对发达资本主义的批评涉及的范围十分广泛，如意识形态批评、技术理性批判、大众文化批判、性格结构与心理机制批判、现代国家批判、现代性批判等。"[1]西方马克思主义在美学与文论方面的代表人物有：乔治·卢卡奇、瓦尔特·本雅明、安东尼奥·葛兰西、赫伯特·马尔库塞、路易·阿尔都塞、保罗·萨特、特里·伊格尔顿、弗雷德里克·詹姆逊等。

西方马克思主义"它的理论志向与价值特征显示了与传统马克思主义较大的差异，以往那种仅仅倚重政治经济的理论话语渐次被综合性的社会历史文化文本关怀所取代了；而一种以批判和颠覆为特征的所谓'大拒绝'和'否定辩证法'式的社会文化理论与审美救赎理论取代了那种客体性的理论"[2]。从传统马克思主义向西方马克思主义的转变是由政治革命向哲学理论、文化革

---

① 衣俊卿：《西方马克思主义概论》，北京大学出版社，2008，第 2 页。
② 赵炎秋：《文学批评实践教程》，中南大学出版社，2015，第 226 页。

命的整个理论转变。

西方马克思主义有前后期的不同。20世纪中叶，西方马克思主义的兴起与国际共产主义运动有关，第一次世界大战后，列宁领导了无产阶级革命，用暴力推翻了旧的政权，但随后的国际共产主义运动经历了一系列的革命失败，于是一些无产阶级思想家开始提出了质疑与反思，将探讨的焦点集中于无产阶级革命的策略问题上，卢卡奇在1923年发表《历史和阶级意识》，他特别强调"阶级意识"在革命中的重要性，将革命意识放到革命的重要位置，对传统革命观作了补充；而葛兰西分析了东西方社会结构的不同，提出了"文化领导权"的理论，强调文化、意识形态的领导权问题。20世纪中叶的西方马克思主义在特定的背景下继承了传统马克思主义，继续探索无产阶级革命出路的问题，第一批西方马克思主义者目光还集中在无产阶级命运问题上。但到了20世纪中后期的西方马克思主义，他们的关注点发生了转变，"他们试图寻找现代人摆脱普遍的异化或物化的文化困境，实现人的自由和解放的新途径"，"这一时期的西方马克思主义者的视界不再限于无产阶级及其革命运动的范围内，而是拓宽到现代人的生存境遇问题"①。他们以人本主义精神深入到现代人的存在，将矛头直接指向西方科学主义，批判技术本身对人的异化统治，关心人的总体生存状态。以现代性与文学批评的眼光来看，后期的转变与当时的背景贴合的更紧密，西方马克思主义的整体转变使文学批评由政治经济话语的批评转向美学、文化与哲学的阐释。

西方马克思主义的文学批评方法继承并发展了传统马克思主义的文学批评观念，又结合西方马克思主义的哲学话语、基本原理与美学思想而形成，西方马克思主义"以其探索性和综合性而进一步显示了自身的存在价值，批评视野不受旧论成说的拘泥，而是带有强烈的现代意识"②。西方马克思主义者们将他们个人的思想和理论运用于文学批评中，在批评方法中带有明显的个人色彩，对文学的意识形态、艺术的社会功用、文学的形式等问题作出阐释，丰富了文学批评的内涵，深化了人们对文学基本问题的认识，它也为现代其他文论的发展提供了借鉴与思路。

（一）总体性批评

总体性观念首先在卢卡奇的观点中得到肯定，他认为正统性的马克思主义首先是方法的正统性，这种方法便是辩证法，这种方法在《历史与阶级意识》一书中的本质内涵便是总体性，在1971年剑桥版的《历史与阶级意识》中作

---

① 衣俊卿：《西方马克思主义概论》，北京大学出版社，2008，第8页。
② 凌晨光：《当代文学批评学》，山东大学出版社，2001，第158页。

者的解释是："总体性范畴，总体对于局部的遍及一切的优越性，是马克思取之于黑格尔，而又才华焕发地把它变成一门全新科学的基础的方法的实质。"从这一解释来看，辩证法与总体性也就是整体性，指的是用全局性的眼光看待问题，强调总体范畴对各个部分的统治地位。

首先，卢卡奇的总体性概念的提出是针对于"物化"提出的，资本主义商品经济的快速发展，商品、科学技术等开始了对人的统治，并且这种物化现象越来越严重，因此，卢卡奇将总体性观念应用于整个社会中，将存在的物化结构同总体的社会发展联系起来，用全局的眼光看待，去瓦解物化结构，社会生活是一个有机整体的总体观念由此衍生出来。"文学艺术并不仅仅局限于纯粹的文学审美领域，它是社会的政治、经济和文化等因素综合作用的结果，因此，在对文学艺术进行阐释时，就必须在一种社会结构的关系语境中对其进行审美的、历史的、道德的、心理的和文化的综合意义分析才能符合文学艺术的实际情况。"[1] 具体到一部文学作品，作品的产生也是在综合性的大背景下，受到当时经济、时代心理、文化等的影响，对一部作品进行评论或批评要结合时代的总体背景注意其中多个方面的因素。同时，"物化"现象将人异化，技术的分工分解了人的总体性，导致了人的专门化的某一方向的发展，主体变得客体化与机械化，"人自然失去了主体地位，并从认识上失落了自觉的主体性，沦为生产过程的被动的客体"，"总体范畴不仅制约着认识的客体，而且也制约着主体"[2]，总体性强调人在社会整体中具体的、真实的存在，首先是人作为统一的主体与客体而存在的总体状态，总体性原则用来连接人的主客体统一关系，从这个角度来说，文学创作的主客体之间也是统一的，两者达到总体性的统一，作者将自我的情感与思想融入作品，作品艺术性、审美性地体现出作者的所思所感。

其次，总体性强调一种流动性、生成性与开放性："它认为现实不是既定的、孤立的和永恒不变的，而是有历史起源和根据、发展趋势和结局的"[3]。社会现实在历史中辩证地前进，按照应有的规律在行进，以其兼容的格局兼纳新的部分，生成新的结构，新的部分的加入构成大的整体，同时，在总体前进的过程中指向未来，用未来的眼光看待现在的事实，现在的事实从与它相关的未来关系中加以考察。将总体性的开放特征借鉴到文学批评中，一部作品的最终完成不是在作者写完的时候，一部优秀的艺术作品能经得起时代的检验，在历史的长河里

---

① 赵炎秋：《文学批评实践教程》，中南大学出版社，2015，第 231 页。

② 〔匈牙利〕卢卡奇：《历史与阶级意识》，王伟光、张峰译，华夏出版社，1989，第 28 页。

③ 陆玉胜：《革命乌托邦的终结——西方马克思主义研究》，山东人民出版社，2015，第 26 页。

经过读者与评论家的品读与评论焕发新的光芒，产生新的超出作品本身的意义。

最后，总体性观念作为一种总体原则和方法统一在西方马克思主义文学批评中，其他西方马克思主义者继承这一总体框架下将其继续发展，"阿尔都塞、戈德曼等具有科学主义倾向的文论家都强调应该把文学艺术置放在整个社会的关系结构中来进行分析理解，而詹姆逊则把这种总体性的批评方法与施莱尔马赫提出的'阐释的循环'联系起来"①，他们从不同的角度阐释了总体性观念，将这一观念不断完善和发展，使其逐渐成为西方马克思主义文学批评的系统的总体性的原则。

（二）意识形态批评

卢卡奇在《历史与阶级意识》中对阶级意识这一问题作了比较详尽的阐释，从广义与狭义两个范畴说明了阶级意识的形成与发展，同时阐明了无产阶级意识形态的优越性，卢卡奇阐释的这种阶级意识已经不同于苏联早期的带有强烈政治性色彩和党性色彩的意识，而是更倾向于对文化与社会的批判与研究。

首先，卢卡奇认同阶级中阶级意识存在的普遍性，任何阶级都有自己的阶级意识，它是一个阶级对于自身的自觉的整体认识，"阶级意识就意味着对人们的社会历史和经济状况的一种受阶级制约的无意识"，这种无意识受阶级的制约。以商品经济为基础的资产阶级是"自觉的、真正的阶级，但它特有的地位利益使它无法超越物化，无法形成关于社会总体性的阶级意识"，"从总体上说，在资产阶级那里，人在实践上并没有作为'统一的主体与客体'而存在，实际上占主导地位的是物化结构和物化意识"②。而无产阶级的阶级意识是"自觉的阶级意识，在理论和实践上超越片面的物化境遇，从被动的客体生成为主动的、自由自觉的主体，使自觉的相互作用和辩证统一称为社会历史进程的主要内涵"，只有无产阶级自己的精神意识形态能够突破资本主义的物化与不合理的社会关系，改变人的存在方式，表达先进的精神意识。

其次，"关于资本主义大众文化的意识形态欺骗与诱惑功能以及与科技理性的逻辑同构关系批判，法兰克福学派认为，晚期资本主义的文学文化现象主要是一种虚假意识，具有很大的欺骗性，其目的是美化和维护当时的统治秩序，因此成了一种思想的控制形式。马尔库塞认为那种与科技理性联盟的文学艺术已经发生变质，阿多诺主要是以大众文化为对象揭示了其在消解反思意识与能动品格方面对于人们的意识形态收编与欺骗功能，后期的于尔根·哈贝马

---

① 赵炎秋：《文学批评实践教程》，中南大学出版社，2015，第231页。
② 衣俊卿：《西方马克思主义概论》，北京大学出版社，2008，第36页。

斯不但认为文学艺术是意识形态，而且对于科学技术也进行了意识形态的分析和解读"①。

最后，审美意识形态问题已经在西方马克思主义文学批评中被提出，强调了文学作为审美意识形态的属性。"伊格尔顿把文学活动的整个过程与物质生产过程相对应，认为文学的意识形态意义也在这个动态过程中始终存在，并从作者、文本、读者的不同侧面体现出来，最终与社会意识形态相互贯通"②。伊格尔顿在《批评与意识形态》一书中，把有关文学批评领域的意识形态分为三个方面："一般意识形态、作者意识形态和审美意识形态：一般意识形态是指一定社会中占统治地位的社会意识形态，反映的是个人与其社会条件的体验关系，以价值话语形态体现出来；作者意识形态是社会的一般意识形态在作者个体身上的独特体现，指作者被置入一般意识形态这一符号秩序的特有方式；审美意识形态是一般意识形态中的文化意识形态的一部分，包括审美的价值、意义、功能等。"③

（三）审美形式批评

传统马克思主义批评认为文学应该展示形式与内容的辩证统一，西方马克思主义者卢卡奇与伊格尔顿等人讨论了形式与历史、形式与精神、形式与意识形态等关系，西方马克思主义文学批评突出了形式在文学艺术中的作用，提高了形式的地位。

首先，艺术形式在文学艺术中占的比重明显提高，伊格尔顿在《马克思主义与文学批评》中肯定了形式在文学批评实践中的重要性，他在书中肯定了拉尔夫·福克斯所说的内容决定形式，但形式也具有能动作用；抨击了形式主义流派认为的内容仅仅是形式的一种作用，"它也批评了'庸俗马克思主义'的观念，即认为艺术形式仅仅是外加在动乱的历史内容上的一种技巧"，提出"'形式'具有一种有意义的结构"④，它不仅仅加工内容，它本身也有自身的发展规律与特征。阿多诺还将形式作为主要的审美机制，把形式作为文学艺术创作的中心。

其次，历史与形式之间确立了对应关系，形式的变化能够体现背后的历史背景。雷蒙德·詹姆逊将形式与历史的结构提出来作为一种批评方法，"这种批评方法认为，一种确定的文学形式的存在，总是反映该社会发展阶段的某种

---

① 赵炎秋：《文学批评实践教程》，中南大学出版社，2015，第232页。
② 杨守森主编《新编西方文论教程》，中国人民大学出版社，2012，第308页。
③ 杨守森主编《新编西方文论教程》，中国人民大学出版社，2012，第308页。
④ 〔英〕特里·伊格尔顿：《马克思主义与文学批评》，文宝译，人民文学出版社，1980，第27页。

可能性的经验及其构成逻辑"，"詹姆逊把文学形式与社会素材界定为'内在形式'与'外在形式'，这种关系模式构成了一种'辩证地批评'。其操作进路就是：不直接给出作品的意义，而是注重探求作品所由产生的历史境遇，从而揭示出作品的内在形式的真切含义以及它与历史的深层联系"①。詹姆逊认为 20 世纪欧洲戏剧从自然主义向表现主义的转变不仅仅是形式的变化，它背后有更深厚的历史背景的改变，即资本主义世界的崩塌，自然主义侧重于表现完整、有序的资本主义社会，而表现主义揭露了资本主义的虚幻，揭穿了资本主义的欺骗性。

最后，文学艺术形式具有意识形态性，但形式又具有自主性，因此，艺术形式与意识形态之间并不是完全对称的关系。他认为文学形式的发展常常产生于意识形态发生重大变化的时候；"意识形态的变化会在文学形式的变化方面充分表现出来，例如法国喜剧形式从古典主义悲剧向言情喜剧的转变，就是贵族的价值观向资产阶级价值观转变在喜剧文学形式上的一种反映"②。"文学形式有高度自主性；它部分地按照自己的内在要求发展，并不完全屈从意识形态的每一次风向"③，另外，文学艺术形式也要受到意识形态之外的其他因素的影响。

（四）寓言式文艺批评

寓言式的文艺批评观念主要源于瓦尔特·本雅明的独创性，他认为寓言批评观可以成为观察社会的普遍方式。一方面，寓言突破了传统的象征手法，可以通过反讽、隐喻等手法使现代艺术达到使读者费解的效果，突破机械复制的消遣性与机械性，带给读者以震撼的反应；另一方面，在现代资本主义社会中，"寓言作为社会衰败、理想失落的言说，是现代最有意义的思想形式，也是表现现代社会事物与意义、人与其本质相分裂的最有效方式"④。

"本雅明从卡夫卡、波德莱尔、普鲁斯特等现代主义艺术家的作品中发现了寓言的表现方式"⑤，通过对他们作品的分析发现现代艺术的费解性，这种意义晦涩的费解艺术完成了对传统的古典艺术的终结，同时他也发现了费解性背后隐藏的对资本主义现实的批判性，现代资本主义充满了虚幻与破碎，本雅明借用"废墟"来作为照射资本主义破碎和衰亡的一面镜子，艺术家只能从

---

① 赵炎秋：《文学批评实践教程》，中南大学出版社，2015，第 234 页。
② 朱立元：《当代西方文艺理论》，华东师范大学出版社，2014，第 143 页。
③ 〔英〕特里·伊格尔顿：《马克思主义与文学批评》，文宝译，人民文学出版社，1980，第 30 页。
④ 杨守森主编《新编西方文论教程》，中国人民大学出版社，2012，第 285 页。
⑤ 杨守森主编《新编西方文论教程》，中国人民大学出版社，2012，第 284 页。

艺术中寻找真正的意义与理想，用寓言拯救历史的乌托邦，"这类寓言式的表现，虽然消解了整体性及古典的象征美，呈现出隐喻的精神氛围，但能够赋予丧失意义的对象以意义，进而从废墟和死亡中寻找生命的救赎"①。寓言式的文艺批评观立足于现代主义艺术对资本主义社会的批判，也通过救赎连接过去、现在和未来的历史，救赎从"人"的角度来说，企图延展到对人性的异化的救赎上。

（五）艺术否定性批判

"阿多诺从否定的辩证法出发，为艺术下了这样一个定义：'艺术是对现实世界的否定的认识。'否定性成为艺术的本质特征。"② 艺术否定性批判主要指的是阿多诺的艺术批评理论。

艺术否定性首先来自哲学的"否定的辩证法"，以否定性为核心的社会批判哲学，以往哲学的整体性与同一性是任意把社会中不可调和的矛盾拼凑到一起，所以，整体性是虚妄的，辩证地否定才是真实的。艺术的否定性是艺术作为一种"幻想"要达到批判、否定虚假现实的目的。

阿多诺肯定现代主义艺术，并充分意识到了它的价值，现代艺术的零散化与否定性正好契合了他的否定性观念，"艺术应打破传统艺术追求完美性、整体性的幻想，用不完美性、不和谐性、零散性和破碎性的外观来实现其否定现实的本性。"③ 阿多诺明确提出了"反艺术"的概念，"反艺术"并非指的是真正反对艺术、消灭艺术，而是现代艺术通过否定、消解自身的外在形式达到解体传统艺术的目的，达到批判和拯救现实的功能。现代艺术以否定性的本质达到批判现实、消解现实的目的，他认为贝克特的荒诞派戏剧与卡夫卡的小说体现的正是艺术对现实社会无意义的批判性，阿多诺对艺术功能的解释不仅限于批判性上，最终目的还要延伸到拯救性上，艺术作为精神领域中重要的一个领域，人们需要它来面对现实的绝望、拯救人们的精神。

批评案例

本章选取《列宁——托尔斯泰的批评家》和《"关系"叙事学与社会总体性的重建——八九十年代文学转型视域中的刘震云小说》两篇文章作为西方马克思主义文学批评方法实践案例。

---

① 杨守森主编《新编西方文论教程》，中国人民大学出版社，2012，第285页。
② 朱立元：《当代西方文艺理论》，华东师范大学出版社，2014，第158页。
③ 朱立元：《当代西方文艺理论》，华东师范大学出版社，2014，第158页。

案例1 列宁——托尔斯泰的批评家①

马克思和恩格斯对文艺创作表现了一种持续的兴趣，然而在他们的著作中，虽则有许多引喻和例证，他们谁也没有对艺术问题作过广泛详尽的研究。他们顺便也提到或研究过一些艺术问题（如《神圣家族》中的欧仁·苏），甚至为理论思考打下了基础（如《〈政治经济学批判〉导言》），他们却从没有发展过一种方法。他们对这个题目有经常的兴趣，但却从未就此写过专著。因此，甚至在本世纪初，除了普列汉诺夫的著作和拉法格论艺术和社会生活的一些论文之外，仍然还没有系统的马克思主义美学。

我们知道，曾经有可能出现这样一部著作，因为马克思曾打算一待《资本论》完成，就从事巴尔扎克的研究。马克思和恩格斯很熟悉新的和重要的文学发展，他们却从未把这种了解行诸文字，因为他们一直没有时间。他们必须把自己的全部理论能力用于科学地阐述无产阶级斗争原理。文学世界虽与这些原理的研究工作有关，但仅仅是间接的，因而必须暂时放在一边。

这就是为什么列宁论托尔斯泰的几篇文章——它们是在作者一生最后几年写的——在科学马克思主义的历史中，成为一部很不寻常的著作。这是首见而又罕见的情况：一位政治领袖和科学理论家那么全面地论述了一个专门的文学问题。当然，这并不是一本完整的书，可以在里面把问题透彻地展开（譬如在《唯物主义和经验批判主义》一书中，那是论述科学方法的）。确切地说，它们是在1908—1911年间写成的一组论文，题为《列夫·托尔斯泰：俄国文学的镜子》，论述了同一问题的不同方面。它们不是按照组织好的顺序，逐个论述一个问题的各个部分，它们的形式倒是随意的，也是必然的，因为它们不过反复论述一个单独的论题。因此必须把这六篇论文放在一起来读。

我建议把这些论文作为一篇文章来读，不管它们实际发表的年代如何。采用不同的研究途径，肯定会大大有助于揭示列宁在那三年中政治思想的发展情况，但是关于托尔斯泰本人，能够告诉我们的东西毕竟很少。我们只须注意到：第一篇论文（1908年）强调了托尔斯泰的作品与当代的关联，而最后一篇（1911年）却坚持了这一事实：托尔斯泰的时代已经过去了。

这些论文最明显的特征是：它们乃是政治工作的产物，而不是文学或理论工作的产物。这一系列论文反映了列宁在1908—1911年间的活动，并和他的政治思想密切相关。在列宁主义美学的这一创始期（1905年革命以后），列宁

---

① 节选自〔法〕马歇雷《列宁——托尔斯泰的批评家》，陆梅林选编《西方马克思主义美学文选》，漓江出版社，1988，第582~587页。刊发此文前未能联系到有关人士，敬请见谅。

正企图重建社会民主党，使之适应承受了 1905 年后果的新情况。因此，直接的理论任务就是确定 1905 年那些事件的意义。

这是党的历史上的一个转折点，是一个必须加以回顾并阐明的时代的终结。1905—1910 年间，列宁对资产阶级民主时期进行了理论的思考，这个时期始于 1861 年，终于 1905 年"农民革命"。对于列宁，这并非离题旁涉，而是一项能否确定适应历史新时期的新目标的迫切的政治任务。列宁力图说明"农民"革命的失效的积极意义，这时他遇到了托尔斯泰。他想表明托尔斯泰的作品在其时代关联中所具有的历史上和思想上的性质，表明这些作品在什么意义上值得称为"俄国革命的镜子"（当然是指 1905 年革命）。因此，列宁对马克思主义美学的贡献，是和制定一种科学社会主义紧密相联的。这些论文在这一更大的事业中起了它们的作用。于是，在某种确定情况下，列宁发现了在一个总的理论活动范围内，文学批评有一种不寻常的使命。论述托尔斯泰的小说，既不是消遣，也不是离题。这并不是一个简单的向一个伟大人物表示敬意的问题，而是在这种文学作品还在发挥其效能的时刻，给它分配一个真正角色的问题。美学理论和政治理论是密切相联的，因而列宁对托尔斯泰的评论具有实际的重要性：

"我常听弗拉基米尔·伊里奇说，我们应当仔细研究托尔斯泰，除了全集之外，我们还应当把他的许多短篇小说、论文和著作节选，编印成小册子在各个地方的农民和工人中间分发几十万册。"（邦契－布鲁也维奇，引自《列宁论文学与艺术》，1967 年莫斯科进步出版社，俄文版）这一计划涉及文化政策（而不是文化行政管理）的观念，具有充分的重要性，这种观念日益占据了列宁的思想。在这里，我们看到了第一个有所为的批评的真正范例，一个值得称之为"批评的镜子"的范例。

列宁的批评方法的一般原则是：文学作品只有按照它和一个确定的历史时期的关联来考虑，才具有意义。它从这一时期得到它所独具的特征，但它也能用来阐明这一时（参看《列宁论文学与艺术》中关于民粹派作家恩格尔加尔特的评注：一篇经济学的科学论文也能引证文学作品）。因此，在文学著作和历史之间有一种必不可少的关系，一种甚至在其最初问世时就具有的相互关系。

从历史观点来解释文学，现在具有非常明确的意义：与作品相应的历史时期是有界线的，也就是说是受到限制的，因而出现了两种连贯性，两个单元，一个是文学的，另一个是历史的。决不能认为，抓住与作家的一生相符的那个时期，或者甚至是他实际从事写作的那个时期，问题就解决了。因为即使在这种情况下，还有必要解释这个时期，表明它包含有历史单元，——由特殊的符合决定的历史单元。然而，文学作品的内容，没有必要与作家的历史生平相一致。它和历史真实的关系不能简化为"自然发生的"或"同时发生的"。有些作家往往纠缠他们当时的次要倾向或者与时代脱节的倾向。一般地说，作家落后于时代，要说原因，唯愿只是因为他总是在事件发生之后才发言。他愈是同眼前现实打交道，他在写作中遇到的困难就会愈大。因此，作家同历史的关系问题决不是简单的。但是，科学的批评必须系统地加以处理的正是这个问题。

列宁的论文中，有相当大的部分是谈论这个问题的。托尔斯泰的时代从1861 年的改革延伸到 1905 年的革命：

> 托尔斯泰主要是属于 1861—1904 年这个时代的；他作为艺术家，同时也作为思想家和说教者，在自己的作品里惊人地、突出地体现了整个第一次俄国革命的历史特点。（《列宁论文学与艺术》中文版第一册第 289 页）
>
> 列·托尔斯泰的时代，在他的天才艺术作品和他的学说里非常突出地反映出来的时代，是 1861 年以后到 1905 年以前这个时代。（同上书，第312 页）

"主要"这个限定词是重要的。它提醒我们：托尔斯泰和"他的"时代的关系决不是直接的，而必须予以确定。这个时代和俄国历史的一个伟大时期相符合，乃是错综复杂的。它的特点产生于各种不同的影响的结合，所以这一段历史可以从四个不同的方面加以描述。

虽然 1861 年的改革标志着封建时期的正式终结，但封建经济的许多重要特征仍将长期保持下去。拥有土地的农村贵族的优势地位，由于改革得到了加强，或者至少是延续了下去。他们保持着对国家的控制，因为国家结构尚未改变。随着农奴制度和封建国家的存在，俄国即使在 1861 年之后，依然是"乡村的俄国，地主……的俄国"（《列宁论文学与艺术》中文版第一册第 288 页）。

然而，经济和政治结构的这种坚固性，只是一个靠不住的幻影，它已经分崩离析了。因此，如果我们要强调旧的正在过去，新的正在建立，那么也可以把 1861—1905 年这一时期描述为旧宗法制俄国的衰亡期。整个经济、社会和政治制度的崩溃，表现为大量人口流入城市，这与资本主义的加速发展是一致的。通过这次革命，资产阶级的俄国正在建立起来。

但是，政治生活中最重要的特点是农民的抗议：他们举行一次起义，既反抗封建主义的残余，又反抗资本主义的成长。这次运动是如此不充分，如此混乱，只不过由资产阶级按其自身的利益进行操纵，才在摧毁封建主义残余方面获得暂时的成功。特别是，它从资产阶级那里借来了思想工具：它势必是一次民粹派的冒险。俄国农民只是在一个基于盲目的妥协，必然是（在）暂时的联盟中进入历史的。这种矛盾的思想游移于抗议和默认之间，在1905年失败的革命中达到了顶点。这次革命，正如列宁所说，是农村历史的逻辑归宿。农民和资本主义利益之间的这种协作使整个时代仅仅带有过渡的特点。早在1905年，列宁在《党的组织和党的文学》一文中写道："革命还没有完成。沙皇制度已经没有力量战胜革命，而革命也还没有力量战胜沙皇制度。"（《列宁论文学与艺术》中文版第一册第65页）这种从"还没有"到"已经没有"的动向，可以描绘出这一时期的农民结构，在列宁的文章中随处可见："改革后和革命前这一时期"（同上书，第291页）。又如："整个俄罗斯千百万人民群众……已经憎恨现代生活的主人，但是还没有……进行自觉的……斗争"（同上书，第301页）。

1905年革命，"伟大的俄国革命"，是一次农民革命，保持着过渡的和临时的性质。正是列宁解释了这一事实，从而指明了这次革命的积极意义。

……

案例2　"关系"叙事学与社会总体性的重建

——八九十年代文学转型视域中的刘震云小说①

刘震云的小说创作虽然可以大致分为新写实小说、新历史小说等不同类型，或者"官场系列""故乡系列"等不同系列，其作品风格也前后殊异、变化明显，但就内在气质或追求上看，仍有其一以贯之的线索或脉络。考察刘震云的小说及其意义，可以从八九十年代文学转型的角度入手。之所以这样说，是因为刘震云的创作起步于80年代后期，此时他的小说创作可以看成是八九十年代之交文学创作思潮的产物。他其实是以他的文学创作参与到对八九十年代文学转型的推动和对社会转型的反思中去。

一

刘震云的中短篇小说，很大部分创作于八九十年代之交，进入新世纪以来，刘震云基本停止了中短篇小说创作，转而专注于长篇小说创作和影视编剧。他的中短篇小说，大部分都可以放在当时文坛的主流思潮——新写实小说和新历史小说——中考察。

就新写实写作而言，刘震云的代表作品有《一地鸡毛》《塔铺》《新兵连》《新闻》和"官场系列"（《官场》《官人》《单位》）等。这些作品中，被经

---

① 本文选自徐勇《"关系"叙事学与社会总体性的重建——八九十年代文学转型视域中的刘震云小说》，《中国现代文学研究丛刊》2019年第7期。刊发此文前未能联系到原作者，敬请作者见谅。

常列举的是《一地鸡毛》。小说的开头很有意思："小林家一斤豆腐变馊了"。豆腐变馊这样的日常琐事，在传统现实主义小说中，是不具备什么意义的，但在刘震云的新写实小说中，却是一件大事。说它是大事，是因为买豆腐本不容易，而因排长队买豆腐致使上班迟到又会遭领导批评。但就是这样费尽心思买来的一斤豆腐竟然变馊了，恰好老婆又先于他回家，从而"使问题复杂化"了。于是因为豆腐变馊，扯到与保姆间的矛盾，又因为保姆，扯到各自在单位受的闷气，扯到各自摔坏的暖水瓶和花瓶，各个事件之间彼此勾连交错。这就从一件事情变成了几件事情，引起了连锁反应。相比之下，传统现实主义小说中，日常琐事均具有从中升华出宏大叙事的叙事功能，而不像《一地鸡毛》这样，日常琐事只是日常琐事，它不能引向升华，无法从中"寻找普遍性"，也无法被"整体化"①，它只代表它自身，或指向其他日常琐事，对于这些小说而言，现实生活正是由这些指向自身的日常琐事构成的。新写实小说某种程度上正源于对日常琐事的"祛魅"和"还原"：还原日常琐事的日常性和"不连续性"（或零碎化）。其在刘震云这里主要体现在两个层面：先是对日常琐事的"祛魅"，而后是从日常琐事的角度理解任何事情。

对于《一地鸡毛》而言，其具象征意义的，还是小林在菜市场偶遇号称"小李白"的大学同学时两人的对话：

> "你还写诗吗？"
>
> "小李白"朝地上啐了一口浓痰：
>
> "狗屁！那是年轻时不懂事！诗是什么，诗是搔首弄姿混扯淡！如果现在还写诗，不得饿死？混呗。……"
>
> ……
>
> "小李白"拍了一巴掌：
>
> "看，还说写诗，写姥姥！我算看透了，不要异想天开，不要总想着出人头地，就在人堆里混，什么都不想，最舒服。"

在小林和"小李白"大学期间，写诗某种程度上就等于有理想，但到了毕业后的几年时间，它变得无力和软弱。小说写于1990年10月，这样来看就会发现，写诗的不及物性或者说文学之所以被看成现实生活的对立面，是与1980年代中后期"文学失去轰动效应"而来的文学的逐渐边缘化息息相关。在这之前，两者是内在统一的。即是说，彼时是以文学所高扬的理想照亮现

---

① 参见〔法〕列斐伏尔《日常生活批判》，社会科学文献出版社，2018，第393页。

实，现实在这种照亮中，其困顿和琐碎是被忽略不见的。当"文学向内转"和文学回到自身，文学与现实的距离拉大，现实的坚硬的一面逐渐呈现出来，这种背景下，文学一方面变得脱离现实和社会，另一方面成为精神性的象征。这是互为前提的两个过程。

为什么会出现这种逆转？这就必须回到前面提到的八九十年代的社会转型。是当时的社会转型使得现实日常从此前被"现代化叙事"所遮蔽的阴影中解放出来。但解放出来的现实日常，却也同时具有了碎片化和平面化的特点，即是说，具有了"去宏大叙事"的特点。现实日常具有消解一切的可能，或者说任何宏大叙事在它面前都显出其无力来。就像李扬所说："意识形态终结了，政治没有了。剩下的只有生活……'日常生活神话'成为了'历史终结论'的另一种表达方式"①，所谓新写实正是在这个意义上呈现出其意义来。

二

表面看来，新写实小说是对日常生活的琐碎真实状态的表现，但若以为刘震云是"把日常生活提升到了本体论的地位"而成了一种"生活本质"或者本质真实②，则又是误解了刘震云。刘震云小说中的日常生活具有荒诞性的象征内涵，这在其中篇小说《新闻》中有极具症候性的表现。小说描写的是京城多家新闻媒体记者组团去地方某市采访。先是宣传"芝麻变西瓜"，而后又是宣传"毛驴变马"。小说中，关于"芝麻变西瓜"和"毛驴变马"的宣传两段，作者采取了荒诞变形的手法，其中"毛驴变马"一段如下：

> 市委书记……又当场让宣传部长牵来一头毛驴，他在驴身上盖一红绸巾，然后像市长芝麻变西瓜一样，他当场把驴变成了一头大马，仰头"唉唉"地叫。动物比植物有动感，一匹枣红马"唉唉"地叫，大家都很兴奋，拼命地鼓掌。

这样的事毫无疑问是假的，但对于新闻记者团和地方政府而言，他们关注的只是通过事件的宣传能否带来利益，而不管事件本身的真假，所以这里的假也就是真，这是那种以荒诞的手法显示出来的更加具有本质意义的真实。可以说，这是刘震云小说的一大特色。以荒诞写真实，是他的新写实小说和新历史小说的共同之处，从这点看，新写实和新历史在刘震云那里并没有本质的区

---

① 李扬：《文学史写作中的现代性问题》，山西教育出版社，2006，第283页。
② 李扬：《文学史写作中的现代性问题》，山西教育出版社，2006，第291～292页。

别。这也使得刘震云的新写实小说和新历史小说不能简单视为后现代主义的中国制品。因为，他的小说叙事总无法真正摆脱表象真实和本质真实（或内在真实）间的二元对立区分，日常生活或者说荒诞手法，很大程度上都是为了本质真实的表现服务的。

荒诞手法在刘震云的新写实小说中并不常见，其普遍运用是在他的新历史小说中。其典型就是《一腔废话》和《故乡面和花朵》。比如说，《一腔废话》中五十街西里人民"由疯傻到聋哑，由聋哑到缺心少魂，由缺心少魂到木头，由木头到糟木头，又由糟木头到废物和垃圾，由废物和垃圾到猿猴，由猿猴到傻鸡，接着又由傻鸡到苍蝇"，最后又由苍蝇到形状和颜料。这样一种人变动物的过程，与《新闻》中"芝麻变西瓜"和"毛驴变马"，在本质上并没有什么不同。这些变化都是在意念中完成的，不具有语言学意义上的指称准确性特征。《故乡面和花朵》中这种荒诞手法比比皆是，比如写到打麦场中的骚乱，人们之间互相厮杀，碎片布满天空：

> 碎片充满了打麦场和这场的天空。这些碎片在空中打着转地飞舞，我们的故乡可一下子到了现代化和后现代的境地了。……故乡从此就开始又一轮的浑浊和混沌的循环。我们都像蝴蝶和碎片一样，开始在我们的故乡的天空下飘荡。

刘震云小说的荒诞手法，必须放在日常生活叙事的角度加以理解。也就是说，荒诞手法只是手段，而不是目的，目的在于揭示或"还原"日常生活的某些本质性的存在状态。在刘震云那里，荒诞手法的运用基于这样一种体认，即事件本身真实与否并不重要，比如说"芝麻变西瓜"或"毛驴变马"，重要的是通过这一看似荒诞的表现，以暴露秩序背后事件的离散状态。这就像余华《世事如烟》等小说中人物形象的符号化一样，这都是符号化式的事件，"毛驴"或"马"都只是一种符号，其本身的真假并不是最重要的，不需要遵循表象真实的逻辑，它们遵循的是内在真实的逻辑。

刘震云小说中，荒诞手法在两个方面显示其意义：一是时间层面，一是空间层面。就时间层面而言，荒诞手法是与"循环"时间观联系在一起的。时间的循环之下，任何变化都是表象。因此，不论是由人变成木头，变成猿猴或傻鸡，再到颜色或形状，变仅仅只是不变的表征。也就是说五十街西里人民如果真是疯傻，不论怎么变，终究还是疯傻（《一腔废话》）。同样，《故乡面和花朵》中，不管时间怎么演变，都是同一种空间关系（如父子关系、夫妻关系等）的重复，甚至同性关系也仅仅只是异性关系的重复，故乡的关系也成了世界关系的重复。这都是些"导源于所有处于同一水平的诸因素间的具有差异性的相互联系",是"根基的缺乏"基础之上的"虚假的重影"①。《一腔废话》《故乡面和花朵》和《故乡相处流传》中,时间的"循回"演变的结果,是本质上的一仍其旧。就空间层面而言,芝麻和西瓜、毛驴和马、猿猴和傻鸡,它们之间的关系,是一种空间上的联想关系,由 A 到 B,与由 B 到 A,在本质上并没有区别。它们都是表象,它们都是共时性的空间上的碎片化的无秩序的并列关系。

这就是刘震云的荒诞手法及其背后的世界观。存在的背后,是"不存在"(即"缺失");变化的背后,是"永恒的不变"。因此,变与不变,在他那里,其实也就没有什么区别。同样,A 也是 B,或者相反。"毛驴"也是"马";"芝麻"也就是"西瓜";李雪莲也就是"潘金莲"(《我不是潘金莲》);《一腔废话》中,五十街西里人民的疯傻背后,其实是全世界的疯傻。《故乡面和花朵》中,同性关系者回到的故乡也就是世界。荒诞手法的使用,使得事物之间的转变成为失去因果逻辑关系的转变,借此,刘震云得以建构事物间的独特的关系:任你在千年的循环中死而复生、生而复死,或者千里万里之遥的空间上彼此不相干的两个人的生与灭,人与人之间的"关系"的本质是不会改变的。这一本质,或许可以称为刘震云式的孤独。这是物与物之间的孤独,同时也是人与人之间的孤独。

三

荒诞手法的使用,某种程度上也使得"关系"自始至终构成刘震云小说的核心关键词,占据着中心位置。李敬泽曾一针见血地指出:"既然人家把'关系'摆在门口好像这就是登堂入室的钥匙,你就别客气扭捏,拿起这把钥匙去开这把锁"②,这里虽然说的是《故乡面和花朵》,用在刘震云的小说创作同样具有阐释力。对于刘震云而言,"官场系列""故乡系列"等标签的使用只是为了论述方便,真正使得他的小说具有内在关联性的,是"关系"一词,以及作者对这一词的不同理解和不同表现。

在刘震云这里,关系之所以是书写对象,是因为凭借"关系"的存在,一个事情可以变成另一个事情,事情和事情之间的转换或推进,都是因为关系的存在及关系双方的力量对比消长起伏所致。即是说,一方面"每日每时面对和处理这些关系就构成了你的'现实'你的'生活',你被你的所有这些关

---

① 〔美〕希利·斯米勒:《小说与重复》,天津人民出版社,2008,第 8 页。
② 李敬泽:《通往故乡的道路》,关政、李敬泽、陈戎编《通往故乡的道路》,华艺出版社,1999,第 80 页。

系所说明界定，当然你也力图在所有这些关系中说明和界定自己"①；另一方面，关系也构成了刘震云小说中主人公与主人公之间和事件与事件之间的逻辑推动力。简言之，关系不仅是表现对象，也是叙事动力之所在。这是刘震云的小说与其他作家所不同的地方：从一开始，他就无意于人物形象的塑造。但关系的不同形态，带来的事情之间的起承转合又有不同。从这个角度看，刘震云小说创作的阶段性演变可以用"关系模式"的不同来概括。他的早期作品，比如说《塔铺》和《新兵连》，可以称为"静态关系"模式。关系主要呈现为一种相对静止的状态，彼此之间不会出现大的翻转或转移。比如《塔铺》，写的就是参与复习班的几个考友的故事。小说是通过人物之间的关系来展开叙事的。比如说，"我"和李爱莲的关系，王全和"我"的关系，磨桌和其他同学的关系，"耗子"和悦悦的关系；等等。正是这些"关系"构成了故事向前发展的叙事推动力。此后，就是所谓的"新写实小说"创作，诸如"官场"系列（《官场》《官人》《单位》）、《新闻》和《一地鸡毛》等。这些小说可以用"动态关系"模式形容。关系本身成为表现的对象，人与人之间的关系，呈现一种动态状态，比如说《单位》中，小林、女小彭、女老乔、男老孙、男老张、男老何等人之间，他们的关系并不固定，矛盾也始终多变，小林和小彭关系好，会影响其与老乔的关系；老乔与老张的关系，又会影响其与老孙的关系；等等。另外，如《一地鸡毛》中，小林、妻子和保姆之间的关系也是一种动态状态。妻子的状态好，会影响小林的情绪，而妻子的状态不好，又会影响其与保姆的关系。再比如《新闻》，市长和书记之间权力关系的错动左右着京城记者团在当地的待遇变化。

　　第三阶段，就是所谓的"新历史小说"创作，诸如《头人》和"故乡系列"中的《故乡天下黄花》与《故乡相处流传》，这些则可以称为"恒定关系"叙事模式或"恒定的关系格局"②。他是通过人物之间的固定关系，比如说《故乡相处流传》中小刘同老刘的父子关系，白蚂蚁和白石头的父子关系，曹操和袁绍的对手关系，瞎鹿和沈姓寡妇的夫妻关系，六指和柿饼姑娘的恋爱关系等数个世纪的轮回，来表现日常现实的某种真实存在状态。

　　从关系模式的角度探讨刘震云的小说，有一个好处就是能打破一般意义上的命名或分类。比如说"故乡系列"，三部作品虽然写的都是有关故乡的故事，且具有一定程度的互文性（《故乡天下黄花》与《故乡面和花朵》中的人

① 李敬泽：《通往故乡的道路》，关政、李敬泽、陈戎编《通往故乡的道路》，华艺出版社，1999，第81页。
② 李敬泽：《通往故乡的道路》，关政、李敬泽、陈戎编《通往故乡的道路》，华艺出版社，1999，第78页。

物和故事有很大的重合），但彼此风格各异，题材也不尽相同，如果说《故乡天下黄花》和《故乡相处流传》属于新历史小说的话，那么《故乡面和花朵》则属于后现代主义的荒诞加幽默。对于这种不同，如果从"关系"表现的角度分析，便会发现，把《故乡面和花朵》放在同《一腔废话》和《手机》与《一句顶一万句》的关联中加以考察或许更为合适，虽然它们彼此间的异要大于同：《故乡面和花朵》和《一腔废话》倾向于后现代式的荒诞，《手机》和《一句顶一万句》则深具现实主义风格。就这些小说而言，其关系可以称为"意指关系"模式。这些小说中，虽然也讲述了一些故事或情节，但故事或情节并不是作者关心的，作者或者说主人公们，所关心的是与语言有关的意指关系，诸如交流、"对心"和理解，或者通过语言"以言行事"影响对方。即是说，是这些与语言有关的意指关系，而不是传统意义上的诸如父子关系、夫妻关系、兄弟关系等，构成了小说主人公之间关系变化的关键点。

虽然说"关系"是刘震云小说的钥匙所在，但他关心的却不是"关系"本身，而毋宁说是"关系"背后的时空意识。也就是说，这里的"关系"首先是一个时空范畴。如果说关系是一种空间形态的话，那么通过这一空间叙事，刘震云所表现或试图表达的其实是有关时间的主题，即时间的"循回"。这在他的"故乡系列"小说，比如《故乡天下黄花》和《故乡面和花朵》中有最为彻底和淋漓尽致的表现。刘震云的小说以其后现代式的荒诞、反讽和内爆式的手法表现出来的其实是最具现代性的主题，即重复的轮回与永恒复归。在这种轮回中，个人无法摆脱重复的困扰，至此，个体、主体等宏大叙事，都显得苍白无力了。

但重复在他那里是有其不同内涵的。即是说，不同的关系模式，对应着不同的重复主题。就其"动态关系"模式而言，比如说《一地鸡毛》和《单位》，这是两部具有互文关系的小说，两部小说人物相同，都是讲述有关小林的故事；情节上互有重叠，一个写的是公共空间——办公室，一个写的是私人空间——家庭生活。熟悉20世纪80年代小说创作的人，大概都有印象，彼时在对公共空间和私人空间的处理上，其实是颇为不同的。80年代中前期的小说，在这方面形成了两种模式。一种是通过对私人空间的合法性的叙事，建立非私人性的宏大叙事内涵。这主要以伤痕、反思文学为代表。在这里，通过私人空间的生活描写表现出来的是日常生活的最基本要求，而这样一种要求在"文革"那样的特定年代却被压制和否定，因此通过对日常生活的正面叙事，建立起了启蒙的合法性叙事。私人空间正是在这种建构中变得具有非私人性的。另一种模式是通过公共空间和私人空间的对照，以完成公共空间对私人空间的改写和转换。这类小说以改革文学为代表，如张洁的《沉重的翅膀》和张贤亮的《男人的风格》。在这些小说中，首先预设了公共空间的宏大叙事内涵及其主体性地位，私人空间作为他者式存在，正是在这种他者式的关系中，完成其空间结构中的边缘化和自我转化。在这两种模式中，私人空间和公共空间是彼此分隔，又互相统一、互为前提的。但在刘震云这里，他所完成的，是对公共空间和私人空间的抹平式处理，它们之间没有任何区别。比如单位办公室这样一种公共空间，其中的单位人所操持的语言并不具有仪式性，他们的行为举止，也与私人空间中的行止没有任何区别。这也告诉我们，单位其实是家庭关系的重复，家庭关系是单位关系的重复，彼此构成一种镜像关系，在这当中，人与人之间，自然也就彼此构成镜像关系或者说重复关系。

可以说，正是这后一种关系，即人与人之间的镜像/重复关系，构成了贯穿刘震云小说创作始终的主题。区别常常只在于，刘震云对这种关系的表现角度上的不同。比如说，他的"恒定关系"模式中的新历史小说，诸如《故乡天下黄花》《故乡相处流传》《头人》，历史的历时性的演变，或者主人公的永恒轮回，都只是在表现历史的永恒重复及其这背后的人与人之间的镜像关系。曹操想搞沈姓小寡妇，袁绍也想搞沈姓小寡妇，曹操与袁绍之间构成镜像关系（《故乡相处流传》）。不管谁当村长，总要烙饼，为了维持秩序，总要实行封井或染布，敌对的双方构成镜像关系（《故乡天下黄花》）。对刘震云而言，历史的反复，并不像陈忠实的《白鹿原》所呈现的翻馅饼——即否定之否定——那样，而体现在历史的雷同意义上的反复与重复上。也就是说，在刘震云那里，历史并不是直线向前发展的，也不是非黑即白、非此即彼，而是永恒回归或反复轮回的。历史是反进化的。在这种反进化的过程中，人与人之间，不论是敌友，还是亲友，全都彼此构成镜像关系。即是说，这里体现出来的，并不是什么二元对立的现代性逻辑，而是"他人即我"式的永恒轮回。

同样，在他的"意指关系"模式小说中，比如《手机》《一腔废话》《故乡面和花朵》《一句顶一万句》，这些小说虽然风格迥异，但在对人与人之间语言关系的表现上却有其内在的一致性，即人与人之间的彼此的不可沟通或者说彼此间表达和理解的偏差与误读上。一方面是表达上的不及物和冗余——即"一腔废话"和"万句"，也即千言万语；另一方面是理解上的偏差和移位，即"万句"不抵"一句"。一件事 A，当被说出来时是 B，通过交流和对话关系的多次转换后，却可能被理解为 C 或 D。这就是语言关系。或者说，这就是人的永恒孤独。《一句顶一万句》中吴摩西的孤独，在他的养女的儿子牛爱国那里，得到延续或重复。这是吴摩西的问题，或者说（是）爱国的问题吗？这与对知识的掌握有关吗？显然都不是。他的主人公文化水平普遍不高，大都是引车卖浆之流，对这些人而言，他们虽然不能做深刻的思考，但却同样有理解和被理解的要求，但这样的理解却是不可能的，即使是在最为知心的人那里，也是如此，更遑论至亲之间。比如说牛爱国和杜青海，他们之所以交好是因为性格相投和说话具有互补性。牛爱国遇事没有主见，通过向杜青海倾诉，能把混乱的事情"码放清楚"而得到解决或疏导。杜青海遇到烦心事，通过与牛爱国一问一答的方式和牛爱国的"几个'你说呢'"，也能使自己的烦心事"码清楚"。但这也往往只是他们的一厢情愿，他们因为对自己认识不清，才彼此需要，但也因为对自己认识不清，才发现彼此不能真正"对心"。这是一种自我循环关系。可见，在刘震云那里，表达、交流和理解的不可能，某种程度上，是与作为个体的人对自己的理解和认识的不可能性联系在一起的。比如说牛爱国和陈奎一之间，虽很知心，且都不爱说话，但他们从对方那里看到的仅仅是自己的影子，他们并不能真正认识自己。在这些语言关系模式小说中，人与人之间的不可沟通，正源于对自己的不认识和不了解，以及因此而生发的误读与误会。可见，人的孤独，既是一种语言表达和交流的孤独，更是一种不能理解和认识自身的孤独。重复的主题，在这里其实是一种人与人之间孤独关系的永恒轮回的表征。

刘震云的小说中，还有一类比如《我叫刘跃进》、《我不是潘金莲》和《吃瓜时代的儿女们》，则可以用"联想关系"模式来概括。这些小说中，个人的命运变迁，被一种偶然间建立的关系所决定。人与人之间的关系，只在联想的或比邻的意义上成立，通常由类似福柯所说的"交感"作用所推动，"在这里，没有事先确定的路径，没有假想的距离，没有规定的联系。交感自由自在地在宇宙深处发挥作用。它能在瞬间穿越最广阔的空间；它的落下，好比遥远星球上的雷声落在受制于该星球的人身上一样；相反，一个简单的接触，它又能让它产生……交感激发了世上物的运动，并且甚至能使最遥远的物相互接近"①。所以《我叫刘跃进》的43章每章章名才会是一个或两个人名。本来，刘跃进作为一名建筑工地的厨子，与"大东亚房地产开发总公司"总经理严格说并没有直接关系，这中间拐了好几道弯，就像《吃瓜时代的儿女们》中的妓女和省长之间，以及《我不是潘金莲》中的李雪莲和所在省市县各级领导之间没有直接关系一样，但就是这样的截然不同的两个阶层的人群，在刘震云的小说中，却具有了某种密不可分的"关系"，所谓牵一发而动全局，这中间的兜兜转转、曲径通幽，就是刘震云的这三部小说所展现的。但这种联系，与福柯所说的17世纪之前那种建立在神秘的相似性基础上的关系不同，这种关系似乎源自某种偶然和意外，比如说李雪莲，因为老公的离婚骗局

---

① 〔法〕福柯：《词与物》，莫伟民译，上海三联书店，2016，第25页。

和不愿被诬为"潘金莲",而不断上访,于是就有了乡县市省和中央级领导同她之间因上访而建立的关系网络。比如说刘跃进,因为喝酒摸了别人老婆的胸而赔了3600块钱,后来又因一时高兴对邮局门口卖唱的老头训了几句,结果腰包被"青面兽杨志"偷走,两件事叠合在一起,于是就有了后来的一系列波折,最终也就把自己绕进了严格的事情里去了。

应该指出,这样一种偶然关系,不能简单看成是小说叙事的传奇化手法。传统意义上的传奇化手法,一般是在熟悉的或连贯的有着因果逻辑关系的人物之间发生的叙事进程加速发展的结果。但对于刘震云的小说而言,传奇化却是发生在素不相识的陌生人之间的。表面看来,这似乎纯属于偶然,是偶然的事件,使得相隔遥远的或不相干的两个人以及更多的人,建立了关系的网络,主人公的命运也因此而被改变。但若细细分析便会发现,这里面有着巨大的必然性。这是一个失去了总体性的时代,但也是一个关系极其混乱而庞杂的时代。一方面是一个个碎片化的个体,另一方面是无处不在、无所不在的关系的网。这样一种悖论,造就了我们这个时代的奇观:亲近的两个人之间——比如说刘跃进父子之间、严格夫妻之间——的关系是咫尺天涯,形同路人,陌生人之间却会因某种偶然的际会而命运相连、休戚与共。这些都是无法还原或重新拼凑成总体性的碎片,它们之间存在一种多米诺骨牌效应:虽无法还原成总体,但彼此间却具有奇怪的联想"交感"关系:任何一件简单的事件,都可以成为连接同一个空间中距离最为遥远的人们之间的联结点。人与人之间的关系的建立,不需要转换,不需要起承转合。人们彼此密切关联着,却又是那么地彼此隔膜,就好像咫尺天涯和天涯咫尺间构成着某种隐秘的镜像关系。

四

一直以来,对刘震云小说的研究,大都偏向于从单个作品或某一类作品出发,即使是作家论的写作,也倾向于从各个不同阶段对其加以定位,视之为发展的不同阶段。很大程度上都没有看到刘震云小说创作的整体性和一贯性。刘震云的小说,比如说《乡村变奏》和《罪人》等早期作品倾向和风格并不明显,但自从开始新历史小说的写作,作者尝试在一种超越具体历史和现实时空限制(即所谓时空错置和虚化具体时空)的基础上展开思考,这使得他的小说具有了一种整体性的和抽象意义上的象征隐喻色彩。即是说,刘震云可能是中国当代作家中最具有整体意识并有其宏阔构想的"最有'想法'的"作家之一。①

---

① 参见孟繁华《"说话"是生活的政治——评刘震云的长篇小说〈一句顶一万句〉》,《文艺争鸣》2009年第8期。

他的作品，虽然彼此风格不一，但有其不同的思考和表现的角度。这种思考和表现的角度，并不一定与时间段的演变相关，而是具有共时性的整体思考。他的作品具有共时和历时的统一。他是从关系的角度试图去把握这个世界；而这种关系的表现角度，还必须放在 20 世纪八九十年代社会转型期这一历史背景中加以把握。即是说，刘震云的思考是与以下这些问题联系在一起的：总体性坍塌后，人与人之间应该建立一种什么样的关系？或者说有无建立的可能？如何建立？通过这种人与人之间的关系的建立，有无重建社会总体性的可能？

在充分认识到重复的轮回与永远的复归和人的孤独处境之后，刘震云通过对"关系"的多个层面和侧面的表现，试图展开对社会总体性重建的思考。其思考具体表现为互为前提的三个方面：一、对自己的重新认识和反思。这是社会总体性重建的前提和重要保证。一个人如不能充分认识自己，便不可能去认识世界，关系的重建就无从实现了。但这个问题，很少被其他作家所重视。刘震云的小说始终围绕着这一系列命题展开：人能否认识自己？如何认识自己？对这一系列问题，虽然他无法提出解决的办法，但他以其对人类根本困境（即孤独处境）的揭示提出了这一命题，仅此而言，就是向社会总体性的重建迈出了关键一步。二、对名与实或能指与所指的关系的重新辨认。名实关系是认识世界和自我的命题的进一步展开，也是事实得以彰显的重要标志。名实关系如果不能辨认清楚，芝麻能变成西瓜，毛驴便与马没有任何区别，李雪莲也就是潘金莲，五十街西里也就是世界，而这，恰恰是刘震云的主人公们生活世界的真实写照：他们生活在名实关系混乱的世界之中。他通过对名称（或能指）的质问的方式，从正反两个方面（即"我叫刘跃进""我不是潘金莲"）提出了名实关系的重要性及其重建的命题。对能指或名称的执着虽不一定能带来所指（或实）的重新确认，但这种执着本身就已表明一种直面的姿态，而事实上，正是在这种对"是"和"不是"的不断追问下，距离这深藏着的所指无疑已无限地接近了。这就是小说的独有力量，也是刘震云的深刻之处。小说不是哲学，它只能以叙事的形式显示其哲学命题及展开的思考。三、对表达与理解的反思。对刘震云而言，表达与理解可能是他的小说主人公们最为执着的命题（《一句顶一万句》《手机》《一腔废话》），也是最让他们困惑的问题。世界的混乱，常常表现在彼此间的不理解以及所带来的孤独上。而这，与人能否认识自身、表达自身和名实是否相符等问题又是联系在一起的。因此，对表达与理解的一致性的重建，某种程度上构成了刘震云小说社会总体性重建工作的重要体现和落脚点。这一重建的企图在其最具野心的《一句顶一万句》中有鲜明的表现。总体性坍塌的时代，人与人之间的孤独的存在，源自人与人之间的不理解和表达的不及物，而这背后，最根本的还在于人们似乎并不真正了解自己。一个人如果不能认识自己，便不能把握住自己，更不可能拥有世界。或者可以说，人既是社会人，更是自然人，是这两者的辩证统一，构成了人与人之间关系的真正本质，以及社会总体性的重建的秘密之所在。

这里需要指出的是，刘震云小说的社会总体性重建是建基于对传统社会关系所构成的世界的质疑①的基础之上的，他无意于当然也无力去从事宏大叙事的重建，他所要做的是对人与人之间和人与世界之间被扭曲和变形的关系的"祛魅"或还原。其重建工作始终建立在个体的基础之上，在这个基础上，才是名与实关系的重建和表达与理解的关系的再造。从这个角度看，刘震云小说的社会总体性重建工作所要实现的是一种哈贝马斯意义上的具有"有效性要求"的"言语行为"②：通过重新认识自己而达到人与人之间的交往、理解和沟通的可能。这是更高意义上的"关系"。因此可以说，刘震云小说的社会总体性重建某种程度上也是"社会关系"的重建。认识不到这种"言语行为"和"关系"的重要性，就可能陷入刘震云式的迷雾一样的语言和叙述的迷宫中而不知所措。你可以说这是刘震云所制造出来的混乱或迷宫，但如果从更为根本的意义上说，这难道不是社会本身的存在形态吗？刘震云的小说，其全部的复杂、"混乱"、丰富和可能，它的全部秘密，只有从"关系"的表现的多角度入手，才能有深刻的发现和整体的把握。看不到这点，便可能低估刘震云之于中国当代文学的真正意义。

课后习题

1. 理论题：如何理解西方马克思主义文学批评方法中的"总体性"观念。

2. 实践题：模仿批评案例，使用西方马克思主义文学批评方法对曹雪芹《红楼梦》进行分析。

本章主要参考文献

1. 阿多尔诺：《否定的辩证法》，王凤才译，商务印书馆，2019。

2. 〔美〕赫伯特·马尔库塞：《单向度的人：发达工业社会意识形态研究》，上海译文出版社，2008。

3. 〔美〕赫伯特·马尔库塞：《审美之维》，李小兵译，广西师范大学出版社，2001。

4. 〔匈〕卢卡奇：《历史与阶级意识》，王伟光、张峰译，华夏出版社，1989。

---

① 参见贺绍俊《怀着孤独感的自我倾诉——读刘震云的〈一句顶一万句〉》，《文艺争鸣》2009 年第 8 期。

② 〔德〕哈贝马斯：《交往行为理论》（第一卷），上海人民出版社，2018，第 352 页。

5. 陆梅林选编《西方马克思主义美学文选》，漓江出版社，1988。

6. 陆玉胜：《革命乌托邦的终结——西方马克思主义研究》，山东人民出版社，2015。

7. 特里·伊格尔顿：《马克思主义与文学批评》，文宝译，人民文学出版社，1980。

8. 徐勇：《"关系"叙事学与社会总体性的重建——八九十年代文学转型视域中的刘震云小说》，《中国现代文学研究丛刊》2019 年第 7 期。

9. 杨守森主编《新编西方文论教程》，中国人民大学出版社，2012。

10. 衣俊卿：《西方马克思主义概论》，北京大学出版社，2008。

11. 赵炎秋：《文学批评实践教程》，中南大学出版社，2015。

12. 朱立元：《当代西方文艺理论》，华东师范大学出版社，2014。

第八章　精神分析法的文学批评方法

方法介绍

"精神分析法"是奥地利著名精神病医生弗洛伊德将现代心理学的主要理论应用于文学研究的一种批评模式，弗洛伊德是精神分析的主要创始人。弗洛伊德的精神分析学说形成于19世纪末20世纪初，是当时最具影响力和持续时间最长的批评模式之一。"这一理论体系虽然存在泛性理论等方面的理论缺陷，但是因为其创造性的开创了心理学研究的新领域，为哲学、人学、美学、文艺学等学科研究提供了新的视野，也为文艺批评提供了新的视角、新方法，在世界范围内产生了巨大的影响"[1]。

弗洛伊德的精神分析方法主要包括意识结构论、人性结构论、性本能论、释梦理论四个重要部分，这四个部分的内容既彼此相互联系又各自相对独立，形成弗洛伊德关于精神分析理论的一个完整的理论体系，对后世产生了深远持久的影响。

（一）心理结构理论

弗洛伊德是心理批评方法的创始人，他曾经的工作是奥地利亚医院里面的一名精神病医师。在多年的医疗实践中，弗洛伊德接触了许多精神病人，积累了许多精神分析的经验，并且总结了许多关于精神病的治疗方法。与此同时，他在精神分析领域还有许多独特的理论，因此弗洛伊德创建了精神分析学派，也因此成为一个举世闻名的心理学家。"弗洛伊德对心理学的主要贡献是提出了心理动力学说。即认为人的精神活动像物质运动一样依赖于机体提供的能量和动力进行转换变化，神经病起源于心理内部动机的矛盾。根据这种动力或动机的学说弗洛伊德把人的精神机制分成了三层，上层为意识（即显意识），中

---

[1]　参见孔智光、蒋茂礼《文艺批评方法论》，山东大学出版社，2010，第62页。

层为前意识，底层为无意识（即潜意识），构成了他的深度心理学"①。在弗洛伊德看来，潜意识、前意识和意识的关系可以用在大海上漂浮的冰山作一个非常形象的比喻，人的心理活动就像是一座冰山，露出水面的部分我们称之为意识，时而露出水面时而隐藏在水面下的部分我们称之为前意识，始终处于水面以下的部分我们称之为潜意识。潜意识是可以通过努力成为前意识的，前意识再努力就可以成为意识。但是这期间要突破两层防线，潜意识才可以成为意识，也就是说潜意识是意识的基础。

潜意识又称为无意识，是指隐藏在内心深处且在暗中影响人们行为活动的心理内容，由于受到前意识的压抑和克制而无法被人们意识和察觉，潜意识大多数是来自于本能性、原始性、动物性的本能欲望，大多与性本能、性冲动有关，"但是由于这些欲望与社会伦理道德、文化习俗是抵触的，于是这种欲望就被压抑到无意识的深处，造成了它们好像不存在的假象。但是实际上性冲动和性欲望并没有完全被消灭，而是隐藏在潜意识中，以人们意识不到的方式——在梦中潜意识的欲望以伪装的形式摆脱意识的控制，渴望并求实现满足"②。潜意识通常的活动原则是"唯乐原则"，但是由于受到前意识的压制而无法表现出来，总是不断地在寻找发泄的出路。正如弗洛伊德所说，"潜意识的系统可比作一个大前房，在前房屋内，各种精神兴奋都像许多个体，互相拥挤在一起。和前房毗邻的，有一个较小的房间，像一个接待室，意识就停留于此。但是这两个房间的门口，有一个人站着，负守门之责，对于各种精神兴奋加以考察、检验，对于那些他不赞同的兴奋，就不允许他们进入接待室。"③

前意识指的是人类虽然暂时忘记了或者没有明确的感受，但是却能够通过回忆想起来的心理内容。前意识扮演着检查员和守门员的角色，专门负责对潜意识进行考察和检验。如果潜意识能够通过检查就可以进入前意识领域。弗洛伊德说："前房内，潜意识的兴奋不是另一房子内的意识所可察知，所以他们开始是逗留在潜意识内的。他们如果进迫门口而被守门员赶出来，那么他们就不可能成为意识的，那时我们便称它们为压迫的。但是就是被允许入门的那些兴奋也不一定成为意识，只有能够引起意识的注意时，才可以成为意识。因此这第二个房间可以成为前意识的系统。"④

"意识指心理的表面部分，意识是与直接感知有关的心理部分，包括个人现在意识到的和没有意识到的但可以想起来的部分。它面向外部世界，实现感

---

① 参见张世君《文学批评方法与实践》，西南师范大学出版社，1988，第41页。
② 杨朴编《文学批评理论与实践》，吉林大学出版社，2009，第4页。
③ 〔奥〕弗洛伊德：《精神分析引论》，高觉敷译，商务印书馆，1984，第233页。
④ 〔奥〕弗洛伊德：《精神分析引论》，高觉敷译，商务印书馆，1984，第233页。

觉器官的作用。弗洛伊德反对把意识和心理等同起来的观点，认为意识是人的心理活动中比较小而且非主要部分。意识服从于现实原则，调节进入意识的各种印象，压抑着心理中那些原始的本能冲动和欲望。意识的主要功能在于，从心理结构中把那些来源于无意识系统中先天的、动物性的本能和欲望排除掉。所以，意识系统同无意识始终处于对抗、冲突的紧张状态中。这种紧张状态是由于对本我的本能、欲望的冲动进行必要的压抑所引起的。因此，意识系统的活动归根到底是由先天的本能和欲望所决定"①。

弗洛伊德认为人类心理结构是由潜意识、前意识和意识三个部分共同构成的，因为这三个部分的相互联系和相互作用，我们才能够形成丰富多彩的心理活动。在这三个组成部分中，弗洛伊德认为构成人类心理结构的基础和前提是潜意识也就是无意识。潜意识在弗洛伊德看来是最根本的、最真实的，潜意识赋予了人类一切行为和社会活动最真实的动机和力量。但是潜意识的活动原则是"唯乐原则"而不是"唯实原则"，所以潜意识往往受到前意识的压抑难以找到发泄的出路，经常是处于一种被压抑状态无法得到释放和发展。而那些按照"唯实原则"活动的意识在弗洛伊德看来不过都是些虚假的、象征性的内容，是人类为了更好地生存和生活下去而有意存在或者有意加工处理过的内容。因此如果要研究和把握人类活动和社会行为的最真实可靠、最具有说服力的动机，就必须应用精神分析法从人的潜意识领域去探索和挖掘。

弗洛伊德应用意识结构理论来解释文学艺术创作，他认为作家进行文学艺术创作的最真实的创作动机和动力就是源于作家内心深处的潜意识，由于潜意识经常处于被压抑状态，所以作家借助文学艺术作品将这种潜意识思想和情感通过艺术作品来展现和释放，文学作品实际上是作者内心活动的外在表现。文学艺术作品的创作过程实际上是作家潜意识的心理发展过程。在弗洛伊德看来，无意识的内容是本能冲动，无意识一直与本能相互联系，无意识是潜藏在水面下的冰山，是无法被意识到的，但是我们可以通过梦或者病症以及作品来挖掘和探索无意识。

（二）人格结构理论

"弗洛伊德在《精神分析引论新编》、《自我与本我》等著作中扩大延伸了原有的人类心理动力模式，详细论述了堪称经典的'人格心理结构'，提出了共同制约人的精神活动的'快乐原则'和'现实原则'，并与人格心理结构中的'本我''自我'和'超我'相联系"②，人格结构理论是弗洛伊德精神分

---

① 参见蒋述卓、洪治纲主编《文学批评教程》，武汉大学出版社，2010，第136页。
② 参见张德礼主编《文学批评：从理论到实践》，开明出版社，2008，第6页。

析学说的核心内容。人格结构理论主要包括三部分，分别是"本我"、"自我"和"超我"。"本我"又叫"伊德""伊特"，是不需要后天学习的与生俱来的本能，"本我"由基本生理欲望如口渴、饥饿和性冲动等组成。"本我"处于无意识领域，充满动物性、自然和原始性，"本我"遵循避苦趋乐的"唯乐原则"，是满足人的本能需要的潜意识心理结构。弗洛伊德这样形容"本我"："如果采用形象化可以说明之助，我们便可以称之为一大锅沸腾汹涌的兴奋。""本我当然不知道价值，善恶和道德。与唯乐原则有密切关系的经济的或者数量的因素支配了它的各种历程。"①"本我"不受理性的约束，只知道愿望和行动，却不具备得到本能满足的方法，因此它要受"自我"的控制。"自我"是一种可以进入意识领域的精神调节因素，象征着理性和现实，"自我"居于"本我"和"超我"之间，控制"本我"和"超我"的尖锐的精神矛盾，自我遵守"现实原则"。通过知觉和思维来满足"本我"的要求，同时把有害于个人和社会的本能冲动斥回潜意识中去，它是一种"现实化了的本能"。"超我"是一种追求至善至美的社会化产物，"道德化了的自我"包括"自我理想"和"良心"。它遵循"道德原则"，保护社会，指导"自我"限制"本我"违反道德标准的本能冲动，不准它进入意识领域。②"超我"是人格结构理论中的最高层，象征着理想和完善。"在人格的三系统中，'本我'是人格中的生理成分，'自我'是人格中的心理成分，'超我'是人格中的社会成分。这三者倘若能够和谐运作，就能形成正常健康的人格，否则就会导致精神和神经病症"③。

（三）性本能论

在弗洛伊德看来，人的行为是生理和心理共同作用下产生的结果，"弗洛伊德的人性结构虽然从'自我'和'超我'角度触碰到人性的方方面面，如人的自然性、生物性、动物性，人的意识性、理智性、认识性，人的社会性、历史性、伦理性、道德性等，但他强调和发扬的重心确实是'本我'，是'伊德'，是人的自然性、生物性、动物性，是人欲望本能特别是性欲本能"④。

弗洛伊德认为人类行为和社会活动的最后动机都可以归结为"本我"的性欲冲动，也就是说"人的性的要求和欲望，成为一种本能的冲动不断扩张和生发，同时又受到各种社会道德原则的抑制。这一切都是在无意识的状态里

---

① 〔奥〕弗洛伊德：《精神分析引论新编》，高觉敷译，商务印书馆，1987，第57～58页。
② 参见张世君《文学批评方法与实践》，西南师范大学出版社，1988，第42页。
③ 参见蒋述卓、洪治纲主编《文学批评教程》，武汉大学出版社，2010，第138页。
④ 参见孔智光、蒋茂礼《文艺批评方法论》，山东大学出版社，2010，第68页。

面进行的，这些构成人们一切心理活动的心理动力"①。

弗洛伊德强调人的性欲本能，他认为人类所产生的所有的触摸身体得到的快感都属于性本能冲动带来的快感，弗洛伊德的这种将性本能无限放大的说法使其成为一种泛性论。弗洛伊德认为人类所有的心理疾病都源于身体内的"利比多"得不到释放，因为"利比多"一直处于被压抑的状态，所以人类容易患精神疾病。弗洛伊德甚至用"无意识的唯本能论"来解释文学作品，他认为所有的文学作品都是作家的"白日梦"。他把文学作品的创作动机和人类所有的社会活动的动机看成是"本我"的性欲冲动，人类社会中的道德、法律、规则、秩序都是对"本我"性欲冲动的一种压抑。"利比多"与意识结构论中的潜意识总是受到意识和前意识的压抑和克制一样，"利比多"总是被压抑便逐渐郁积从而成为一种"情结"。比如男孩普遍有"俄狄浦斯情结"（恋母嫉父情结），男孩大多数因为对母亲有恋慕倾向因而排斥父亲，这种恋慕的倾向与古希腊悲剧《俄狄浦斯王》里面的忒拜国王杀父娶母的情结有些相似，因此将这种倾向称为"俄狄浦斯情结"，与男孩的"恋母嫉父情结"不同，女孩是一种"恋父妒母情结"因为倾慕父亲而排斥母亲，我们称女孩的这种情结为"爱列屈拉情结"。

文学艺术活动的许多作品，在弗洛伊德看来也是与"情结"分不开的。比如，达·芬奇创作的作品，《蒙娜丽莎》和《岩间圣母》就是达·芬奇恋母情结的具体表现，这与达·芬奇自幼离开母亲与父亲生活在一起的经历有着密切的关系。"弗洛伊德认为一切文艺创作、社会、道德、宗教等皆源于恋母、恋父情结，文艺是受压抑的利比多的升华，创作是幻想中的'白日梦'，作家就是'白日梦者'"②。

弗洛伊德的性本能理论在心理学领域有着重要的作用，将人们带入了一个新鲜的领域。心理批评通过对作家进行深刻的心理分析有助于我们更加准确地理解文艺作品的内在含义，完善文学批评。但是，与此同时，弗洛伊德的"泛性论"认为性本能是人的本质，人的一切行为都是性欲冲动引起的观点又将人们带入了理论的误区。"我们无意否认在人们的心理活动中具有无意识的内容，但是我们无法同意无意识的动力都是性欲的观点，因为在无意识的领域中应该包含很多社会的历史的复杂心理内容。因此把作家的创作动力归因于性的无意识冲动，是有悖于事实的。必然会歪曲或者抛弃许多复杂的心理和社会因素，显得武断、牵强"③。我们应该正确地看待性本能理论，一方面不能够

---

① 参见王先霈、范明华《文学批评教程》，华中理工大学出版社，1995，第166页。
② 参见张世君《文学批评方法与实践》，西南师范大学出版社，1988，第43页。
③ 王先霈、范明华：《文学批评教程》，华中理工大学出版社，1995，第166页。

把性本能理论看成洪水猛兽搞禁欲主义，另一方面也不能把性本能理论看作金科玉律搞纵欲主义。

（四）释梦理论

"弗洛伊德在《释梦》（1990）一书中创建了自己一套非常系统的蒙德理论，弗洛伊德梦的学说是他的整个精神分析学说重要的一部分，是他最早建立的一个重要理论。在弗洛伊德看来，梦是一种心理现象，是一种愿望的实现，是一种清醒状态精神活动的延续"[1]。弗洛伊德指出："梦，不是杂乱无章的声音——这种声音就像是一些外力突然撞响了一件乐器而不是由乐手奏出那样；他不是毫无意义的，不是荒谬的，也不是一部分意识昏睡，而是只有少部分乍睡少醒的产物。它是完全有效的心理现象。实际上，是一种愿望的达成。他能够被插进可理解的、清醒状态时心理活动的链条中。它是由高度错综复杂的精神活动所产生的。"[2] 弗洛伊德说："在白天，检查作用的沉重压力施加于这些欲望之上，使他们没有侵入意识的可能。但是一到了晚上，检查作用也许像精神生活的其他一切作用一样，因为睡眠而暂时松弛下来，于是，被禁止的欲望就趁机活动。"[3] 从这里我们可以知道，梦的产生是由于人在晚上的睡眠状态下，"自我"和"超我"对"本我"的压抑和克制的程度有所松弛而引起的，于是"本我"突破两层防线进入了意识领域，成为梦境。

在弗洛伊德看来，梦是一种潜意识的活动，是对欲望的一种象征性的满足活动，是内心最真实的想法和感觉。梦并不是偶然形成的毫无心理意义的心理活动，比如当我们想要上厕所时我们可能会梦到上厕所，当我们很渴的时候可能会梦到在喝水，当我们很饿的时候可能会梦到在吃东西。梦实际上是我们潜意识状态下，身体最真实的想法，而这些想法可能我们还没有意识到。所以说任何梦都是有意义的，不仅如此，梦的意义还有"显意"和"隐意"之分。弗洛伊德说："说出来的梦可称为'梦的显意'，其背后隐含的意义，由联想而得的，可称为'梦的隐意'。"[4] 也就是说，梦的显意也就是我们在梦境中具体见到的情景和形象，是一种具体的意象，也就是梦直接表达的内容，梦的隐意就是我们在梦境中所见到的具体的情景和形象所暗示或者代表的意义。

"弗洛伊德认为我们每个人的心理都有两种机制：第一个是在梦中出现的内容；第二个却扮演检查者的角色，而形成梦的'改装'。凡是我们意识到的内容都是经过检查机制的认可，否则，无法转化为意识到的内容，因此，第一

---

[1] 参见杜宁《文学批评的方法论研究》，中国社会科学出版社，2014，第116页。
[2] 参见杜宁《文学批评的方法论研究》，中国社会科学出版社，2014，第116页。
[3] 〔奥〕弗洛伊德：《精神分析引论》，高觉敷译，商务印书馆，1984，第170页。
[4] 〔奥〕弗洛伊德：《精神分析引论》，高觉敷译，商务印书馆，1984，第170页。

个心理机制的内容不通过第二道检查机制就必须'改装'成其所能接受的东西"①。这是因为，"潜意识和意识之间的守门者就是使显梦形式受其支配的稽查者。那唤起梦的刺激的白天的遗留的经验，是前意识的材料，这个材料在夜间睡眠时，受到潜意识以及被压抑的欲望和激动的影响，从而利用本身的力量，加上联想的关系，造成梦的隐义。这个材料在潜意识的系统支配下，受意匠的经营，如压缩作用和移置作用，其经过的情况，连常态的精神即前意识的系统都无从得知，也难以承认"②。在弗洛伊德看来，"梦不可能意味着别的，而只能意味着梦的工作的结果，也就是内梦的思想由梦的工作所改译成的形式。"③

"弗洛伊德认为，梦的形成的最主要的动力，第一种就是'本我'内的各种本能冲动，第二种实际上是介于'本我'和'自我'之间的'检查机制'以及'自我'和'超我'本身。第一种力量'构成梦所代表的愿望'，第二种力量则'作为检查机制对这种梦的愿望发生作用'，而且由于这种检查机制的作用使梦的愿望进行伪装，也就是由内隐的梦转化为外显的梦的过程。弗洛伊德把这种转化称为'梦的工作'。而释梦是要把外显的梦转呈为内隐的梦，这是一种翻译工作"④。

"弗洛伊德还从梦论的角度研究文艺创作活动的性质与特点，首次揭示出潜意识成分对创作活动的渗透，突出强调象征手法的运用对创作活动的重要作用，强调创作活动应该具有梦幻般的感性色彩，对于文学艺术家来说确有不少启发。可是从根本上来说，他把创作活动等同于潜意识的白日梦，认为文艺创作是通过象征性的手段达到本能欲望的替代性满足，就陷入了极端化、片面化的理论误区。我们认为，文学艺术作为审美的意识形态，是主观与客观、表现与再现、感性与理性、个人与社会、形式与内容等多种矛盾的对立统一。在文学创作的审美心理活动不断展开的过程中，潜意识的成分、本能欲望的因素虽有渗入的可能性，需要审美心理学、文艺审美学加强这方面的研究，予以科学地把握，但是从审美心理活动的整体来看，它们却不可能也不应该占据主导和支配地位"⑤。

批评案例

本章选取杨朴《美人幻梦的置换变形》中的《〈荷塘月色〉的精神分析》

---

① 杜宁：《文学批评的方法论研究》，中国社会科学出版社，2014，第117页。
② 〔奥〕弗洛伊德：《精神分析引论》，商务印书馆，1984，第170页。
③ 转引自杜宁《文学批评的方法论研究》，中国社会科学出版社，2014，第118页。
④ 杜宁：《文学批评的方法论研究》，中国社会科学出版社，2014，第117页。
⑤ 孔智光、蒋茂礼：《文艺批评方法论》，山东大学出版社，2010，第72页。

作为批评案例。

案例　《荷塘月色》的精神分析[①]

《荷塘月色》是朱自清先生的代表作，是公认的现当代文学"美文"，是公认的中学语文典范篇章。然而，《荷塘月色》的主题、内容、意味究竟是什么？《荷塘月色》在艺术上的特色究竟是什么？《荷塘月色》美文的美究竟在哪里？可以说自《荷塘月色》发表 75 年来，一直也没有得到令人心悦诚服的解释。相反，那种联系当时社会政治背景表现了作者在大革命失败后的苦闷心情，以及语言优美等方面的概括，不仅没有接触到《荷塘月色》内涵的主旨和艺术的特性，而且，对读者特别是一代又一代的中学生欣赏这篇美文没有任何帮助，对人们理解这篇美文反倒成了一种严重的错误诱导，致使这篇美文被解释后，变得不可理喻。

我认为《荷塘月色》表现的纯粹是朱自清个人的情感。这种个人情感与那个时代的政治背景根本无关；与另外文学作品表现的革命主题根本无关；与以莲花的出淤泥而不染的意象表现坚贞的情操根本无关。这种个人情感完全是属于朱自清作为一个生命个体的内心体验。概括地说，《荷塘月色》是朱自清一种潜意识愿望的表现。朱自清以《荷塘月色》幻梦似的描写，把潜意识中的美人原型和爱欲投射在了荷花的意象上，这就使荷花——《荷塘月色》成为朱自清潜意识愿望的象征。

幻梦：超越现实的"另一个世界"

长期以来，我们阅读《荷塘月色》存在一个严重误区，那就是认为《荷塘月色》是一个写实文本，无数的阐释者都从写实的角度去解释《荷塘月色》的主题意义。我们是被朱自清的描写所蒙蔽了，比如怎样在"满月的光里"离开妻子去游荷塘，荷塘景象如荷叶、荷花、荷色及具体的描写，然后又回到妻子身边等等。实际上《荷塘月色》是朱自清的一次幻梦即幻想。这幻梦来源于他的潜意识愿望。他是根据他的潜意识愿望重新幻想了一次月游荷塘。我们不是彻底否认朱自清的月游荷塘实际经验，我们所强调的是朱自清《荷塘月色》的幻梦性质。朱自清是借荷塘描写，给他潜意识愿望赋形。这种幻想就比写实的描写具有了更深刻更丰富的内容。荣格说："幻觉是一种真正的原始体验。幻觉不是某种外来的、次要的东西，它不是别的事物的征兆。它是真

---

① 杨朴：《美人幻梦的置换变形》，吉林人民出版社，2008，第 1～13 页。感谢杨朴先生惠允引用此文。

正的象征，也就是说是某种有独立存在权利，但尚未完全为人知晓的东西的表达。"①《荷塘月色》的创作具有一种隐藏的幻梦性质。由于朱自清月游荷塘描写得很具体，这种幻梦性质就被隐蔽了，也就造成了人们从写实的角度去理解《荷塘月色》的误读现象。

既然《荷塘月色》是一种幻梦性的创造，我们也就只能从幻梦的角度重新阐释它的象征所表现的"尚未完全为人知晓的东西"。

《荷塘月色》的幻梦性特点是朱自清的有意创造：他要借"荷塘月色"之梦，脱离和超越现实，进入一种新的幻境。

首先，作者为他脱离现实进入幻境描绘了一层朦胧的月色。"日日走过的荷塘，在这满月的光里，总该有另一番样子吧"。是朦胧的月色，使作者与现实世界隔开："月亮渐渐地升高了，墙外马路上孩子的欢笑，已经听不见了。"这句话可以有两种解释：一是随着月亮的升高，原先在马路上玩耍的孩子已经回家，所以"孩子们的欢笑已经听不见了"；二是孩子还在马路上玩耍，但是随着月亮的升高，"孩子们的欢笑声，已经听不见了"，也就是说，是月亮使作者与现实隔开。我倾向于后一种解释。这种解释强调了月色朦胧的超越现实的幻梦性特点。正是"在这满月的光里"，对荷塘的"另一番样子"的期待，才使作者离开了现实进入另一种梦境："妻子在屋子里拍着闰儿，迷迷糊糊的哼着眠歌，我悄悄披上了大衫，带上门出去。"作者对妻子拍着闰儿，迷迷糊糊地哼着眠歌，同上面对孩子们的描写一样，是有双重意义的：既是具象的表现，又有象征的意义，是相对于后面所描绘的梦境的现实的表现，在作品的结尾作者又写到妻子："这样想着（对江南采莲习俗的联想——笔者注），猛一抬头，不觉已是自己的门前；轻轻推门进去，什么声息也没有，妻子已经熟睡好久了"，是表现作者经历了一番幻梦之后又重新回到现实。这就进一步证明了作者对荷塘月色描写的幻梦性特点。

其次，作者为他进入幻梦情境创造了一条曲径通幽的小路。"沿着荷塘，是一条曲折的小煤屑路。这是一条幽静的路，白天也少有人走，夜晚更加寂静。荷塘四面长着许多树，蓊蓊郁郁的，路的一旁，是些杨柳。"小路的描写仍然是很具体的，但是，由于有了前面对现实的表现和后面对荷塘的幻梦性象征描绘，这条小路在文本的上下语境中和读者的阅读里，也就有了很明确的象征意义：那一条曲折幽静的小路是作者由现实世界进入幻梦世界的必由之路。

最后，作者进入幻梦世界实际上是为了宣泄被压抑的潜意识的愿望。作者

---

① 〔瑞士〕荣格：《心理学与文学》，冯川、苏克译，三联书店，1987，第 134 页。

进入幻梦世界是对现实世界的一次超越、一次脱离、一次反叛。"这一片天地好像是我的；我也像是超越了平常的自己，到了另一个世界里"；"一个人在这苍茫的月下，什么都可以想，什么都可以不想"。"什么都可以不想"是因为"白天里一定要做的事情，一定要说的话，现在都可以不想"，这是对"白天"即意识的一种脱离和反叛。对"白天"的什么都可以不想，是为了"在晚上，一个人在这苍茫的月下，什么都可以想"。这什么都可以想，是建立在对"白天"即意识什么都可以不想的基础上的，而人的主要思想就是由意识和潜意识构成的。因而，对意识的什么都可以不想，就是对潜意识的什么都可以想。是由超我进入本我，是由意识进入潜意识，是由现实的世界进入审美的世界。作者的梦论无可怀疑地证明，作者进入幻梦世界是主要表达自己被压抑的潜意识愿望。在《说梦》中，作者一方面对自己"成夜地乱梦颠倒"，"却做不着一个清清楚楚的梦"而深深地遗憾；另一方面，又为"每早将醒未醒之际，残梦依人，腻腻不去"，"欲追回梦中滋味于万一，但照例是想不出，只惘惘然茫茫然似乎怀念着什么而已"，而深深地遗憾；同时，又肯定地认为："虽然如此，有一点是知道的，梦中的天地是自由的，任你徜徉，任你翱翔；一睁眼却就给密密的麻绳绑上了，就大大的不同了"①。作者的论梦与弗洛伊德的论梦是相同的。在作者看来，梦中的天地之所以是自由的，那就是因为弗洛伊德所说的，"梦是被压抑愿望的想象的满足"。白天被社会理性、道德伦理束缚着的情感，在夜梦的故事里，得到了代偿性的满足和"释放"。正如弗莱所说："白天正体现了人文化的一面，夜晚则体现了人的自然的一面"。正因为如此，朱自清才要以"荷塘月色"的描写做一个"好好的梦"，来表达他内心深处的情感。

荷花：潜意识中的美人象征

"荷塘月色"是朱自清的一个梦，在这个梦中很好地表达了他在现实意识中被压抑，而在夜梦里也不能彻底表达的潜意识愿望。如果我们这个判断是合理的，那么，荷塘月色这个类似梦的显像的描写就应该被看作是朱自清潜意识愿望的象征。"我且受用这无边的荷香月色"，是潜意识愿望的投射和满足，而不应该看作是夜游荷塘的实际描写。

作者写荷塘实际上是为了写荷花，荷塘月色实际是月色中的荷花。

《荷塘月色》有两个自然段是直接描写荷花的。第一段是写荷花的美，第二段是写月色笼罩中荷花的朦胧美。

---

① 《中国现代散文精品·朱自清卷》，陕西人民出版社，1993，第233页。

第一段写荷叶、写荷花，写荷花的清香、写荷花的颤动、写荷花的风致。

荷叶是："田田的叶子，叶子出水很高，像亭亭的舞女的裙"；

荷花是："层层的叶子中间，零星地点缀些白花，有袅娜地开着的，有羞涩地打着朵儿的；正如一粒粒的明珠，又如碧天里的星星，又如刚出浴的美人"；

荷花的清香是："微风过处，送来缕缕清香，仿佛远处高楼上渺茫的歌声似的"；

荷花的颤动是：叶子与花被微风吹过，"像闪电般，霎时传过荷塘的那边去了"；

荷叶的风致是："叶子底下是脉脉的流水，遮住了"，但流水的流动却使叶子"更见风致了"。

在《荷塘月色》幻梦中，这并不是荷花的实在描写，而是情感的象征。苏珊·朗格说，艺术形式"是由情感转化成的可听可见的形式。它是运用符号的方式把情感转变成诉诸人知觉的东西，而不是一种联兆性的东西或是一种诉诸推理能力的东西"①。荷花是朱自清情感的象征，那么，我们首先应该弄清楚的就是荷花在《荷塘月色》中究竟象征着什么？

在中国文化和世界文化中，荷花的象征是非常丰富的，诸如生命起源与生命再生的象征，人性中神性或某些不朽精神的象征，两性完美的组合——两性精神结合、和谐、融洽的象征，子孙满堂的象征等。荷花还是美女的象征，出淤泥而不染、高洁的象征、神圣的象征、夫妻美满的象征等。《荷塘月色》中荷花是上面所引象征的哪一类呢？我们根据什么判断朱自清的荷花象征着什么呢？苏珊·朗格说："艺术形式与我们的感觉、理智和情感生活所具有的动态形式是同构的形式。"②"同构"的形式是判断象征内容的标准，他启发我们得出这样的结论：朱自清所描写的荷花的结构形式与他意识中美人的结构形式是"同构"的。

从整体上来看，荷叶、荷花、清香、叶子与花的颤动和叶子的风致等组合在一起是一位美女象征。荷花成了美人的象征。

荷叶像亭亭的舞女的裙，荷花像出浴的美人，荷花的清香是美人的歌声，荷叶的颤动是美人的舞蹈，荷叶的浮动是美人的风致。

这是一位亭亭玉立、风姿绰约、婀娜多姿、轻盈娇美、脉脉含情的美人。

如果这一段是写美人的，那么下一段则给这一段塑造的美人笼罩了一种幻梦似的朦胧美。

---

① 〔美〕苏珊·朗格：《艺术问题》，滕守尧译，中国社会科学出版社，1983，第24页。

② 〔美〕苏珊·朗格：《艺术问题》，滕守尧译，中国社会科学出版社，1983，第24页。

首先是写流水的月光，静静地泻在荷花上，又有薄薄的轻雾浮起在荷塘里，"叶子和荷花仿佛在牛乳中流过一样；又像笼罩着轻纱的梦"。月光就有一种幻梦似的朦胧美，而轻雾就使这种朦胧更朦胧了。这还不算，又由于有了云，月不能朗照，并且还有树的掩映，这就使荷花更具朦胧性了。

作者有意写出这种朦胧美，达到了无可复加的程度。在上面所写的由于月色的不能朗照和雾的笼罩以及树的掩映的基础上，又写了荷塘四面杨柳的高高低低像雾一样和远山的隐隐约约的朦胧。很显然，作者是有意地写出荷花被笼罩在一种特别朦胧的意境中的。作者既以荷花意象象征美人，又使这个美人笼罩在这种幻梦的意境之中。

幻梦中的美人意象是《荷塘月色》的最突出特征。

梦中的意象就是梦者的潜意识象征。之所以要创造象征意象，"是为了伪装其隐意而使用这种象征的"[1]。梦是通过象征的艺术化方式来满足潜意识愿望的。这种象征就是潜意识的伪装。梦之所以要把潜意识愿望以象征意象加以伪装，是因为即使在梦里，梦者的意识也没有完全对被压抑的潜意识放松警惕，如果被压抑的潜意识（常常是性的）愿望以本来的面目赤裸裸地表现出来，就会被意识所禁止。潜意识和意识斗争的结果是，潜意识以妥协的方式——以象征意象伪装成意识允许的面貌来欺骗意识的稽查，从而使被压抑的愿望得到宣泄和满足。

朱自清的荷花就是朱自清潜意识的伪装。那荷花是一种美人的象征。因而，在朱自清的潜意识中，荷花也就是他美人爱欲的象征。这种象征正是朱自清文章开头所说的："在晚上，一个人在这苍茫的月下，什么都可以想，什么都可以不想"的内容。因为离开了荷花的象征意蕴，在《荷塘月色》中，我们是看不到朱自清到底想了些什么的。

那么，为什么要以荷花象征美人及其爱欲呢？

采莲：潜意识爱欲的移置

以荷花象征美人，并非《荷塘月色》所独有，它是站在悠远的民间文化传统基础上的。梦和文学中的象征是来源于文化传统的。弗洛伊德说：梦中的"象征作用并不是为梦所独有，它是潜意识观念作用的特征。除了梦以外，它也存在于民俗、神话、传说、语言典故、谚语机智、大众笑话等之中"[2]。梦者正是从这些文化传统来获得和运用意象的象征意义的。弗莱比弗洛伊德更明

---

[1]　《弗洛伊德文集》第一卷，长春出版社，1998，第531页。

[2]　《弗洛伊德文集》第一卷，长春出版社，1998，第530页。

确更彻底地强调了以文化传统即原型去阐释文学象征意义的思想。无论是从精神分析法还是从原型批评理论的角度，要彻底解释荷花的象征意味，就要把荷花放在文化传统中去解释，去找她的原型意义。

非常耐人寻味的是，朱自清不仅为读者展现了荷花这种象征意象，同时还为读者主动提供了荷花象征的文化传统甚至原型。这就既使朱自清以荷花象征的潜意识愿望得到了进一步的表达，又使读者对朱自清的潜意识愿望有了进一步的理解。

这个以荷花象征出浴的美人由于是幻梦中的美人，因而它是可望而不可即的。正是因为如此，作者"忽然想起采莲的事情来了"，"这令我到底惦着江南了"。因为在作者看来，在江南采莲的习俗中，"采莲是少年的女子，她们是荡着小船，唱着艳歌去的。采莲人不用说很多，还有看采莲的人。那是一个热闹的季节，也是一个风流的季节"。作者引述了两首诗来表现他对采莲习俗的理解。

但是，从原型批评的角度看，作者引述的《采莲赋》实际上是写采莲时少男少女爱情欢会的。"妖童媛女，荡舟心许"，采莲不是为了真的采莲，采莲也不只是少女表现自己的美貌和众人去看少女的美貌；采莲实际上是一种文化仪式，一种野合风俗，一种浪漫游戏，是从生殖仪式发展而来的。说到底，采莲是为了爱情，为了性爱。因此，采莲中的少女"尔其纤腰束素，迁延顾步"；"恐沾裳而浅笑，畏倾船而敛裙"，就不仅是表现少女的美，也是表现少女的媚、少女的风流，少女的诱惑、少女的挑逗。少女的美和媚、诱惑和挑逗是为了爱情和性爱的。朱自清所引述的南朝民歌《西洲曲》其中的几句"采莲南塘秋，莲花过人头，低头弄莲子，莲子清如水"，其实质也是隐喻性爱欢会的。只要我们把这几句恢复到原诗的整体文本中去理解，就会看到它的原始意义。诗的上半部分写女子对情人的无尽思念。而女子与情人在西洲的欢会是由采莲习俗隐喻出来的，这就说明了采莲习俗的性爱本质。

采莲是一种文化仪式，一种爱情风俗，这在汉乐府民歌《江南》中表现得更彻底。"江南可采莲，莲叶何田田，鱼戏莲叶间，鱼戏莲叶东，鱼戏莲叶西，鱼戏莲叶南，鱼戏莲叶北"。闻一多解释说鱼和莲是"隐语的一种"。隐语"是借另一事物把本来可以说得明白的说得不明白点"；"这里是鱼喻男，莲喻女，说鱼与莲戏，实际上是说男与女戏"①。鱼和莲花戏是男与女戏的象征。这是一种恋爱的舞蹈，它是原始繁殖仪式的变形。在原始时代，是由巫来模拟神的神圣婚姻和神圣繁殖的，到后来就是由其他事物来替代象征了。人们

---

① 《闻一多全集》第一卷，三联书店，1982，第 121 页。

之所以用鱼喻男就是因为鱼有巨大的繁殖力；而人们之所以又以莲喻女，就是因为莲的花形似女阴，莲蓬的产籽似女性的生产，莲的体型又如女性的形体美。因而，以莲喻女在中国形成了一种悠远的文化传统。莲的原始意象即原型是为生殖女神，只是到后来，人们不再强调它的繁殖意义，而只注重它的美的意义，莲也就成了美女的象征。

朱自清对这一文化传统是十分了解的，确切地说，朱自清就是在这一文化传统基础上来写荷花的。用荷花的原型象征来阐释《荷塘月色》中的荷是再确切不过了。但是，朱自清还是有意地躲避了一些东西。朱自清尽管以古诗透露出了采莲的远古风俗，但他还是不愿直接写出这种风俗的根本。这从他对采莲风俗诗的选取上就能进一步看出。它只是选取了那些比较隐晦的而没有选取那些明显的，比如《江南》等。而对《江南》他是了解的，"田田的叶子"就取自《江南》的"莲叶何田田"。即使对选取的两首诗中的几句，朱自清也做了为他所用的解释，只特别重视的是采莲的少女的美及其"嬉游"——"从诗歌里可以约略知道"的是年少的女子荡着小船唱着艳歌的"风流"和"莲花过人头"的美艳而不是少女和情郎的相爱和欢会，采莲习俗中最关键最重要的内容——男女的相爱被省略了。为什么要省略采莲习俗的性爱内容呢？我们能据此认为，这是朱自清仅止于由对荷所象征的美女的欣赏，而没有另外的情感欲望吗？

我认为，只强调两首诗其中的几句所表现的采莲习俗中少女的美而省略了采莲习俗中性爱的中心内容，是朱自清《荷塘月色》创作的"移置"作用的结果。也就是说，作品所表现的重点由一重要的元素移置到另一个不重要的元素之上。弗洛伊德对梦的分析适用于对《荷塘月色》的阐释。弗洛伊德说，梦的显像的元素和隐意的成分在重要性、强度等方面常常予以置换，"移置作用的结果是使梦的内容不再与梦念的核心相似，梦所表现的不过是存在于潜意识之中梦的愿望的一种伪装。但是我们对于梦的伪装已经很熟悉。我们把它追溯到心灵中一种精神动因作用于另一精神动因的稽查作用。移置作用也是梦的伪装能实现的重要方法之一。"[1] 在引述的一首半诗中，采莲习俗中重点的性爱内容几乎完全移置到了对少女美的表现中去了。少女的美，"脱离了原来的上下文而变成了某种异己的内容"[2]。这是为什么呢？在我看来，朱自清本来是想通过古诗来表现远古采莲的文化习俗特别是性爱习俗的，这正是朱自清的潜意识愿望的完整表达——前面以荷象征出浴美人，紧接着写出对这一美人的

---

① 《弗洛伊德文集》第一卷，长春出版社，1998，第496页。
② 《弗洛伊德文集》第一卷，长春出版社，1998，第494页。

爱欲。也就是说朱自清原本是想以采莲的习俗来表现他的爱欲的，但是很显然，朱自清知道这不符合意识的要求，由于"内心防御的稽查作用"，就把采莲习俗的重点由性爱移置到了对少女的美的表现上。这是潜意识的"转移作用"。"精神分析方法指出，某些着实重要的印象，由于遭受'阻抗作用'的干扰，不能现身，故只好以替身的形态出现。我们之所以记得这些替身，并不是因为它本身的内容有什么重要性，而是因为其内容与另一种受压抑的思想间有着连带的关系。"① 朱自清只选择表现少女的美的意象而省略了采莲习俗中的性爱意象，是一种"遮蔽性记忆"——以显意识意象把潜意识愿望给遮蔽了，但正是这种遮蔽性的"移置"和"转移"恰恰表现出了朱自清的潜意识愿望。从精神分析的角度研究，应该把那个脱离上下文的少女"移置""转移"回到采莲的整体习俗中，这样采莲习俗中的性爱内容就被恢复了，而朱自清的潜意识愿望也就不言自明了。

《荷塘月色》的核心就是由这两部分组成的：荷所象征的美人和采莲习俗中的性爱仪式。这两部分在文本中互为作用，荷所象征的美女是为后面的诗中所透露出来的采莲习俗中的男与女戏服务的，而后面采莲的原始意象即原型的运用，就又使前面的荷的象征意义更加明显。而文章之所以由荷所象征的美女和采莲所隐喻的性爱内容两部分构成，恰恰是由作者美人爱欲的潜意识所构成的。

以幻梦的形式投射美人爱欲的潜意识，在中国文学史上有一种悠久的传统。这种传统形成了美人幻梦的原型及象征形式。"所谓'美人幻梦'，指用幻境或者梦境表达情思与性爱主题的创作类型。"② 在美人幻梦的原型性创作中，文人们是把现实中受压抑的情感欲望直接投射到幻梦中去，幻想与一个神女相爱。巫山神女"自荐枕席"的"云雨"之爱，无非是梦主满足与补偿被压抑愿望的想象创造。《荷塘月色》是《高唐赋》等美人幻梦原型的变形。在这个意义上，《荷塘月色》可以看作是"荷塘赋"，"荷塘赋"对高唐赋有三种置换形式：一是"荷塘赋"把《高唐赋》中的幻梦置换成了月色荷塘的象征性幻梦形式；二是"荷塘赋"把《高唐赋》中的神女置换成了荷花的象征美女的意象；三是"荷塘赋"把《高唐赋》的性爱欢会置换成了对（以荷象征的）美女的欣赏。这种置换的结果正如叶舒宪先生分析美人幻梦由"帝王性爱"型向"凡人情恋"型转换时所精辟指出的那样："最深刻的一点便是性爱主题的象征化和虚幻化"；是"以情唤性，从而使性掩藏到象征的背后"③。以

---

① 〔奥〕弗洛伊德：《日常生活的心理分析》，上海文学杂志社，1984，第36页。
② 叶舒宪：《原型与跨文化阐释》，暨南大学出版社，2002，第48页。
③ 叶舒宪：《原型与跨文化阐释》，暨南大学出版社，2002，第169页。

性换情，象征化表现，使性掩藏到象征的背后，恰恰是对《荷塘月色》这个变形的美人幻梦文本最深刻的阐释。

情结：隐藏在一系列创作中的潜意识愿望

通过精神分析方法的阐释，我们可以没有什么错误地认为，在《荷塘月色》中投射着美人及其爱欲的潜意识愿望。通过对朱自清其他散文的阅读，我们进而发现，美人及其爱欲是隐藏在朱自清一系列作品中的重要内容（这一发现区别了朱自清和同一时代的其他散文家）。或者也可以这样说，一系列创作中的美人及其爱欲证明了在朱自清的潜意识中有一个美人爱欲的"情结"。正是这个"情结"的存在，才导致了包括《荷塘月色》在内的许多散文以象征的意象表现了美人及其爱欲。

《温州的踪迹》三篇文章中的两篇都以象征的意象表现了这一"情结"。第一篇《月朦胧，鸟朦胧，帘卷海棠红》的象征较为明确。作者先是描写了海棠红绘画的意象，然后发出这样的感慨："试想在圆月朦胧之夜，海棠是这样的妩媚而嫣润：枝头的好鸟却为什么双栖而各梦呢？在这夜深人静的当儿，那高踞着的一只八哥儿，又为何撑着眼皮不肯睡去呢？他到底等什么来着？舍不得那淡淡的月儿么？舍不得那疏疏的帘儿么？不，不，不，您得到帘下去找，您得到帘中去找——您该找那卷帘的人了。他的情韵风怀，原来是这样的呦！朦胧的岂是独月呢；岂是独鸟呢？但是，咫尺天涯，教我如何耐得？我拼着千呼万唤，你能够出来么？"[①]

如果说，在"海棠红"绘画的空白处，朱自清"发现"了一个并未现身的美人形象，那不单是画家的创造，更是朱自清的创造，是朱自清借"海棠红"绘画的空白处填充和投射了自己的"情结"性内容。因而，那个使朱自清"瞿然而惊吓，留恋之怀，不能自已"而"千呼万唤"的形象，其实就是他潜意识中美人的原型。把《月朦胧，鸟朦胧，帘卷海棠红》和《荷塘月色》两个文本对照来读是非常耐人寻味的。他对"枝头的好鸟为什么双栖而各梦"的询问，对"在这夜深人静的当儿"，那高踞的八哥儿为什么却撑着眼皮不肯睡去的询问，他到底在等什么。是舍不得那淡淡的月，还是疏疏的帘儿的询问，以及是因为"卷帘人"的回答——对"海棠红"的绘画的询问和问答，完全可以移作对散文《荷塘月色》的询问和回答：在夜深人静的时候，朱自清离开妻子去荷塘到底是问什么呢？他在荷花的形象上到底蕴藏了什么样的感情呢？他在采莲的习俗中到底想到了什么呢？"朦胧的岂独是月呢；岂是独鸟

---

① 《中国现代散文精品·朱自清卷》，陕西人民出版社，1993，第24页。

呢?"朦胧的还有美人!"我拼着千呼万唤，你能够出来么?"这些也完全可以看作是朱自清写《荷塘月色》的最真实的心理动因。

……

课后习题

1. 理论题：概述弗洛伊德精神分析方法的主要理论内容。

2. 实践题：尝试运用精神分析方法分析海明威的小说《老人与海》。

本章主要参考文献

1.〔法〕贝尔曼－诺埃尔：《文学文本的精神分析：弗洛伊德影响下的文学批评解析导论》，李书红译，天津人民出版社，2004。

2. 杜宁：《文学批评的方法论研究》，中国社会科学出版社，2014。

3.〔奥〕弗洛伊德：《精神分析引论》，高觉敷译，商务印书馆，1984。

4.〔奥〕弗洛伊德：《精神分析引论新编》，高觉敷译，商务印书馆，1987。

5.〔奥〕弗洛伊德：《梦的解析》，赖其万、符传校译，作家出版社，1986。

6.〔奥〕弗洛伊德：《弗洛伊德论美文选》，张唤民、陈伟奇译，知识出版社，1987。

7.〔奥〕弗洛伊德：《图腾与禁忌》，杨庸一译，中国民间文艺出版社，1986。

8. 黄展人主编《文艺批评学》，暨南大学出版社，1991。

9. 蒋述卓、洪治纲主编《文学批评教程》，武汉大学出版社，2010。

10. 孔智光、蒋茂礼：《文艺批评方法论》，山东大学出版社，2010。

11. 王先霈、范明华：《文学批评教程》，华中理工大学出版社，1995。

12. 杨朴编《文学批评理论与实践》，吉林大学出版社，2009。

13. 杨朴：《美人幻梦的置换变形》，吉林人民出版社，2008。

14. 张世君：《文学批评方法与实践》，西南师范大学出版社，1988。

15. 张德礼主编《文学批评：从理论到实践》，开明出版社，2008。

16. 赵炎秋主编《文学批评实践教程》，中南大学出版社，2007。

第九章　原型理论文学批评方法

方法介绍

原型批评的创始人是弗莱，他在弗雷泽的人类学理论和荣格的心理学基础上创立原型批评理论，弗莱认为所谓原型就是"典型的即反复出现的意象"。"原型批评又称为神话批评、仪式性批评和图腾式批评，它在西方批评模式中占有奇特的地位，兼有形式主义批评、心理批评和社会批评的特征，又不同于这些批评。原型批评是一种侧重于揭示文学作品中对人类具有巨大意义和感染力的基本文化形态，研究作家个人心中的集体无意识的批评模式。他用神话的眼光看文学，强调文学的神话和仪式的因素，发现和破译文学中的神话模式"①。

荣格是弗洛伊德的学生，深受弗洛伊德的器重和信任，弗洛伊德希望荣格能够继承自己的衣钵在精神分析领域继续研究，但是后来荣格和弗洛伊德在"利比多"的实质问题上产生了分歧，最终导致师生关系决裂。荣格不赞成弗洛伊德的泛性理论，荣格认为"利比多"只是普通的生命力，性本能只是其中的一部分，人类并非所有的行为都源自"利比多"，还受其他因素的影响。"荣格的主要创作有《精神分析学理论》、《寻找灵魂的现代人》、《现代悲剧面面观》、《心理的类型》、《潜意识的心理学》等，荣格的理论体系是在与弗洛伊德精神分析学的对立中发展起来的，在某种程度上突破了后者的许多局限和不足，具有一定的积极意义。当然，荣格的理论体系也有许多的复杂性和神秘性，有其消极的一面"②。

荣格从研究无意识领域开始，将无意识分为个体无意识和集体无意识两个层面。个体无意识指的是婴儿最早的记忆，这种记忆只能够由经验、冲动、本

---

① 参见张世君《文学批评方法与实践》，西南师范大学出版社，1988，第44页。
② 参见孔智光、蒋茂礼《文艺批评方法论》，山东大学出版社，2010，第74页。

能等组成，个体无意识是被人们遗忘或者压抑而停留在意识水平之下的内容，指的是曾经出现在人们的意识中，人类一切心理过程和心理内容。集体无意识指的是人类世世代代长期积累的普遍经验，可以追溯到婴儿出生之前或者是人类祖先的诞生，具有普遍性，一切人类都共同具有的心理基础。集体无意识是遗传的结果，从未出现在人们的意识中，是人类世世代代的心理经验的长期积累，是种族记忆的心理积淀。集体无意识是一种潜能，相对于个体无意识来说，集体无意识从未被压抑或者遗忘，因为它从原始时代开始就一直传递给我们。荣格的集体无意识假设是基于考古学、人类学和神话学的基础上提出来的，他认为一些意象反复地出现在不同的民族和部落中不是偶然性的。例如，许多民族中都有力大无穷的巨人或者英雄、具有超能的智慧老人、半人半兽的怪物和美女等等，还有出现在原始艺术和宗教中的以花朵和十字、车轮等图形所象征的意象遍布在社会的各个地区。荣格据此推测，在这些共同意象的背后有它们产生的或者赖以生存的共同的心理土壤，这个共同的心理土壤就是人类共同的、普遍的、一致的、内心深层的无意识心理结构，这种心理结构就是所说的"集体无意识"。"集体无意识"包括本能和原型，只能够潜存于人类心灵的深处，通过神话和图腾以及梦等人类无意识造成的"原始意象"来展现，这种"原始意象"就是原型。"荣格从社会历史的向度上发展了弗洛伊德的无意识理论，借助考古学、人类学和神话学知识创立了'集体无意识'学说。在对文学艺术作品的批评中，荣格将典型环境中的意象看成古老原型的复活，通过追溯潜藏在原型下的'集体无意识'来重建人类的某种精神史"①。荣格写道："原始意象或者原型——无论是神怪还是人还是一个过程——都总是在历史进程中反复重现的一个形象，凡创造性幻想得到自由表现的地方，就会见到这种形象。因而他基本是神话形象。我们再仔细审视，就会发现这种意象赋予我们祖先的无数典型经验以形式。因此我们可以说，他们是许许多多同类经验在心理上留下的痕迹。"② 荣格将弗洛伊德的无意识纳入了一个新的历史范畴，集体无意识不仅仅在心理学领域，更具有历史性、社会性、文化性，荣格的"集体无意识"要比弗洛伊德的意识结构更加丰富和宽泛。

原型批评理论是在以弗雷泽为代表的文化人类学和以荣格为代表的分析心理学基础上演变而来的。弗雷泽的经典名著《金枝》就追溯了神话的源头，《金枝》引用了很多的材料来说明春夏秋冬四季更迭与神话和祭祀活动有关。希腊人的祭祀酒神的仪式就是从春夏秋冬一荣一枯的季节变换想出四季的更替

---

① 参见杜宁《文学批评的方法论研究》，中国社会科学出版社，2014，第118页。
② 转引自黄展人主编《文艺批评学》，暨南大学出版社，1991，第172页。

与人类生死繁衍有一定的联系。这种死而复活的仪式就是原始人对自然变换的模仿，原始人依据四季可以更迭变换以及人也是能够死而复生的现象，创造出"每年死一次，再从死者中复活的神"。弗雷泽的这一理论不仅对于人类文化学有重要的启示，对于文学史家也有启发，简·哈里森从弗雷泽的理论中认识到一切文学都有神话和仪式的因素，一切文学都具有原型的影子，这些观点在西方世界引起了广泛的影响。

"同样的，弗莱认为文学和神话有着密不可分的联系，神话是文学的结构因素，文学是神话的移动变位，神话是文学的原型模式，移位的神话则表现为其他的文学形象。表层移位主要是将神话中的神谕或魔怪演化成文学中的正派和反派角色，深层移位则是对神话内涵精神的继承与发展"①。弗莱从人与自然的关系出发，提出了文学演变循环对应的理论，即一天的四个时分、一年的四个季节和人生的四个时期与文学的四种类型相对应。一是黎明，对应春天，诞生时期，产生神的诞生和恋爱的神话，表现的是喜剧的内容，充满希望和欢乐，从属的人物是父亲和母亲。二是日午，对应夏天，结婚或者胜利时期，产生神的历险，进入天国的神话，表现的是神话的内容，赋予神奇变幻色彩，从属的人物是伴侣和新娘。三是日落，对应秋天，死亡时期，产生神的受难与死亡的神话，表现的是悲剧的内容，充满崇高与悲壮的气势，从属的人物是奸细和海妖。四是黑暗，对应冬天解体时期，产生神死尚未再生的混沌神话，表现的是讽刺文学的内容，呈现荒诞与混乱的场面，从属的人物是人妖和女巫。原型就是在这个循环的对应中不断出现，形成文学的传统和普遍的程式。弗莱不重视作品的内在价值，主张对作品进行系统的宏观的研究，从作品中发现"千篇一律"，找到共有的原型模式。② 弗莱的文学演变循环理论与弗雷泽的四季更迭与人生死繁衍的理论有异曲同工之妙，都有人生是对自然的模仿的感觉。

荣格对于文学有着浓厚的兴趣，根据自身的经验和体验，提出了很多的原型形象，例如父亲的原型、母亲的原型、捣蛋鬼的原型、智慧老人的原型、内在儿童的原型、阴影的原型等。荣格认为这是一种先天的塑造能力，原型可以是主题，可以是人物，可以是象征，只要原型在不同的作品中反复出现，就具有了约定俗成的语义联想。除此之外，原型还体现着文学传统的力量，他们把孤立的作品相互连接，使得文学成为一种社会交际的特殊形态，原型的根源既是社会心理的，又是历史文化的，他把文学同生活紧密地联系在一起，成为二

---

① 李燕：《原型批评视角下的〈奥瑟罗〉人物形象解读》，《淮海工学院学报》（人文社会科学版）2018 年第 3 期。

② 张世君：《文学批评方法与实践》，西南师范大学出版社，1988，第 46 页。

者相互作用的媒介。虽然他曾经认为集体无意识是以往所有人类实践的产物，但是他仍然是在抽象地谈论人类的实践经验，过多地强调心理的决定作用。①人类实践经验影响人的心理活动，之后人类实践经验通过人的心理活动进入了生理机制，进而成为人类身体的一部分，可以通过遗传这种方式传递给子孙后代。荣格的这种认识忽视了后天环境因素对人类心理活动的影响，使得人类的其他实践经验受制于集体无意识和原型。

荣格认为，一切艺术品在创作的过程中，作者反映的都不是个体无意识的内容，不是作者个人的冲动、愿望或者经验，而是反映作者的集体无意识，反映超越个体意识的具有普遍性和社会性的集体无意识，集体无意识是整个人类心灵的回声，是象征性文艺作品的原始意象。这些"集体无意识"也就是原型理论中所指的"原型"，是作家思想深处最隐秘的，也是最能说明作家个性的东西，是作家创作最重要的特征。荣格认为集体无意识是改变世界的动力，是一切科学文化的源泉和力量，集体无意识仅仅存在于艺术的材料中是有规律的，我们要想重现这种意象古老的本原，只能够从艺术作品中去寻找答案。原型属于无意识领域，人们的意识不能够把握它，因此荣格用原始意象来解释原型的价值和意义。也就是说，"荣格认为原型的无意识内容只能够以意识的象征形式呈现给意识。我们可以这样理解，集体无意识是人类原始类型和原始意象的储存库。在荣格看来，象征使意识处于激活状态，激活后的意识又把兴趣指向为象征，并力求理解它。可见，象征是能量转换器，有动力作用，也是意识塑造者，促使心理去同化象征中的无意识内容"②。

弗莱认为文学批评具有科学的一切特点，是完全可以被了解和认识的科学，弗莱试图构建一种系统的批评模式。他从欧洲小说一千多年的发展历史上分析作品的人物形象和环境在力量对比上的变化，总结出神话、罗曼司、高级模仿小说、低级模仿小说、嘲弄性小说这五种模式，形成小说分析的模式系统。弗莱主张批评学家应该努力寻找文学作品中的原型。寻找文学作品中的原型，既能够通过神话故事、宗教仪式、民间传说找到文学作品的原型，又能够将文学作品的原型恢复到现实生活中的意象中来。弗莱认为神话是文学的结构要素，文学是移位的神话，神话是文学原型的典型模式，文学作品是以不同的方式叙述同一原型的不同部分和阶段。实际上弗莱把后世的文学作品都看作神话的延伸，在无意识神话领域有它的源头，他认为神话是一切文学作品的源泉，文学是原始神话的储存库，弗莱把文学作品看成一成不变的模式，原型批

---

① 黄展人主编《文艺批评学》，暨南大学出版社，1991，第173页。
② 参见孔智光、蒋茂礼《文艺批评方法论》，山东大学出版社，2010，第76页。

评主要就是从"千篇"中找"一律"，换言之，弗莱把原型批评看成是以文学作品为对象发现或者是寻找原型的工作。

弗莱认为原型批评的基本特点有三条："第一：要求字斟句酌地阅读作品，从中找出重复出现的典型意象。这派批评家与形式主义批评一样，坚持细读作品，却并不满足于发现作品的内在美感和价值，而是想从文学的意象中发现原型的痕迹。第二：分析作家个人心目中的集体无意识，用神话的眼光看文学。这派批评家跟心理批评一样，研究作家的创作心理，却并不把作家心理当作一种病态的表现，发现作家个人受压抑的无意识，而是考察作家个人心理中的集体无意识，无意识以神话方式保留下来的史前知识和原始真理。第三：从宏观上对文学作品总体把握，考察其文化渊源和特定的文化形态，对文学人类学的研究。与形式主义批评立足作品、读作品相反，原型批评主张远观文学作品，以便把作品置于整个文学的关系中，从广阔的文化背景中去考察文学作品的构成，发现作品的原始因素、原始组织或者某种基本文化形态。"①

"弗莱以宏观视野归纳总结出西方文学的循环发展史，为西方文学史研究提供了一个全新的角度，但学者们也对弗莱建立在原型之上的文学史观提出了批评，如认为其文学史观简化了历史，是简单机械、牵强附会的历史循环论；因过分注重整体研究、执着于原型的追寻而忽略了作品的独特性和对作品的价值判断；只注重文学的自律词语结构而割舍文学与现实的关系。弗莱多次强调，文学史并不是由许多互不相关的作品杂乱无章地堆砌在一起的，但迄今为止，文学史的写作传统基本是按年代先后顺序编排作品目录。基于这样一种理念，即文学史不是书目的排列，而应是一个有机整体，弗莱为文学批评找到了一个中心假设或者说一个整合原则，那就是其所提出的原型。从原型最基本的程式结构——神话开始，文学的全部历史都可以看成是由一系列比较有限的简单程式构成的复合体，后来的文学不仅仅是这些简单程式的复杂化，而是这些程式在每一时代经典作品中的一再重现。"②

原始心态或者集体无意识、图腾崇拜或神话模式，在形式上距离我们已经很遥远了，它作为人们心理结构中沉积的文化因素，辐射于作家笔下的形象，使其成为探讨人类命运、人类苦难和前进的艰难的根源，有可能使文学具有意识到的历史内容和思想深度。但是作家又不可沉迷于原型。正确的原则应该是，作家通过身处的生活环境的历史和风俗的描写，来寻觅一种民族心理的共

---

① 参见张世君《文学批评方法与实践》，西南师范大学出版社，1988，第47页。
② 参见刘松燕《寻找原型的游戏——论弗莱的文学史观》，《文艺争鸣》2018年第5期。

同的原型时，要着眼于历史沿革下来的旧伦理道德以及在它的影响下的民族心理意识流动、变化、发展的轨迹。因为，作为人类本质的原型的探讨，决不是人类学研究的全部，人类学科的主要思想应该是把握深层次的人类演化模式。我们着眼于原型，是为着人能够认识自身，为着人看到自身的完美性与达到他的可能性之间的距离。这种人自身的完美性也就是人类的自我完善的目标，亦即人类演化的最佳境界。①

原型批评是一种全新的批评模式，它抛弃了新批评本体论研究，只重视词义分析，引起西方批评家的广泛关注，原型批评家蜂拥而起，像考古发现一样，争相寻找文学作品中的原型。原型批评以原型说和类型说为基础，把文学纳入了一个完整的结构，从中寻找普遍规律即原型。原型批评主张从微观处着眼精读作品，从宏观处着眼把文学视为整体，从人类文化学的角度进行分析和研究各个作品，寻找规律。把文学批评与人类学结合起来，从文化心理和种族特征的角度看待文学可以使我们更加准确地认识到文学现象的本质和它在文化结构中的位置，完善我们的文学批评。② 原型批评相较于其他类型的批评方法更加系统更加完善，眼界也更加开阔，为文学批评展开了一条新的道路，开辟了新的天地。但是原型批评也有一定的局限性，原型批评简单地说就是把批评工作简单归结为寻找文学作品中的原型，既不重视文学作品的审美价值也不注重文学作品的社会价值，在研究方法上粗放而不精致，从根本上违反了文学批评的规律，被人们反对。除此之外，原型批评具有一定的神秘性，尤其是它的类型理论，把所有的文学作品都看作是神话的翻版，把所有的文学作品都看成是神话的移位，在一定程度上阻碍了文学艺术的创新和发展。"原型批评反映了西方人对当代文明社会的不满，旨在恢复人性以及重视原始人性，具有与原始人类生活相联系的神秘主义因素。移位实际上是把文学作品中的人物与生活看作是原始人的生活移位变化，使文艺批评'往后站'而寻根问祖，如走向极端也将产生图腾崇拜的返祖现象，把文艺批评中的怀古心理带到文艺学领域中来，将不利于文艺的发展。"③

原型批评有几种重要的方法，第一种是典型形象归纳法，在原型批评看来，艺术作品中反复出现的意象就是原型。一些意象之所以反复出现是因为这些意象承载着种族的集体无意识心理，对这些原型进行归纳就能比孤立地看待这些意象更加深入地挖掘出种族的集体无意识心理。傅道彬先生在《晚唐钟声》这部作品中，归纳了森林的意象、雨的意象、门的意象、钟声的意象、

---

① 黄展人主编《文艺批评学》，暨南大学出版社，1991，第175页。
② 张世君：《文学批评方法与实践》，西南师范大学出版社，1988，第47页。
③ 黄展人主编《文艺批评学》，暨南大学出版社，1991，第175页。

烛光的意象、月亮的意象以及黄昏和日落的意象。在反复出现的意象中挖掘出我们这个民族丰富的历史经历和我们中华文化丰富的典型。① 第二种是原型模型总结法，原型批评理论认为原型批评可以归纳成几种原型模式，原型模式即作品中反复出现的结构关系，这种结构关系表现着恒定不变的主题内容和情感，是集体无意识的模式化的反映。第三种是意象"放大法"，意象"放大法"就是在一个大的文化背景中去分析作品的形象，并且将作品中的形象与我们的历史传统建立一定的联系。"这种研究方法要求分析者本人就某一特殊的语言要素或者语言意象，尽可能多地搜集有关知识。这些知识可能来自种种不同的渠道：分析者本人的经验或者经历；产生这一意象的人自己所做的提示或者联想；历史资料的考证；人类学和考古学的发现；以及文学、艺术、神话宗教等等。"② 象征破译法是原型批评方法的第四种研究方法，也是最重要的方法，"象征不是一种用来把人人皆知的东西加以遮蔽的符号。这不是象征的真实的含义。相反，象征借助于某种东西的相似，力图阐明和揭示某种完全属于未知领域的东西，或者某种尚在形成过程中的东西。"③ 在弗莱发展了的原型批评方法中，是特别强调在原型象征系统中解释具体象征的。弗莱象征系统的原型批评就是原型批评的整体化、宏观化的观点，即把一部作品放到它的整体关系中去解释。④ 弗莱说："我所说的原型是指将一首与另一首诗歌联系起来的象征，可以把我们的文学经验统一并且整合起来。而且鉴于原型是可以供人们交流的象征，故原型批评所关心的主要是把文学视为一种社会现象、一种交流的模式。这种批评方式通过对程式和题材的研究，力图把个别的诗篇纳入到全部诗歌的整体中去。"⑤

批评案例

本章选取杨朴《文学批评：理论与实践》中的《论〈长恨歌〉的"自我牺牲"原型》和傅道彬《晚唐钟声》中的《兴与象——中国文化的原型系统》作为批评案例。

---

① 杨朴编《文学批评：理论与实践》，吉林大学出版社，2009，第87页。
② 〔美〕霍尔等：《荣格心理学入门》，冯川译，三联书店，1987，第162页。
③ 〔美〕霍尔等：《荣格心理学入门》，冯川译，三联书店，1987，第170页。
④ 杨朴编《文学批评：理论与实践》，吉林大学出版社，2009，第91页。
⑤ 〔加〕弗莱：《批评的解剖》，陈慧等译，百花文艺出版社，2006，第142页。

案例1　论《长恨歌》的"自我牺牲"原型①

长恨歌之所以成为千古绝唱，成为古典诗词中具有巨大艺术魅力的辉煌篇章，我认为，最根本的原因不在于对皇帝的讥讽暴露，不在于表现爱情的专一，也不在于既暴露又歌颂的双重主题，更不在于诗中隐藏了"皇家逸闻"，也还不在于李杨的爱情悲剧中宣泄了诗人自己的伤感痛苦。《长恨歌》艺术魅力的最根本因素是《长恨歌》以李杨爱情悲剧的描写，表现了一个最基本的心理原型——"自我牺牲"心理原型。这个"自我牺牲"心理原型，既和李杨的爱情悲剧有关，是李杨爱情悲剧形式所蕴含的意味，又与作者的情感体验有关，是作者爱情、人生、生命体验在李杨爱情悲剧中的投影，更与读者的心理、情感、生命体验密切相关。李杨爱情悲剧形式所蕴含的"自我牺牲"原型模式，是无数读者的共同心理、情感和生命的体验。他们虽然没有经历过李杨式的爱情悲剧，但他们却都浓浓淡淡、深深浅浅地经历过了李杨爱情悲剧结构所表现的"自我牺牲"的原型性生命感受。《长恨歌》以"自我牺牲"原型表现，触摸到了一种最深潜的内容，揭示性地表现出了我们这个民族成员的一种最基本而又最模糊的心理体验，最强烈而又最难以摆脱的命运形式。"自我牺牲"原型又是超时空的，不论在什么时代，不论在什么民族，只要有人的地方，就会有这种原型体验，因而，也就会欣赏这首诗。《长恨歌》因原型的表现，属于全人类。

深层结构的心理原型

艺术从本质上来说是艺术家以情感形式、心灵形式、生命形式对生活形式的占有、重构和创造。因此，在研究一部优秀的作品譬如《长恨歌》时，就不应该只注意到它的表层结构内容，更应该注意到它的深层次结构内容；不仅应该注意到被它说出来的内容，更应该注意到它没有说出来而恰恰正是它要说的潜意识的内容。

《长恨歌》有双重结构：表层是叙事的，深层是抒情；表层是写李杨爱情悲剧的，深层是写诗人心灵感受的；表层是明确的，深层是隐蔽的。正像地毯正面的花纹图案是由地毯背面的经纬结构所决定的一样，《长恨歌》的表层结构是由深层结构所决定的。

《长恨歌》的爱情悲剧形式无疑带给我们一种毁灭感，但毁灭感仍然不是

---

① 杨朴编《文学批评：理论与实践》中的一章，吉林大学出版社，2009。刊发此文前已与原作者取得联系，感谢他同意采用此文。

《长恨歌》的深层意蕴。《长恨歌》的深层意蕴是写这种毁灭感掩盖和包含的"自我牺牲"意识，即"自我牺牲"原型，这才是《长恨歌》的魅力之谜。

原型是一种积累起来的典型的心理经验，是一种心理结构、一种情结、一种模式。荣格在《集体无意识的概念》中说："与集体无意识的思想不可分割的原型概念指的是心理中明确的存在，他们总是到处寻求表现。"[①] 费德莱尔说："原型是指由观念和感情交织而成的一个模式，在下意识里广泛为人们所理解，但是却很难用一个抽象的词语来表达……这种复杂的心理情结需要通过某种模式的故事，既体现它又像是在掩盖它的真正的含义。"[②] 文学批评的任务就是透过种种模式，探索出该模式的秘密起因和"真正含义"：心理原型。

《长恨歌》所表达的就是一种"心理中明确的形式存在"、一种"由观念和感情交织而成的一个模式"。这个"形式存在"和观念感情模式就是"自我牺牲"。因而，我称之为"自我牺牲"原型。

在《长恨歌》里，造成李杨爱情的悲剧的原因是什么？《长恨歌》长恨的是什么？《长恨歌》并没有直接表现出来。但长恨歌的深层次结构却体现了它的"心理中明确的形式存在"——《长恨歌》中李隆基和杨贵妃的爱情被一种更加强大的"超我"所摧残毁灭，在这种"超我"面前，两个人都作了牺牲：一个牺牲了"自我"，一个牺牲了生命（实际上都是人的牺牲）。这种"自我牺牲"的心理感受、情感感受、生命感受是诗人"心理中的明确形式存在"，然而，诗人"很难用一个抽象的词语来表达"，只能寻求一个故事来复现它。这就造成了《长恨歌》"既体现它又像是在掩盖它的真正含义"的现象。

《长恨歌》的总体结构是爱情—悲剧（别离）—长恨。它对应了人的美好的东西—失去—长恨的心理结构形式。但是，在这个结构中还包含了更深层次的灵魂的重大秘密。为什么会出现这样的结构（悲剧）？或者说为什么会出现这样的心理感受？《长恨歌》的前面是美好的爱情，后面则是爱情悲剧发生后的生离死别、天上人间的痛苦思念。造成爱情悲剧和无尽长恨的原因是什么？在这个结构中有一个枢纽、一个焦点、一个关键，是它导致了前后颠覆性的变化。那就是"六军不发无奈何，宛转蛾眉马前死""君王掩面救不得，回看血泪相和流"。为什么"六军不发"就得牺牲爱情呢？在这里同开头的"杨家有女初长成，养在深闺人未识"造成一个封闭的文本不同，诗人在诗的内部又塑造了一个开放的空间，利用读者对那一历史事件的了解，表现一种深刻的意

---

① 参见叶舒宪《神话——原型批评》，陕西师范大学出版社，2011，第100页。
② 费德莱尔：《好哈克，再回到木筏上来吧！》，〔英〕司各特编著《西方文艺批评的五种模式》，蓝仁哲译，重庆出版社，1983，第170页。

味。这虽然只有四句，但却是理解全篇的"总纲"，是这四句使全篇所有其他成分都获得了深层次的心理意蕴。它至少有以下两层意蕴：

一是蕴藉了李隆基的"自我"成为"超我"的"牺牲"。生活中的任何一个人，他的精神结钩、人格结构都包含"自我"与"超我"的内容。"自我"属于人的角色，它是人的感性，个体人的自由、人的价值的确证；"超我"是属于人对理性、社会群体的认知，也可以说是它们摊派给人的角色。它是外在于人的"自我"的。在封建社会中，每一个人都被封建专制的封建文化所"结构"，每一个体都被整体赋予"超我"的本质。所谓"存天理、灭人欲""克己复礼"就是"超我"对"自我"吞没的最好解释、概括和规定。李隆基虽然是个无所不能的皇帝，但是，他同样被封建社会的整体所"结构"。他不能不早朝，不能不以皇帝的角色来塑造自己。这就必然迫使他放弃"自我"而服从"超我"，使他的"自我"成为"超我"的"牺牲"。"六军不发"只不过是个最典型的极端形式罢了，它把"超我"对"自我"的压抑突显得最为明确化。因而，李隆基所长恨的，不能不是这种"超我"的异化力量。

二是蕴藉了李隆基撕裂灵魂的痛苦。"君王掩面救不得"，从社会角度看是"超我"对"自我"的逼迫，是外在势力杀了杨贵妃，使杨贵妃成了一种"替罪羊"式的牺牲。是李隆基自己把"自我"、把爱情、把杨贵妃高高举在"超我"的祭祀坛上，用它们的牺牲交换了"超我"的角色（皇位）。《长恨歌》后写对杨贵妃的相思之苦，实际上就是写李给杨造成牺牲的悲剧，这给李隆基的灵魂深处带来了一系列缠绕不解的复杂矛盾和难以言说的悲痛。他获得了最美的美人，然而又是他"亲手"杀死了他最爱的美人；他最爱她，然而他又不能不杀她；他杀她，又处于无限的思念悲哀痛苦之中。这样他不能不痛苦，痛恨、痛苦、谴责都属于这"长恨"的内容。然而，这长恨还有另一重更凝重更深邃的内涵，那就是"苦"！在"超我"面前的"牺牲"之苦，对"超我"的屈从之苦，"自我"分裂之苦，负载罪孽之苦、懊恨之苦、丧失自我之苦，重新寻找自我而不得之苦，苦不堪言乃生之长恨也！

从"六军不发无奈何""君王掩面救不得"的特定层面来看《长恨歌》的整体，前后的段落中无疑包容着巨大的心理内容，前面对爱情的描写是对自己的肯定；中间悲剧的发生是对自己的否定；而后面的相思又是对自我的重新寻找；天上人间的苦苦相思则又表现了自我不可能再次获得。这样整部作品就表现出"花非花"实乃"美非美""人非人"的深层意蕴。"来如春梦几多时，去似朝云无觅处"（白居易《花非花》），就是白居易对《长恨歌》主题的最好解释。

"自我牺牲"是《长恨歌》的原型。这个原型表现出一种最普遍的心理结构形式，一种最典型的命运样式，使每个人在感性与理性、个人与社会、主体与客体、自我与超我之间的矛盾冲突中所经历的前者成为后者的牺牲的情感体验得到了形式化的表现。

诗人正是在这个"自我牺牲"心理原型的驱使下，才创作《长恨歌》的。王拾遗先生所发现和论证的白居易和湘灵的恋爱悲剧恰好印证了这一点。

白居易在写《长恨歌》时，他本人就经历了屈从外在压力而葬送爱情的悲剧。他与湘灵真心相爱，但不敢公开；离家之后，又同有身份地位的杨汝士的妹妹订婚。然而情感深处，他并不满意这桩婚事，还深深地眷恋着湘灵。在怀念湘灵的诗作中深刻地表现了他内心深处的矛盾和痛苦。《潜别离》这样写道："不得哭，潜别离；不得语，暗相思；两心之外无人知。深笼夜锁独栖鸟，利剑春断连理枝。河水虽浊有清日，乌头虽黑有白时。惟有潜离与暗别，彼此甘心无后期。"（《白香山集》卷十二）对爱情的珍视和对外在势力的屈从构成白居易"自我""超我"的矛盾。一方面，他割舍不了自己的爱情，这是最真实、最诚挚、最刻骨铭心的爱；另一方面，他又屈从于家庭和社会门第的观念，为了仕途而割断了这种爱。"深笼夜锁"和"利剑春断"既是表现外在势力的"超我"对白居易"自我"的束缚、禁锢，同时，把所爱的湘灵、把"自我"奉献在了"超我"的祭坛上，使他们都成为一种"牺牲"，从而去换取"超我"价值的认同、允诺和接纳。也正是因为此，他才深深地陷入无穷的痛苦之中。

正是这种心理原型，才导致了诗人对李杨爱情悲剧产生了创作冲动。在李杨爱情悲剧中，他是"别有幽愁暗恨生"，在李隆基的爱情遭遇上，他感到了他们"同是天涯沦落人"。诗人在李杨的爱情悲剧中看到了自己的爱情悲剧；在李杨的爱情悲剧中他感到了他同他们一样"花非花"的命运；在李隆基内心矛盾和痛苦的情感结构中表现了自己矛盾痛苦的情感结构；在李杨的爱情悲剧中，投射了自己对爱情、生命的理解；是通过李杨爱情悲剧把平时的人生命运的感性体验显化、凝聚化了；是在重构的李杨爱情悲剧的结构形式中宣泄了自己难以诉说的苦闷、惆怅和绵绵长恨。

民间心理的牺牲原型

然而，我们还必须进一步看到，牺牲之所以成为一种原型，还在于诗人在以自己的情感重构和创作李杨的爱情悲剧时，依据的不仅仅是史实中的李杨爱情悲剧事件，也不只是自身生命感受，还有民间传说。诗人在很大程度上是在民间传说的基础上加工、创作了《长恨歌》。民间传说的故事虽然来源于历史，但是却经过了"民间"心理情感的濡染和"过滤"。尽管我们缺少"民间"对李杨爱情描绘的资料，但有一点可以肯定，民间以自己对爱情、生命的理解来重构这个故事。诗人在没有重构它之前，它就已经是一种心理原型，就已经是一种先在的"结构"，就已经是一种有意味的形式了。《长恨歌》的形式之根是深深扎在"民间"心理之中的。换句话说，是"民间集体无意识"重新编构了这个故事。

"民间"之所以对李杨的爱情感兴趣，原因可能是多方面的。如以李杨爱情的专一美好，表现对美好爱情的向往，以杨贵妃的美表达对美的倾慕等等。但这些都是显意识的。真正表现"民间"心理、情感的则是故事的基本"结构"，这是潜意识的。这个结构体现了他们对人生、生命不自觉的理解——爱、美、自由、人性的内容总是被剥夺，人、自我总是成为一种"牺牲"。这种心理感受是弥漫在普通人内心中最厚重而又最不具形式的感受，是千千万万作为个体的人与群体与社会发生关系时一次又一次反复经验的情感"模式"。由于皇帝特殊的地位，他能够得到最美、最理想、最自由的东西，这就把普通人性的欲望彰显化了；由于皇帝有至高无上的权利也不得不屈从于异己的力量，是"自我"成为"超我"的牺牲，就把所有人的这种感受典型化了。也可以这样说，"民间"的情感深处本来就隐藏着"牺牲"的心理感受，是皇妃的爱情悲剧把这种原型感受暴露了、突出了、强化了。皇妃的爱情悲剧使"民间"自我牺牲的原型心理找到了一个"有意味的形式"。他们为了使李杨爱情悲剧结构更好地对应、同构于自己"牺牲"的心理原型结构，就大胆地改造了李杨的爱情故事。"民间"是借李杨爱情悲剧故事表达自己对生命的理解。

《长恨歌》的形式之根是深深地扎在"民间"心理土壤上的，因而，他才具有巨大的概括性。原型之所以成为原型，就不是个别的、偶然的，而是发生在所有人身上，并反复出现的。在皇帝身上，在诗人身上，在"民间"都重合着这种心理结构，也就存在这种原型。读者对《长恨歌》感兴趣，也正在于对这种原型的潜意识的对应、吻合与重构。

案例2　兴与象——中国文化的原型系统[①]

在荣格看来，原型是超个人意识的，是人类集体意识的财富。这是就原型的整体存在形式而言，而对于形式的意味却不尽然。不同的民族，不同的部落，不同的文化发展环境，必然赋予原型模式以不同的意义，在这一点上原型

---

① 傅道彬：《晚唐钟声：中国文化的精神原型》，东方出版社，1996。刊用此文前未能联系到原作者，敬请见谅。

的全人类性质只统一于形式，而涉及具体的意味，又是一个富有联系和区别的世界，不然，丰富的生命世界和文化世界岂不是显得过于单调么？那么，中国文化的原型是什么呢？

我认为中国文化的原型传统是兴与象。《诗》之兴与《易》之象是中国艺术和中国哲学对原型的最古老的理论概括。兴象系统那些富有联系、富于传统的象征物，正是中国最早的文化原型模式。

我们先来看一下前人对兴与象的解释：

关于象，《易·系辞上》谓："见乃为之象"，"圣人有以见天下之赜，而拟诸形容，象其物宜，是故谓之象"。"易者，象也，象也者像也"。"圣人设卦观象，系辞焉而明吉凶，刚柔相推而生变化，是故吉凶者，失得之象也，悔吝者，忧虞之象也，变化者，进退之象也，刚柔者，昼夜之象也。"象实际上是把对事物运动发展的理性思维，寄托于客观的物象的表现，因为现象世界比理性世界有更为广阔的表现语言。

象是一种哲学的表现方式，而兴是一种艺术表现形式。兴在中国文学史上是探讨得最多，也是解释得最不清楚的艺术表现方式。最为流行的观点是朱熹《诗集传》所云："兴者，先言他物以引起所咏之词也"，但是这个解释并不能令人满意。兴在诗歌中固然有领起下文的作用，但是并不是所有的开头都是兴，而兴也并不仅仅是个开头。按照朱熹的解释，兴是"引起所咏之词"，那么它为何不去直言，却偏要来个"先言他物"呢？刘勰《文心雕龙·比兴》谓："兴者，起也，附理者切类以指事，起情者依微以拟议。起情故兴体以立，附理故比例以生……观夫兴之托谕，婉而成章，称名也小，取类也大。"钟嵘《诗品·总论》谓："文已尽而意有余，兴也。"孔颖达《毛诗正义》谓："《诗》诸举草木兽以见其意者，皆兴辞也。"兴要"依微拟议"，"文已尽而意有余"，它就不可能仅仅是个形式问题，而必须有意味，这种意味与形式的统一就是象征。

在前人关于兴与象的论述中我们发现了二者之间的逻辑关系。象要"拟诸形容""见其物宜"，用最简单的物象涵盖最广泛的物质世界的演变规律，而兴要"取譬引类""托事于物"，用最基本的形象素材去表现最复杂的感情世界，二者都经过"近取诸身""远取诸物"的守约而施博的过程，虽然兴与象一个抽象为哲学的阐发，一个升华为情感的表现，但二者在截取那些物理事实来作为自己意象阐发的媒介时，就不能不从传统出发，情感与哲理的阐发就不是单纯的物理形式，而是富有意味的文化传统。正是在这一点上二者达到了统一。章学诚在《文史通义·易教下》谓："《易》之象也，《诗》之兴也，变化不可方物也矣"；"《易》象虽包六艺，与《诗》之比兴，尤为表里。"闻一多《说鱼》一文中说："隐在六经中相当于《易》象和《诗》兴。"又说："象与兴实际都是隐，有话不能明说的隐。"但至此，问题并未完全解决。刘勰释"隐"为"遁词以隐意，谲譬以指事也。"兴与象要"遁词以隐意"，并不是完全让人听不懂自己的意思，恰恰相反，因为隐是建立在共同的文化背景、共同的民族心理条件下，隐的意义是不言而喻的，因此确切地说，隐是能够不用明说的。"隐"只有对于时代发生变化、民族心理发生变化的后人才是难以理解的。

真正解决这一问题还得借助西方文艺批评的原型理论。兴与象已经构成了中国上古文化的原型系统，兴象正是依据简洁的形式概括最丰富生动的上古人类文化史。《易》之象、《诗》之兴所运用的那些表情达意的自然之物，凝聚着上古人类赋予它的深刻的文化意义，这样中国文化的兴象系统同西方现代的原型批评理论取得了理论上的一致性。

1. 兴象根源于远古文化的传统

《易》与《诗》代表着中国上古文化最高的成就。原始文化通常不是个人意志的流露，而是集体无意识的表现。尽管在《易》与《诗》的时代已经开始表现个人意志，但是作为一种文化现象它却不能不从传统出发。《诗》之兴与《易》之象那些寄托情感的自然物质，都已从原始文化尤其是原始宗教里获得了意味，兴与象是超时代的也是超个人的意志表现。

赵沛霖在《兴的源起》一书中论及过鸟类兴象与鸟图腾崇拜的关系，这一点颇能引起我们对兴与文化传统问题的思考。《小雅·小宛》诗谓："宛彼鸣鸠，翰飞戾天。我心忧伤，念昔先人。明发不寐，有怀二人。"

朱熹《诗集传》云："二人，父母也。……言彼宛然之小鸟，亦翰飞而至于天矣，则我心之忧伤，岂不念昔先人哉？是以明发不寐，而有怀父母乎？"

《诗经》中以鸟类之"他物"引起缅怀家国父母之"所咏之词"，在《诗经》中屡见不鲜。《小雅·黄鸟》："黄鸟黄鸟，无集于谷，无啄我粟，此邦之人，不我肯谷。言旋言归，复我邦族。"《诗·唐风·鸨羽》："肃肃鸨羽，集于苞栩……曷其有所。"类似的例子还有很多。

同样的例子在《易经》也有。《周易·旅·上九》："鸟焚其巢，旅人先笑后号咷，丧牛于易。"顾颉刚先生根据王国维《殷卜辞中所见先公先王考》认为，这里的易便是"有易"，"旅人"则是托于有易的王亥，王亥即殷先祖："他初到有易的时候，曾经有过安乐的日子，后来家破人亡，一齐失掉了，所以有先笑而后号的话。"

《易》到《诗》为什么都用鸟象征父母祖先呢？原来鸟曾经是远古先民的图腾崇拜。《左传·昭公十七年》云："秋，郯子来朝。公与之宴。昭子问焉。曰：'少皞氏鸟何名官，何故也？'郯子曰：'吾祖也，我知之。……为鸟师而鸟名。'"殷人以玄鸟为图腾祖先（"天命玄鸟，降而生商"，《商颂·玄鸟》以及《史记·殷本纪》《吕氏春秋》所记简狄吞鸟卵而生契的神话都可以证实这一点。古籍中凡说到殷民族事业的开创与发展时往往皆有鸟事）。例：

"有人曰王亥，两手操鸟，方食其头。"（《山海经·大荒东经》）

"恒秉季德，焉得夫朴牛？何往营班禄，不但还来？昏微遵迹，有狄不宁。何繁鸟萃棘，负子肆情？"（《天问》）

但是将鸟的兴象追溯到鸟的图腾崇拜并不是鸟的最早的原始意象，最初的意象当同人类早期的生殖崇拜历史有关。郭沫若在论及鸟的图腾崇拜时指出："无论是凤或燕子，我相信这传说是生殖器的象征。鸟直到现在都是生殖器的别名，卵是睾丸的别名。"①

这样在对鸟之为兴为象的考察中，我们探索到了远古人类最原始的生命崇拜的历史。《诗》之起兴、《易》之取象都连接着悠远的历史的那一端，鸟这个普通原型正是人类生动的精神世界的一个方面，这里有这样的逻辑联系：《诗》之兴（宛彼鸣鸠）—《易》之象（鸟焚其巢）—鸟之图腾（《左传》"凤鸟适至"）—男性生殖崇拜。

寻常的飞鸟在《诗经》《易经》中都不是普通的自然之物，而是具有文化传统所赋予的象征意味。作为《诗》之起兴、《易》之取象的那些花草树木鸟兽虫鱼无不是从原始的宗教感情出发，由传统导致的，正如著名的人类文化学者弗莱所说，全部艺术同样是传统化了的，除非我们不熟悉这种传统。

2. 兴象深刻的象征方式

同西方文化的象征系统一样，中国文化的兴象系统中也运用了深刻的象征手法。闻一多说："隐在六经中相当于《易》的象和《诗》的兴。预言必须有神秘性（天机不可泄露），所以占卜家的语言中少不了象。诗——作为社会政治诗的雅，和作为风情诗的风，在各种性质的沓布的监视下，必须带着伪装秘密的活动，所以诗人的语言中，尤其不能没有兴。"② 文化在发展中积聚着内容和意味，但意味的无限制积累却不是意味的无限发展，意味在发展中变成了形式，形式在运用中充实着意味。生动的文化意味转移到了象征系统的文化形式里去了，因此要从象征形式中获得上古历史的文化意味，必须小心翼翼地剖开沉重的文化形式的外壳。

《易》与《诗》都具有谜语的性质，而《易》与《诗》之间的谜语之所以相通，其原因是作为哲学表现的象和艺术表现的兴，它们之间存在着某种逻

---

① 《郭沫若全集·历史编》第 1 卷，人民文学出版社，1982，第 328～329 页。
② 黎子耀：《易经与诗经的关系》，《文史哲》1987 年第 2 期。

辑共性。《诗经》中有许多隐语源于《易经》，因为它们都根源于一个共同的古老象征系统。《诗·召南·野有死麕》云："野有死麕，白茅包之。有女怀春，吉士诱之。"

一般解释这首诗认为，吉士以白茅草包裹死麕以赠女子来引诱她。但"野有死麕"怎么会忽然跳到"有女怀春"的诗句上呢？其间存在着什么联系呢？我以为对这一意义的破解，重要的是弄清楚"白茅""死麕"的象征意义。

《诗经》中所咏白茅，亦见于《易经》。《大过·初六》谓："籍用白茅，柔在下也。"白茅是象征柔，象征女性的。黎子耀先生在对《易》与《诗》的联系考察中，特别注意到了弓箭作为意象与日月男女的联系。矢象征男性、象征太阳，弓象征女性、象征月亮。从这一母题出发，"野有死麕"象征的解释是，白茅是新月，是女性，死麕指下山的太阳，指男性。因此这首诗翻译过来就是野外新月，搂抱沉阳。吉士引诱，怀春女郎。① 理解了这一点，《易·大过》中"籍用白茅，柔在下也"的意义正好与此相对应，是"柔在下也"的女性象征。白茅不是一般的白茅草而是女性的象征。白茅的这种象征意义在《诗经》的另一篇章中也可以见到。《诗·小雅·白华》："谓白华菅兮，白茅束兮。之子之远，俾我独兮。"

白华指箭，白茅指弓，弓箭象征配偶，箭去弓存又象征反目，全诗皆为哀怨辞。在这里我们非常钦佩黎子耀先生对诗的象征意义的揭破。如果不揭示这一象征意味而仅仅依据字面的意义谓"一只死鹿用白茅草包着，有个春心荡漾的女郎被一个小伙子勾引"，从死鹿到怀春的歌咏也显得太突然。谁仅从字面意义理解这首诗，那才是文明人犯傻呢！进一步扩展到《左传·僖公四年》齐桓公伐楚的那段话——"尔贡包茅不入，王祭不共，无以缩酒"，齐桓公是向楚国索要滤酒的茅草，那未免太天真了，齐桓公显然是另有所指，茅的隐义是女人。

白茅在《诗》中为兴，在《易》中为象，但它所象征的意义是相同的，古人之所以那么善于运用象征来表达文化的意味，正是因为象征可以凭借无形表现有形，通过有限表现无限。对于当时的人来说是得鱼忘筌、得意忘言，人们只是通过有形体味无形，通过有限探索无限。但对于我们却正好相反，而对着象征的文化形式，对其中的意味常常是不知所措，这一事实可以概括为得筌忘鱼、得言忘意。

---

① 闻一多：《说鱼》，《闻一多全集》第 3 卷，湖北人民出版社，1993，第 231～232 页。

课后习题

　　1. 理论题：如何理解原型理论中的"原型"？

　　2. 实践题：用原型理论分析中国当代作品中的柳树意象。

本章主要参考文献

　　1. 杜宁：《文学批评的方法论研究》，中国社会科学出版社，2014。

　　2.〔加〕弗莱：《批评的解剖》，陈慧等译，百花文艺出版社，2006。

　　3.〔英〕弗雷泽：《金枝》（上、下），徐育新等译，中国民间文艺出版社，1987。

　　4. 傅道彬：《晚唐钟声：中国文化的精神原型》，东方出版社，1996。

　　5. 黄展人主编《文艺批评学》，暨南大学出版社，1991。

　　6.〔美〕霍尔等：《荣格心理学入门》，冯川译，三联书店，1987。

　　7.〔德〕卡西尔：《符号神话文化》，李小兵译，东方出版社，1988。

　　8.〔德〕卡西尔：《神话思维》，黄龙保等译，中国社会科学出版社，1992。

　　9.〔德〕卡西尔：《语言与神话》，于晓等译，三联书店，1988。

　　10. 孔智光、蒋茂礼：《文艺批评方法论》，山东大学出版社，2010。

　　11. 李燕：《原型批评视角下的〈奥瑟罗〉人物形象解读》，《淮海工学院学报》（人文社会科学版）2018 年第 3 期。

　　12. 刘松燕：《寻找原型的游戏——论弗莱的文学史观》，《文艺争鸣》2018 年第 5 期。

　　13.〔英〕莫里斯：《宗教人类学》，周国黎译，今日中国出版社，1992。

　　14.〔瑞士〕荣格等：《人类及其象征》，辽宁教育出版社，1988。

　　15. 杨朴编《文学批评：理论与实践》，吉林大学出版社，2009。

　　16. 俞平伯：《〈长恨歌〉与〈长恨歌传〉的传疑》，《小说月报》1929 年第 20 卷第 2 号。

　　17. 张世君：《文学批评方法与实践》，西南师范大学出版社，1988。

　　18. 赵炎秋主编《文学批评实践教程》，中南大学出版社，2007。

　　19. 周秀萍：《文艺批评：理论·方法·实践》，湘潭大学出版社，2009。

第十章　文化学的文学批评方法

方法介绍

要谈文化学批评方法就要从文化研究说起，文化研究作为一门独立的研究公认为最早是 1964 年英国伯明翰大学成立的"当代文化研究中心"，因此，最早的一批文化研究的学派称为"伯明翰学派"，"1972 年'中心'发表第一期《文化研究工作报告》，宣布'将文化研究纳入理性的地图'，从此拉开了文化研究的序幕。'中心'的影响后来从英国扩展到北美和澳大利亚以及其他国家，在世界学术范围内掀起了一股学术风潮。许多学者，包括高校相当一部分文学研究出身的教师集合在文化研究的大旗下"①。早期伯明翰学派的文化研究的代表人物出自文学、人类学、历史学等领域，他们消解了高雅文化与低俗文化的二元对立模式，反对文化霸权和中心主义，将大众文化、影视等艺术文化纳入研究领域，同时将文化研究的领域扩大到跨学科的广域，用一种更大的视角去看待社会中的各种文化现象。

文化研究在发展过程中吸收了马克思主义、文学、人类学、社会学、心理分析学、语言学、历史学等学术思想不断发展，成为 20 世纪最有活力的流派之一。因此，文化研究流派的一个明显的特征便是打破了各类学科之间的界限。文化研究内部包含了许多的学术流派，其中最重要的是结构主义文化研究、女性主义文化研究、马克思主义文化研究、后殖民主义文化研究等。

文化学批评指的是从文化的角度来考察文学现象、综合研究文学的文化性质的一种批评方法，它立足于文化研究的基础，文化学批评为文学的研究提供了另一种新的视角，以更广阔的视角研究文学与文化的关系，解释文学背后更深刻的文化内涵，也将文学纳入文化的范畴内，拓宽了文学研究的领域；同

---

① 朱立元：《当代西方文艺理论》，华东师范大学出版社，2014，第 227 页。

时，一些其他学者也表达了不同的意见，认为这种批评方法消解了文学的独立性，忽视了文学的独特价值。

文化学批评方法主要有：

第一，结构主义文化研究。

结构主义源于第二次世界大战期间，其后在欧美国家快速发展，由瑞士语言学家索绪尔创立，代表人物还有维特根斯坦、雅克·拉康、克洛德·列维－斯特劳斯、罗兰·巴特、路易·阿尔都塞、托多罗夫等人。结构主义常常使用语言来分析文化与社会，用符号揭示社会与文化内部的种种内容。所以，结构主义必然要与文化研究发生关系，文化研究也会借用结构主义的方法发展自己的学说，结构主义的理论、思路、原则与方法在不同程度上都影响了文化学的兴起与发展。

索绪尔对语言进行了整体性的全面研究，开创了整体性语言观，提出了一系列的概念，对语言进行了详细研究，区分语言学系统中的各种语言关系，同时他又将语言之间的组合关系联系起来考察各种语言的背后意义，这样一来，语言与语言背后所承载的文化内涵与意义能够联系起来。"能指"与"所指"是一个语言符号具有的两面性的一对概念，"所谓能指，是当一个词被说出时，接受者所听到的声音图像或文字标记，它是符号的视—听方面，所指则是一个词在接受者的心中所唤起的意义、声音图像所指示的东西，是符号的概念方面。"[1] 能指与所指是密不可分的两面，二者不可分离，但两者之间的关系不是一一对应的，两者之间的组合是任意的，只有在社会的习惯与文化的约定逐渐固定下来之后，能指和所指才成为固定的一对存在，当我们听到"树"的时候，人们心中才会不约而同地想到"树"的形象，人们对"树"的概念理解是一样的。"比如交通灯的工作关系有四种：红＝停，绿＝通行，黄＝准备停，黄和红＝准备通行。能指的绿和所指的通行之间的关系是任意的，绿色实际上与动词通行没有任何关系"[2]，但当社会约定俗成后，信号灯与人们的交通行为之间建立起了一种契约关系，符号的颜色对应着固定的行为规范。这就是语言与其背后人们赋予的文化内涵之间的关系。索绪尔在语言的能指与所指基础之上提出了横组合关系与纵组合关系，语言结构的选择和组合之间的相互关系呈现出不同的意义内涵，"横组合关系，即语言的句段关系。它是构成句子的每一个语词符号按照顺序先后展现所形成的相互间的联系。譬如'春风又绿江南岸'这句诗是一个字一个字顺序排列的，我们只有在一个字一个

---

① 赵炎秋主编《文学批评实践教程》，中南大学出版社，2015，第 97 页。

② 赵炎秋主编《文学批评实践教程》，中南大学出版社，2015，第 372 页。

字读完以后才能明白它的含义。在一个句段中，一个词的意义总是部分由它在句子中的位置以及它同别的词构成的语法关系所决定的。纵聚合关系，它指特定句段中的词与'现在'没有出现的许多有某种共同点的词，在联想作用下构成的一种集合关系。例如'春风又绿江南岸'中的'绿'，诗人造句时曾考虑选用的'吹''来''经''到'等构成一种集合关系，它们标志出了诗句中的'绿'与处于聚合关系中的其他词之间的差异"①。意义的表达通过语词之间的相互组合，一个完整的不同组合的句轴可以传达不同的内涵。

法国结构主义学者列维－斯特劳斯的研究领域主要是人类学，他的结构主义的思想是通过表层的语言"结构"揭示背后的深层文化"结构"，他的《热带的哀伤》《野性的思维》等作品对众多的原始神话进行研究，在表面无序、随意的神话图饰中发现神话内部的深层文化结构，运用二元对立的模式进行解析，展现神话、血缘、祖先等文化元素系统中的结构。"在《热带的哀伤》中，他以当年亚马孙丛林的考察作为材料，分析原始文化仪式的心理机制。其中有一个叫卡杜浮的印第安部落，他们有一怪异的节日，逢此节日，妇女们从家务中脱身出来聚在一起，在脸部作一种线条复杂、图案对称的面饰图绘。该仪式显得怪诞，其作用相当于一个符咒，即社会中种种男女不平等的社会现象（亦即社会关系的不对称性），可以通过这些对称（亦即平等）的面饰图案加以象征性地克服。他指出：'所以我们必须对卡杜浮妇女的图形艺术进行释义，将其神秘的符咒和明显无理的复杂性，解释为一个热切寻求象征式地表现种种弥补性制度的社会幻想，要不是利益和迷信阻碍了人们的话，这些制度本来是可以在现实中确立起来的。'实际上，列维－斯特劳斯是在此剖析了仪式文化与其社会等级制度间的结构关系"②。

第二，马克思主义文化研究。

马克思主义文学批评立足于一种总体性的观念，全面考察文学与经济、社会、意识形态、科技等方面的关系，这种总体性的全面观点与文化研究的多维宽广视角相契合，文化学批评在分析文学作品时，不是孤立地看待一个文本，而是对作品做全方位、立体化的考察，注重文学与其他要素之间的整体联系，也挖掘文学作品中的多种内涵：审美趣味、价值观念、精神追求、地域特色等等。马克思主义文学批评中的文学整体观、意识形态理论等批评方法都对文化研究有借鉴的意义，阿尔都塞的意识形态观念、葛兰西的文化领导权等理论对文化学批评有着直接的意义。

---

① 赵炎秋主编《文学批评实践教程》，中南大学出版社，2015，第98页。
② 朱立元：《当代西方文艺理论》，华东师范大学出版社，2014，第176页。

　　阿尔都塞属于结构主义马克思主义的代表人物，他对意识形态的问题进行了细致地探讨，他没有单纯地把意识形态当作一种统治者统治、压迫人们的工具，而是把意识形态作为一种文化的结构，对意识形态进行重新定义，对意识形态进行了重新考量。"阿尔都塞认为：'在极大程度上，生产关系的再生产是通过国家政权在国家机器——（镇压性）国家机器和意识形态国家机器两方面——中的运用来保证的。'可见阿尔都塞把国家机器分为：（1）通过暴力发挥功能的国家机器，即镇压性国家机器，包括政府、行政机关、军队、警察、法庭等等；（2）运用意识形态发挥功能的国家机器，即意识形态国家机器，包括宗教的、教育的、家庭的、法律的、政治的、传播的、文化的意识形态国家机器。"① 意识形态符合统治阶级利益的思想，统治阶级可以借用意识形态将他们的控制普及到社会生活的各个方面，在这个过程中将控制自然化，自然而然地渗透到生活中。

　　阿尔都塞认为意识形态具有想象的特性，"阿尔都塞认为：'在意识形态中表达出来的东西……不是主宰着个人生存的实在关系体系，而是这整个人同自己身处其中的实在关系所建立的想象关系'，个体要完成的只是他在阶级社会中意识形态给他规定的角色或是剥削者，或是被剥削者；主体赖以生存的意识形态条件来自客观条件，而不是个人；所有的实践活动都发生在意识形态国家机器之内"② 。意识形态在社会中发挥作用，通过想象性的关系规定个人同社会的关系，个人在这种想象性的社会关系中必然对社会的认识产生误解，这样意识形态可以在社会实践中发挥其改造实践的功能。同时，意识形态是社会总体的一个部分，它依附在意识形态的国家机器，如教育制度、教会等，意识形态可以隐蔽地发挥它的作用，意识形态对人的控制作用是隐蔽的、无意识的，可以无形地渗透到个人的行为中。意识形态使个体在有意识的情况下进行选择，但是意识形态作为一种观念已经融入个人的实践中去了，个人的行为实践被意识形态归纳其中，因为意识形态已经嵌入个人的实践中。

　　意识形态除了以上的"机器"功能以外，阿尔都塞还解释了意识形态的文化功能，"意识形态并不仅仅是政治权力集团的思想工具，相反，意识形态是具有独特逻辑和规律的表象体系，如形象、神话观念或概念体系等，是历史地存在于特定的社会之中，并作为历史而起作用，包含了对现实的一切再现和

---

　　① 胡小燕：《文化观念的重构与变迁——论英国文化马克思主义对基础/上层建筑模式的反思》，人民出版社，2016，第115页。

　　② 罗小青：《对文化主义和结构主义两种文化研究的分析与批判》，《昭通师范高等专科学校学报》2010年第2期。

一切社会惯例。阿尔都塞的意识形态理论，具有以下几个方面的核心内涵：（1）意识形态具有构建主体的普遍功能。（2）意识形态作为生活经验是对的。（3）意识形态作为存在之真实条件的错误认知是错的。（4）意识形态牵扯到社会构成及其权力关系"①。

葛兰西的文化霸权理论是直接将意识形态等同于文化，将其作为一门单独的学问来探讨，"在《狱中札记》中，葛兰西将霸权理解成一种一般性的政治过程，霸权就是社会集团使自己的支配与统治正当化与合法化的政治活动。霸权可以说是一种普遍性的存在，它是任何历史时期处于支配地位的集团维持自己的统治，以及从属集团夺取统治地位的有效途径及手段"②。葛兰西将霸权的中心从政治扩充到了其他的领域，尤其是对知识和道德领域的关注，而道德水平的提高要靠文化知识的普及，在知识分子的领导下将民众思想进行革新。在知识领域中，知识分子与市民社会是葛兰西所看重的，国家要发挥其职能就要取得市民社会的信任与依靠，国家的意识形态要在市民社会中实现，葛兰西认为市民社会在某种程度上就是国家的意识形态，市民社会与国家是一致的、统一的。知识分子在国家意识形态与市民社会之间起到了一个桥梁的作用，知识分子在市民社会中起到一个领导职能，知识分子对市民进行教化和引导，"知识分子是统治集团的'代理人'，所行使的是社会霸权和政治统治的下级职能。统治阶级的意识形态必须通过知识分子将其普及到学校、教会、报纸、杂志、书籍出版等文化组织当中去，才会对统治阐释效力"③。同时担当起新文化的创造者的形象，"在葛兰西看来，由于群众的意识形态因素总是落后于整体的经济现象，必须进行有意识、有计划的行动，在刚开始的时候，革新不能来自群众，而必须通过精英的中介"④。知识分子自觉地承担起对文化革新的责任。

第三，新历史主义的批评方法。

"新历史主义批评主张对文艺进行一种以历史分析与社会批判为核心的外部研究，但新历史主义批评的外转，并不是要恢复传统的带有实证色彩和还原倾向的社会历史批判范式，而是力图以'复数的''小写的'后现代历史观为依托，从历史与文艺、文艺与人性、文艺与政治之间互为背景、相互塑造的关

① 赵炎秋：《文学批评实践教程》，中南大学出版社，2015，第375页。
② 胡小燕：《文化观念的重构与变迁——论英国文化马克思主义对基础/上层建筑模式的反思》，人民出版社，2016，第174页。
③ 胡小燕：《文化观念的重构与变迁——论英国文化马克思主义对基础/上层建筑模式的反思》，人民出版社，2016，第175页。
④ 胡小燕：《文化观念的重构与变迁——论英国文化马克思主义对基础/上层建筑模式的反思》，人民出版社，第176页。

系出发，揭示各类文本中复杂的权力运作方式，以便对扭曲人性、压制心灵的社会体制和社会关系进行批评"①。文化学批评借用新历史主义的文艺观，挖掘其中的文化因素塑造文化学的理论。

首先，在文艺作品中，新历史主义对文学文本的关注还是重点，但是他们反对将文学文本单独摘出来进行分析的形式主义的做法，主张将文本纳入历史的范畴中，在文本分析中引入历史的视觉，同时，新历史主义对以往所称的历史的真实性进行了反思，历史同文本一样，具有虚构的成分，因此，新历史主义提出文本的历史性、历史的文本性的主张。文本的历史性是指被书写的文本中总是包含特定的文化与历史因素，文本属于特定的历史，文本在特定的历史环境下产生，文本打上了那个时代的特定烙印，"因此，新历史主义批评的任务就是要以'考古'或'考据'的方式，去重建文本得以产生的历史语境，根据这一语境去重新理解文本，颠覆对文本的现成的理解"②。历史的完全客观性是不存在的，历史也是借助于语言这一人为的工具被创造出来的，历史在呈现的过程中必然夹杂着史学家对历史的主观阐释，这种历史不是真正的历史本身，我们看到的历史是人化之后的历史，历史是被叙述的历史，不是客观的真实存在，所以历史同文本都有虚构的成分，历史不可避免地带有文本性。新历史主义打破了历史与文本之间的界限，在文本与历史的互动、互建的基础上开创了对文学新的认识。

其次，新历史主义充分肯定文学艺术的社会功能，文学艺术脱离了文本的框架，突破了学科的界限，用一种自由流动的视野看待社会生活，文学艺术为观看历史、观看世界打开了一个小的窗口，文学艺术能够映射客观历史的发展潮流。文学艺术不是一个完全封闭的、独立的审美世界，除了文学自身独特的美学的因素之外还有其他的客观成分，文学作品是社会各种成分的聚集地："在新历史主义看来，文艺作品与充满权力纷争的社会生活并无本质的不同，它们都是社会能量的聚集场所和表现形式，体现着复杂的意识形态内涵。如新历史主义在对莎士比亚的戏剧进行解读时，总是倾向于将戏剧内容还原为现实社会中的政治、经济和文化之间的纷争与和解。"③ 在现实主义文学作品中能够直接感知除了美学因素之外的社会元素，清楚地把握当时的时代思想、经济状况与文化，不仅是现实主义文学作品，在后现代主义，甚至是浪漫主义艺术作品中也能分析出其他的社会"能量"。"新历史主义批评认为，文艺与社会历史之间不是反映与被反映的认识关系，而是相互作用、彼此塑造

---

① 杨守森主编《新编西方文论教程》，中国人民大学出版社，2012，第415页。

② 王先霈主编《文学批评原理》，华中师范大学出版社，1999，第216页。

③ 杨守森主编《新编西方文论教程》，中国人民大学出版社，2012，第418页。

的实践关系。为了适应文艺与历史之间的这种实践关系，新历史主义批评特意采纳了很多经济学术语来加以把握，如'流通''周转''谈判'和'交易'等，都是新历史主义批评家所乐于使用的概念"①。所以，新历史主义不仅要发现艺术作品中的社会因素，同时也突出艺术与其他社会力量的相互交织、相互作用的状态，文艺与社会历史之间是一种互建的实践关系，将社会历史的因素充分融入文学艺术中，在相互关照之中促成文艺作品新的意义的生成。

最后，新历史主义关注意识形态与文学作品的关系，文学作品书写的是社会生活，因此必然要受到意识形态的制约，新历史主义将意识形态的考量纳入文学作品中，文学中的意识形态问题成为一个无法回避的问题，新历史主义力图揭示意识形态与文学的关系、文学对话语权力的挑战，以及文学与意识形态之间颠覆、抑制、认同、化解之间的过程。新历史主义对文本与意识形态的关系主要解释为两种：颠覆与抑制的关系。颠覆主要是指被压迫的边缘群体对统治阶层的社会意识的破坏与反抗，抑制指的是统治阶层对反抗力量的抑制。新历史主义的代表人物格林布拉特在分析莎士比亚的戏剧时就是使用的这两种力量，并且进一步阐释两者之间的复杂关系，"统治权力话语对文学和社会中的异己因素往往采取同化与打击、利用和惩罚并用的手段，以化解这些不安定因素；而文化产品及其创作则采取反控制、反权威的手段对意识形态统治加以颠覆和破坏，于是在反抗破坏与权力控制之间形成了一个张力场。文学对主流意识形态的挑战性以及由于这种挑战性被化解而造成的妥协性同时存在于这个相互作用的张力场中"②。

第四，生态学批评方法。

生态学批评本身也是文化研究的进一步发展与延伸，运用生态学批评方法探讨文化研究，本身是一种新兴文化研究的方法，两种批评有异曲同工之妙；生态学批评兴起的原因是由于生态环境的恶化，而生态环境恶化的原因主要在文化层面，但生态学批评的目的不局限于对文化与其他社会成分的关系、对文化霸权的反驳等，更增加了价值批评与伦理批评，关注全人类的生存问题，人与自然的和谐关系，以直接引起现实中人们对生态的保护为最终目的，但最终都与文化研究批评目的相同，达到对社会生活的终极关怀。所以，生态学批评的方法是文化研究中不可缺少的一个重要视角，对文化研究的意义延伸起到重要作用。

---

① 杨守森主编《新编西方文论教程》，中国人民大学出版社，2012，第419页。
② 赵炎秋主编《文学批评实践教程》，中南大学出版社，2015，第340页。

首先，生态学的兴起是源于现实的地球生态危机的日益严重，恶化的生态环境使生态批评学家自觉承担起生态责任，深切地关注当今的环境危机，借助于文学这一手段缓解当下的生态矛盾，生态的恶化不仅仅是由于人类社会制度对生态环境保护的不完善造成的，现代消费社会的到来导致人类价值追求的异化，现代文明呈现畸形的发展，生态批评家认为文化的因素才是重要的原因。因此，生态学批评可以看作一种文化批评，首先立足于批判的立场，重新审视人类社会与文化，通过对当今现代文明的批判才能找到生态文明的出路。

其次，生态学写作倡导一种"自然"写作，书写自然，也就是以自然为写作的主要对象，作家要走近自然，以自然为现实题材进行文学创作，挖掘文本中的生态主题，梭罗、怀特、卡森、徐刚等生态作家就在做着生态书写的实践，他们反对人类中心主义的主张，提倡生态中心主义，将自然事物作为主体来创作，它们不再是人的利用品和附属品，而是具有了自身的独立价值与生命，通过作者与自然之间的亲近接触，力图恢复人与自然之间的和谐、平等的关系，揭示人类与生态环境之间的互相影响、相互依赖的关系，为了达到这样的目的，生态写作探讨了生态写作策略，"生态批评曾一度青睐写实主义，认为如此才能准确反映当下危机重重的生态境况，但这一主张在后来受到质疑，布伊尔认为，写实主义的冗长刻板很可能会抵消文艺作品的感染力，削弱作品的生态效果。艺术家应放开想象，运用原始艺术家式的奇思妙想构筑让人可以反思、追慕或者栖居的自然生态世界"[①]。

最后，生态学批评提倡生态写作、生态阅读与批评，批判现代社会对自然生态的破坏，强调人类对环境的亲近与责任，人与自然万物要保持一种平等共处的关系，这是对外部自然环境的强调，促使社会采取有效的方式来保护自然，使人类自觉承担起恢复地球生态的责任。但生态批评还想通过批评实践解读生态危机的思想文化根源，从思想、思维上改变对生态的观念。中国生态意识的崛起，提倡"自然生态、社会生态与精神生态"，精神生态就是从现代人的精神进行生态观、生命观的强调。值得一提的是，生态批评表达了对"地域生态"的关心，例如，家乡，揭示人们对家乡环境的依恋，重新激发出主体的人对这一地域的归属感，引起对家乡地域生态环境的关注，从家乡的生态环境关注开始从而逐渐扩大到对一个区域到全社会的关注，这种批评策略从情感归属入手逐渐改变人们对环境的体验，使人类与生命保持相同的生命律动，最终达到对人类精神领域危机的调整。

---

① 杨守森主编《新编西方文论教程》，中国人民大学出版社，2012，第 423 页。

批评案例

本章选取王一川先生的两篇对当下影视剧作品进行当代文化解析的论文作为文化研究批评方法的案例。

案例1　家国情义的胜利

——《龙之战》的文化意义及其裂缝①

《龙之战》是一部诚意之作。尽管从近几年来中国电影审美趣味的急速更新视角来看，该片在叙事上没有提供太多令人惊喜的新东西，更没有用"小鲜肉"吸引眼球，但恰恰是这种以走老路的方式讲述中国故事的努力，非常值得重视。镇南关战役是中国近代反侵略战争史上少有的胜利之一，而其指挥者冯子材作为勇敢抵御强敌的民族英雄，其事迹更是可歌可泣、意味深长。所以，讲好这一故事的关键，不在于如何使叙述呈现新花样，或者以"穿越""小鲜肉"之类的新招吸引观众，而在于如何发掘这一历史事件本身所蕴含的社会意义和文化价值。

之所以这样说，是笔者对高峰导演和邢原平编剧这对"黄金搭档"的又一次联袂合作抱有颇高的预期。自2008年到2015年，二人先后合作过《十八个手印》《老寨》《草民草事》《土地志》等影片，而且都赢得了不错的"口碑"，其中多数获奖，可谓名副其实的"获奖专业户组合"。他们完全有理由在坚持自我的道路上继续挺进。二人之前的创作领域集中在当代农村题材，那正是他们长期协力耕耘并且开花结果的芳草地，而影片《龙之战》则将他们引向了此前罕有涉猎的近代军事题材领域，可谓一片未开垦的处女地。对于他们而言，这是一个新的挑战。

文化意义的生成

《龙之战》讲述了1883年12月至1885年4月（光绪九年十一月至十一年二月）法国侵略越南进而侵略中国而引起的一次战争，一般称为中法战争（又作清法战争），其第一阶段战场在越南北部，第二阶段蔓延到中国东南沿海。在这场战争中，法国侵略军虽然一度占据上风，但始终遭遇中国军民的顽强抵抗而无法取得战略性胜利。特别是由清廷重新起用的老将冯子材统率各部

---

① 王一川：《家国情义的胜利——〈龙之战〉的文化意义及其裂缝》，《当代电影》2017年第10期。感谢王一川先生惠允采用其论文。

于镇南关战役中给予法军以重创，吹响清军全面反击的号角，导致其时法国内阁垮台及两国重启谈判，最终签订《中法会订越南条约》。这一被称为"镇南关战役"或"镇南关大捷"的历史事件早已成为民族的历史记忆，其意义也陆续被文艺作品讲述过，如今再来讲述，其意义何在？显然，意义生成的关键点不是出自那个被讲述的年代，而应当出自讲述年代本身，即今天人们回头讲述过往历史事件的行为本身必有缘故或所求。

2017 年正值中国人民解放军建军 90 周年，建立强大的国防力量成为全社会高度关注的焦点之一。选择在此时机精心钩沉有关"镇南关大捷"的历史记忆，此举本身必然会与建军、强军之类题旨形成紧密的内在联系："镇南关战役"给了打赢保家卫国战的宝贵启示。这方面而言，《龙之战》的现实价值或题旨显而易见：借助 2017 年喜庆建军大业之际，从往昔"镇南关大捷"和抗法英雄冯子材身上寻找我军据以打赢现代战争的启迪性元素，即以冯子材为楷模，寻找打赢现代战争的制胜法宝。如此一来，该片的叙述要务，不在于镇南关战役本身是如何进行的，而是它在 132 年后的今天还有何现实意义。一旦明确了这一点，《龙之战》在今天被重新讲述的文化意义就容易理解了。

编导们尽力发掘主人公冯子材身上所蕴含的厚重的文化意义。冯子材（生于 1818 年 7 月 29 日，卒于 1903 年 9 月 18 日），字南干，号萃亭，汉族，出生于广东钦州沙尾村（今属广西钦州沙尾村），为晚清抗法名将，民族英雄。不过，编导们并没有按传记片套路去拍一部个人传记片，而只是拍成了一部"镇南关战役"片。原因之一或许在于，在价值取向上必须"规避"冯子材在"镇南关战役"之前多次参与剿灭太平军及其他反清起义的旧事，那正是冯子材从军一生的主要"业绩"之所在。或许正是由于起初欲走传记片的路子而发现"此路不通"，主创才不得不放弃对冯子材前事的讲述意图，只是将镜头集中于他在"镇南关战役"中的具体作为。这样做本身便不得不遭遇"先天不足"之困：冯子材这样的民族英雄是如何突然间练成的？其身上蕴含的饱满意义及其演变历程，就可能会被忽略或蒸发掉。如此一来，编导们难免如同戴着镣铐跳舞一般地刻画冯子材其人的单面性而非多面性、其成熟性而非发展性。

于是，在影片中，我们看到的由老演员刘佩琦饰演的冯子材，一出场就具有武艺超群胆识过人的英雄气象。影片一开始，冯子材与蒙根和依南兄妹一行人骑马涉水过河，遭到鳄鱼的凶猛攻击。这组镜头以河中鳄鱼的凶残反衬出冯子材的勇猛、坚毅品格，更通过冯子材力斩鳄鱼的勇武与胆识形象地证明：假如河中鳄鱼代表落后与愚昧文明，冯子材则是已然挣脱落后与愚昧束缚的新一代中国人。影片中冯子材的勇武和胆识还表现在，不仅杀死鳄鱼，而且主动提出与被俘的法军雇佣兵上尉朗马克当众决斗，刀斩悍敌，极大地振奋军心，激发起军民英勇抗敌的斗志。

显然，斩杀鳄鱼的情节放在开头与片名"龙之战"之间存在着一种相互阐释的关系。这意味着，"镇南关大捷"并非单纯的一场战役的胜利，而是中国巨龙的复兴之战及正义之战。该片的英文译名为 *The War of Loong*，其所使用的"龙"字已不再是西方通行的恶魔意义上的"dragon"，而是复归于中国神话传说中作为瑞兽的"龙"（Loong）。沉睡的瑞兽巨龙想要复苏，非得以斩杀恶魔般的鳄鱼为代价和台阶。这令笔者想到古希腊神话中的一则情节：卡德摩斯在寻找走失的妹妹欧罗巴途中，路遇毒龙阻拦，他奋勇地将其杀死。龙的躯体又演变出一队武士，它们一生下来就自相残杀。幸存的武士们被卡德摩斯降服，建立了忒拜城。如果说卡德摩斯杀死毒龙是人胜过未开化的自然的一项象征性举措，那么，《龙之战》让冯子材表演惊险而又精彩的斩杀鳄鱼之举显然也具有点题的妙用：冯子材正是觉醒的中国巨龙的象征；觉醒的中国巨龙一旦摆脱落后或愚昧的拖累，必然会释放出惊人的创造性能量，令任何入侵者胆寒。

影片随后便刻画冯子材宛如觉醒的"中国龙"般的卓越指挥艺术及其协调有方的才干。比如，他设计伏击、偷袭、隐蔽部分火炮、设立预备队、串联友军支援等。他虽然为人处世刚直不阿、清正廉洁，却也能妥善处理复杂的人际关系，特别是与广西提督苏银奎的关系，从而成功地争取到后者的支持和配合。苏银奎作为淮军主帅，起初对冯子材瞧不起，心存芥蒂。随着冯子材多次将胜仗的荣誉"卖"给他，以及处理相关事情公正无私，他便逐渐对冯子材心存感激，采取了合作态度，从而保证了整个战役的决定性胜利。同时，影片中有两幅木牌的重复情节，产生了相互对照的意义。第一幅是在影片开始不久，在狼藉一片的镇南关战场，关楼上下清军尸体和遗弃军旗与枪炮旁，有法军士兵把一根木桩插在关门前，上书汉字"广西门户已不存在"，而尼格里等军官以战胜者姿态在此踌躇满志地照相定格。第二幅则是在影片结尾，"镇南关大捷"后，初升的朝阳下，残破的关墙旁，清军列队通过关门，新写的"用法夷的头颅重建门户"木牌插在地上，代替了"广西门户已不存在"的旧木牌，而冯子材缠着绷带望着牌子半晌，转身上马，身旁则是清军以浩荡之势越过残破的镇南关。接着出现字幕："1885 年 3 月法军战败，清军乘胜进入安南。"这两幅字（标语）的对照生出一种相互替代的意义，成为冯子材盖世功绩的生动象征。

与智勇双全的形象刻画相比，《龙之战》更显突出的还是冯子材品格中的家国情义观及其在整个形象系统中的引领作用。这一点可能正是影片编导最为费心费力之处。当下中国，文化传统的当代传承业已成为全社会关注的焦点之一，而冯子材身上的传统意蕴必然受到编导的青睐。我们看到，冯子材受命领军，处处受到强化的是他身上携带的广西地域特色：家族传统及其地域资源。这种家族传统表现在，冯子材首先带上自己的两个儿子冯相荣和冯相贤，以及铁哥们的子女蒙根和依南（未来的儿媳）兄妹，然后请来旧部麦团练等，加上从俘虏营赎回的赵春生和韦阿山。他还大力挖掘广西地域的兵源，凝聚和激发广西籍军民的保家卫国力量。如此一来，冯子材统率的部队就以他的名号为号，人称"萃军"，也称"广西狼兵"。他的名言是："上阵父子兵。不能让人说，使别人孩子的命，争自家的荣光！"可见，冯子材身上具备的中国传统家族精神，其核心正是家国情义。家国情义意味着，家与国、家族与国家之间是不分彼此而紧密相连的利益共同体。有国才有家，无国则无家，从而家人无论男女老幼，皆须自觉承担卫国义务，直至不惜为国捐躯。相比之下，个人利益就不在考虑中了。他的一句豪言足以成为他的家国情义品格的标志性口号："名利算个屁，不如多几门大炮。"他一心想的正是牺牲家族名利而换得国防安全。主人公冯子材身上的这种家国情义品格的表达，可能正构成这部影片的一个突出特色，也正是冯子材能率众打赢那场战役的关键所在。这恰恰是要回应当代人对打赢现代战争的力量源泉的高度关切。

由于看重家国情义品格，故而影片令人印象深刻的是对冯子材严整军风的讲述。一支军队是否能征善战，首要取决于军纪军风。整部影片为冯子材先后设置了"四杀"的显赫剧情：一杀鳄鱼，显示他的勇武精神；二杀敌酋朗马克，鼓舞军民斗志；三杀贪官，进一步凝聚军心；四杀爱子，凸显其刚直无私和崇高。当观众目睹冯子材"大义灭亲"地对亲生儿子冯相贤因私自放走部下赵春生而施加赐死处置时，不禁凛然动容，大有直感心神震撼之势。军容严整的"萃军"要想打胜仗，就不能容忍在残酷战场上有逃兵。今天的观众可能会说：假设冯子材不是选择让儿子死，而是令他"戴罪立功"从而"将功折罪"呢？但历史事件没有假设，而只有实际发生的。冯子材形象的崇高力量正来自自身的严于律己。

语义的"裂缝"

在致力于塑造冯子材的高大形象时，《龙之战》难免呈现出几丝"裂缝"，其中要数临阵斩子、夸大火龙神力和背景单一等问题最为突出和引人反思。

冯子材近乎"虐心"的"大义灭亲"情节，本来称得上是影片主人公性格塑造中最感人的段落，但是笔者的质疑点恰恰也出在这一"虐心"的时刻里：冯子材以治军严整著称，且戎马一生，直至年近七旬，他的亲生儿子应当早已深知父亲的治军之道，并且应当早已习惯于严格配合父亲如此整肃军风军纪，又怎会出现如此不识大体，不合常识、常理、常情的违纪之举？这完全是对其家风和军风的严重败坏，更是对冯子材军人形象及民族英雄形象的内在瓦解。编导主观意图或许是想借此表现冯氏家风或军风中本来就有的仁爱一面，但却因此对冯子材的军人整体形象造成了自我消解或自我毁坏的副作用。据笔者初步了解，在有关冯子材的历史材料中，还从未见过其儿子中出现如此"败家子"现象的任何记载。假如这一点真实可信，那么，冯子材挥泪斩子的情节应当是刻意虚构。这应成为编导们自我反思和批评之处。

《龙之战》的另一象征性情节在于以火龙大破法军，这甚至被视为扭转"镇南关战役"之战局胜败的关键手笔。笔者的质疑也出在这里。该情节是这样的：冯子材已死的儿子冯相贤托梦献计，危急时可以点燃小青山溶洞壮人百年酒窖以为火阵，阻挡法军攻势，避免部队溃败。冯子材依计而行，就在法军气焰嚣张而清军面临溃败的千钧一发之际，麦黑牛奉命在百年酒窖里点燃的火把迅速扩展为熊熊燃烧的巨大火龙，它以排山倒海之势呼啸着扑向敌人，此举产生至少三重效应：一是极大地震慑了法军气焰；二是提振了清军士气和胆略；三是给予苏银奎以"天启"般的顿悟——"天降火龙，法军必败"，于是下令全线出击，最终取得反败为胜的战果。影片将"镇南关战役"取胜的关键，赋予这样一个托梦而来的火阵情节，此种带有神秘意味的象征性手法的运用，虽然可能是为了增强影片的视觉观赏效果，但与影片的整体设计相比，缺乏足够的必要性和合理性。不仅未能取得预期的美学效果，反而一定程度上减弱了影片精心建构的家国情义（观）的感染力。儒家向来有"子不语怪力乱神"之传统。影片既然要表现以儒家为代表的家国情义（观）的深厚力量，就不宜再同时乞灵于道家似的神秘力量的隐性作用。这两者之间实际构成了相互拆解的离心力而非相互借重的同心力。家国情义诚然取得了最后的胜利，但却因此而被打了相当大的折扣。同时，《龙之战》未能进一步将"镇南关战役"放到整个中国近代反侵略战争的宏大历史背景下去做发展的、整体的和复杂的透视（尽管已经付出了一些有效的努力），显得孤石独立般缺乏应有的复杂性、关联性和多义性，从而很难让冯子材的形象更显饱满和沉厚蕴藉。

此外，影片中还有些地方设计得不尽如人意，如让法军司令尼格里在司令部性侵越南籍女秘书阮月的情节。编导可能是要借此暴露侵略者的丑态，并为后来她智救被俘的依南埋下伏笔，但此举显得有些脸谱化和滑稽，减弱了对法军自高自大形象的描写力度。其原因在于未能下足够工夫去认真了解和分析法军指挥官的身世、性格及其在战役中失败的原因，而这一点在图书资讯业已相当发达的当下是可以做到的。敌方形象刻画趋于表面化或脸谱化本身，实际上等同于对我方形象同样的表面化或脸谱化处理。

结　语

今天的观众喜欢置身于历史宽度、深度和厚度之中的生动感人的故事，从而有理由对国产片的思想开掘力度及其历史蕴藉效果产生更高的期待。由此，笔者想到一个问题：今天应如何塑造中国现代历史中的巨人形象？巨人们之所以崇高，恰是由于现代中国历史的悲剧性之所在：一个需要巨人拯救的时代恰是悲剧性的时代。悲剧，正如鲁迅所说，是"将人生的有价值的东西毁灭给人看"[①]。这"有价值的东西"究竟如何构成就值得特别重视了。要重构起诸如冯子材这样的现代巨人或民族英雄形象，便需要真正深入其精神品格及其文化价值系统内部细细体察，悉心探究那些决定或影响他们在历史关键时刻发挥作用的个人言行的社会根源、文化传统及自我原因，并对那些根源、传统及原因等做出全面、系统而又辩证的纵深分析。例如，镇南关大捷只是我国近代反侵略战争史上少见的胜利或唯一的胜利，假如把这场罕见的胜利置放到整体性失败语境中去看，这种局部胜利与其整体失败语境之间，是否可能产生新的意义碰撞点以及新的意义阐释链条？在这个意义上，《龙之战》在积极探究过程中留下的得与失可以成为今后同类题材创作的新起点。

案例2　当代中国青年的招魂记

——电视剧《归去来》的转折性意义辨析[②]

讨论50集大型电视连续剧《归去来》的转折性意义，不得不先就该剧播映以来的观众收视及反馈情况做出必要的回应。需要冷静地看到，这部电视剧确实浸染上近段时间以来不少国产电视剧已经和正在犯的那些"通病"，诸如偶遇、巧合、不打不相识、情节拖沓、小三插足、人物的行业特征空洞等。其中，下面几点尤其应当受到质疑和批评：第一，剧中人物宁鸣暗恋女主人公之一的缪盈多年，但又不让缪盈知道的故事令人难以置信，而且这位清华毕业生对自己到美国后沦为考试"枪手"的劣迹竟然不知羞耻；第二，本来能够在30多集里就讲完的故事，却被拉长和拖沓到了50集；第三，几位留学生在斯坦德大学的法学学业特征外在和空洞，几乎看不到多少对其专业或行业特征的内行刻画；第四，剧中人物成然与绿卡这一对青年男女的人物设计过于夸张和

①　鲁迅：《再论雷峰塔的倒掉》，《鲁迅全集》第1卷，人民文学出版社，1981，第192～193页。

②　王一川：《当代中国青年的招魂记——电视剧〈归去来〉的转折性意义辨析》，《中国电视》2018年第10期。此文刊发前已与王一川先生取得联系，感谢惠允采用。

喜剧化，让人感到有些不着调，更难以落到日常生活实处。还有一点也不得不说，就是当女主人公萧清在充当书澈（官二代）和缪盈（富二代）两人的家族一同走向崩溃的检方关键证人之后，居然还可以同他们继续做好友，而且似乎被双方家人认可和接受，这一结局设计更是有理由被认为是"天方夜谭"。这样一些国产电视剧"通病"或有争议设计的存在，表明电视剧《归去来》仍然还是当前国产电视剧整体格局中的产品之一，没有突破现有的创作路数。就这些"通病"来看，"豆瓣电影"为这部剧只打出5.1的分数并提出诸多批评或质疑，确实不无道理。

尽管如此，但笔者仍要指出，《归去来》在当下中国电视剧创作中所呈现出来的一种重要的转折性意义不容忽视。它集中表现在，该剧通过讲述几位官二代和富二代留学生的爱情、道德、法律等曲折经历，初步弥合了当前言情剧的过度滥情与反腐剧的过于冷峻之间的截然反差和分离，力图揭示当代中国人的精神困境及其病根，并为其魂兮归来发出急切的"招魂"。假如这样的判断有其合理意义的话，那么，该剧无疑可视为一则当代中国青年的招魂记。

首先，该剧成功地跨越出当前言情偶像剧与反腐剧之间的疏离及其对峙状况而实现其美学交融。该剧主要讲述了北大毕业生萧清与清华毕业生书澈之间、同属清华毕业生的缪盈与宁鸣之间以及缪盈的弟弟成然与绿卡之间三对青年男女的爱情纠葛，具有言情剧的鲜明特征。但是，这种言情偶像剧方式，并没有仅仅被用来满足言情和偶像膜拜的愿望，而是颇有力度地暴露出当代中国人所经历的欲望与理智、爱情与法律、邪恶与正义等之间灵魂挣扎的痛楚，换言之，针对当前言情偶像剧有近乎"泛滥"之乱象，针对当下有些反腐剧过于淡化个体情感的偏向，电视剧《归去来》选择以言情偶像剧的方式，努力抵达反腐剧所力求抵达的精神清廉的境界，跨越言情偶像剧和反腐剧通常呈现的低层次疏离格局，进而展现出一种不同凡响的新的美学交融境界。如果说，言情偶像剧在满足观众的娱乐消遣愿望方面具有吸引力、反腐剧有利于通过典型案例的警示来达到宣传正面价值观的目的的话，那么，电视剧《归去来》则是以言情偶像剧与反腐剧这两种类型剧之间相互交融的美学方式，同时化解了这两种类型剧之间各自的美学缺憾，进而实现其各自美学特长的相互叠加，将观众的身体感觉与心灵感动融合起来，达到既吸引观看又产生精神启迪的双重目的，于客观上呈现出对当前电视剧创作的一种转折性效应，即不仅仅满足于言情偶像剧的泛情主义沉溺，也不单纯停留在反腐剧的法不容情的严肃性层面，而是让泛情主义在法治的严肃性轨道上接受洗礼。由于这种相互融合的效应，使这部剧在当前电视剧的创作中显现出一种重要的转折性意义。

其次，《归去来》一剧塑造了"新时代"的中国正在遭遇严重的精神创痛的两代人的群像。可以看到，正是在以经济建设为中心的改革开放的大潮中，特别是进入"新时代"以来锐意反腐倡廉的新气象中，作为官二代的书澈、富二代的缪盈和成然姐弟、作为检察官和大学教师后代的萧清以及出身于工薪家庭的宁鸣，他们无一不是在欲望与理智、爱情与法律、邪恶与正义等大是大非问题面前经历一番痛苦的煎熬和选择的困窘。作为父辈一代的商人成伟和市长书望，两个人的堕落与犯罪过程令人触目惊心，二人竞相放纵自己的欲望，疯狂地联手贪腐和犯罪，包括前者以金钱美色贿赂后者，后者违规给前者承揽工程捞取好处，以及前者丧心病狂地置举报人刘彩琪于死地等。他们先是几近疯狂地放纵个人欲望，继而置任何劝告于不顾，直至发觉罪行即将败露时竟丧心病狂地欲杀人灭口，最终衍变成了丧失灵魂的行尸走肉。这两人在沦为阶下囚之后，才产生了初步的自我痛惜和悔悟。就连起初甘愿充当成伟行贿工具的刘彩琪，也在后来的幡然悔悟中选择了举报这一正确道路。商人成伟和市长书望二人的悲剧人生已然尘埃落定，但处于两代人精神创痛的焦点人物，无疑还是作为官员与商人的子女一代的书澈、缪盈、成然、萧清等，他们的灵魂沉沦、煎熬和拯救过程，更容易激发观众的好奇心和回味愿望。而他们之中，男女主人公书澈和萧清这一对真正的中心人物最为牵动人心、引人深省。萧清作为几位留学生中唯一一位几乎没有任何政治"污点"的纯正有为青年，也是该剧全力刻画的正面中心形象，也不得不在是否甘做心爱之人犯罪父亲的举证人问题上，一度陷入选择的迷途和痛楚中，最终还是靠父亲何宴在电话中的大吼才得以猛醒。这个细节在全剧中具有一种典范的象征意义，即当代青年在人生的岔道上难免灵魂迷路，需自觉接受父辈的正确引导，才能重新找到回家的路。

同萧清相比，书澈是全剧中最具警示性和感召性的人物形象。该形象在人格上具有一种丰富性和复杂性：一方面，他多年来一直沐浴于父亲贪腐所提供的各种或明或隐的"恩惠"中，享受着贪腐所带来的"成功"的快乐，一时难以真正从中摆脱出来；另一方面，他也确实对父亲给予的这些"恩惠"有过敏感的疑虑和自我警醒，并多次试图加以摆脱、力求自主和独立，但可惜都迫于父亲威严的高压和母亲温情的软弱而未能如愿。事实上，从根本而言，真正软弱的还是其内心甘于倚靠父亲的权力和财富所铺设的既定轨道、享受人生风景的本能愿望在作祟。不过，正像"树欲静而风不止"这句话所揭示的那样，刘彩琪的悔悟和举报行为，突然间产生了一种必然的转折性作用，它让包括书澈在内的所有官二代和富二代人物的命运都发生了重大逆转，由此带来重要的启迪意义，即个体的享乐本能和建立在贪腐基础上的人生幻想，终究都只是可怕的虚妄。正是在这一点上，书澈称得上是一位虽深陷腐败家庭泥淖却初具警醒意识的可教育好的子女。在父亲被宣判之后，他带着痛苦与解脱、毁灭感与重生感等彼此交织的复杂心绪，毅然决然地选择去位于湄公河深处的柬埔寨某地支教，尝试通过艰苦的自我放逐过程，重新砥砺自己有病的灵魂，完成自我拯救。试想，家庭经济支柱的突然崩塌、家族尊严的无情丧失、周围舆论的冷酷指责、心爱之人的无情"背叛"等，骤然间一起砸向这个年轻的官二代，带来其近乎毁灭性的人生重创。在命运突转的情形下，书澈虽然也有过短暂的迷惘、焦虑或延宕，但终究没有自甘沉沦，而是主动选择了一条个体灵魂自救的向上之路，这一点在当代青年中具有积极的"招魂"价值。

可以说，以书澈为代表的一群曾经遭遇了严酷的精神创痛而又开始悔悟、觉醒和自我净化的中国青年形象的刻画，以及对当下社会所产生的深刻的"招魂"价值，于现实题材电视剧的人物画廊中具有重要的创新意义。

上述两代人的灵魂沉沦状况，对当前中国的社会现实还具有一种由逼真再现所带来的警示性意义。书望和成伟之间由官商勾结所产生的严重腐败恶果，虽然属于极少数现象，但其社会影响力却是相当恶劣的，极易像瘟疫一样弥漫开来，形成一股危及社会各个角落的不良浊气。这情形让笔者不禁想到朱光潜先生在《谈美》（1932）中说过的一段话："坚信中国社会闹得如此之糟，不完全是制度的问题，是大半由于人心太坏。……坚信情感比理智重要，要洗刷人心，……一定要从'怡情养性'做起，一定要于饱食暖衣、高官厚禄等等之外，别有较高尚、较纯洁的企求。要求人心净化，先要求人生美化。"[①] 朱光潜先生的话虽然带有特殊时代的针对性，但是放在当前的社会境遇中，也能够产生出意想不到的审美启迪价值——既然人的心魂已经被权钱交易毁坏了，那就需要加以"洗刷"或自我洗刷，直到实现"人心净化"的目的。当今中国社会，在遭遇灵魂沉沦痛楚的人们中，无论是父一代还是子一代，都应当自觉通过"人生美化"的途径而抵达"人心净化"的目的地。

还应当看到，《归去来》一剧通过一群留学生曲折的人生道路，为当代青年的个体精神选择提供了一面现实的镜子和一把理想的火炬。其现实的镜像意义在于，该剧通过书澈和缪盈两人家庭经济支撑的突然崩塌，昭示出无论是官二代还是富二代，都需要通过自己的努力奋斗去生活，脚踏实地去追求人生的理想。其理想的火炬，集中表现在缪盈和书澈相继选择对萧清的谅解上。在萧清以有力举证，同时将书澈的父亲书望和缪盈的父亲成伟送进监狱后，缪盈对萧清说，"你不必为你并没有做错的事情而道歉"，书澈也为萧清专程远赴柬埔寨寻找自己而真诚感动，他们之间最终都相互谅解并继续做好友。这一结局

---

① 朱光潜：《谈美》，《朱光潜全集》第 2 卷，安徽教育出版社，1987，第 2 页。

的设定，虽然可能不大符合常识所揭示的人物言行逻辑，显得突兀，特别是在现实生活中很难找到真实原型作依据（当然也可能确有其人其事），但却更多地符合基于人道主义的人性化理想愿景设计，因而也不必轻易加以否定。正是这种带有人道主义意味的人性化处理，在一定程度上化解或缓和了当前高压反腐态势以来中国社会心理中存在的一种群体张力情势，为陷入迷途的官二代和富二代们，乃至为所有已经和可能在欲望与理智、爱情与法律、邪恶与正义等之间陷入选择困窘的人们，提出了一种现实镜像的冷峻警示和一种未来意象的温暖烛照。这两方面都是当今中国人所急需的精神关怀。

此外，《归去来》一剧还有其他一些美学特点。例如，如泣如诉的音乐，营造出一种缅怀与反思的氛围，既恰到好处地渲染了全剧的基本题旨，同时又生出一种意味深长的感染力量，这也是该剧值得称许的一个特点。在表演上，分别饰演书澈、萧清、宁鸣、刘彩琪等人物的演员，其表演都可圈可点。

总的来看，电视剧《归去来》以言情偶像剧和反腐剧相互交融的美学特色，剥露出一群当代中国人的精神困境及其被拯救和自我拯救的艰辛历程，从而为他们重新净化自己的灵魂发出了富有力度和强度的招魂。基于这种判断，希望这部作品的出现，能够为当前中国电视剧创作风气的扭转起到一种引领作用，并成为这种扭转鲜明而有力的标志。

课后习题

1. 理论题：在文化学批评中，如何将文学审美价值与文化价值紧密结合？
2. 实践题：从文化学角度分析当代网络玄幻小说创作。

本章主要参考文献

1. 〔英〕本尼特：《文化与社会》，王杰等译，广西师范大学出版社，2008。

2. 胡小燕：《文化观念的重构与变迁——论英国文化马克思主义对基础/上层建筑模式的反思》，人民出版社，2016。

3. 〔加〕朗·伯内特：《视觉文化：图像、媒介与想象力》，赵毅等译，山东文艺出版社，2008。

4. 陆扬、王毅选编《大众文化研究》，上海三联书店，2001。

5. 罗钢、王中忱主编《消费文化读本》，中国社会科学出版社，2003。

6. 罗小青：《对文化主义和结构主义两种文化研究的分析与批判》，《昭通师范高等专科学校学报》2010 年第 2 期。

7. 〔英〕迈克·费瑟斯通：《消费文化与后现代主义》，刘精明译，译林出版社，2000。

8.〔美〕托比·米勒：《文化研究指南》，王晓路等译，南京大学出版社，2009。

9. 汪民安、陈永国编《后身体：文化、权力和生命政治学》，吉林人民出版社，2003。

10. 王逢振主编《电视与权力》，天津社会科学院出版社，2000。

11. 王宁：《"后理论时代"的文学与文化研究》，北京大学出版社，2009。

12. 王先霈主编《文学批评原理》，华中师范大学出版社，1999。

13. 王一川：《当代中国青年的招魂记——电视剧〈归去来〉的转折性意义辨析》，《中国电视》2018 年第 10 期。

14. 王一川：《家国情义的胜利——〈龙之战〉的文化意义及其裂缝》，《当代电影》2017 年第 10 期。

15. 杨守森主编《新编西方文论教程》，中国人民大学出版社，2012。

16. 赵炎秋主编《文学批评实践教程》，中南大学出版社，2015。

17. 朱立元：《当代西方文艺理论》，华东师范大学出版社，2014。

第十一章 新历史主义的文学批评方法

方法介绍

新历史主义（New Historism）文学批评产生于20世纪80年代的英美文学界和文化界，它的产生反映了西方传统文学批评的种种弊病。它首先要反对的就是所谓的"旧历史主义"文学研究方法。"历史家描述已发生的事，而诗人却描述可能发生的事"，"诗所说的多半带有普遍性，而历史所说的则是个别的事"。这是后来人们认为作为旧历史主义根源的欧洲美学思想的奠基人亚里士多德在其名著《诗学》第九章中，拿诗人和历史家相比较时指出的。在这里，亚氏明确了诗与历史的本质分野，认为历史所写的只是个别的已然的事，事的前后承续不一定见出必然性，这说明他对历史的认识局限于编年纪事，只看到了历史的客观性、真实性、已然性，这些特点成为旧历史主义的主要观点。但是，亚氏在历史与文学的关系语境中考察诗学问题，不自觉地把人们的视线从历史引向文学。而且，"已发生的事"可能再度发生，成为"可能发生的事"；"可能发生的事"也许因为"已发生"而未被记录下来成为"可能发生"。同时，文学可以写个别的、偶然的事，历史也可以反映必然性、规律性，文学和历史在一定程度上是可以相通互济的。这样，亚氏的理论中，在显性方面明确了历史与文学的区别，在隐性方面又启示了历史与文学的相通。相区别的一脉被近代以来特别是启蒙运动以来历史主义文学批评理论所继承和发扬，他们受到当时主流历史学家的深刻影响，强调历史的整体性、政治国家的一元化。[①]

旧历史主义是视历史为一系列先已存在的客观事实，本身无须阐释，也不依阐释者的意志而改变，是研究历史的哲学方法。它把"历史"看作一个可

[①] 黄小伟：《论新历史主义文学批评产生的背景》，《赣南师范学院学报》2007年第1期。

供客观认识的领域。如果历史研究者在把握历史的过程中能够克服和排除主观因素，透明地运用语言工具，他就能够再现地挖掘出掩埋在人间风尘下的"事实"，并由此获得关于历史的不容置疑的"真理"①。此外，旧历史主义强调历史的整体性发展，关于人类历史的思考是建立在对社会生活深刻认识的基础上的；历史进程由社会规律支配和预测；注重批判的历史哲学，将历史看作一种独立的、自由的思维方式。②

在文学批评中，强调历史对文学的制约作用，形成典型的传统形态的旧历史主义批评。该派以旧历史观为指导，以严谨、认真、科学、一丝不苟的态度从事文学批评。所谓"旧历史观"，主要有以下一些特点：（1）客观性。即用冷静、科学的态度审查历史事件、历史人物原本存在的真实性，包括其发生时间、地点、环境、情状、细节等的真实，它是一种实证型、索隐型的科学活动，努力排斥主体意识的参与和加工，追求一种线性的——对应的精确性。（2）侧重于过去的思维朝向。即将思考问题的视线引向过去，研究主体尽量将自身置于研究对象所处的时空中，并以这一特定的时空网络为参照，通过往后看（与现今相比）而确认社会进步的信念。（3）背景观。历史是一种静态的背景，历史人物和事件从这一特定而凝固的背景中产生，背景和人物、事件存在一种必然的因果关系。因决定果，果反映因，构成一种简单的线性对应关系。（4）大历史观。历史是一个连续无间断的时间流动整体，任何从中抽出的部分都不可能存在，都是不真实的。历史叙述是一种宏大叙述，它必须突出在历史上起过重大作用的人和事。这样，强调已然性、真实性、因果性、整体性，就基本上构成了旧历史主义的"历史"观。这种历史观无疑存在很大的缺陷。首先，任何研究活动，都存在主体意识的参与，纯客观的研究是不存在的。其次，任何主体的参与，都会或多或少地烙上此时此地的时空意识的印迹，对历史的纯过去性研究亦不存在。再次，历史是一种动态的背景，只有当"历史"成为过去时，通过现今的讲述，才称其为"历史"。而现今的讲述，是身处现今背景中的人们对"历史"的重构。背景与历史人物、事件之间存在复杂的关系。最后，历史是无数个人共同作用产生的结果，其中既有重要人物，也有次要人物，否认个人或仅强调重要人物作用的整体观，是一种抽象的整体观。③

在上述旧历史观指导下的旧历史主义文学批评，归纳起来，主要有以下三

---

① 徐贲：《新历史主义批评和文艺复兴文学研究》，《文艺研究》1993 年第 6 期。

② 赵洪娟、孙志祥：《论新历史主义之"新"》，《山东理工大学学报》（社会科学版）2006 年第 3 期。

③ 黄小伟：《论新历史主义文学批评产生的背景》，《赣南师范学院学报》2007 年第 1 期。

方面的内容：首先，作家历史论。考察作家的家庭关系、社会关系、个人的生活经历，从而找出作品思想、情感表达的原因。其次，作品历史论。把作品还原、置入它被创作的历史背景中，找出历史对文本塑造的必然性。因为"历史"须通过文本表现出来，批评家只有借助文本去发现、探寻历史的真实，包括对文本的写作时间、手稿和版本权威性的认定，也就是对文本历史渊源的考察。最后，是利用法国历史学家泰纳在《英国文学史·序言》中归纳的"民族、环境和时代"三要素去从事文学研究。泰纳把文学看作由一系列历史和自然力作用的结果，亦即假定历史对于文学有一种决定性作用。由上述可知，旧历史主义批评承认语言的透明性，认为语言足以传达真实的、客观的历史事实；一个文学文本与其生成的历史环境是离不开的，文本与历史构成一个整体；历史环境是一个大系统，与自然、社会、道德、风俗、心理、政治、经济、文化等都有密切的联系，它们共同对文学起作用。这种文学批评有其唯物主义的合理性，但因为它是人们司空见惯的"把戏"，面目陈旧而沉重，终为后现代文坛所唾弃。①

　　虽然"新历史主义"批评的具体实践发轫于 20 世纪 70 年代的美国，但对这一批评实践进行正式命名却较晚且十分偶然。该术语的发明者是美国加州大学伯克利分校（UC Berkely）的斯蒂芬·格林布莱特教授，他在一次名为"通向一种文化诗学"（1986 年）的演讲中提到了"新历史主义"。此后，学界便开始接受并使用"新历史主义"一词来指涉一个以"文本的历史性"和"历史的文本性"为核心观念的文学批评流派。新历史主义作为一种从文学发难的批评和阐释方法，自身并没有清晰的理论框架和理论体系，涉及诸多学科门类，具有跨学科性、多文本对话性，其概念、范畴、术语等都比较复杂。

　　具体来看，从 20 世纪 20 年代前后的俄国形式主义，到 20 世纪二三十年代的布拉格学派，再到 20 世纪三四十年代英美新批评，到 20 世纪五六十年代法国结构主义批评，到 20 世纪 70 年代的解构批评，西方文论一路沿着文学内部研究的方向，强调文学的本体论而展开：俄国形式主义研究文学语言的"所指"和"能指"；布拉格学派解释"隐喻""转喻"，寻找"文学性"这个静止的文学观念；新批评则用"细读"法，研究"含混""复义"，关注"意图谬误"和"感受谬误"；结构主义认为不管是文学文本和非文学文本还是任何与语言有关的，都含有相对固定的结构模式；解构批评虽然试图解构结构主义在文学文本和非文学文本中所建立起来的"宏大结构""深层模式"以及传

---

① 黄小伟：《论新历史主义文学批评产生的背景》，《赣南师范学院学报》2007 年第 1 期。

统历史主义中的"宏大叙事"，然而解构批评并没有摆脱形式主义以来的"语言游戏"的牢笼。至此可以看出，从20世纪20年代俄国形式主义的产生到布拉格学派，到英美新批评，到法国结构主义，一直到后结构主义（解构主义），形式主义理论一路狂飙突进，不论建构还是解构，有关语言的文学内部研究近乎达到了极致，不仅穷尽了经典作家和经典作品，更是耗尽了其批评方法和文学观念本身，使得文学批评日益偏离"历史"、偏离文本之外的世界，逐步驶入了一个纯形式的文本世界，以致文学完全沦为了语言的囚徒，与人类生活的真实历史场景近乎完全隔离，进而历史、社会、文化都在其互文性的"语言游戏"中变成了无意义的碎片。历史的车轮转到了当下，乘着解构主义思潮的东风，处于后现代知识氛围中的批评家们，继承了后现代思想的积极成果，使得新历史主义从一开始便展现了对上述文学批评趋势决绝反叛的姿态。新历史主义就是以反抗旧历史主义、清理形式主义的姿态，登上了历史舞台。①

关于新历史主义的理论来源可以从如下四个方面进行分析。首先，尼采、福科等人的哲学及历史思想对新历史主义产生了直接影响。新历史主义借用福科的权力分析法，强调权力不再是压抑社会的不同声音，也并不是简单的压迫与反压迫，而是具有积极意义的、具有创造性的复杂关系。新历史主义在西方马克思主义的影响下，具有高度自觉地与主体意识相结合的思想。其次，"修正"马克思主义思想家阿尔都塞的观点对新历史主义有较大的影响。阿氏强调"意识形态"使读者成为话语的主体，同时也在一定程度上支配着读者。再次，结构主义的中心理论也进入到新历史主义中来。结构批评的核心理论认为文本发展了多元的、独立的却又相互冲突的声音。这种观点影响了新历史主义对文本的批评和阐释。最后，海登·怀特的元历史理论是新历史主义的重要理论资源。他认为逝去的历史永远无法还原和重现，我们只能得到被诠释的关于历史的叙述。②怀特的观点在很大程度上影响了新历史主义的思想，在历史观上，使新旧历史观的观点截然不同。③

在以往的文学批评中，历史并不具有太多语篇功能，在文学批评家眼中，历史只不过是一系列的实验变量，在人所拥有的知识范围内，文本与历史事件是互不联系的、客观的且不受历史影响的。新历史主义接受了传统的将文学文

① 孔凡娟：《新历史主义文学批评研究新论》，《学术界》2017年第4期。
② 〔美〕海登·怀特：《元史学：19世纪欧洲的历史想象》，陈新译，译林出版社，2004，第2～5页。
③ 赵洪娟、孙志祥：《论新历史主义之"新"》，《山东理工大学学报》（社会科学版）2006年第3期。

本置于特定的历史背景下进行研究的基本前提，但它又跳出了由于将历史当作文学的背景和文学所要反映的对象而把文学看成历史的"附带现象"的迷局。新历史主义认为历史与文学是相互影响、相互作用、相互塑造、同时涌现的动态关系。历史和文学都不是思维活动的结果，而是不断变化的思维和认识活动本身，都是"不同意见和兴趣的交锋场所"以及"传统和反传统势力发生碰撞的地方"。文学与历史之间的关系无法被单一既定的意义理论给出；相反，文本与世界、文本的物质性与它所产生的意义、艺术与历史之间的交互作用，正是每一次批评实践的调查对象。① 新历史主义批评家认为，讨论文学与历史的"关系"，本身就是成问题的，因为一旦谈及"关系"，就等于默认了文学与历史的既定性和静态性，而这与新历史主义所倡导的文学及其历史"背景"之间的非稳定的动态的关联相悖。历史只有作为文本才能被接触，文本又是某些非话语实践力量的结果。历史既内在于文本又外在于文本。文学不是对"前文本的"世界和"历史"的"反映"。文学是塑造"历史"的能动力量。文学批评不应该将文学与历史之间的关系"单一化"和"固定化"。②

格林布拉特曾在提出和阐释"新历史主义"的内涵时指出，新历史主义"向那种在文学前景与政治背景之间做截然划分的挑战"③。新历史主义的代表人物蒙托斯又深入探讨了新历史主义的理论构成和来龙去脉，提出了"文本的历史性和历史的文本性"。"文本的历史性"指一切文本都具有特定的社会文化性和社会性。所谓"历史的文本性"一是指如果没有保存下来的文本，我们就无法了解一个社会的真正的完整的过去；二是指这些保存下来的文本成为阐释历史的媒介。"历史是一个文本的延伸；文本是一段压缩的历史。文本是历史的文本，也是历时和共时统一的文本"④。在某种意义上对新历史主义者来说，"阐释与历史修撰，历史与历史书写似乎已变成一回事了"⑤。新历史主义的文本分析，并不将分析对象历史化，而是消解其历史化，使之成为权力所局限的一个文本。⑥

当海登·怀特把文学与历史的关系解释为"历史诗性"之时，新历史主义就已经将历史文本化与文学虚构性联系起来了。通过文本将文学与历史联结起来，这正是新历史主义文学批评的理论特征。如前述，在传统文论家那里，

---

① 张进：《新历史主义与历史诗学》，中国社会科学出版社，2005，第 186～187 页。
② 范建迪：《新历史广义文学批评述评》，《山西高等学校社会学学报》2014 年第 12 期。
③ Greenblatt, *Introduction*: *The Forms of Power. Genre*, Vol. 7, No. 63, July 1982.
④ 朱立元：《当代西方文艺理论》，华东师范大学出版社，1997，第 570 页。
⑤ Paul Hamilton, *Historicism*, London: Routledge, 1996, p. 21.
⑥ 赵洪娟、孙志祥：《论新历史主义之"新"》，《山东理工大学学报》（社会科学版）2006 年第 3 期。

"真实性"是历史的固有特质，而这种"真实"与文学的"虚构"特质却形成了鲜明的对比。令人欣慰的是，新历史主义打破了两者的差别，他们认为，历史的"真实性"与文学的"虚构性"同属于一个符号系统。那么，我们要问：新历史主义文学究竟如何促成历史"真实性"与文学"虚构性"的同一呢？通过上述的分析，我们认为可实施如下策略。

第一，强调文学文本与历史文本的互文性考察。怀特在他的两部重要著作《元历史》和《话语转喻论》中着重阐述了文学与历史的关系，他认为，文学家与历史学家对过去事件的理解可能不一样，但是文学家对文学的阐述和历史学家对历史的释解方式却是一样的，那就是都必须依赖于著者想象力的发挥。因此，"历史作为一种虚构形式，与小说作为历史真实的再现，没什么两样"。在怀特看来，"历史真实"并不必然等价于"历史事实"，"历史真实"必然是"历史事实与著者观念结构的复合体"。格林布莱特也有过相应的论调："文学需要通过文本来表现，历史也不能脱离文本性特质，一切文本，不管是文学的，还是历史的，都必须面对文本自身所带来的诸多不确定性问题"。格林布莱特旨在告诉我们，与旧历史主义"历史大于文学"的观念相对，新历史主义却强调"文学与历史相互涵盖"的"互文性"观点，文学和历史同属于"文本性的"符号系统，两者相互阐释、相互印证。文学与历史的"互文性"既包括经济、政治、文学等不同性质文本间的互通性，也包括不同时空文本间的聚合关系（associative relationship）（法国女性主义批评家朱丽叶·克丽斯蒂娃语）。具体来说，考察文学的意义，必须将文本的历史特质植入对文本的研究，以再生产出读者对文本的解读语境，并以此赋予文学参与历史对话的功能与意义，赋予文本间相互解释、相互认证的文学功能。①

第二，注重文化的话语权研究。由于文本间的"互文性"特点，我们可以从不同性质甚至不同时代的文本中，发现彼此间的共同点和共通要素。"文学与非文学并无本质区别"，所以，新历史主义又有"文化诗学"（美国的称呼）和"文化政治学"（英国的称呼）之称。然而，文化是什么？依多利莫尔的观点，"文化是旨在描述社会意义的叙述系统及其同世界的关系"，这是一个泛文化概念。如此看来，新历史主义旨在通过对历史事件的叙述构建一个更生动、更能体现话语权力运作的"大文化"。路易斯（Louis Montrose）把这种"大文化"看作是人类历史系统的"共时性"序列，他们关注社会制度、作者时代及其他更为广泛的背景因素，反对孤立地看待历史和文学，并试图将文学文本上升到文化话语和意识形态文本的哲学高度。正如伊丽莎白·福克斯·杰

---

① 周山、覃建军：《新历史主义文学批评的三个问题》，《求索》2010 年第 7 期。

诺韦塞强调的：“新历史主义文学批评是一种集人类历史学研究方法和探寻文学文本意义研究路径的泛文化学研究理论。”① 在新历史主义文学批评那里，文学研究已然成了一种文化研究，其间的文学文本已经成了社会话语权力的表现形式。文学文本和其他非文学文本之间更多的是一种“话语交流”和话语权力的运行逻辑反映。因此，我们认为，注重文化话语权的研究也是新历史主义文学批评的必由路径。

第三，关注揭示意识形态遏制过程的复杂性问题。新历史主义代表格林布拉特认为，文学具有文化颠覆性功能，即文学通过一定的叙事结构实施对主导意识形态的遏制。②

针对文学与历史的关系研究而言，格林布拉特是从新历史主义作为文学批评出发，考察文艺复兴时期“自我塑型”对文学的影响，把文学还原到原来的历史环境中去考察，进而主张重写文学史。他认为文学应是人性重塑的心灵，将文学看成历史的一个组成部分，需要探究历史中的文学以及文学中的历史之间的相互关系。在新历史主义看来，历史原本就是一种社会存在的物质载体，新历史主义就是试图探讨文学文本周围的社会存在和文学文本中的社会存在。如果把社会存在理解为社会、历史或者说更大范围的文化，那么我们就能更加明晰为什么格林布拉特本人认为“文化诗学”比“新历史主义”一词，更能贴近这个流派的特征。③

历史的文本性与文本的历史性观念使文学与历史在文本基础上相互渗透、彼此交融。在新历史主义那里，“历史的文本性”与“文本的历史性”之间的相互制衡是其理论理想，也是它能一举驱散传统历史主义和形式主义双重迷雾的理论法宝。新历史主义代表学者之一海登·怀特在《作为文学虚构的历史文本》和《历史主义、历史与修辞想象》等文章中指出历史是一种诗意的、虚构的话语，对它的阐释则是修辞性的。在此基础上，怀特在《新历史主义评论》中提出了新历史主义的“历史诗学”④ 的概念。怀特的出发点是研究的历史，他特别强调历史文本中的历史意识、阐释框架和语言以及诗意的想象和合理的虚构。在怀特看来，历史文本和文学文本是可以相互转化的，最严肃的历史文本也充满了文学的想象力。因此怀特认为不可能有什么真的历史，历史的思辨哲学的编纂使历史呈现出历史哲学形态，并带有诗人看世界的想象虚构

① 参见周山、覃建军《新历史主义文学批评的三个问题》，《求索》2010 年第 7 期。
② 参见周山、覃建军《新历史主义文学批评的三个问题》，《求索》2010 年第 7 期。
③ 孔凡娟：《新历史主义文学批评研究新论》，《学术界》2017 年第 4 期。
④ Hayden White，“*New Historicism：A Comment*”，*in H. Aram Veesered，The New Historicism*，New York，Routledge，1989，pp. 293 – 301.

性，即他认为历史学家在努力理解支离破碎和不完整的材料所产生的意思时，必须借用科林伍德所说的"建构的想象力"，因此"历史是象征结构、扩展了的隐喻"①："新历史主义是一种注重文化审理的新的'历史诗学'，它所恢复的历史维度不再是线性发展的、连续性的，而是通过历史的碎片寻找历史寓言和文化象征"②。因此，当人们解读历史文本的时候，就需要具有相应的判断力、想象力和创造力，在这个意义上"历史也因之染上了美学成分"③。于是，对于新历史主义文学批评来说，阐释历史与历史修撰，历史与历史书写似乎已变成一回事了。④

批评案例

本章选取浙江工商大学陈景《回不去的历史，触不到的未来——新历史主义批评视域下的〈白鹿原〉》和天水师范学院外语学院史龙《新历史主义批评视阈中的〈五号屠场〉》作为新历史主义批评方法的实践案例。

案例1　回不去的历史，触不到的未来
——新历史主义批评视域下的《白鹿原》⑤

20世纪90年代出版的《白鹿原》，至今备受关注，并且以其横跨近半个世纪的叙事架构被冠以"史诗"的头衔。作者陈忠实在小说《白鹿原》的扉页上，以巴尔扎克的一句"小说被认为是一个民族的秘史"作引，将一段边缘于正史的家族史放入文学史的长河，作品因此被冠以"新历史主义小说"之名。

新历史主义"假定人不存在普遍的、超历史的人性的本质"⑥，历史所呈现的不过是一个个断裂的碎片，构成历史碎片的个体在喧嚣世代中浮沉、虚无而迷茫，回顾宏伟的历史架构时更感其空洞无所依。历史的完整性被打破，残留下的碎片却如绝地重生般带来个体性的彰显，拼凑出更具人性关怀、关乎每个个体灵魂的历史，这是新历史主义"新"之所在，也是借以解析出文本新意的关键。基于《白鹿原》存在的"经典性"争议，新历史主义批评方法的深度介入对思考这一部小说的文学价值有切实的意义。

---

① 张京媛主编《新历史主义与文学批评》，北京大学出版社，2002，第14、160~168页。

② 王岳川：《后殖民主义与新历史主义文论》，山东教育出版社，1999，第158页。

③ 张宽：《后现代的小时尚——关于"新历史主义"的笔记》，《读书》1994年第4期。

④ 孔凡娟：《新历史主义文学批评研究新论》，《学术界》2017年第4期。

⑤ 陈景：《回不去的历史，触不到的未来——新历史主义批评视域下的〈白鹿原〉》，《名作欣赏》2018年第35期。此文引用前未能联系到原作者，敬请作者见谅。

⑥ 参见张京媛主编《新历史主义与文学批评》，北京大学出版社，2002，第201页。

一　《白鹿原》的创作背景与立意架构

20世纪末的中国迎接着新的发展机遇，新事物的涌现迷乱了双眼也涤荡着心灵。消费时代猝不及防地卷尘而至，20世纪90年代市场经济的繁荣不可避免地与精神文化层面的焦虑相伴相生，敏感人群率先从这种"对新奇的欲望"中摆脱出来，渴望复归到永恒的依托中去。踏着"寻根"热潮的余烬，陈忠实用一部《白鹿原》唤起沉闷读者心灵中一种陈旧的新奇。陈忠实创作《白鹿原》时已是"陕西作协"的专业作家，而20世纪80年代商品运作的市场经济体制已经完全渗透图书出版业，专业作家面临着市场经济的压迫，在《寻找一种叙述》中，陈忠实写道："你写的小说得有人读，你出的书得有人买……必须赢得文学圈子以外广阔无计的读者的阅读兴趣，是这个庞大的读者群决定着一本书的印数和发行量。"[1]

在计划经济与市场经济体制交替的新时期，作者显然把握了这一走向，《白鹿原》的开篇——"白嘉轩后来引以为豪壮的是一生里娶过七房女人"，这句话因与总体情节走向无关而被一些批评家诟病，认为对白嘉轩娶一个死一个故事的铺陈不过是为了吸引眼球。但陈忠实回忆他当时在稿纸上写下这一句话时，内心是"特有的沉静"的，对"开篇叙述的感觉是空前的自在，对叙述语言的把握也是空前的自信"。他似乎很明白，这一开篇可以赢得广阔无计的读者的阅读兴趣。他历经四年的潜心写作如同务实的农民在黄土地上辛勤耕耘，等待收获一份对得起自己、对得起文坛的"垫棺作枕"之作，或以之与20世纪90年代商业化语境下作家浮躁情绪的蔓延相对抗。

我们无须还原作者的创作意图，只是借此看到"历史"怎样通过作者进入"文本"，因为转眼可见，《白鹿原》是一部立意架构十分模糊的小说，有"寻根"的影子，但又不完全；有"反思"的影子，但又多躲闪；有"现实"的影子，但又夹带神秘；有"魔幻"的影子，但又不鲜明……呈现出20世纪八九十年代商业化、多元化进入"文本"话语系统后的复杂状态。

二　模糊的叙事与"断裂"的历史

进入20世纪90年代，市场经济大潮带来了价值观念的整体性动荡，《白鹿原》用模糊的叙事承载了这份混乱。虽然作者在混乱中"抓住了传统文化这根救命稻草"[2]，但小说叙事中呈现的传统文化观念却不甚明了，似乎喻示

---

[1]　陈忠实：《寻找自己的句子——〈白鹿原〉创作手记》，上海文艺出版社，2009，第57页。
[2]　李云雷主持《〈白鹿原〉：如何讲述中国故事》，《青年文艺论坛》2012年第16期。

"历史"之断壁残垣无力拼凑出一个齐全的"文本"。

（一）传统文化观念的模糊

在 20 世纪 80 年代文坛的"文化寻根"热潮下，作家们重新审视传统文化以求更深入地了解民族中的"人"。同一些寻根文学作品类似，《白鹿原》突显了"仁义"观，并以条理化、通俗化了的儒家精神——"乡约"条文，来编织原上人的心理结构形态。电影《白鹿原》用镜头语言再现了"仁义白鹿村"的村民聚集在氏族祠堂里，面对碑文，跟着族长一句一句念着："德业相劝、见善必行、闻过必改……"如同王安忆在《小鲍庄》中将"仁义"等同于某种"原罪"意识，陈忠实在《白鹿原》中将"乡约"条文当成"活在白鹿原这块土地上的人心理支撑的框架"①，但人性的复杂使这种以道德教化为内核的约束变得脆弱而短暂。族长用罚跪、罚款、罚粮来规训乡民，一时原上人个个"和颜可掬文质彬彬，连说话的声音都柔和纤细了"，白嘉轩请来石匠镌刻乡约碑文，希望将这一美好景象也像碑上文字一样长久留存。接着鹿子霖就走进来笑嘻嘻地宣说他被任命为白鹿村保障所乡约了，白嘉轩疑惑道："乡约怎的成了官名了。"从精神文化载体到官名的转变显得别有用意，语用的随意转移映照出"乡约"的脆弱与难以维系，"文质彬彬"的景象不久便回到"打架斗殴扯街骂巷"时有发生的常态。"乡约"以及儒家传统文化并没有化为一种人们可以依托的精神信仰，无法解决精神的苦难。小说中那个破过祠堂当过土匪的黑娃在归顺之后接承了儒生代表朱先生"仁义"的衣钵，最后却被投机分子白孝文陷害致死，白孝文则安然当上县长，"仁义"在机会主义面前变得不堪一击。在小说中，镌刻着仁义道德的碑文被轻易砸碎，碑文虽能拼合，可"人心还能补缀浑全么？"

（二）革命叙事的模糊

20 世纪 50 年代到 70 年代的"革命历史小说"作为一定历史时期意识形态的产物而存在，80 年代新历史主义小说则重写家族史、野史、民族秘史。新历史主义强调"偶然性"的历史观，而陈忠实在创作手记中的陈述似乎与之相悖："在审视近一个世纪以来这块土地上发生的一系列重大事件时，又促进了起初的那种思索进一步深化而且渐入理性境界……所有悲剧的发生都不是偶然的，都是一个生活演变的过程，也是历史演进的过程。"② 可我们却能在小说文本中看出"历史"选择的种种偶然。朱先生将国共政治斗争说成是"翻鏊子"，国共第一次合作时期，青年白灵与鹿兆海以抛硬币的方式选择政

---

① 陈忠实：《寻找自己的句子——〈白鹿原〉创作手记》，上海文艺出版社，2009，第 36 页。
② 陈忠实：《寻找自己的句子——〈白鹿原〉创作手记》，上海文艺出版社，2009，第 87 页。

党，"硬币"与"鳌子"翻来倒去都是同一样事物；原上农民的政治意识几乎是没有的，革命发生时，白嘉轩固守传统，鹿子霖到处投机，黑娃最初加入国民党保安团也不过是凑巧。小说对革命叙事的弱化突出了历史选择的偶然之感，那作者强调的某种"必然演变过程"又如何体现？

白嘉轩的女儿白灵在复杂的环境中逐渐成长为一个激愤的革命女青年，当昔日的恋人鹿兆海选择国民党，两党对立的时局下，共产主义者白灵义无反顾地斩断了这份感情；她对国民党身份的哥哥白孝文的"残忍狰狞"深恶痛绝，听他"得意轻俏"地讲述"剿共"，"恨不得给他一嘴巴"。这位政治意志如此坚定的"女战士"死于一次肃反错杀，白灵的死固然是一个错误，可历史演进过程中必然会有人牺牲，当作者将挫折看作是事物发展过程中必有的存在，人选择的偶然性在历史洪流面前也就被冲刷殆尽了。

（三）"神秘"叙事的模糊

陈忠实在小说中将大旱之时乡民"伐神取水"的场面描写得颇为悲壮："白嘉轩跪在槐树下……专司烧纸的人把一张张金黄的黄表纸连连不断扔进瓦盆里……"白嘉轩大喊着"吾乃西海黑乌梢"，便抓起刚出炉的一根烧得红亮的钢钎儿从左腮穿到右腮，冒起一股皮肉焦灼的黑烟……众人疯癫般反复吼诵着："关老爷，菩萨心；黑乌梢，现真身，清风细雨救黎民……"轰轰烈烈的祭祀并没有引来降雨，原上的饥馑接踵而至。祭祀仪典的庄重与震撼渗透着人们强烈的求生欲，靠土地生存的人们面临干旱无可奈何，人因无法掌握自己的"生"，只得寻求超自然力量的庇佑。

"鬼怪"是"神灵"之外另一类超自然存在，作者用大篇幅描写了田小娥被杀后原上发生的瘟疫与闹鬼现象。小娥的鬼魂借着染上瘟疫而濒死的乡民之口控诉命运的不公，瘟疫的弥漫引得恐慌的村民到田小娥坟前"拜鬼"。尽管作者后来在创作手记中阐明这类诡异事件的发生是"出于人物自身在特殊境遇下的心理异常"[①]，但在小说叙述中，作者却用极为真实的笔调来刻画原上的诸多神秘事件，他似乎意识到民间仪礼、宗教巫术承载的符号意义——这些"地方传说、鬼怪和神秘主义鬼魂与文化……受自然、超自然力量的熏染，使得文本结构更加富有弹性，因此显得多元、复杂而不再一味强制扼杀个人的自由意志与爱情"[②]。

（四）女性的"模糊"叙事

2012 年公映的电影《白鹿原》剪除了关于白灵的所有情节线索，有人批

---

① 陈忠实：《寻找自己的句子——〈白鹿原〉创作手记》，上海文艺出版社，2009，第46页。
② 廖炳惠：《新历史观与莎士比亚研究小说》，见张京媛主编《新历史主义与文学批评》，北京大学出版社，2002，第255页。

评将影片的名字改为《田小娥传》才更合适。白灵作为一个自我主体意识强烈、坚定为人民幸福事业奋斗的"叛逆女性、知识女性",很大程度上平衡了田小娥这个展现身体、表达欲望的女性形象构建。陈忠实在创作手记里谈道:"在我已经开始构思着的小说《白鹿原》里,有多种形态的女性,自然不可或缺至少一个觉醒了的新女性的形象。"①"五四"启蒙以来便开始谈女性解放,但女性始终无法避免成为"被窥视"的对象。小说中不止一次描写女子给长辈磕头的场景,白嘉轩给三儿子孝义"订下的无可挑剔的媳妇"在新婚时给长辈"表演磕头的优美动作",这是"三从四德"的传统女子象征,白嘉轩的妻子、母亲,鹿子霖的妻子、黑娃后来娶的妻子……都是为礼教所赞赏的女子,有资格被写进族谱的女子。要像白灵一样决绝,绝不容易——她可以决绝地冲出家庭再也不回头,而田小娥是另一个极端——她随"欲"而生而活亦不知何为反叛。女性叙事的"模糊"更多指涉一种"多样复杂"的形态,但重要的是能在主流历史的杂音中听到一丝女性的声音。

三 结语:"文本"的裂隙与建构中的"历史"

《白鹿原》叙事上的模糊给"文本"带来了诸多空白,令小说呈现出"历史观的模糊性、不确定性,在客观上恰恰造成了这部小说的开放性,形成了独特的美学风格"②。不同的读者以各自的话语填补着文本的裂隙,阐释者在阅读中不断建构着各自所期望的"历史",作品也因此生发出更多的意义。当20世纪末的人们回望20世纪的中国,渴望对这个复杂、变革的世代说点什么,又因处在一种既定的社会历史观被打破,"新的历史叙述主体"尚未确立之时,混乱中不知该说些什么、怎么说。陈忠实借着《白鹿原》言说,既说出传统文化仁义与温情的一面,又处处透露封建的顽固与愚昧……读者则按着自己对历史的期待解读文本、商讨不同的文学观念,《白鹿原》也在各种"误读"中显出其价值。

维特根斯坦在《文化与价值》一书中写道:"缺乏传统的人希望有传统的存在,就如同一个渴望恋爱的人那样,希望有爱的存在。"③ 我们总是在竭力寻找自己所缺乏的,陈忠实在《〈白鹿原〉创作手记》封面写下"寻找属于自己的句子",中国现当代文学也在"多样的思想元素不断交锋碰撞"之中努力"寻找自己的句子"。在整个"文化热"的氛围之下,我们更关心的是个体人的精神存在,这时候原上的白嘉轩、田小娥、黑娃并不一定要代表什么、象征

---

① 陈忠实:《寻找自己的句子——〈白鹿原〉创作手记》,上海文艺出版社,2009,第118页。
② 李云雷主持《〈白鹿原〉:如何讲述中国故事》,《青年文艺论坛》2012年第16期。
③ 〔英〕维特根斯坦:《文化与价值》,许海峰译,江苏凤凰文艺出版社,2016,第143页。

什么，他们就是自己。我们更关心历史中的每一个个体如何存在，不管个体是否可以在由人建立起的某种有序世界中找到位子，他（她）永远都拥有一个可以由自己来建构的精神世界。"历史"也是如此，在个体的建构中从单一逐渐向周围辐射开来，关乎每一个人。

新历史主义小说不再讲述原先的"历史"，"而是创作主体借助于一个与当下有一定距离的非现实情境来寄托当代人的现实关怀的一种言说策略"①。如同曾经原上"不常的日月就像牛拉车的铁箍木轮大车一样悠悠运行"。现今，"日月"仍旧"不常"，却不再悠然，我们回望过去不是要倒回过去，我们眷恋传统不是要复归传统，那成为"历史"的一切都为我们指向了超越"现在"的"未来"。

案例 2　新历史主义批评视阈中的《五号屠场》②

《五号屠场》是美国著名后现代主义作家库尔特·冯尼格特的经典作品，被认为是"美国后现代文学的里程碑"。在新历史主义批评视阈中，《五号屠场》以虚构的模式即外星化的叙事立场解构了历史和虚构之间的二元对立；并以独特的个人化、主体化的历史视角切入，表现了在对历史进行批判与反思的同时，也流露出对于理想人性与生存状态的期待与憧憬。

一　外星化的叙事立场

在《五号屠场》中，冯尼格特呈现给读者的是一种全新的不同于传统叙事的叙述方式——外星化叙事。从本质上说，外星化叙事就是虚构叙事，而在虚构叙事中，空间从来都不是可有可无的要素，而是构成整个叙事活动的必不可少的基础，在《五号屠场》中作者运用虚构的外星空间——特拉法马多尔星球的观点描述了第二次世界大战中的德累斯顿大轰炸。

以海登·怀特为代表的新历史主义者将文学文本之间的互文性借用于历史文本，使赋予文学性的历史叙事变成了对历史的文本建构，靠语言层面的虚构和想象发挥建构功能，实现历史领域中的自我塑造。新历史主义认为，要使历史时刻的某一事件获得意义，必须通过文学的符号系统，"必须先将对历史的理解看作是一种语言结构，通过这种语言结构才能把握历史的真实价值。历史是一堆'素材'，而对素材的理解和连缀就使历史文本具有了一种叙述话语结构"③。

---

① 王彪：《新历史小说选》，浙江文艺出版社，1933，导论。
② 史龙：《新历史主义批评视阈中的〈五号屠场〉》，《西南科技大学学报》（哲学社会科学版）2012 年第 2 期。刊发此文前未能联系到原作者，敬请见谅。
③ 王岳川：《后殖民主义与新历史主义文论》，山东教育出版社，1999，第 202 页。

泰纳认为，"小说本身就对历史和梦幻之间关系不断转换的思索，而这种思索是以事实/虚构的模式出现的。"1945 年 2 月 13 日晚，盟军对德国不设防的历史名城德累斯顿发动大规模空袭，冯尼格特当时作为德军俘虏，被关押在德累斯顿一个地下屠场，因而幸免于难。《五号屠场》围绕着主人公美国人毕利·皮尔格利姆的经历展开。第二次世界大战中，毕利被德军俘虏，在德累斯顿的一个地下屠宰场做苦工。空袭时，毕利被关在地下冷冻室里幸免于难。战争结束后，毕利带着内心无法愈合的创伤回到了美国。但由于可怕的战争的经历，他失去了正常的时间概念，无法感知时间。在不定的时间，他会将自己拉到遥远的过去和未来。毕利被送进了精神病院，在精神病院，他认识了一位科幻小说家，开始了对科幻的兴趣。1967 年，在女儿婚礼当天的夜里，毕利被外星人特拉法马多尔人的飞碟绑架，开始了一段历险的外星人生活，故事情节也由此开始向科幻的方向发展。他在人类世界和大众星居民世界自由地往返，和外星人探讨战争与死亡的问题，向他们寻求和平的秘诀。小说在开篇即称主人公在时间上患了痉挛症，毕利成了可以自由穿梭于时间和空间的超人，挣脱了时间的羁绊。他就寝的时候是个衰老的鳏夫，醒来时却在举行婚礼。他从1955 年的门进去，却从另一个门 1941 年出来。他再从这个门回去，却发现自己在 1963 年。特拉法马多尔星球上的居民生活在时间之外，他们有着不同于地球的时空概念，他们看得见时间，在此，与众不同的时间观给地球人提供了一个新颖的思维方式，同时也反映出世界的混乱与荒唐。我们看到了毕利在这世外桃源中对和平的向往，尽管这种基于幻想的向往显得荒唐可笑。在毕利的星球之旅中，小说的情节在地球与特拉法马多尔星球、过去与现在、现在和未来、战争与和平之间来回交错，体现了作者对人类命运的深深忧虑，深化了作品的沉重主题，极大地拓展了读者的思维空间，在作品表面荒诞滑稽的内容下，隐藏着作者对人类生存困境的担忧，同时对美国社会及美国人精神世界的荒芜的极大讽刺。

"历史通过时间顺序表里编出故事的成功正是历史阐释效用的一部分；从时间顺序表中得出故事是……'编织情节'的运作……'编织情节'是指从时间顺序表中取出事实，然后把它们作为特殊情节而进行编码。这同福莱所说的一般'虚构的方式'一模一样"①。毕利是一个精神分裂症患者，但他最终诉诸内心，凭借自我非凡的想象力，尝试通过创造性的想象实现精神的自我救赎。特拉法马多尔星球是毕利有意识的艺术创造，也是这一救赎的产物。

---

① 参见张京媛主编《新历史主义与文学批评》，北京大学出版社，1997，第 162～163 页。

毕利在大众星上被告知："每一组符号是一则简明而急迫的消息，是一桩事态、一个场景的描写。我们阅读这些符号并不按先后次序，而是一览无余的。所有消息之间没有特定的联系，除非作者细心地进行加工。这样一下子读完以后，符号便在读者脑海里产生一个美丽、深刻和令人惊异的、活生生的印象。故事没有开头，没有中段，没有结尾，没有悬念，没有说教，没有前因，没有后果。我们的书使我们感到喜爱的是：许多美妙时刻的深奥道理可以一下子就看到。"这一幻想的外星空间有助于毕利逃避现实，也同时使毕利得以对抗噩梦似的回忆，从而有效延缓了精神的彻底崩溃。特拉法马多尔星球，从某种程度上说，它是一个依据，既可以使罪恶、苦难合法化，也可以使大屠杀消解其狰狞的面目。这一虚构的产物，既曲解现实又瓦解虚构。

在《五号屠场》中，全新的叙述方式——外星化叙事彻底颠覆了传统的叙事模式，此叙事打破时空概念，把过去、现在和未来不同时空交错，模糊了时间的逻辑关系，以此解构了历史和虚构之间的二元对立，令人信服地证明了虚构的小说文本在表现人性的真实方面超越了历史文本，让读者体验到当生命走向毁灭的近似精神错乱的生存状态。

二　个人化的历史视角

克罗齐"一切历史都是当代史"的论断对新历史主义影响至深，新历史主义认为历史的特点是客观存在的、是已经消逝了的，现有的作为史料的"历史"都是人的主体意识介入的结果，人首先是历史的阐释者，而历史只存在于人们对它的讲述。由此，他们"把过去所谓单线大写的历史（History），分解成众多直线小写的历史（histories）；从而把那个'非叙述、非再现'的历史（history），拆解成了一个个由叙述人讲述的历史（his-stories）"①。

《五号屠场》中个人化历史叙事视角的选取首先表现在作家以第一人称来叙述历史，有时甚至强烈地阐述个人历史观的意图还使作者迫不及待地频频亮相于故事之中。他有意安排自己进入小说第一章和最后一章，成为小说中的一个人物。

在小说的扉页上，作者签名的下方，有冯尼格特的自我介绍，包括他的姓名，他曾去过的地方和他写这部小说的计划。在《五号屠场》的第一章中，作者以第一人称的叙述方式告诉读者他开始写这部小说时对小说创作的错误预想，以及他创作的艰苦。作者冯尼格特以叙述者的身份出现，却已用小说中人物的口吻非常直接地告诉读者小说中描写火烧德国历史名城德累斯顿的重重困

---

① 王岳川：《后殖民主义与新历史主义文论》，山东教育出版社，1999，第103页。

难："我真不想告诉你们这本小说花费了我多少金钱，多少心血和时间……当时我认为写德累斯顿的毁灭是轻而易举的事儿，只需要报道我目睹的那些情况就行了…不过当时我脑子里关于德累斯顿并没多少话要讲——横竖不够写一本书。就是现在……却依然没有多少话要讲。"

在第一章的结尾处，作者就宣布书已写完："现在我已经写完了我们这本关于战争的书，下次可要写一本有趣的书啦。"最后，作者提前公布了书的开头和结尾："书的开头是这样的：听：毕利挣脱了时间的羁绊。"书的结尾是这样的："普蒂·威特？"小说内的冯尼格特已经不再是小说的真实作者本人，是小说外真实作者冯尼格特笔下的一个虚构的人物和叙述者。作为叙述者，冯尼格特甚至提前告诉读者小说的开头，结尾以及高潮。正如艾萨克（Neil D. Isaacs）指出："《五号屠场》是一本关于写作的书（a book about the writing of the book）。"

在小说中，叙述者坦言发现没有语言能够足以表达他本人由二战带来的冲击，对于作者冯尼格特来说，现实的残酷的确是无法用文学来表达的。叙述者这样说道："山姆，这本书又短又杂乱，因为关于大屠杀没有什么聪明话好说。人们设想大家都死去，不会再讲什么或要求什么。"

小说的第二部分叙述者讲述了主人公毕利的故事。"我"的出现主要体现在第一部分的叙述者"我"介绍主人公毕利的二战经历时不时地插话，提醒读者他——冯尼格特也在那儿。"那人就是我，本书的作者。""毕利成了灰姑娘，灰姑娘便是毕利了。""那是主动的我，也是被动的我。""我在那里。""那个人是我。""我"曾五次简短而巧妙的介入第二部分叙述者的叙述，事实上是进一步向读者强调德累斯顿大轰炸叙述的真实性和德累斯顿被盟军轰炸的难以置信、荒诞。在第十章里，作者甚至把毕利的经历和自己的经历混合在了一起。"毕利和其他人被卫兵带到废墟堆上。我当时也在那儿。奥黑尔也在那儿。我们在瞎眼老板的旅店的马厩里住了两宿。"这一部分是叙述者"我"讲述的冯尼格特的故事。冯尼格特从个人的角度出发，对小说进行了解，冯尼格特有意安排他自己进入小说的第一章和第十章（最后一章），成为小说中的一个人物。

他曾在1972年时说："我现在懂得必须这样做，因为我要成为我所有著作里的一个主要人物，在书里我能这样干，不过在电影里，作者总是销声匿迹的。到目前为止，我那搬上银幕的所有作品之中只缺少一个人物，这个人就是我。"琳达·哈琴认为："历史地思考仿佛是一种新的希望，当今，历史地思考就是批判性思考，联系具体语境的思考。"冯尼格特通过小说文本的创作，历史地思考德累斯顿遭到大规模空袭的历史。冯尼格特在小说文本中让自己成为小说作者、叙述者和人物的统一体，从个人化、主体化的历史视角切入，消解了历史客观性，建立自己个人化、主体化的历史视角，让读者了解德累斯顿轰炸的历史真实及实质。

三　隐喻化的理想追求

《五号屠场》集中反映了二战中盟军对德国不设防的德累斯顿发动大规模空袭的历史问题，为人们重新记忆那段历史提供了思考的平台，体现了冯尼格特浓郁的历史意识。并且在《五号屠场》对历史进行批判与反思的同时，也流露出对于理想人性与生存状态等的期待与憧憬，冯尼格特将自己的理想隐寓在作品之中，表现了自己的精神追求，也警示了未来。

《五号屠场》除了这个正标题外，还有一个名为《少年十字军》的副标题，作者用两个标题意在将二战中参战的大批无知少年比作中世纪时臭名昭著的少年十字军事件；同样，小说主人公的姓名与英国 17 世纪小说家约翰·班扬的小说《天路历程》进行对比，这象征性地表明作者对战争的态度，也更加体现出作者的强烈反战思想。

《五号屠场》运用虚构的外星空间——特拉法马多尔星球的观点描述了第二次世界大战中的德累斯顿大轰炸，通过小说文本的讲述，揭露了西方读者不熟悉的历史真实事件，并为人们记忆那段历史，反思批判战争的本质及破坏性提供了平台。据《寻找五号屠场》的作者朱丽·西巴地的说法，她在读《五号屠场》之前对于德累斯顿的惨剧一无所知。她进一步承认，"美国的高中历史课本一贯忽略德累斯顿屠杀，对此事避而不谈。一般的美国人不知道这件事也就不足为奇了"。冯尼格特回忆道："我们常常听到，美国政府重生命胜于一切，所以对于误伤平民非常注意。事实上，德累斯顿既无战略价值，又有大量平民在。他们在撒谎。这真是让人感到震惊！"冯尼格特拜访战友 O'Hare 的夫人玛丽时，曾听到这位战争遗孀的抱怨。她说："以前的小说把战场上的士兵描写得英勇无敌，意志坚决。而事实上，二战的士兵只是些半大的孩子。而那些骗人的电影和小说却不断的煽动孩子们从军杀敌。"冯尼格特深信历史是不断被扭曲的，人们永远无从知道历史的真相，尤其是当人们身陷其中的时候。

普通人可能无法接近某些历史事件的本来面目，而小说文本，一种不同于官方历史叙事的历史叙述，可以提供了解历史、反思历史的窗口，即格林布拉特所说的，要考察"深入文学作品世界的社会存在和文学作品中反映出的社会存在"①。他正是带着这种希望，用一种诗性的语言结构讲述了德累斯顿毁

---

① 盛宁：《历史·文本·意识形态》，《北京大学学报》1993 年第 5 期。

灭的历史故事，既颠覆了关于战争的宏大叙事，又渲染了现实的非理性和无逻辑；同时也揭露了战争的残酷无情、毫无人性的恐怖本质，从这一角度来说，《五号屠场》作者写作的初衷及深刻的人道主义思想便得以彰显。

综上所述，冯尼格特在《五号屠场》中以历史为背景，以外星化的虚构叙事为载体，以"新"的方式和艺术的手法表达了二战中不为人所知的德累斯顿大屠杀，充分展现了"德累斯顿大屠杀"这段历史对人们造成的影响。在新历史主义之维下，外星化的叙事立场，个性化的历史视角，隐喻化的理想追求体现了他既尊重历史事实，又强调以想象为媒、诗性为介的历史意识，从而显露出对现实与人性的关怀情愫和对理想价值的追求。这种再现历史又解构历史的创作思想，从理论的高度再一次验证了冯尼格特的创作观与新历史主义的不谋而合。

课后习题

1. 理论题：如何理解新历史主义的历史和文学之间的关系？

2. 实践题：从新历史主义角度分析英国著名小说家多丽思·莱辛的作品《渴望》。

本章主要参考文献

1. Allen，William Rodney，*Understanding Kurt Vonnegut*，Columbia：South Carolina UP，1991.

2. Hutcheon，Linda，*A Poetics of Post modernism：History，Theory，Fiction*，New York：Routledge，1988.

3. Neil D. Isaacs，*Unstuck in Time："Clockwork Orange" and "Slaughterhouse-Five"*，Literature/ Film Quarterly，1973.

4. Roger Matuz，*Contemporary Literary Criticism*，Detroit：Gale Research Inc，1990.

5. Tony，T.，*The Uncertain Messenger：A Study of the Novels of Kurt Vonnegut，Jr. Contemporary Literary Criticism*，Detroit：Gale Research Company，1982.

6. Vonnegut，Kurt，*Slaughterhouse-Five*，New York：Delacorte / Lawrence，1994.

7. 黄小伟：《论新历史主义文学批评产生的背景》，《赣南师范学院学报》2007 年第 1 期。

8. 孔凡娟：《新历史主义文学批评研究叙论》，《学术界》2017 年第 4 期。

9. 孟繁华：《白鹿原：隐秘岁月的消闲之旅》，《文艺争鸣》1993 年第 6 期。

10. 盛宁：《历史·文本·意识形态》，《北京大学学报》1993 年第 5 期。

11. 王岳川：《后殖民主义与新历史主义文论》，山东教育出版社，1999。

12. 王岳川：《新历史主义的理论盲区》，《广东社会科学》1999 年第 4 期。

13. 杨仁敬：《美国后现代派小说论》，青岛出版社，2003。

14. 〔美〕詹姆逊：《政治无意识》，王逢振、陈永国译，中国社会科学出版社，1999。

15. 张京媛主编《新历史主义与文学批评》，北京大学出版社，2002。

16. 张颐武：《白鹿原：断裂的挣扎》，《文艺争鸣》1993 年第 6 期。

17. 赵洪娟、孙志祥：《论新历史主义之"新"》，《山东理工大学学报》（社会科学版）2006 年第 3 期。

第十二章　女性主义的文学批评方法

方法介绍

女性主义批评是诞生于 20 世纪 60 年代的以女性为中心的一种批评模式，基本出发点就是从女性视角重新审视文学史，揭示男性中心话语对女性的曲解和掩盖，力图建构女性的文学传统，关注女性作家的写作，关心女性意识，声讨男性中心的标准，探求女性自己独立的创作方式、建构标准。

女性主义批评与西方女权主义运动是分不开的，"直到 20 世纪 60 年代第二次女权运动的出现，直接催生了女性主义文学批评。女性主义文学批评正是这样依托着争取女权的政治斗争的强大动力而发展起来的，它同时又反过来为女权政治运动提供了独特的思想武器"[①]。同时，女性主义批评的形成不仅仅得益于当时的社会现实背景，文学理论自身的发展也为女性主义批评的出现注入了思想的力量，早期的女权主义者作了理论积淀，尤其是英国作家弗吉尼亚·伍尔夫与法国作家波伏娃的《一间自己的屋子》与《第二性》为女性主义批评提供了实例与理论研究，这些女权主义先驱者的思想和观念给女性主义批评以多方面的启迪。

"从女性主义文学批评的内容来看，可分为'女性形象批评'、'女作家批评'、'女性身份批评'"[②]。20 世纪 60 年代，女性主义批评主要集中于女性的形象分析，反抗男性的文学书写对女性的淹没。20 世纪 70 年代的女性主义批评针对的是男性中心的文学标准和批评原则，使被淹没的女性作家作品重见天日。20 世纪 80 年代，第三代女权主义兴起，多元化的批评视角和方法应运而生，突出的方面便是正视了女性自己的身份，不再一味地苛责"平等"，更加完善地认清女性自己的身份。

[①]　参见赵炎秋《文学批评实践教程》，中南大学出版社，2015，第 245 页。

[②]　参见魏天真、梅兰《女性主义文学批评导论》，华中师范大学出版社，2011，第 8 页。

女性主义文学批评"作为一种批评流派，在一个比文学范畴广阔得多的背景下把各种不同的方法论聚合在一起，形成一个多元共存的批评阵线"①。因此，从严格意义上来说，女性主义文学批评还不是完全成熟的、独立的一种批评方法，算不上是一种已经成形的批评模式。女性主义文学批评吸收了多元化的批评方法，"文学批评的目的和功能、批评遵循的评价标准、采用的批评法等方面不尽一致，但尽管如此，女性主义文学批评的基本出发点和最终目标还是明确而统一的，从女性的角度重新审视整个文学史，彻底动摇以男性为中心的文学批评传统"②。女性主义批评方法主要借鉴了马克思主义、精神分析学、结构主义、解构主义、文化学等理论方法。

第一，马克思主义女性批评方法。

女性主义批评与马克思主义批评从根本上来说都属于政治批评的范畴，两者具有某些共同点，女性主义批评首先借鉴了马克思主义的批评方法。

首先，马克思主义明确地反对剥削阶级的压迫，对资产阶级的压迫作了坚定的抗争，"特雷·伊格尔顿也说：'文化行动与政治行动发生密切联系的第二个地方在妇女运动之中'"③。女性主义一定程度上借鉴了马克思主义的强烈反抗精神，她们把反抗精神运用到对男权文化制度中心的反抗中，将阶级反抗化为女性对男性的反抗的性别斗争，力图消除性别歧视。凯特·米利特、朱丽叶·米切尔、贝蒂·弗里丹等女性主义批评的代表人物从性别斗争分析了两性之间不平等、分析了父权中心制度对女性的压制，并对父权意识形态的控制给予强烈批判。

其次，女性主义用马克思主义的理论探求女性被压迫的原因，马克思主义强调经济基础对上层建筑的决定作用，经济基础对于一个人的全面发展具有不可替代的基础效应，人的自我实现首先要有经济基础作为铺垫，而女性恰恰缺失一定的经济基础，以至于在其他层面上（政治、意识形态、文化等）都受到制约。"恩格斯在《家庭、私有制和国家的起源》中阐释了性别分工、私有制和家庭妇女受压迫问题的根源，认为私有制导致了性别分工的奴役形式，男性掌握了生产资料，女性沦为男性的附属品，父权家长制开始形成"④。男性掌握了经济大权，在家庭与社会中处于较高的地位，女性在逐渐屈服的过程中不断被男性所掌控。

---

① 凌晨光：《当代文学批评学》，山东大学出版社，2001，第158页。
② 凌晨光：《当代文学批评学》，山东大学出版社，2001，第159页。
③ 杜宁：《文学批评的方法论研究》，中国社会科学出版社，2014，第250页。
④ 邱高、罗婷：《马克思主义女性主义理论与批评在中国的接受与影响》，《中国文学研究》2018年第4期。

最后，女性主义文学批评借鉴马克思主义的批评方法给予被压迫的女性以出路，借用马克思主义的方法来解决女性出路的问题。女性反抗的第一步便是要实现经济的独立，"以辩证唯物主义作为基础，强调妇女解放以经济独立为重要条件，只有妇女参与到社会劳动中，妇女的解放，妇女同男子权利的平等，才有可能实现"。"伍尔夫在《一间自己的房间》中致力于对女性文学产生的社会历史文化语境进行考察，在通过比对男性作家所拥有的物质条件后，大胆提出创造一个女性获得自由平等权利的创作天地"①。女性在拥有物质条件后才有了夺取其他条件的可能，在社会地位、文化权利、婚恋自由、受教育、职业等方面要求与男性具有平等的权利。女性主义批评从马克思主义的阶级分析、经济基础理论、私有制等角度来分析女性在各个方面受压迫的根源，寻找女性解放、独立的途径。

第二，解构主义女性主义批评。

女性主义批评对解构主义的借鉴主要体现在以雅克·德里达借助语言对二元模式的解构模式来解构男性中心话语体系。解构主义批评针对西方传统的逻各斯中心主义，指出了语词的能指与所指之间不对应关系及意义的不确定性，从而解构了二元对立原则，消除了二元结构严格的固定制度，给予去中心和多元化的理论思考。"作为一种方法论，解构主义为女性主义批评提供了十分有力的工具，解构主义致力于从语言、无意识等因素中寻找原因的方式，为女性主义批评所利用"②。

首先，解构主义解构的是西方理性中心主义，致力于中心性和结构的消解，试图摧毁在场的固定结构，而女性主义直接要消解数千年的男性中心主义，两者具有异曲同工的目的性。解构主义对逻辑的质疑、对理性中心成分的揭示都有助于女性主义达到对男性批评的目的，女性主义寻求解放的诉求正好可以与解构主义挂钩。

其次，解构主义质疑二元对立所依赖的特征概念，要推翻一种理论的正确性莫过于证实这种理论依靠的概念是错误的、非真理性的，二元对立的"在场"是相对意义上存在的，并不是绝对的，因此，解构主义削弱了在场、真理、绝对等基础。波伏娃在《第二性》中论述了"女性"并非天生生理形成的，而是社会与文化的产物，"'女性'是一个术语，对这个术语的界定取决于它所被讨论的语境，而不取决于某些性器官或社会经验"③。从此观点出发，

---

① 邱高、罗婷：《马克思主义女性主义理论与批评在中国的接受与影响》，《中国文学研究》2018年第4期。

② 赵炎秋：《文学批评实践教程》，中南大学出版社，2015，第253页。

③ 张京媛主编《当代女性主义文学批评》，北京大学出版社，1992，第334页。

男性与女性的二元对立不是天生而来的，没有必然性存在的理由，男女二元对立依赖的生物学范畴与性别模式之间没有必然的联系，男性也没有必然的压倒性的优势控制女性话语，女性应当在社会文化中争取平等的地位，女性要求与男性有平等的权利既是合理的，也是社会不断发展的必要。同时，女性主义批评不仅仅是想颠覆、推翻男女二元对立的模式，法国女性主义还想探讨、恢复二元对立模式之前的关系，这是女性主义借鉴解构主义思想后的新发展。法国女性主义的做法"也就是说，一种尚未被归纳进二元对立的语言，非矛盾的逻辑和自我统一的术语也许曾经存在过。法国女性主义敞开了通往'自然的'语言之大门，这种'自然的'语言表达了人类主体，特别是人的躯体，这个躯体是女性和复合的，而不是男性和单一的"①。男性与女性对立之前便是一种自然整体的人类主体，都是自然中的躯体，法国女性主义通过这种"恢复自然"的方式粉碎男女二元对立模式。

再次，解构主义立足于二元结构的解构，在这里分析三种策略，德里达首先发现二元对立的两项不是完全对应的，试图分解两项势力。然后将两者的权利进行消化、分解，解构主义加入了"中介物"的概念，同时解构主义的实践是把二元结构转化为循环结构，消除二元结构的神秘性与等级性。

其一，德里达发现传统的二元对立结构中的对立两项不是对等的，解构主义基本的解构策略就是将两者的地位颠倒过来，将前后、主次的顺序颠倒过来，实现最初的解构。"他说：'传统哲学的一个二元对立中，我们所见到的唯有一种鲜明的等级关系，绝无两个对项的和平共处，其中一项在逻辑、价值等等方面统治着另一项，高居发号施令的地位'，其策略'便是在一个特定的时机，将这一等级秩序颠倒过来'"②。女性主义批评将解构主义模式放入女性与男性的二元对立模式中，女性与男性在各个方面的不平等状态给予敏锐的女性主义者们强烈的刺激，女性主义借用德里达解构的思想揭开男女两性对立下男性强大的势力压迫。

其二，"中介物"的加入使得二元结构变得疏松，使二元结构的特征发生断层，"一旦二元结构被揭示为是人造产物，二元的特征——阻止构成别的可能性的固定术语和僵死不变的结构——就会摇摇欲坠"③。女性作家的崛起塑造的女性形象一定程度上颠覆了男作家对女性形象的认识，例如中国20世纪90年代的女性个人化写作，陈染、林白等作家解构了传统男性作家笔下带有强烈宏大责任感的女性形象，将女性心底的细腻、迷狂、残缺写得淋漓尽致，

① 张京媛主编《当代女性主义文学批评》，北京大学出版社，1992，第338页。
② 朱立元：《当代西方文艺理论》，华东师范大学出版社，2014，第227页。
③ 张京媛主编《当代女性主义文学批评》，北京大学出版社，1992，第341页。

使读者认识到了"新"女性形象。男性权威话语下，读者只能从男性作家笔下了解不同时代的女性，女性作家的加入将这种模式打破了，塑造了千姿百态的女性形象，或温婉细腻，或柔情万种，或健壮乐观……同时，解构主义转化二元机制，变成循环结构，从而揭示二元对立模式的"虚假性"，我们借用《当代女性主义文学批评》中的例子，作者张京媛认为"解构主义策略可以使我们更准确地列出存在于个人的社会位置和社会权力和压迫之中的多重决定力量"。把女性分为独立的个体之后，这种"做法是如何掩护了表面上是团结而实际上是分裂妇女利益的权力效用"①。

最后，解构主义主要的目的就是揭示逐层解构固有模式，揭露本相，"消除神秘特征"，"这样使一个真正的历史实践变得有可能实现，历史实践可以分析和解构范畴的特殊表述和机构，以及它们的独立性和它们被利用并得到改变的不均衡的过程"②。我们将此带入女性主义批评中，"性别"就是一个规定之内的固定范畴，女性在男性/女性二元结构中成为独立而固定的弱势一方，女性主义借用此思路逐步分析女性被固定的过程，进而寻找解放的出路。

第三，精神分析女性主义批评。

精神分析女性主义批评主要是借鉴了弗洛伊德和雅克·拉康的心理分析理论，揭示了精神分析理论的女性歧视问题，特别是关于拉康对主体问题的思路。从女性身体的真实经验出发，将女性的写作纳入作者心理和性别同创作关系的范围中，探究文学作品中女性性欲的无意识表现等。

首先，女性主义批评带有浓厚的男性中心主义和性别歧视的精神分析学派，寻找女性主体的自我建构，在精神分析学派对女性的分析中，弗洛伊德认为女性天生就因为缺少男性生殖器的优越感，他将其称为"女性阉割情结"，"弗洛伊德认为，女性的心理特点、人格发展都是由先天的生理解剖特点决定的，'生物构造即命运'"③。波伏娃针对弗洛伊德的生物学观点展开了批评，即人是社会的人。"'波伏娃认为，女孩在父权社会中的整个社会中的整个处境促成了她的自卑感，不能简单地将这归结为她没有一个阴茎。'从而批判了弗洛伊德的以男性为中心的，把女性的生理、心理和处境归结为'性'的'性一元论'"④。某种程度上说，波伏娃的批评是寻找女性自我主体建构的一个过程，女性主义不仅对弗洛伊德的分析理论进行了反驳，同时也吸收了关于拉康主体建构的理论。"主体在他者的视域中为了他者存在，主体总是欲望着

---

① 张京媛主编《当代女性主义文学批评》，北京大学出版社，1992，第341页。
② 张京媛主编《当代女性主义文学批评》，北京大学出版社，1992，第340页。
③ 张浩：《论精神分析女性主义批评的三重维度》，《文学理论前沿》2017年第2期。
④ 杜宁：《文学批评的方法论研究》，中国社会科学出版社，2014，第250页。

他者的欲望，浑浑噩噩的主体在焦虑中建立起来"①。主体为了他者的存在而存在，满足着他者的欲望，在他者的需求和希望中迷失主体性，女性成了男性的附属。主体丧失了主体性，女性是男性眼中的"主体"。"在波伏娃看来，一旦把女人作为男人的财产移交给他，他就会要求她纯粹为了肉体本身代表肉体，她的身体不是被看作主观人格的放射，而是被看作深陷于内在性的一个物"②。精神分析对女性的救助也是恢复重建一个原本空洞无物的主体，女性主义批评运用精神分析的理论将女性主体重新建构起来。

　　其次，借用精神分析否定了生理学构造对女性形成的决定作用的思想，抛弃了性别建构主体的中心思想。分析女性变成他人"主体"的原因，就要分析各种原因对女性心理形成的潜意识压迫。一方面，女性主义者们采用心理分析分析社会规范对女性的压制，女性在社会中的客体地位，也就是说，是社会与文化习俗等将女性变成男性眼中的客体。另一方面，心理分析更加细致地深入分析女性长期受潜意识压制的原因，在心理分析中将复杂的潜意识纳入理论的范畴讨论。社会规范对女性的规定将她们固定在家庭中，家庭是女性唯一的领地，女性长期处于这样的牢笼之中，形成了女性对自己的身份认同。如果女性进入到社会的公共空间里是否能够获得真正的自由？女性面临着认知身份与社会规范的双重难题。女性在长期的禁锢中形成了固定的潜意识，没有接受相应的教育与知识，内心没有反抗的意识。"社会公共空间虽然被寄予厚望，希望能成为女性解放自身、确立主体属性的所在，但是它也是更大范围的男权话语运作的地点。跨出家庭的女性不仅没能确立自身的主体身份，反而越来越挣扎于边缘处境，越来越怀疑女性主体的神话，当允诺的社会主体身份落空时，回归传统价值观和生存方式成为新的选择"③。社会的压制与女性内心的潜意识都存在着，男性也没有给女性应有的让步，女性的地位也变得更加尴尬，主体身份的建构也遇到阻碍，精神分析让我们深入了解女性心理及外界压力，也激发了女性作家对男权的反抗，例如，"中国当代女作家自八九十年代以来用精神分析女性主义独特的审美视角对男性的偶像地位给予颠覆和解构，甚至将男性形象推到了一个被鞭挞、被批判的地位，使其成为女性文学中的边缘群体"④，但女性主义者们并未结合精神分析探究出女性的真正出路，女性主体仍然处于规训之下。

　　女性主义通过借助于其他批评方法建构自己的女性话语，在探索中不断修

---

①　魏天真、梅兰：《女性主义文学批评导论》，华中师范大学出版社，2011，第82页。
②　杜宁：《文学批评的方法论研究》，中国社会科学出版社，2014，第230页。
③　魏天真、梅兰：《女性主义文学批评导论》，华中师范大学出版社，2011，第86页。
④　张浩：《论精神分析女性主义批评的三重维度》，《文学理论前沿》2017年第2期。

正自己的批评和理论架构。虽然仍存在着许多的不足，但在多年的努力中取得了一定的成就，打破了男性对文学批评的霸权，为男女两性的主体平等对话创造了条件，为男女两性的平等共处创造了可能。女性主义批评已然成为当代文学批评中影响广泛、具有强大生命力与活力的一支重要力量。

批评案例

本章选取中国古代历史剧中以女性为题材的作品，通过分析女性在政治、爱情、家庭中的地位等因素，来引起对女性的关注与重视。

案例1 《浣纱记》：女性是成就男性政治功名的工具①

《浣纱记》是明朝梁辰鱼撰写的传奇，是中国古代众多西施剧中最受推崇的作品。与其他一些西施剧相比，《浣纱记》在思想境界上表现出了不少超人之处，如它歌颂范蠡和西施的爱国和自我牺牲精神，让西施完成破吴任务后又与范蠡泛舟江湖共度人生等。不过当我们仔细分析这些内容时，总是觉得事情并非那么简单，实际上剧中的西施，只不过是范蠡成就政治功名的工具而已。

西施是与春秋时期吴越两国兴亡有密切关系的人物。她正式进入吴越纷争的历史则是在东汉《越绝书》和《吴越春秋》两部史实与传说兼而有之的作品中。关于她的下场，历来有两种说法，一是吴灭之后，她被沉入江中，如李白的《西施》诗说："西施越溪女，出自苎萝山。秀色掩今古，荷花羞玉颜。浣纱弄碧水，自与清波闲。皓齿信难开，沉吟碧云间。勾践征绝艳，扬蛾入吴关。提携馆娃宫，杳渺讵可攀？一破夫差国，千秋竟不还。"还有宋金时期董颖撰写的大曲《道宫薄媚·西子词》也是这个结果。另一是吴亡之后，范蠡携之泛舟五湖，远遁他乡了。戏剧也大体上遵循这两种说法。宋元戏文有《范蠡沉西施》（阙名）；元杂剧有《姑苏范蠡进西施》（关汉卿）、《灭吴王范蠡归湖》（赵明道）、《陶朱公五湖沉西施》（吴昌龄）等；明杂剧有《陶朱公五湖泛舟》（汪道昆）；明传奇有《浣纱记》（梁辰鱼）；明清传奇有《倒浣纱》（阙名）；清杂剧有《浮西施》（徐石麒）等。其中最为著名的是梁辰鱼的《浣纱记》。

在那些让西施沉入江底的剧作中，人们不难看出男权文化的荒谬无理和丧

---

① 刘丽文等著《历史剧的女性主义批评》，中国传媒大学出版社，2005，第13~20页。此文刊发前未能联系到原作者，敬请见谅。

失人性。西施是一个民间弱女子，只因为她长得美丽，便被越国的统治者主动送到吴国，以使吴王沉溺酒色，不思进取，为越国伐吴作准备。出这个"奇妙"计策的男人们，丝毫没有、也不屑于考虑西施的个人意愿，更没有认为这个计策对于西施来讲实属伤天害理。对吴国，西施是想去也得去，不想去也得去；对吴王夫差，西施是不爱也得装出爱的样子，爱也得最终把夫差送上死亡之路。对越国，西施完成了任务、灭掉了吴国，她得死，因为她妖媚惑主，是个祸水，犯有灭掉吴国的巨大罪恶；她完不成任务，她的家人也不会有好下场，因为她背叛了越国。董颖撰写的大曲《道宫薄媚·西子词》说："吴正怨，越方疑，从公论，合去妖类"，好一个"公论"！这就是男权文化的逻辑！

其实也并不是所有的男性都那么灭绝人性，一些男性也感到这个事情做得太不人道，让这么个绝色女子就那么无辜地死了，也有点儿于心不忍，于是同时也有让西施与其情人范蠡泛舟五湖，享受人生的结局。梁辰鱼《浣纱记》以美丽的辞藻，演绎了这个美丽的故事，于是好心的男人和绝大多数女人终于感到了某些安慰，因此对这类剧所表现的思想也就赞不绝口。如："《浣纱记》首先是一出极为崇高而苦涩的爱情悲剧。一缕洁白的轻纱，珍藏在情人的胸怀，也维系着国运的兴衰。范蠡、西施藉此分而后合，越国、吴国由之存亡迁移。肩负国家重任的政治家范蠡与天姿国色的女娇娃西施在明澈的溪水旁遇合定情，却又不得不在沉重的政治风云中怅然分手。在国家利益与儿女恋情之间，范蠡与西施牺牲了后者，共同作出了无限悲凉、屈辱、痛苦而豪壮的决定。这对情侣在定情之后，因为范蠡在吴国为奴而苦等了三年，之后又因西施在吴王身边被蹂躏而煎熬了三年。六年的相思换来了越国的胜利，但对花已残、心更苦的当事人双方而言，不能不说是一场灵与肉的大劫难。勇于献身的爱国精神乃至极为崇高的政治品位，都是以爱情悲剧作为前提而铺展开来的。"[1]"梁辰鱼《浣纱记》把范蠡、西施的爱情与吴越兴亡结合起来，歌颂了范蠡和西施为国家利益牺牲个人爱情的精神。范蠡和西施以一缕浣纱定情，但当国家灭亡之后，为了灭吴复国，范决定让西施去吴国迷惑吴王。他说：'若能飘然一往，则国既可存，我自亦可保，后有会期，未可知也。若执而不行，则国将遂灭，我自亦旋亡；那时节虽结姻亲，小娘子，我和你必同作沟渠之鬼，又何暇求百年之欢乎？'西施也说：'国家事极大，姻亲事极小。'可见他们对于国家存亡与个人爱情幸福的关系有着正确的认识，并能够为国家利益而牺牲个人的爱情幸福。""范蠡和西施有着热爱祖国的共同理想，他们能够摆脱传统的贞节观念，牺牲个人爱情挽救祖国，又不受愚忠思想的束缚而功成

---

[1]　袁行霈主编《中国文学史》（四），高等教育出版社，1999，第110页。

身退，能够站在这样的高度处理爱情与国家、个人与君主的关系，是过去所罕见的。"①

应当说，这些评论都是很有道理的。

但是如果再仔细咀嚼，就会发现，说到底，西施还是工具：不仅是越王勾践的工具，更是范蠡成就自己功名事业的工具。因为范蠡辅越伐吴作出重大牺牲之原因，不是为越尽忠君爱国的义务，不是扶弱诛强的正义感的驱使，更不是为了荣华富贵，而仅仅是为了其个体人生功名的建立！为何如此说？请看下面的引文：

A.《浣纱记》第二出"游春"开始范蠡初次登场的自我介绍：

> ［绕池游］尊王定霸，不在桓文下，为兵戈几年鞍马。回首功名，一场虚话。笑孤身空掩岁华。
>
> （白）少小豪雄侠气间，飘零仗剑学从军。何年事了拂衣去，归卧荆南梦泽云。下官姓范，名蠡，字少伯，楚宛之三户人也。偶傥负俗，伴狂玩世。幼慕阴符之术，长习权谋之书。先计后战，善以奇而用兵；包势兼形，能以正而守国。争奈数奇不偶，年长无成，因此忘情故乡，游宦别国。蒙越王拔于众人之中，厕之大夫之上，志同道合，言听计从，迩年以来，邦家多故，庙乏善策，外有强邻，正君子惕励之时，人臣干蛊之日……
>
> ……偶尔困步，试看世情，奔走侯门，驱驰尘境。我仔细想将起来，贫贱虽同草芥，富贵终是浮云。受祸者未必非福，得福者未必非祸。与时消息，随世变迁，都是一场春梦也。（唱）更衣变服，究古论今，较胜争强，不知何年才罢。笑你驱驰荣贵，还是他们是他；笑我奔波尘土，终是咱们是咱。追思今古，都付渔樵话。②

B. 第四十五出"泛湖"，破吴之后，范蠡携西施远逝时说：

> 自家范蠡，辅我弱越，破彼强吴，名遂功成，国安民乐。平生志愿，于此毕矣。正当见机祸福之先，脱屐尘埃之外。若少留滞，焉知今日之范蠡，不为昔日之伍胥也……
>
> 呀！看满目兴亡真惨凄，笑吴是何人越是谁？功名到手未嫌迟……③

以上文字说明：

---

① 许金榜：《中国戏曲文学史》，中国文学出版社，1994，第238页。
② 毛晋编《六十种曲》第一册《浣纱记》，中华书局，1958，第2~3页。
③ 毛晋编《六十种曲》第一册《浣纱记》，中华书局，1958，第157、161页。

1. 范蠡是楚国人而游宦到越的，对越国并不存在国家感情和应尽的义务。

2. 实现政治功名达到人生不朽，是范蠡一生最大的追求，他认为功业不就乃是虚度年华。为此他弃国远游，寻求可以与自己"志同道合"、对自己"言听计从"的可辅之君。他之所以帮助越王，是因为越王能够为他提供实现抱负建立功业的"平台"。

3. 所谓"功业"不是享受，而是创造。（"迩年以来，邦家多故，庙乏善策，外有强邻，正君子惕励之时，人臣干蛊之日。"）于艰难困辱之中建立功勋，更可见人之才干、人生之价值和功业之不朽；所以他要"辅我弱越，破彼强吴"，以此完成"名遂功成"的"平生志愿"。

4. 他早就具有一种富贵如云、人生如梦及祸福相依思想。（"贫贱虽同草芥，富贵终是浮云。受祸者未必非福，得福者未必非祸。与时消息，随世变迁，都是一场春梦也。"）因此他并不想求得富贵，功成身退是他早有的"既定方针"。

5. 他认为，国与国之间的纷争无所谓是非对错，"更衣变服，究古论今"，说到底，历史就是"不知何年才罢"的没完没了的"较胜争强"，令人目睹之后满目惨凄，吴也好，越也好，到头来都化为乌有，唯有"功名"，才是人生的真谛。

正因为有如上追求功名的人生设计，所以尽管范蠡早就知道兔死狗烹的道理，也早就看出勾践非忠厚之辈，他仍然竭尽心力辅佐越王，为他出谋划策，为他饱尝屈辱，甚至付出牺牲自己心爱的未婚妻的巨大代价也在所不辞。即对剧中范蠡行为起作用的不是国家观念和爱国情感，也不是正义与邪恶之类的是非观念，更不是个人的富贵享乐，而是对成就政治功业传之于后的名声不朽的价值观念的追求。他要趁越国的危难和勾践对他的重用，大干一番事业以求名留千古。所以说，归根结底，西施也是范蠡成就政治功名的工具。

在范蠡眼中，西施从来不是有独立人格的真正的"人"。虽然美人计不是他范蠡而是文种最先提出来的，但在勾践说"大夫之策甚善，但恐佳人难得，如何是好"时，范蠡主动献出了西施："有一处女，独居山中，艳色绝伦，举世罕见。已曾许臣，尚未娶之。今若欲用，即当进上。"当勾践觉得不妥时，范蠡说："臣闻为天下者不顾家，况一未娶之女，主公不必多虑。"范蠡丝毫没有考虑西施是否愿意，就自作主张地决定了！当然他也有点儿不安，"昨因主公要选美女，进上吴王，遍国搜求，并不如意。想国家事体重大，岂宜吝一妇人，敬已荐之主公……但有负淑女，更背旧盟，心甚不安……"但是，"想国家事体重大，岂宜吝一妇人"一语，则显而易见他是将西施看成自己的私有财产了！西施在范蠡心中，只是一个可以随便拿来送人的物件而已，他用献出西施成就了自己的高尚！后来，范蠡也一再强调"国家"利益，如他劝说西施时说："若能飘然一往，则国既可存，我身亦可保，后会有期，未可知也。若执而不行，则国将遂灭，我身亦旋亡；那时节虽结姻亲，小娘子，我和你必同作沟渠之鬼，又何暇求百年之欢乎？"①——这些话确实能给人以将国家利益置于个人爱情幸福之上的感觉。但是，不要忘记，范蠡不是越国人，《浣纱记》的一开始他就明确表示了，他助越灭吴的目的只是为了成就自己的功业！但对西施来说，越国确实是她的祖国，所以，与其说是范蠡爱国，倒不如说是范蠡利用西施的爱国之心助成自己的计谋。再说这种理论也颇难成立，难道西施不去吴国，越国就一定要灭亡吗？一个国家的兴亡完全系于一个女性的美人计上面不是很可悲也很可鄙吗？这真是正合了《汉宫秋》中汉元帝的话："若如此，久已后也不用文武，只凭佳人平定天下便了！"

不过，越王勾践倒是真的承认吴国灭亡是西施的功劳。吴国灭亡之后，西施回到了越国，勾践像欢迎英雄一样欢迎她，越国君臣夫妇都向她拜谢。勾践说："十年大辱，仗卿今日能恢复……"并且信守前言，将西施归还范蠡："范大夫，有一言奉告，昔日感君高谊，借我佳人，今幸得还乡，即宜归第。"令人不可思议的是，此时的范蠡，却扭捏推托起来："昔乃荒山未成之姻眷，今作大国已配之夫人，岂敢受领。"意思是西施已经当了大国夫人，身份高贵了，自己配不上了。后来勾践用周公接受纣王正妃妲己来相比，加上文种的劝说，他才接受了。可尔后，他又说："载去西施岂无意，恐留倾国更迷君。"②看来他带走西施，并非要践履前盟，也不是因为爱情，而是惟恐这个倾城倾国的美女再祸及越国！范蠡又一次借助西施展示了他的"高尚"！所以，从本质上看，《浣纱记》中的西施不仅是范蠡借以实现功名凤愿的工具，而且是表现范蠡高尚人格的工具！

总之，《浣纱记》与其他将西施沉于江底的戏一样，都是"红颜祸水"思想，都是女色亡国论，都是将女性当成工具，都无视女性人格的独立。

不过，话虽如此，但最后毕竟是范蠡偕西施泛舟五湖，没有考虑什么贞操，以美满结局收场了。这说明，历史毕竟是在进步的。

案例2　《回文锦》：肯定纳妾、抨击妇"妒"③

当我们再看看洪昇另外的剧作以及他自身的婚姻生活，就可以知道，洪昇

---

① 毛晋编《六十种曲》第一册《浣纱记》，中华书局，1958，第73～79页。
② 毛晋编《六十种曲》第一册《浣纱记》，中华书局，1958，第154～157页。
③ 刘丽文等著《历史剧的女性主义批评》，中国传媒大学出版社，2005，第65～67页。此文刊发前未能联系到原作者，敬请见谅。

所设计的具有男女平等色彩的新型夫妻关系，实际上是带有相当浓厚的男权色彩的。这种男权色彩最明显地表现在他认同纳妾，将“妒”作为女性的恶德加以抨击的问题上。据研究资料，他与夫人黄兰次是中表联姻，黄兰次的祖父是洪昇的外祖父。即黄兰次是洪昇的表妹；洪昇的母亲是黄兰次的姑姑，洪昇的舅父是黄兰次的父亲。黄机在清朝曾做高官，官至文华殿大学士兼吏部尚书。洪昇与黄兰次二人青梅竹马；黄兰次有很好的教养，通晓诗书琴画。婚后他们常常联吟赋诗，感情一直很好，他曾有诗赠妻子说：“尔我非一身，安得无别离？念当赋归宁，恨恨叙我思。屏营寂无语，徙倚恒如痴。长叹卧空室，恍惚睹容辉。咫尺不可见，何况隔天涯。一日怀百忧，踟蹰当告谁？”[①] 即短暂的分别也给他带来巨大的痛苦。他还对妻子说：“玉鞭驱马急，绣履踏春迟。看遍如云女，谁能动我思？”[②] 似乎对妻子的爱情十分专一。但是，洪昇在尽情享受这种美好和谐、旨趣相投的爱情的同时，仍然在因道“家难”而拮据贫困、家境萧条之时，用意外得到的江苏巡抚余国柱馈赠的一笔厚礼娶了一妾邓氏。据说，洪昇将妾邓氏带回北京后，妻子黄兰次与邓氏相处得很好，一夫一妻一妾有善制曲者（洪昇），有精音律者（黄兰次），有歌喉婉转者（妾邓氏），三人配合巧妙，“相得益彰”：“丈夫工顾曲，霓裳按图新。大妇和冰弦，小妇调朱唇。不道曲更苦，斯乐诚天真。”[③] 这是洪昇的友人对洪昇纳妾后一家“和睦”相处情景的描绘。沉溺于娇妻美妾其乐融融境界中的洪昇，根本没有考虑此时此刻他夫人的感受，他也不屑于考虑这种感受。因为他认为，男人纳妾是天经地义的，嫉妒是女人最大的恶德——这在他写的现今已经佚失了的传奇《回文锦》（又名《织锦记》）中可以得到充分的印证。据《小说考证》卷六《见山楼丛录》介绍，此剧的内容是写前秦秦州刺史窦滔有妻苏惠字若兰，又在外娶妾赵阳台。苏惠侦知后，率众婢将赵阳台劫回，幽拘别室，加以欺凌。后窦滔改守襄阳，携赵阳台一同赴任，将苏惠遗弃在家。苏惠幽怨，织回文锦寄给窦滔。窦滔念及夫妻情义，便接苏惠至襄阳，而让赵阳台剃度出家。后来乱兵包围窦滔，危急之中，得赵阳台之助解围平贼。苏惠终于与赵阳台释怨，二人自此和睦相处。诸匡鼎所辑《今文短篇》中，收有洪昇的《织锦记自序》，自序认为，苏惠的“妒”是“大乖妇道”的，而“妒而得弃”乃“道之正也”。自序说：“古今女子有才如若兰者乎？于其妒也，君子无怨词。怨不敢怒，悔深次骨，而后曰可原之矣。则或于阃教有小补与？”即洪昇写《回文锦》的目的是为了有补阃教（妇教），是教导妻子容忍丈夫纳

① 《啸月楼集》卷一《寄内三首》。

② 洪昇：《征途见游女寄内》。

③ 蒋景祁：《出留都·别洪布衣昉思》。

妾而不嫉妒的。

结合洪昇的这些作为，再来看前边洪昇在《长生殿》《四婵娟》中的观点，我们只能说洪昇的追求真情的、具有现代意义的进步的婚恋观是很不彻底的，他对爱情对象所要求的"真情"，他所设计的具有男女"平等"色彩的新型夫妻关系，归根结底不是从男女平等角度，而是从男性希望提高自身爱情质量角度提出的要求，是一种带有相当浓厚的男权自私色彩的"平等"爱情观。洪昇对待婚恋问题的这种态度，也是当时许多具有进步女性观的文人士大夫共有的倾向，与洪昇同时而稍微年长几岁的蒲松龄的《聊斋志异》，在热烈赞美女性的美好的同时，不也是向往着"双美共一夫"吗！像晚于他们五十多年的吴敬梓借杜少卿之口在《儒林外史》中说的："取妾的事，小弟觉得最伤天理。天下不过是这些人，一个人占了几个妇人，天下必有几个无妻之客。小弟为朝廷立法，人生四十无子，方许娶一妾，此妾如不生子，便遣别嫁。"今天看来仍不彻底，但已经是石破天惊了。

这说明，统治了中国几千年的男权社会在走向更合理的男女平权的历史的必然时，是要有一个过程的，它需要经济基础和意识形态的全面革命，需要多少代人——男性和女性的共同努力方能完成。

课后习题

1. 理论题：概述女性主义文学批评的模式。

2. 实践题：模仿批评案例，分析冯梦龙小说集《喻世明言》中的一篇。

本章主要参考文献

1. 陈晓兰：《女性主义批评与文学诠释》，敦煌文艺出版社，1999。

2. 杜宁：《文学批评的方法论研究》，中国社会科学出版社，2014。

3. 盖尔·格林、科皮拉·卡恩：《女性主义文学批评》，陈引驰译，骆驼出版社，1995。

4. 凌晨光：《当代文学批评学》，山东大学出版社，2001。

5. 刘丽文等著《历史剧的女性主义批评》，中国传媒大学出版社，2005。

6. 邱高、罗婷：《马克思主义女性主义理论与批评在中国的接受与影响》，《中国文学研究》2018 年第 4 期。

7. 王先霈主编《文学批评原理》，华中师范大学出版社，1999。

8. 魏天真、梅兰：《女性主义文学批评导论》，华中师范大学出版社，2011。

9. 〔法〕西蒙娜·德·波伏娃：《第二性》，陶铁柱译，中国书籍出版社，2004。

10. 〔美〕肖瓦尔特：《她们自己的文学》，韩敏中译，浙江大学出版社，2012。

　　11. 张浩：《论精神分析女性主义批评的三重维度》，《文学理论前沿》2017 年第 2 期。

　　12. 张京媛主编《当代女性主义文学批评》，北京大学出版社，1992。

　　13. 赵炎秋：《文学批评实践教程》，中南大学出版社，2015。

　　14. 朱立元：《当代西方文艺理论》，华东师范大学出版社，2014。

第十三章　媒介学的文学批评方法

方法介绍

网络技术飞速发展，促进媒介行业不断发生变革，人们对知识、信息等的认知从依靠传统媒介转向依靠新媒体平台。在互联网时代，文学的发展也与媒介的发展密切关联，文学批评方式从传统书面批评向新媒体媒介批评转型。从传播学的视角，"技术的革新产生了大众传播媒介，为文学的大规模普及提供了必备的条件，大众文学顺势产生，作为大众传媒等现代传播手段的被承载者，传递到大众手中"①。

以互联网为标志的数字媒介造就了 21 世纪的文学转型，引发了文学创作、传播、欣赏和批评方式的改变，文艺学边界位移与内涵嬗变在数字媒介时代成为新的理论聚焦点。为了应对 21 世纪中国文学转型和文艺学的边界位移，文学批评必须确立新的批评边界，从而构建有效的批评标准。在数字媒介时代，文学批评要突破既有的思想格局和理论樊篱，将自身内置于数字媒介文化的潮流中，深入迅速变换着的精神境遇中，关注鲜活的数字媒介创作。文学批评确立新边界应着眼于基础学理的建构，而不能过度执着于个案的技术分析。基础学理的有效建构有赖于其本身的批评立场，简单的评判性立场无助于文学批评边界的确定，只有建设性的学术立场才能最大限度地促成基础学理的建构与边界的确定。这种致思理路决定了文学批评的边界位移表现为其对于网络批评的认可，从而在合理的维度内，促使其实现自由性的突显，保持坚定的民间立场。网络批评是数字媒介普及的产物，与传统的文学批评相比，它着力于将网络文学打造成自由的、公共的文学空间，从而突显自身的自由性。②

---

① 禹建湘：《网络文学产业论》，中国社会科学出版社，2011，第 5 页。
② 陈国雄：《数字媒介与文学批评的边界》，《中州学刊》2010 年第 2 期。

1. 文学活动的媒介要素

以系统论考察，文学活动的动态存在应该是一个"自稳—自组"的经验系统。所谓"自稳—自组"，拉兹洛是这样解释的："自稳的意思是，只要有序整体受到的扰动不大于整体的抗扰动能力，那么整体就保持其参量不变。自组则代表这样的过程：由于周围环境中作用于结构的连续不断的扰动过程，系统特有的参量凭借自组过程得到修正。很清楚，自稳和自组是以与环境的相互作用为先决条件的，因此，只有开放系统才能实现自稳和自组。"① 文学活动系统作为人的活动系统的一个子系统，无疑是开放的，在开放中与母系统及其他子系统相互作用，在"与环境的相互作用为先决条件"下，于"公转"中"自转"，"自稳—自组"地维护系统的动态存在。

在文学活动系统与环境的相互作用中，媒介要素最为关键。所谓媒介要素，是指系统结构中承载、传播相关信息流的物质要素，近现代以来，掌控物质媒介以传播信息为目的的社会机构——媒体，是社会活动系统中媒介要素的一种结构形式。

在文学活动系统中，作家与作品，必须借助感官及承载媒介，以及作为媒介组织的媒体，方能在与政治、经济和宗教等活动系统的相互作用下，"诗意地栖居"于文学活动系统，于"公转"中"自转"。就系统的"自转"而言，"系统可以定义为相互作用着的若干要素的复合体"②。

由于符号形式的作品必须附着于媒介，甚至需要作为媒介组织的媒体推动流通，作家、读者才能共享、共创。所以，没有媒介，作家、作品、读者不可能相互作用成为复合的系统。媒介要素是自稳结构的中枢，是自组过程的调节关键，它在以往的要素讨论中往往被忽略。对文学活动的要素阐释，从艾布拉姆斯的"作品、艺术家、世界和欣赏者"③ 的归纳，到国内文论家"世界、作家、作品和读者"的认定，无论怎样排序和连缀，都忽略了媒介要素，于是四要素构成"螺旋式循环结构"也好，"对话结构"也罢，都无法连成一个系统。而且，正是由于媒介要素在讨论上的缺位，艺术生产的物质乃至产业属性失去了支撑平台，导致生产论与意识形态的关系不好阐释。当然，媒介要素的重要性的显现，有一个过程，特别是作为整合物质媒介和其他资源的媒介组织的媒体，是近代以来才得以专业化并在文学活动中日渐凸显的。以中国文学而

① 〔美〕贝塔朗菲：《一般系统论：基础、发展和应用》，林康义等译，清华大学出版社，1987，第 76 页。
② 〔美〕拉兹洛：《系统哲学引论——一种当代思想的新范式》，钱兆华等译，商务印书馆，1998，第 51 页。
③ 〔美〕艾布拉姆斯：《镜与灯》，郦稚牛等译，北京大学出版社，1989，第 5 页。

论，不同时代的文学与审美意识在不同媒介生产条件下的形式密切相关。明清的长篇小说如果没有宋代发展起来的印刷媒介，仅靠口耳相传或手抄复制，其繁荣的局面不可能形成；至于当代的网络文学如果没有电脑与互联网媒介更是无所立足。所以，不是媒介要素不重要，而是讨论诸如"心理学化"的局限，忽略了它的重要性。

2. 文学活动的本质

任何活动都有"本质"和"具体"两大问题。"本质"回答"是什么"，"具体"回答"做什么"。不回答"本质"问题，就无法厘清活动间的区别；不回答"具体"问题，就无法厘清活动的发展态势。作为马克思主义文艺学基石的文学活动论，需要联系"本质论""生产论"两大基石进行系统化阐释。

受我国国情以及方法论的规定，在近 30 年中，对这个问题的回答，大致有三次大的调整：一是对"意识形态论"的质疑，二是对"审美意识形态论"的建构，三是对"审美意识形态论"的质疑。[①] 但从这三大调整的着力点，即对"意识形态"这个中心词的界定和使用上看，却有很大不同。面对如此困境，理应实事求是地回归马克思对"意识形态"的总体认定。

据有学者所做的词源学考论，意识形态即有别于"意识形式"的"思想体系"，这实际是将意识形态视为政治存在的集中反映，事实上，当今政治学的相关著作也秉持相近的意识形态概念，比如利昂·P. 巴拉达特的《意识形态：影响和起源》[②] 一书。现在看来，搁置"意识形态"作为中心词的文学本质争议，而退守"审美反映论"的基点"审美意识"，可能更有利于文学活动的本质回答。理由有三：其一，"审美意识"主要涉及美学范畴，"意识形态"主要涉及政治学范畴。比较而言，文学作为一种艺术传播活动，在对其本质问题进行探讨时，使用前者比后者更具本体意义。其二，以唯物辩证的方法论使用"审美意识"，其概念的内涵外延，出入不大，更无混乱现象，有利于学理规范；而且，在能动反映的哲学基础上，一方面更适合把握文学的审美超越特性，另一方面也更方便全面贴近被反映的社会存在，从而消解政治作为中介的必然性。其三，在打通与外部相关学科的理论联系上，使用"审美意识"无形中消解了政治学的统治地位，便于传播学、经济学等在文学研究中的介入和兼容，更加有利于信息社会、知识经济条件下的学科理论建设。

以审美意识作为逻辑起点，结合文学活动系统的"自稳—自组"动态结

---

① 钱中文：《文学理论三十年——从新时期到新世纪》，《文艺争鸣》2007 年第 3 期。

② 〔美〕利昂·P. 巴拉达特：《意识形态：影响和起源》（第 10 版），张慧芝、张露璐译，世界图书出版公司，2010，第 18 页。

构来看，文学活动的本质是审美意识传播。理由有二：其一，"审美意识传播"从隐性、显性两方面强调了文学活动的动态本质。如前所述，文学活动的主体通过媒介传播文学审美信息，构成文学活动的动态存在，也就是主体要素通过媒介要素的扭结、调节所激活的信息流，自稳—自组地构成文学活动系统的动态存在。这是对该系统结构的宏观阐释。进一步分析，这里论及的系统信息流，有隐性和显性之分。所谓显性的，就是在意识作用下，可以用符号表达的部分；而更多的则潜伏于符号链之下，是隐性的。显性的符号链构成审美意识的表达与传播，这个符号链必须附着于媒介方能显形，成为文本与作品，即审美意识的形式化，如苏珊·朗格所讲："艺术是人类情感的符号形式的创造。"[①] 由此，文学作品作为审美意识形式，在文学活动系统的主体要素间通过媒介得以生成，究其本质，就是审美意识传播。其二，"审美意识传播"，有利于"生产论"与意识形态的关系解决。意识任何时候都只是意识到的存在。审美活动所意识到的人的质能转换间的情感信息，以古典文论术语分析，既有"性灵"的飘逸，也有"道"的固着。"性灵"是气质个性的意味想象，"道"更多是政治存在的集中反映。在"文以载道"的精神气候作用下，将更多的意识形态渗透甚至强加于审美意识形式；即使在"文抒性灵"的时代，诸如中国的魏晋时期，也不是绝无意识形态的渗透，只不过是"性灵"能够较为自觉地展示其本体价值罢了。

因此，"审美意识传播"，是可以传播意识形态信息的，如同可以传播医学信息一样，不过，这些非审美信息是通过情感化、想象化和虚构化的"审美意识形式"，作为环境、情节或细节等元素而间接传播的，本质上已不是意识形态或医学本身。譬如《红楼梦》给秦可卿的药方，是人物刻画的细节，而不是中医验方的推广。于是，"审美意识形式"的生产至关重要。这个生产离不开媒介生产，既有精神生产层面，又有物质生产层面。其中，社会权力在媒介生产上的作用，可以使意识形态交锋既渗透于精神生产层面，也体现于物质生产层面。由此，可以弥补仅从精神生产层面讨论意识形态再生产的不足，进一步阐释"生产论"与意识形态的关系问题。

3. 文学批评理论在早期传播学研究中的运用

早期的文学批评通常是为了提高对作品特性的理解、认识和欣赏，它作为作品自身的再现评判，具有美学和语言学上的理解功能，长期以来一直被认为是一种只适合于展示高雅文学作品而开展的活动。由于大众传媒更多的是处于历史或社会的层面，这一相关规则的后果是使文学研究自发地放弃了对新闻、

---

① 〔美〕苏珊·朗格：《情感与形式》，刘大基等译，北京大学出版社，1985，第51页。

广播和通俗文化文本的批评性关注，他们常常阻碍或贬低通俗小说和电影方面的工作，而把大部分大众传播媒介置于研究视野之外。这种情况持续了相当长的时间，直到大众媒介逐渐引起人们的普遍重视之后，才开始有了一些改变。①

20 世纪 30 年代，文学批评理论和现代媒介研究的最早结合开始于英国。以著名批评家利维斯为代表，包括为《细绎》撰写稿件的批评家们组成了利维斯派，细读作为文本主义的主要文学批评方法，在此开始应用于对大众媒介文化的一般讨论和说明。由于人们主要依据用于评价文学的审美和道德标准来解读媒介物，因而这些媒介物不仅被认为缺乏文学（和批评）所代表的价值，而且还对这种价值构成了威胁。虽然这些细读式的研究结果表明，人们正不断丧失对统治中心以及媒介运用商业化（譬如广告）所产生的敏锐感觉，但总的来看，这种早期的传播研究方式与真正的媒介批评还有一段距离，它们并未对媒介意义的形成作出深刻的讨论。②

4. 传媒批评的兴起及其特点

随着新媒体的不断出现，如手机媒体、网络媒体等，互联网的普及率也呈急剧上升态势。一个网站一天发布的作品成百上千，每天的点击率能达到 2.2 亿。这种数字媒体导致了当今整个社会文化发生了改变，文化和文学艺术之间的界限变得模糊，认证困难，哪些是艺术哪些不是艺术在新媒体当中往往分不清楚。新媒体这种快速的普及和重大的影响给当代批评带来的转型也是非常大的。直言不讳，反应快速，传媒批评的这些特点是传统批评没法赶得上的，这正是传媒批评兴起的一个重要原因。③

湖南师范大学赖力行教授认为，当代文学批评一直有一个说法：离学院越近，离文学越远。这似乎也从一个侧面说明了与学院派批评相对的传媒批评兴起的意义。的确，传媒批评与学院派批评是有很大区别的：首先，学院派批评强调以学术为本位，学科意识非常明显；而传媒批评是向社会推荐优秀的文学作品、优秀作家，因此其文学实践意识很强，其目的就是推动文学实践健康发展。其次，从方法论上来说，学院派批评强调方法、方法论，强调理论框架的依托、概念术语的精确内涵、逻辑的推演，依靠权威性、逻辑说服力来推动学术的发展。传媒批评则不适合以上方式，因为它的受众并非研究文学的人，而是一般的普通老百姓，所以更重印象描述、个人感悟与自我确证，富有艺术感

---

① 居晨：《文学批评理论与媒介解读》，《呼伦贝尔学院学报》2003 年第 1 期。
② 居晨：《文学批评理论与媒介解读》，《呼伦贝尔学院学报》2003 年第 1 期。
③ 欧阳文风、王静：《“传媒时代下的文学批评”专题学术座谈会综述》，《中南林业科技大学学报》（社会科学版）2005 年第 5 期。

染力。湘潭大学季水河教授认为，传媒批评确实与传统文学批评不一样，以前把学院批评叫做"死人的批评"，基本上是批评已故作家或已定型作家，注重学术性。[①]

　　传媒批评与过去的批评相比，其变化主要有以下几个方面：第一，传媒批评是大众批评。大众批评不仅仅是指关注大众的审美兴趣、审美要求及审美观念的变化，而且是大众参与的批评，很多作品出来后，不仅仅是批评家，就是一般的欣赏者、普通大众也在发言。一些报刊中有很多对作品发表评论的人不一定是批评家，只要有一定的文化层次、能够欣赏作品的人也在关注文学作品，尤其是大家感兴趣的电视剧、电影大片，有些是演员本身，有些是批评家，有些是欣赏者。第二是及时性。看了就评，非常快，及时性特点突出。如新电影在刚试演时评论就出来了，有时通过手机短信三五句话即精要地点出电影的好差。哪怕是恶搞的反馈也非常快捷。网络上的评论也非常多，非常快捷。过去通过文学杂志把评论文章组织、发表是无法达到这种及时性的。第三是新闻化。大众传媒时代毕竟要依托新闻媒介，新闻媒介实现了功能的多元化。现在的文学批评很多是通过新闻的形式，或本身带有新闻的特点，通过新闻的报导把文学批评的声音传达出来，把这个时代文学的信息传达出来。中南大学王晓生副教授认为传媒批评的兴起在当前的语境中具有很大的解放意义。在学术规范的名义下，许多文学批评正在堕落为"隔靴搔痒的技术。缺乏激情，而成为沉闷的自言自语；缺乏直觉，而成为呆板的逻辑演绎"[②]。传媒批评缺乏体系，但是多用激情来触摸文本、用直觉来表达体验，功莫大焉。批评的本质是想象、激情和直觉。从这个本质来说，传媒批评是离文学批评本质最近的一种形式。传媒批评的大量出现，对学院派文学批评构成了极大的挑战。如何应对，这是一个要认真思考的问题。

5. 数字媒介文学的核心与伦理诉求

　　以网络文学为代表的数字媒介文学最核心的内质在于它的自由性，"'自由'是文学与网络的最佳结合部，是艺术与信息科技的黏合剂，网络文学最核心的精神本性就在于它的自由性，网络的自由性为人类艺术审美的自由精神提供了又一个新奇别致的理想家园"[③]。与此相应，与学院批评或专家批评相较，契合网络文学的网络批评或草根批评具有了更多的自由性。而这种批评自

①　欧阳文风、王静：《"传媒时代下的文学批评"专题学术座谈会综述》，《中南林业科技大学学报》（社会科学版）2005 年第 5 期。

②　欧阳文风、王静：《"传媒时代下的文学批评"专题学术座谈会综述》，《中南林业科技大学学报》（社会科学版）2005 年第 5 期。

③　欧阳友权等：《网络文学论纲》，人民文学出版社，2003，第 147 页。

由性的实现很大程度上借力于个体主义的彰显。个体主义的彰显强调了"自我实现"与个体生命意识。因此，在数字媒介时代中，由于对文学发展现状缺乏精准的判断，文学批评所倚重的伦理诉求便表现为个体主义的标扬。但个体主义不但强化了"寻根文学"所坚持的单一精神个体性的偏移，而且更进一步将之异化为极度的"内向化"、"心灵化"和"深层的自我实现"，虚构了一个全面的关于人的个体性神话，从而使人与文学的个体性的内涵抽空了现实的客观依据。文学批评的个体主义标扬造成个体性的畸变和新迷失，从而使个体性本身面临严重的合法化危机，使之演变成对理性的取消以及对抽象个体主义的恶意纵容。在一个欲望丛生的时代，文学批评对个体欲望的推崇成为一个焦点，在 20 世纪 80 年代与 90 年代谈欲望，尚有启蒙精神、人文精神作为其话语存在的思想背景；而在 21 世纪，一个新的数字媒介时代，标扬个体主义只能导致无所顾忌地追求身体的狂欢。个体主义与数字媒介的合流，直接造成了 20 世纪 90 年代以后文学批评中人文精神的缺萎。严峻的批评现实促使我们进一步思考在数字媒介的语境中文学批评如何建构自身新的合理的伦理诉求。①

"个体的觉醒和强化完全可以而且应该有另一种导向，这就是导向对自身的现实生存状况和生存环境，即时代社会关系的自觉关注，导向对包含自身在内的现实解放和自由发展的自觉追求。这种导向可以使主体性愈来愈超越自我升华到一种崇高宽广的境界"②。文学批评应有效地利用这种导向，为修正个体主义作出积极的努力，从而在文学批评中将个体主义的伦理诉求转化为群体伦理诉求。群体伦理是在如实评估数字媒介时代伦理现状的基础上对于文学批评提出更具现实可行性的伦理取向。文学批评群体伦理诉求的意义一方面在于它允许不同的声音自由而平等地参与对话，从而实现了文学批评的自由性，符合数字媒介时代对于文学批评的内质要求。③ 其实，这种自由而平等的对话也是个体主义伦理诉求所要追求的目标，从这个角度来看，网络批评对个体主义伦理的诉求在数字媒介时代中具有一定意义上的合理性与合法性。其个体主义的伦理诉求只是为了打破学院批评或专家批评独占的话语权，获得自由而平等的批评空间来分享文学批评的话语权。但这种个体主义的伦理诉求很容易失范，从而将文学批评导入对个人欲望的极度推崇。因而，这种失范需要群体伦理的纠偏。因此，文学批评的群体伦理诉求另一方面的意义就在于其能有效地激发文学（尤其是网络文学）对人类现实生存状况和生存环境的关注，纠正

---

① 陈国雄：《数字媒介时代的文学批评对策》，《湖南社会科学》2013 年第 6 期。
② 陈传才：《20 世纪后二十年文学思潮》，中国人民大学出版社，2001，第 182 页。
③ 陈国雄：《数字媒介时代的文学批评对策》，《湖南社会科学》2013 年第 6 期。

个体主义伦理诉求仅仅关注个体欲望而忽视时代与社会状况的倾向。

人类进入数字媒介时代以来，环境问题、人口问题、战争问题、贫富差距、信仰危机等已经成为全球性的问题，而且严重威胁到人类的生存与发展。而所有这些问题，归根结底就是一个人与人、人与社会、人与自然的问题，即伦理的问题。为了克服这些全球性问题和现代社会深刻的道德危机，人类意识到必须建立一套全球公认的世界人民共同遵守的价值标准和行为规范体系。文学批评的群体伦理要求参与对话的各种观点积极寻求共享的人类道德立场和群体伦理原则的人类道义责任。将个体置于时代与社会中，群体主义的伦理诉求便作为一种道德理想主义的终极追求而出现在文学批评中。在数字媒介时代中，文学批评标举这种伦理诉求能有效地规范个体主义伦理诉求中可能出现的人文精神的裂变与新生，从而正确地应对人文价值理性在文学新变中出现的缺失。[①]

6. 文化批评的有效发展

文化批评的出现意味着文学批评发生了重大的转向，"自 1979 年以来，文学研究的兴趣中心，已发生大规模的转移：从对文学作修辞学式的'内部'研究，转为研究文学的'外部'联系，确定它在心理学、历史学或社会学背景中的位置。换言之，文学研究的兴趣已由解读（即集中注意研究语言本身及其性质能力）转移到各种形式的阐释学解释上（即注意语言与上帝、自然、社会、历史等被看作语言之外的事物的联系）"[②]。文化批评既不是局限于文学文本或单纯文学的批评，也不仅仅是所谓"外部"批评，而是一种着眼于文学外部诸文化现象，探讨权力与文化关系的文学批评。"文化生产者拥有一种特殊的权力，拥有表现事物并使人相信这些表现的相应的象征性权力，这种象征性权力，还表现在文化生产者用一种清晰的、对象化的方式，揭示了自然界和社会世界或多或少有些混乱的、模糊的没有系统阐释的，甚至无法系统阐释的体验，并通过这一表述赋予那些体验以存在的理由"[③]。文化批评最初是从关注文化生产者的话语权力开始展现其批评锋芒的，而对于话语权力的关注又尤其强调弱势群体的话语权力，从而文化批评更加注重当代文化、大众文化、被主流文化排斥的边缘文化和亚文化等，因此，在数字媒介时代，文化批评的有效发展也在体现其如何处理"数字不平等"的问题。

---

① 陈国雄：《数字媒介时代的文学批评对策》，《湖南社会科学》2013 年第 6 期。
② 〔美〕拉尔夫·科恩：《文学理论的未来》，程锡麟等译，中国社会科学出版社，1993，第 121～122 页。
③ 〔法〕布尔迪厄：《文化资本与社会炼金术——布尔迪厄访谈录》，包亚明译，上海人民出版社，1997，第 87 页。

在数字媒介时代中，文学批评标举这种略带精英色彩的人文理念是为了规范任意张扬个体主义可能出现的人文精神缺失，也是为了引导网络批评对人文价值理性在新时代产生的裂变与新生进行正确而有效的应对。在正确的伦理取向基础上，文学批评应导引文学追求一种正确的审美取向。网络文学的导引催生了数字媒介文艺的强劲崛起，文学批评必须在网络批评的导引下彰显数字媒介文学的文化内涵与审美价值。网络批评通过对历史与现实的生动呈现，从而缩小了批评分析中的抽象推理给读者带来的距离感，增加了文学批评的审美吸引力与批评心得的诗意表达。在激发读者美感的同时，它又能够引导读者玩味、领会批评家深沉的人生体验和独到的审美发现。

在网络批评的牵引下，文学批评采用形象比喻和意境描述的方法，达成作者与读者的平等交流与互动，这也就更容易诱发读者突破期待视野，对作品的审美韵味产生创造性的理解。而文学批评更重要的职能，是通过它的思想和艺术分析，深化读者的审美体验，增加读者的审美愉悦。优秀的文学作品融入了作者的审美感受和审美趣味，不断以艺术创新冲破成规定律，越是人生体验深刻、形式新颖独特的作品，读者接受起来的难度越大，这时就需要文学批评的提示和帮助，从而把读者引向作品的精微之处，体验蕴含在文学中的审美价值，从而获得强烈深远的审美享受。

同时，文学批评在数字媒介时代中应发挥文化审美的功能让文学批评走向文化审美层面，这并不意味着对文学自身特性的忽视和抹杀。相反，这是使文学批评向文学自身回归的一种表现，从而能从一个更高的理论维度来对文学提供的特殊经验、特殊情感进行审美的审视与阐释。只有在人类审美情感价值的内质相通性的基础上进行进一步的沟通与融会，人类的特殊经验、情感在文化沟通的共同主题下才会呈现出自身应有的审美价值。

在文化审美层面，文学批评从探讨文学与人类精神活动、人的主体创造活动之间的必然关联出发，就容易获得对产生于不同文化圈内的人类特殊经验、特殊情感的领悟和沟通，进而能够真正地认识和把握文学所蕴含的深刻、稳定、恒久的文化审美价值，从而使文学真正成为大众共同享有的可持续、可再生的审美资源。文学批评在走向文化审美领域之后，实际上也就是将文学与整个人类的精神文化、审美情感进行有机的整合。

文学批评将文学确认为在人类整体文化观照之下具有自身规律特征的一种把握世界的方式，从而真正发现文学在人类文化结构中的位置、功能与作用。与此同时，文化审美视野中的文学自身的审美特点、自身的丰富性将在文化审美的催化下不断地发散。除了人们熟悉的文学社会性、典型性、形象性等之外，人们还可以认识到文学自身的形式、文本、语言等诸要素的独特作用，可以发现文学与人类其他把握世界方式的不同之处，从而更好地展现文学的审美价值。因此，在数字媒介时代，文学批评的文化审美维度能使文学批评获得广阔的文化审美视野，即把文学现象提升到文化审美领域中来认识、观照和把握。文学批评走向文化审美层面与网络批评的自由性互相推动，与其回归民间立场相辅相成。

数字媒介时代中的文学批评一方面要关注人文精神的建设效应，另一方面更要拓展数字媒介文学的发展空间。前者意味着文学批评应导引数字媒介文学在回归自由民间立场的基础上保持人文精神的有效建构，在批评自由性彰显的同时，批评家要有敏锐的批评嗅觉，挖掘出文学新变化对于人文精神的裂变与新生，而不是趋附于流俗和文学之外的利益关系；而后者则意味着文学批评要对文学内部的结构和形式进行分析、阐释和解读，从而更好地履行其审美导引功能，提高大众的审美趣味与审美水平。需要强调的是，文学批评的审美导引功能和伦理取向功能是一体两面的，文学批评不能只追求对大众的审美导引，而忽视对社会价值和责任感的追求与建构。总之，在文学批评边界拓展的背景下，建立文学批评内在的审美尺度和伦理尺度，构筑一种数字媒介与文学批评双向互动的双赢局面是文学批评的未来期盼。①

批评案例

本章以《以豆瓣为例的文学批评》和《电视诵读类节目的意义取径与范式重构》两篇文章作为媒介学的文学批评方法的实践案例。

案例1　以豆瓣为例的文学批评②

豆瓣（www.douban.com）成立于2005年3月，作为Web2.0时代的重要网络成员，它是以用户为主力军的社交网站，不同于1.0时代，这一网站提供包括书籍、电影、音乐等各种作品的相关信息，"添加了TAG、RSS等Web2.0技术，糅合了自媒体、微内容、长尾理论等时髦的互联网概念，以书、电影、音乐等为媒介，以'UGC'（users generated content）为核心精神的聚合用户的互动社区和开放平台"③。比如，打开豆瓣网站，进入书籍专区，我们会看到对应的书籍简介、作者资料等基础信息，旁边是书评以及豆瓣评分；在影视

---

① 陈国雄：《数字媒介与文学批评的边界》，《中州学刊》2010年第2期。
② 刘巍、张婷：《新媒体与文学批评的功能期待》，《艺术广角》2017年第3期。刊发此文前已与原作者取得联系，感谢作者惠允采用。
③ 范以锦、董天策：《数字化时代的传媒产业》，暨南大学出版社，2008，第327页。

作品专区，情形类似，也有网友们对影视作品的评分，这些批评体现了读者对书籍、影视的审美感知和思想评价。在人们进行阅读和观影选择时，大众评分和众多评论在一定程度上影响着他们阅读或观影的选择。原因在于，这些评论体现了书籍中所描述的细节、背景以及话语方式在普罗大众当中的认可程度。

（一）文学批评与媒介

媒介的不断发展为网民参与批评和互动提供了更加广阔的场域，微博、微信、今日头条、一点资讯、百度问答、知乎等平台体现了在新时代背景下评论的舆情趋向。在众多的网络平台中，豆瓣文学性较强，在初创时期，它的创始人杨勃就将出发点定位在了"基于书籍的交流"，并表示"书和电影自己都很喜欢，而且这里面的价值更大"，豆瓣便是"在于帮助大家去发现更多自己不知道但是有价值的东西"①。"豆瓣的讨论区大多以文学批评为主，其影音区的讨论中也有大量和文学相辅相成的观点，影评、乐评等文字也是从文学审美角度出发而作，豆瓣中文学批评的主体是作为接受主体的读者和批评家"②。早期豆瓣的简介就被概括为：这是一个叫"豆瓣评论"的博客网站，这是一个关于书籍的网站，这个网站的核心是书评式的博客。

从这里也可以看出，豆瓣的文学交流，本质上来说是文学批评的表现形式，网友对书籍、影像作品进行欣赏后，将心得体会予以抒发，对作品进行相应的评价、分析，然后在"豆瓣"这一互联网平台上进行交流与分享。比如，打开书评的热门讨论区，就可以看到书评排名情况，以网友点赞量排名，高的可达七八千甚至上万。以加西亚·马尔克斯的《百年孤独》为例，豆瓣书籍评分9.2分，在短评区的文学批评有四万多条，并随时间的推移呈现上涨趋势。书评有长有短，没有字数限制。其中有一篇对于这本书的书评，叫做《那些关于时间和孤独的故事》，将故事进行了完整细致的梳理，总结了小说的艺术特色，并书写了对于阅读完整本书以后的思考，总计约一万七千字。这篇文学批评得到了网友的高度评价，2000多网友认为有用，数百人进行了文字回复，进行了互动。

在新媒体不发达的时期，文学批评多在专业人士和文学爱好者中进行。一部书的出版或电影的上映，人们由于获取书籍和电影相关资料的渠道偏少，搜集整理相关知识的过程较长，因此，交流、讨论、评价的成本较高，也很难一时形成及时、量化的评价。而在新媒体时代，像类似"豆瓣"这类平台的出

---

① 黄修源：《豆瓣流行的秘密》，机械工业出版社，2009，第21页。
② 刘再复：《论文学的主体性》，《文学评论》1985年第6期。

现，则为公众提供了可以及时、自由、便捷进行文学批评的平台，读者也可以据此参考获取全面的作品认知。对于平台来讲，其后续推广、发展也有了更多的用户黏性。媒体技术与文学性的结合，实现了传媒手段和文学批评话语的融合统一，为文学批评的发展插上了翅膀。

（二）网络平台文学批评的权威性

网络平台虽然众多，但是"豆瓣"可以说是文学批评类的佼佼者，以书、影、音作品为讨论载体的网络平台代表。因为无论从量还是质上，豆瓣的评分机制都得到了用户的广泛认可，早在 2012 年 8 月，其月度覆盖独立用户数（UV）已超过 1 亿，日均 PV 为 1.6 亿。随着网络新媒体技术的革新，"豆瓣"等众多网络媒体也快速发展。

2019 年 2 月 28 日，中国互联网络信息中心（CNNIC）在京发布的第 43 次《中国互联网络发展状况统计报告》中，对于网民数量的统计显示，"截至 2018 年 12 月，我国网民规模达 8.29 亿，全年新增网民 5653 万，互联网普及率为 59.6%，较 2017 年底提升 3.8 个百分点。网络文学行业在 2018 年持续健康发展，用户规模和上市企业营收均实现进一步增长。在网络文学用户方面，截至 2018 年 12 月，网络文学用户规模达 4.32 亿，较 2017 年底增加 5427 万，占网民总体的 52.1%。手机网络文学用户规模达 4.10 亿，较 2017 年底增加 6666 万，占手机网民的 50.2%。"[1]

可见，网民人数随着网络技术的发展不断增长，越来越多的人接受并喜欢上了生活中的网络互动，新的媒介也以其即时性、便捷性、虚拟性等特点得以快速普及。作为文化交流平台，"豆瓣"等网络文学类平台的普及在一定程度上说明用户对于文化交流的意愿，显示了受众的精神需求。同时，网络文学的繁荣，也促进了内容创作方面的跨界融合。网络文学与网络视频领域占据领先地位的企业开始涉足对方领域的内容创作业务，进一步完善自己的内容生态。例如，阅文集团在 10 月以 155 亿元价格完成了对影视公司新丽传媒的收购，以此转型为兼具文学和影视制作能力的互联网内容平台；爱奇艺提出"以文学驱动影视"的发展方向，通过各期"云腾计划"助力自身文学业务的发展与影视化。[2]

现在，人们在选择一本书或者观看一部电影时，往往会习惯性地看一下评分。也就是说，"豆瓣"评分的权威性在不断增强，甚至左右着文学、影音作

---

[1]　参见第 43 次《中国互联网络发展状况统计报告》，中国互联网络信息中心（CNNIC）2019 年 2 月 28 日发布，第 36 页。

[2]　参见第 43 次《中国互联网络发展状况统计报告》，中国互联网络信息中心（CNNIC）2019 年 2 月 28 日发布，第 36 页。

品的推广与销售。如果想快速了解一本书或者一部影音作品的品质，人们可以打开豆瓣进行搜索，然后根据大众评分和文学批评，从而决定是否购买或者观看；欣赏完作品以后，如果没能达到自己的预期，则可以到"豆瓣"的评论专区进行吐槽，如果超过自己预期，则可以进行表扬或者点赞。这样，在平台上，就形成了一种读者之间的事前、事中、事后的相互交流欣赏模式。这种常态形成后，评分机制便在潜移默化中影响着大众的日常生活，并且以一种不可替代的权威性被人们所接受。

豆瓣批评的内容显示遵循"先发布后过滤"原则，在网友批评中选取优质批评利用技术手段根据网民支持程度进行分享或置顶。这样，既可以实现符合大众意愿，引导大众审美，也可以实现好的作品得到好的推广。从这里可以看出，网民评分系统一方面可以激发人们参与文学批评的热情，另一方面也直接影响着文学和影音市场的发展，让高分的作品得到更广泛的普及，让低分的即接受程度低或者受众面窄的作品进入小众的一类。当然，得分低也有多种原因，比如取材贴近性不强、专业性强、受众面窄等，因为毕竟有些专业性的内容不见得会被普通民众所大面积接受，因此，分数的高低也要辩证地来看。

在豆瓣首页上，会有根据大众喜爱程度而推出的"最受关注的某某类图书""豆瓣 8 分以上 Top250 电影榜单"等推荐项目。每年，豆瓣还会根据网友评分、访问和点赞数据，推出年度读书、电影、音乐榜单，如"2018 年度榜单"，分为年度高分、最受关注、文学、社科、影视、绘本等 18 个类别，共有 165 种图书上榜。在年度高分图书榜上，《失踪的孩子》作为那不勒斯四部曲的最终章，名列第一，为整个系列画上圆满句号。值得一提的是，2017 年的高分榜第一名是该系列的第二部《新名字的故事》。排名 2～10 的分别为《追寻逝去的时光·第一卷：去斯万家那边》《房思琪的初恋乐园》《奥古斯都》《我们一无所有》《莫斯科绅士》《如父如子》《观山海》《漫长的告别》《回答不了》。《房思琪的初恋乐园》以明显优势占据最受关注图书榜首。这本书是作者林奕含生命的绝唱。"一切文字，余爱以血书者"，读者们会永远怀念这位才华横溢、命运坎坷、英年早逝的女作家。

这些书均在 2018 年出版，网站上对这些书进行的相关文学批评众多，吸引了网友的关注，评分在 8 分以上。使用率较高的是，豆瓣中常见的清单式的统计，这在一定程度上影响人们读书或观影的选择，而这些数据又是由大众提供，这样交互性影响形成一个良性循环系统，促进文化的发展。豆瓣的数据、评分、推荐等并非专业性纯文学性质的评判，而是基于民间化的大众喜闻乐见的文化取向。豆瓣的高使用率和民众的高参与度使它的文学批评从可读性、亲民性方面更受认可。这种社交建构模式已经使豆瓣获得十分重要的地位。

（三）媒体文学批评的话语方式

不同于传统的文学批评凌驾式、启蒙式的话语表达，新媒体时代的文学批评依靠众多网民的亲自参与思考讨论，带来民间性的话语方式，体现民间性的意愿选择。他们大多以非学术理论性质的民间性立场对文学进行评鉴，简明而直接地传达自我独特的见解，促进文学批评的多元化发展。"自由平等的数字媒介向大众开启了文艺话语权，从而确立了主体的平民视角，用平民化的情感，平民化的视角，去关注普通百姓的生活，成为主体新的艺术追求"[1]。平民化的文学批评正是从民间性立场去认识新媒体时代的文学批评；文学与新媒体的结合，产生新的话语批评方式。"当下在媒体上传播的文学批评，显然不同于在学术期刊上发表的当代文学研究论文。后者要大量调用文学史和理论的知识，前者主要表达个人的直接见解，简明扼要地向读者推介某些图书或者阅读经验"[2]。

豆瓣书籍、影音部分的文学批评大致有这样几种：有直抒胸臆式的情感表达，这一类是基于阅读或观影后人们抒发内心、直白而感性的情感诉求，或者直接表明对作品的喜好或厌恶之感；有夹叙夹议式的讨论辩驳，这一类是观者以较为深刻的角度切入，开启对作品的分析和评议，这类文学批评多以理性的视角思考议论，或以比较的方法分析评述，客观点评和议论，思想性价值较高；也有声情并茂式的书写交流，这一类在豆瓣也很常见，观者在欣赏作品之后产生情感共鸣，以文字的方式记录自己内心的波动，或讲述自己所见所闻，赞同或驳斥作品中的事件或人物。这些不同类型的文学批评，从批评主体来看，包含普通批评者、文史哲专业批评者、情绪型批评者。自由的新媒体环境，包容网民不同的审美和批评，给予他们文学评鉴和诉说体验的平台，批评语言具有民间性和原发性，这充分体现了新媒体时代文学批评的民间性话语方式。

例如，传统"红学"的研究在中国已经成为一个十分著名的学术流派，专业学者从文学、哲学、史学等多角度对《红楼梦》进行深度阐释和分析，探究作品的文化、艺术、哲学意蕴。1996 年 12 月人民文学出版社出版的《红楼梦》在豆瓣评分高达 9.6 分，约有 121726 人次进行文学批评，并随时间呈现递增上涨趋势。豆瓣的书评区有短评、书评、读书笔记、论坛等多种形式的文学批评讨论区，与传统"红学"研究有不同之处，豆瓣读书的文学批评呈

---

① 欧阳友权：《数字媒介下的文艺转型》，中国社会科学出版社，2011，第 191 页。
② 陈晓明：《当代文学的批评：问题与挑战》，《当代作家评论》2011 年第 2 期。

现多元化趋势，大众关注点多集中在情节、人物、语言、版本、作家等几个主要的方面。以 2017 年 7 月为例，在 1996 年 12 月版《红楼梦》主页的书评栏共有 29 篇，包含评者阅读其他版本的书评。其中，关于此书的推荐，23 篇评者五星推荐，5 篇评者四星推荐，1 篇评者二星推荐。星级也代表评者对于作品的一种态度，总体而言，《红楼梦》受到的评价非常高。而批评者从各种角度切入，书写对《红楼梦》的认识和感悟。粗略统计，在 7 月的 29 篇书评中，关注情节的批评约占 41%，关注人物的批评约占 34%，剩下的文学批评集中关注版本、语言、历史文化或追问结局等方面。短评区的批评直抒胸臆类居多，简短而直白地表达人们对该书的情感。当然，也存在着不喜欢《红楼梦》的看法和批评，持反对声音的人亦能给出各自的理由，有理有据、入木三分。这充分体现了文学批评话语方式的转型，有学者认为"随着网络文学与传统写作之间的交流与碰撞，学院批评、传统媒体批评和新型网络批评的界限已经变得不那么分明了"①。民间性的文学批评在新媒体时代占据重要的地位，无论是谁，只要注册了豆瓣账号，便可直接抒发自己的文学批评见解，与不同意见者交锋应答。就豆瓣而言，民间性的话语方式和自由的言论环境可以使批评者充分表达对作品的理解，这是新媒体时代豆瓣的优势所在。这些文学批评的民间性话语方式对艺术创作具有导向意义。豆瓣在新媒体时代，以网络为媒介，表达读者观众的审美和意愿，提供民众文化交流与文学批评的平台，以民间性的话语方式将大众的文学批评理念集中，然后反过来影响文学创作的走向。

　　然而豆瓣的评分机制和批评模式也存在值得商榷的地方。首先，它的评阅针对所有注册者开放，意味着拥有豆瓣账号的网友可以随意点评某部书或影音，以五个星级为选择空间，从一星的"很差"到五星的"力荐"等层次也并不一定科学，大众也可为作品选择或创建标签，再加以文字批评。评者评出星级，再由豆瓣根据数据整体计算出评分。以豆瓣电影为例，在发表见解时，豆瓣会让评者自主选择"想看"或"看过"两个不同区域阐述感受，赋予评者极大的自主权。如果没有看过某部作品的网友在评点时选择"看过"一栏书写，那么这种文学批评会影响评分的准确度。其次，豆瓣评分的自由性使它并未将批评人群逐一划分，批评者中包含普通评者、文史哲专业评者等多种群体，更具体到每个个体对文学或影视的理解程度不一，切入角度不同，这也影响了文学批评的质量。某些文学批评仅仅是批评主体自我情感的直接宣泄，一些偏激口语、詈辞等也出现在书评或影评中，并不能真正地、如实地反映书籍或影视的文学内涵。

---

　　① 苏晓芳：《网络与新世纪文学》，中国社会科学出版社，2011，第 159 页。

以影视为例，一些与豆瓣网类似的电影评分机制也见于其他网站，如美国的 IMDb 互联网电影资料库（Internet Movie Database，简称 IMDb），中国的 Mtime 时光网、格瓦拉网，还包括猫眼电影、淘票票等提供电影评分的平台。对于同部电影，如由文学作品改编的《七月与安生》，豆瓣评分 7.6 分，约两万五千人参评。Mtime 时光网评分 7.4 分，不同网站的评分会有差异性。其中，与豆瓣文艺化的评点不同，像淘票票之类的平台面向整体观影人士，它基本提供上映电影的评分，参与者大多来自线上买票的大众，更加商业化、生活化。Mtime 时光网的评分从音乐、画面、导演、故事、表演、印象六个方面综合评估，更细分化也就更加专业化。豆瓣拥有高使用率和大众认可的评分系统，新媒体时代众多影视或书籍的评分平台也在崛起，甚至与商业模式结合，使用率不断提升，豆瓣若想继续在文化产业中处于领先地位，就要更精准地将文学批评呈现出来。豆瓣评分系统的低门槛和民间化带来评价机制、话语方式革新的同时，也在某种程度上制约了文学批评的精准度，这也是豆瓣未来发展需要面临和思考的问题。

（四）豆瓣平台的分享性

豆瓣的文学批评具有分享功能，豆瓣将书籍、影音等分成不同讨论区，网民可以在其中交流互动，分享性的理念在豆瓣运营中占据重要地位。这种分享性包含学术名家分享文学知识，加入市场因素的运营，多以付费的模式见于豆瓣时间；分享阅读体验的豆瓣读书、豆瓣阅读等；分享精彩点评的豆瓣读书、豆瓣电影、豆瓣音乐等。

豆瓣提供分享文学知识的平台，在 2017 年 3 月 7 日，豆瓣正式上线内容付费产品"豆瓣时间"。"豆瓣时间"邀请学界名家、青年新秀、行业达人等进行交流，以文字或音频等方式进行思想的碰撞。首期专栏为北岛主编的音频节目《醒来——北岛和朋友们的诗歌课》。诗歌专栏的文学课程是北岛亲自策划、编选，并邀请西川、欧阳江河、刘文飞等 16 位诗人、诗歌译者和专家，朗诵并讲解 51 首中外经典现代诗。首期专栏共 102 期节目，定价 128 元，从 3 月 13 日起，每周一、三、五各更新两期。"豆瓣时间"的问世可以看作豆瓣的一次转型，将文学与商业模式进行融合，以此进行文化知识方面的传播与赢利。豆瓣的官方微博在 3 月 15 日表示"豆瓣时间上线 5 天销售额过百万，7 天付费订阅用户过万。有这么多人仍在热爱着诗歌与文学，令我们倍感欣喜"。豆瓣将新媒体与文学融合，又将文学与商业模式融合，实现了自我转型升级，为网友带来专业知识的分享，也激发爱好文学人士的学习热情。任何一个时代都是需要文学的，文学的交流和批评需要孵化平台。付费模式下的文学传播更注重知识产权意识，通过订阅"豆瓣时间"，听名家分享交流心得，并抒发网友的文学感悟，提升文学素养，这也是促进文学批评分享性发展的重要因素。

阅读体验的分享在豆瓣读书、豆瓣阅读中常见。豆瓣读书中的互动讨论、书评书写促进众多读者阅读体验的表达与围观。在豆瓣阅读这种提供电子书籍阅读和购买的平台上，大数据统计的电子书目具有新媒体手段独特的分享性，它可以记录读者自己看过的书目、书写的阅读批注等；也可在阅读途中看他人的批注，补充自己的理解，相当于一种文学批评互动交流的资源共享，带来更优质的阅读体验。

精彩点评的分享在豆瓣中随处可见。作为文学性的社交网络平台，集合众多文学爱好者在一起评点某部作品，这些批评或原创写作往往具有积极的、生动的文学色彩。与书和影音作品相辅相成，这种文学批评具有极大的发展空间，原创书写吸引大众阅读。根据网读的热度，豆瓣置顶或推荐精彩点评供大家思考与分享。如在豆瓣电影的首页会推出"最受欢迎的影评""更多热门影评"等，这些精彩点评的分享吸引更多人关注影片、观赏影片，参与评点和互动，在一定程度上带动了文化的传播和发展，形成良性互动循环。同时，精彩点评的持续推送和大众的高度认可，使一些爱好文学者不仅仅局限于点评的分享，他们在豆瓣上发表原创文章，带来文学创作的分享性享受。这些原创类的作品又在一定程度上属于网络文学的种类，文学点评或故事性的展开，使笔者吸引一定数量的粉丝，完成从新媒体文学批评者向原创写手的身份转变。这一转化模式为文学空间注入大量的人才，一定程度上促进新媒体文学的繁荣发展。如豆瓣阅读举办征文大赛，在2017年举办的第五届豆瓣阅读征文大赛中，要求参与作家围绕"女性""悬疑""科幻""奇幻""文艺"五个类型创作小说，截稿时间为2017年9月4日，共收到3067部投稿，之后分为复选和决赛环节，入围作品读者可以免费领取阅读，也可在评选阶段报名成为评委评分，并邀约特约评委一同评审，最后有颁奖仪式和相应奖励。在分享性的理念下，读者既阅读了优秀原创，也孕育着、积蓄着创作的冲动，使豆瓣的文学批评走向更为明朗的发展路向。换言之，豆瓣文学批评为新媒体文学的发展提供资源，这种文字或点评的分享性并不局限于文学批评，它可能激发文学批评者的内在潜能，使其成为优质写手或原创作家。

以新媒体为载体的文学批评的分享性，与豆瓣的文学性、权威性、民间性等功能共同构成文学批评的新特质。豆瓣为新媒体时代的文学批评发展提供广阔而深远的空间，未来它将继续以文化为载体，不断发展，成为文化类社交网站中的翘楚，为读者提供更多文学批评或文化交流的经验。

案例 2　电视诵读类节目的意义取径与范式重构[①]

美国学者约翰·卡威尔提（John Cawelti）于 20 世纪六七十年代提出程式理论以来，后来者霍拉斯·纽卡姆（Newcomb Horace）、珍妮·福伊尔（Jane Feuer）、贾森·米特尔（Jason Mittell）的类型（Genre）研究均判定：现代电视工业是高度类型化的，类型化不仅使传播生产更为经济，也使受众的观看期待更高。2017 年伊始，电视朗读节目异军突起并培养了大批的"重度观看者"，其场景样态、修辞表达、文化品格呈现异质性特征，成为电视综艺类型→电视文化综艺亚类型→电视诵读节目子类型的范本，彼此之间具备英国哲学家维特根斯坦所言的"家族相似性"（Family Resemblances）特征。"情感共同体"是电视诵读节目仪式情感及其情感动员的终极诉求，而这些意义是通过电视的"口语文化"操作抵达的。本文对场景化的电视诵读节目进行文本分析，以深化情感社会学视域下电视情感传播的学理研究。

一　电视诵读节目的情感诉求与类型递嬗

任何电视类型节目都有其传播框架、情感（情境）规定，电视诵读节目也不例外，这一发源于 20 世纪 90 年代的电视节目类型经历了隐而不显的漫长蛰伏，2016 年底以来在情感类型学上出现质变。

1. 诉诸情感：电视综艺的口语文化

传播学研究已经证明，"诉诸情感"与"诉诸理性"是大众传播的两大重要策略，很难截然分开，是对立传播形态的辩证统一，在不同传播活动中各有侧重，诉诸情感往往比诉诸理性能产生更大的态度改变。电视是一种以营造高情感来追求"情感共同体"联结的技术装置，情感力生产是电视发挥引导力、提升竞争力、彰显影响力的重要路径。李建军认为，理性传播看重传播的思维方式，而情感传播是着重于以心理取向为尺度的传播形态。[②]崔莉认为电视情感传播的效果实现依托于两个功能：一是个体（包括传者、受众）内在的情感体验功能，促成人类感性文化的生存发展、满足个体形而下的欲望；二是情感对社会文化外在的建构功能，作用于社会关系和社会结构的现实。[③]

在官方的文化发展过程中，感情与激情长期是被忽略的，而当前被作为文

---

① 陈文敏：《电视诵读类节目的意义取径与范式重构》，《现代传播（中国传媒大学学报）》2017 年第 7 期。刊发此文前已与原作者取得联系，感谢作者惠允采用，个别地方有删节。

② 李建军、刘会强、刘娟：《理性与情感传播：对外传播的新尺度》，《江西社会科学》2015 年第 5 期。

③ 崔莉：《浅议电视情感传播的双重功能》，《现代传播》2012 年第 9 期。

化策动的重要因素。美国社会学者梅斯特罗维奇（Stjepan G. Metrovic）在其著作《后情感社会》（*Postemotional Society*，1997）中认为，现代情感是被文化产业精心操纵的"后情感"。但情感电视的主战场并不在电视综艺，更多在私人话题访谈、电视婚恋、生活类角色互换节目之中，这些节目在情感疏离、隔绝的后情感时代起到情感联结与缝合的作用。电视文化综艺虽然也有部分的情感因素，但教化之风使其更多强调精英化的认知解惑、端庄理性。选择一种修辞就是选择一种影响力，电视诵读节目区别于娱乐综艺的最大差异，在于更注重口语文化，力图让真、善、美"入耳"并"走心"。媒介环境学派第二代核心人物沃尔特·翁（Walter J. Ong）提出了口语文化—书面文化的两级概念，他将后印刷时代电子媒体的语言称为"次生口语文化"，认为"次生口语文化"之中存在着"遗存性口语"和"文字性口语"（Literate orality），"次生口语文化"或多或少具备"原生口语文化"的九大特征"附加、聚合、冗余、保守、贴近、对抗、移情参与、衡稳、情景式"①。可以说，电视诵读在社群感的养成、套语的使用上，是更刻意为之的自觉的口语文化。

2. 视听场域：电视诵读的类型递嬗

在 1991 年问世的《普通媒介学教程》一书中，法国媒介理论学家雷吉斯·德布雷基于技术与文化的互动关系提出了"媒介域"（Media Speres）的重要概念，并将其分为文字（逻各斯域）、印刷（书写域）和视听（图像域）三种类型。② 技术及其制度配置牵连进社会文化、信仰秩序的确立和改变之中，无疑，当前的社会主导媒介是以电子媒介为主要载体的"图像域"传播情境，媒介技术、记忆手段都偏向于此，视听（图像域）成为当代决定人类思想活动的主要线索和主导性象征系统。"场"（field）这一物理学概念被引入社会科学领域，源于格式塔心理学代表人物库尔特·考夫卡。考夫卡认为人类的心理活动源自观察者的心理场（psychological field）和现实物理场（physical field）结合而成的"心物场（psycho-physical field）"；场论创始人库尔特·勒温以 $B = F$（PE）为公式，说明人的行为（Behavior）是心理活动（Person）和心理环境（Environment）的函数（Function）。而法国学者布迪厄的"媒介场"（Media Field）概念将"场域"视为一个结构化的、半自主性的社会空间，认为艺术场会受到"惯习""资本""幻象"（illusion）的影响。提出了"媒介情境论"的美国学者约舒亚·梅罗维茨认为，电子场景比印刷场景能更

---

① 〔美〕沃尔特·翁：《口语文化与书面文化》，何道宽译，北京大学出版社，2008，第 27 ~ 37 页。

② 〔法〕雷吉斯·德布雷：《普通媒介学教程》，陈卫星、王杨译，清华大学出版社，2014，第 456 ~ 457 页。

有效地组织社会环境、影响人类行为。虽然西方场域理论在中国的适用性还有待观察，但基本说明了艺术的意义生成跟传播场域关系密切。

电视综艺是中国转型期社会文化的观察窗口之一，经历了艺术本体意识的觉醒期、审美品格建构的成长期、世俗审美的成熟期，并走向后综艺时代的艺术多元期，娱乐与益智并举，奇观与人文共存，但总体而言较为花哨且审美贫弱，最近几年国民文化节目开始崛起并进入精耕细作时期。电视诵读节目的前身并无清晰的、仪式化的常规样态，存在着节目的定位不清、内容宽泛、曲高和寡、类型混合等共性，收视群体不断窄化，互动很少，最终不断边缘或退场。如对书籍进行摘选与荐读的电视读书节目，譬如央视《读书时间》（1996～2004）、《子午书简》（2001～2011）、《读书》（2011年至今），凤凰卫视中文台《开卷8分钟》（2007～2014），河北卫视《读书》（2000年至今），上海星尚频道《今晚我们读书》（2011年至今）等。又如，电视主题晚会中常出现单一性的电视诗朗诵或整场的"诗歌电视"，均是电视复现的舞台表演艺术，其中电视机构的身份多为工具客体而非行为主体，如央视的《电视诗歌散文》（1998～2010）、《新年新诗会》（2005～2015）、"传统佳节系列诗会"等系列节目。

艺术类型的范式演化是惯例和创新的动态交替，受到《Letters Live》等英国综艺的启发，《见字如面》（黑龙江卫视2016）、《朗读者》（央视2017）等电视诵读节目在人文素养、精神情感的唤醒培育上开创了新局面。应该说，不论早期的诗歌电视，抑或当下的电视诵读都是"感情性"的，同为雅文化代言，但呈现由精英到大众、由单向到互动、由抽象到具象、由舞台到剧场、由元叙事到小叙事（微型叙事）的显性特征。在本质上更出现了诗学理论的变化：即由西方传统诠释理论所说的"语音中心论"（Phonocentrism）到文本主义者（雅克·卢梭、雅克·德里达、彼得·拉米斯等人）表述为"语词（文字）中心论"（Logocentrism）的过渡，前者将注意力指向语音的原生状态；后者更看重文字（逻各斯）的中心地位。

二　电视诵读节目的致效机制与情感效力

美国实验心理学家霍夫兰（Carl Hovland）在主持长达20年之久的"耶鲁大学关于传播与态度改变研究计划"中，认为传播致效原则（Principle of Communication Effect）存在信息来源、说服方式、环境影响三方面的因素。依照这一分析框架，电视诵读节目的致效机制由影音书信艺术（信源）、电视吟游诗人（说服）、电视互动仪式（场景）组成，并以怀旧主义、声音（文字性口语）诗学、电子剧场的演绎，指向过去之谜的想象、家国天下的情感以及精神交往的诉求。

1. 新型书信艺术：怀旧主义的情感联结——过去之谜

书信始于春秋时期，古有尺牍、双鲤、双鱼、尺素、尺书、雁足、雁帛等表述，"邮驿传达""千里面语""烽火连三月，家书抵万金"，两千多年来形成了独特的中国书信文化传统以及书信修辞理论，如刘勰《文心雕龙》中"详观四书、辞若对面"的概括。司马迁《报任安书》、嵇康《与山巨源绝交书》、诸葛亮《诫子书》、林觉民《与妻书》、傅雷《傅雷家书》等为世人称道。随着人类文化史分期和媒介史分期的推进，电子时代的文学从中心走向边缘。美国学者希利斯·米勒（J. Hillis Miller）在 80 年代的一篇论文中抛出了全球性的"文学终结论"问题，文章开篇引述了其导师雅克·德里达的话语："……在特定的电信技术王国中（从这个意义上说，政治的影响倒在其次），整个的所谓文学的时代（即使不是全部）将不复存在。哲学、精神分析学都在劫难逃，甚至情书也不能幸免……"① 书信成了保罗·莱文森（Paul Levinson）媒介演化"玩具、镜子和艺术"三阶段论中的"艺术"，"与其说新技术将其先驱埋葬了，不如说是将先驱技术推上了一个更高的层次，把它们推向了令人钦佩的地位，虽然不再使用它们"②。即没落的书信具备了"艺术装置"的稀缺性并成了"装置艺术"，影音书信投契了当代社会对传统书信的怀旧意识。

东西方学者普遍认为，怀旧主义是一种典型的现代性症候，有其独特的心理机制、情绪功能与审美风格。"工业化和现代化的迅速步伐增加了人的向往，向往往昔的较慢的节奏、向往延续性、向往社会的凝聚和传统。"③ 怀旧这一世界性社会文化景观是要"在现实与过去的碰撞、缓冲和协调之中找回自我发展的同一性、连续感"④。怀旧成为各大艺术的母题与审美，也被电视产业开发利用，日常生活审美化也成了电视诵读节目的文化诗学特质。相较而言，《见字如面》是历时态的"用书信打开历史"，是满足"过客"怀旧意识的"摆渡者"，起到情感联结之用；《朗读者》是共时态的"一个人一段文"，以现代人的自我"敞开"达到情感交流之效。新型电子书信成为手书原物的替代性功能使用，正如法国哲学家保罗·利科所言，在场的图像和印记之间存

---

① 〔美〕J. 希利斯·米勒：《全球化时代文学研究还会继续存在吗?》，国荣译，《文学评论》2001 年第 1 期。

② 〔美〕保罗·莱文森：《数字麦克卢汉——信息化纪元指南》，何道宽译，社会科学文献出版社，2001，第 209 页。

③ 〔美〕斯维特兰娜·博伊姆：《怀旧的未来》，杨德友译，译林出版社，2010，第 19 页。

④ 赵静蓉：《怀旧：永恒的文化乡愁》，商务印书馆，2009，第 6 页。

在"相似性之谜"，也正如符号学家罗兰·巴特所说，每一个文本都建立在前文本（pretext）的基础上，这也是观影者产生代入感、历史感、想象力、情感力的符号运作机制。

2. 电视吟游诗人：声音诗学的情感唤起——家国天下

电视媒介的主声主画说长期争论不休，二者的情感作用难分高下，其合力大于单一性。电视诵读是"次生口语文化"的"文字性口语"，其口头表演与神圣情怀、终极关怀联结在一起，"说书人"的声音诗学、剧场凝视成为意义的来源。美国学者费斯克与哈特利（Fiske & Hartley）认为，"……游吟式电视对其'母邦'（home）文化来说，是一种强大的保守力量或社会中坚（socio-central）力量，它用隐喻使新奇而陌生的事情具有熟稔的形式和意义"①。《见字如面》定位于名人书信朗诵，邀请实力演员等技能娴熟的口头表演者。这些叙事者是真正的"电视吟游诗人"，他们首先在情感上对作品有深度理解，然后将修辞嵌入抒情史诗一般的声线里，崇敬的语气、洪亮的气势、轻巧的拿捏、婉转的气蕴、短暂而隽永的静默、控制的嗓音与笑泪、上佳的话语表演给人以尊崇之情，以此实现情感的公共运作与情绪的媒介管理。德国批评家瓦尔特·本雅明在其名篇《讲故事的人》中把讲述者分为农夫和水手两类，前者谙熟本土时间的传统；后者懂得远方空间的故事。讲故事是口传时代的文化遗存，而电视诵读重新聚合了农夫与水手的身份，将远近不同的主题故事如遇见、陪伴、选择、礼物、告别、勇气、青春等带给大家，并以互动叙事引出朗读者和吟游诗人。

《朗读者》和《见字如面》这两档诵读节目的成功，在于对精心挑选的书信或文稿进行口语表演，并将情感糅合在个人际遇、生活日常、烽火离乱、家国天下的互动叙事之中。《见字如面》中有夏完淳的忠烈家风、成仁取义，有"中国禁毒第一人"林则徐的心声，有女作家萧红写给前线抗战的弟弟"中国有你，中国是不会亡的"，也有抗战将士们的绝笔。这些均是革命意志、民族大义的体现。《朗读者》中，有翻译家许渊冲、航天英雄杨利伟讲述各自的事业情怀，有文史专家叶嘉莹讲述古典诗词的一种几近失传的记诵方式——吟诵，有名人或素人诉说爱情、亲情、感恩……受"远方崇拜"心理的影响，受众在此遭逢了想象、情感、记忆之间的关系，以"审美共通感"的路径抵达"情感共同体"的共通结构："审美的参与（投影—同化作用）由于其经常的想象的特点类同于巫术的和宗教的参与，但是由于其世俗的特点又类同于支

---

① 〔美〕约翰·菲斯克编撰《关键概念：传播与文化研究辞典》（第2版），李彬译注，新华出版社，2008，第24页。

配我们与他人的现实关系（友谊、爱情、仇恨等等）以及与生活中的重大实体（国家、祖国、家庭、政党等等）的现实关系的感情的参与。"①

3. 电视互动仪式：剧场观瞻的套层结构——精神交往

电视诵读节目的情感俘获与宏观的社会情感、微观的电视情境相关联。转折期的中国社会情感结构处于复杂的变化场景中，出现了被情感社会学家描述为"情感的终结"的某种状态——"情感的终结"并不表示情感在当代不存在了，而是意味着情感的积极存在形式或积极功能正在消失，是"愉快性情感的终结、利他性情感的终结、真实性情感的终结、高层性情感的终结、情感稳定性的终结"②。电视诵读节目便是要实现以上积极情感的重返，艺术生成并导向情感，或曰，情感的对象化形式是艺术最直观的本质特征。当社会分化明显、怨怼情绪上升，富有诚意的正性情感、体现真善美诉求的电视诵读就能适时感动观众、治愈生活。一种由言语—视觉—声觉构建的公共会话在互动参与中激活了个人记忆，正如兰德尔·柯林斯（Randall Collins）所说："互动仪式理论的核心机制是，高度的相互关注，即高度的互为主体性，跟高度的情感连带。"③

电视诵读节目搭建了台网互动的审美平台，其情感效力最直接地来自"媒体超构→观众超验"，"超构"体现在特定的朗诵区、访谈区、点评区，电子剧场为一种展演—观瞻上的"套层结构"，其基本模式是：剧场（意义源）→朗读者（意义中心）→场内群众嘉宾（凝视者）→第二演播室的文化嘉宾（阐释者和对场内的凝视者）→网络弹幕（对屏幕的凝视者、再阐释者）→网络观影者（对屏幕、弹幕的凝视者）。套层观瞻中的每一层都具有表演成分，其中以诵读者最为强烈，"口语社会的关键是记忆。记忆把诗歌—音乐朗诵和表演活动转化为创造和再造社会化自我的承载手段，成为个人身份进入集体的载体。"④ 书信本具有私密性，而"私语真情"的公开化让观众以对日常生活的"跃出"而获得超验感，书信诵读的"文字性口语"表达，既贴近生活又拉开与生活的距离，以"有意味的形式"（克莱夫·贝尔）达到"溶解性的美"（弗里德里希·席勒），形成了写信者、收信者、朗诵者、观瞻者之间的精神交往：如在节目中，黄永玉直指前辈"为势位所误"的赤诚情感，陈寅恪对"纲纪精神"的较真情怀，蒋雯丽说艾滋病患"只是病人，不是罪人"

---

① 〔法〕埃德加·莫兰：《时代精神》，陈一壮译，北京大学出版社，2011，第83页。

② 郭景萍：《情感社会学》，上海三联书店，2009，第84~86页。

③ 〔美〕兰德尔·柯林斯：《互动仪式链》，林聚任等译，商务印书馆，2009，第79~80页。

④ 〔美〕林文刚：《媒介环境学：思想沿革与多维视野》，何道宽译，北京大学出版社，2007，第267页。

的悲悯情怀，闻一多“其心可悲、其志可嘉、其勇可佩”的爱国情怀，清华老校友潘际銮等人的赤子情怀，史铁生告诉盲童“平等是一种品质”的正能量情感，单霁翔赞赏故宫的工匠精神，郭小平、赵家如守护人间大爱的利他情感……影音书信成为交流思想、留存记忆、映射现实、表达意识形态的文化容器。

三　电视诵读节目的价值选择与范式重构

在 21 世纪面向民族复兴的文化重建道路中，将中华优秀传统文化作为战略资源，既是社会主义核心价值观的落地需要，也是媒体文化建设的重心所在，电视对传统文化的“创造性转化、创新性发展”恰逢其时。

1. 守土有责：从传统加冕到现代创化的电视引导

英国左翼批评家雷蒙·威廉斯（Raymond Williams）曾寄望电视能把“伟大的传统”和“整体的生活方式”融合起来，创造出为民众共享的民主文化，但他发现观众“没有真正去享受它，甚至无所用心，徒耗时日而已。这种死气沉沉的气氛中，‘伟大的传统’根本就无法在其中生存。”威廉斯称之为“冷漠的收看”（Indifferent Acceptance），并认为这种态度才是“真正的危险”[1]。当前，文化复兴成为中国电视文化综艺供给侧改革的重要文化源头，但缘于世界祛魅及工具理性的影响，国民对传统的态度出现分歧，电视传播存在着跨文化、跨区域的文化折扣（Cultural Discount）现象。近几年来电视综艺潮流中分化出一系列文化品格高、辨识度高的优秀传统文化宣导节目，声名最大者为央视的《中国汉字听写大会》《中国成语大全》《中国诗词大会》等，以弘扬传统文化、普及国学知识而大获成功，但也有人质疑“少年人，背个诗词算什么本事”。诗词竞赛类节目对受众记忆力存在压迫性，国学的核心理念、根本精神是否真正普及与受关注？而电视诵读节目突破了“字、词、诗、画”的路径依赖，将小众的国学竞赛转化为大众的书信诵读，从而形成了差异化的品牌效应，在对社会发挥正向功能的同时，保证了综艺审美范式的一种新质发生：不论诵读主题指向个体还是家国，均以微型叙事再造了“文化的空间化”和“空间的文化化”，建构了仪式化的、静观默照的审美意蕴。“口头史诗表演同时既可以是庆祝、对青年的教育、对集体认同的强化，也可以是维持各种民间故事的活力”[2]。如《朗读者》在清明节推出“告别”主题，由中国驻马里维和部队的战友们为牺牲的战友朗读，主题由“家”深化到“国”，以隐性

---

[1]　转引自易前良《美国“电视研究”的学术源流》，中国传媒大学出版社，2010，第 115 页。

[2]　〔美〕沃尔特·翁：《口语文化与书面文化》，何道宽译，北京大学出版社，2008，第124 页。

德育实现传播效能，国家民族以缺场的方式实现了在场，体现了对传统的追认与文化加冕。

2. 美育尽责：从情感主义重返人本文化的电视涵化

美育又称审美教育、美感教育，其终极意义在于完美人格的塑造，促进身心的和谐发展，通常融汇在对自然美、生活美、艺术美的感受之中。电视由于其声画并茂、视听合一的传播特征，美育优势十分突出。"由于文字是可以看见的符号，它就可以产生更加精妙的结构和能指，大大超过口语的潜力"①。电视诵读的"文字性口语"既有书信的内视性，又有口语的情感性，以表演美学和播音美学呈现出文化之雅，复现了诗歌"兴、观、群、怨"的美育功能，将衰落离场的"艺术美学"化为非虚拟在场的"科技美学"。在后情感时代，电视精品应该重建唯美、本真、至善等情感主义时代的伦理，但又不能停留在其表层。笔者认为，《见字如面》《朗读者》的样本意义在于回归了人性的常识，说"人话"而非说"神话"，不把"政治正确""伦理正确"放在首位，节目的意图也并非让大家重新手书家信，而是把古典审美转变为人文素养和社会共情（empathy）能力。共情是一种能设身处地感受、体验、理解他人处境、他人情感的能力，而这种重要的能力在当代正渐渐丧失。正如陈寅恪在读冯友兰的《中国哲学史》时曾说过："对于古人之学说，应具了解之同情，方可下笔。"《见字如面》尤其在价值判断上对"人"抱有"了解之同情"，理解个体的时空、历史局限性，承认在对错、善恶、好坏、是非的二元对立中存在着中间地带。节目中曾出现极具争议性的信件，如吴聪灵写给范美忠（范跑跑）的公开信《我是这社会的一员，并欠你一个道歉》，从"逃生变成了偷生"入手，最终自省"施暴与受暴，都是心的凋零"……这类信件促发人们对"社会合理性"与"社会合情性"进行开放式探讨，在公共领域的辩论中，培育遵德又仁爱的国民，提升人们的自我关怀和共情能力。而从电视《朗读者》到线下的"朗读亭"，这一公共文化服务模式又持续唤醒着社会的正向情绪。

四 结语

情感是构成社会存在的本原和社会发展的深层动力机制，情感的最大功能在于社会交往和精神交往，以社会群体为出发本位的责任感、正义感、同情感，属于情感的公共运用。诗、词、歌、赋、书、信、画等元素越来越成为电视 IP 的有机组构，能够纠偏当前偶像建构的误区并重返电视的美育功能。当

---

① 〔美〕沃尔特·翁：《口语文化与书面文化》，何道宽译，北京大学出版社，2008，第64页。

前电视诵读节目的范式意义在于，比过去单向度的"抒情传统"多了场景化的"叙事传统"，即为小叙事、互动叙事，比娱乐综艺多了文化品格的提升，从而达成了融同情、共情、移情等多元情感在内的情感共同体。但美育教育者对情感节目的有效性和有限性要有清醒认知，电视诵读节目这一"想象的情感共同体"会不会变成类似于齐格蒙特·鲍曼所言的围绕着"一次性发生的热闹事件"的"趣味共同体"或"美学共同体"（也称为"表演会式的共同体"carnival community）呢？美学共同体的"焦点"像一个可以将许多个体暂时挂在上面，又可以随时被取下而挂到别处的"钉子"，所以又称之为"钉子共同体"。①

这种场景化的、暂时结成的共同体会不会随着节目的结束而消散？将"文字"和"口语"的情感置入一个很难被当下知识青年认可的非虚拟情境中进行表演，感想式的认可需要一种扩张版的情感叙事，这种表达的诗性是否能够持久？这正如古希腊先哲柏拉图对于"语音中心论"与"语词中心论"的复杂心态：柏拉图严厉地将"模仿诗人"逐出其理想国，在于他认为诗歌具有远离真理、编织谎话、非理性的特点并具有腐蚀性。但他同时又认为，如果诗歌、故事若对有秩序管理和人们的全部生活有益，那么在一个管理良好的城邦是需要它们的。② 说到底，电子书信、电视诵读有利于情感安顿，但并不开启民智，阅读习惯和人文素养的提升策略仍在电视之外、宣教之外。如果煽情成为滥情，"电视说法"和"生活活法"长期脱节，电视诵读类节目至多也只是审美对象的"蛋糕上的酥皮"（金元浦语），这就成为包括电视诵读节目在内的国民文化节目从娱乐转向后，又陷入孤芳自赏的一种警醒。

课后习题

1. 理论题：如何理解媒介文学批评中媒介、文学以及人三者之间的关系。

2. 实践题：以你熟悉的某部（篇）网络小说为例，分析媒介对它的影响。

本章主要参考文献

1. 陈国雄：《数字媒介与文学批评的边界》，《中州学刊》2010 年第 2 期。

2. 陈文敏：《电视诵读类节目的意义取径与范式重构》，《现代传播（中国传媒大学学报）》2017 年第 7 期。

3. 〔加〕菲利普·马尔尚：《麦克卢汉：媒介及信使》，何道宽译，中国

---

① 〔英〕齐格蒙特·鲍曼：《共同体：在一个不确定的世界中寻找安全》，欧阳景根译，江苏人民出版社，2003，第 86 页。

② 〔古希腊〕柏拉图：《理想国》，郭斌和、张竹明译，商务印书馆，1986，第 404~409 页。

人民大学出版社，2003。

4. 蒋原伦：《媒体文化与消费时代》，中央编译出版社，2004。

5. 金惠敏：《媒介的后果：文学终结点上的批判》，人民出版社，2005。

6. 居晨：《文学批评理论与媒介解读》，《呼伦贝尔学院学报》2003 年第 1 期。

7. 〔法〕居伊·德波：《景观社会》，王昭风译，南京大学出版社，2006。

8. 〔美〕凯尔纳：《媒体奇观：当代美国社会文化透视》，史安斌译，清华大学出版社，2003。

9. 刘巍、张婷：《新媒体与文学批评的功能期待》，《艺术广角》2017 年第 3 期。

10. 〔加〕麦克卢汉等：《麦克卢汉精粹》，何道宽译，南京大学出版社，2000。

11. 欧阳文风、王静：《"传媒时代下的文学批评"专题学术座谈会综述》，《中南林业科技大学学报》（社会科学版）2009 年第 5 期。

12. 魏宝涛、王爽：《在"媒介、社会与文化"场景中观照中国当代文学批评》，《辽宁大学学报》（哲学社会科学版）2017 年第 4 期。

13. 张翼：《文学活动的媒介要素及系统化阐释》，《文艺理论与批评》2012 年第 1 期。

14. 赵虹：《从传播模式看现代文学批评理论之读者转向》，《科学经济社会》2007 年第 3 期。

15. 赵勇：《大众媒介与文化变迁：中国当代媒介文化的散点透视》，北京大学出版社，2010。

后 记

在文学理论教学过程中，与学生交流，发现学生期盼着老师能指导他们将所学文学理论应用到文学批评实践中，最好是观摩一些将文学理论思想和批评方法应用于阐释具体作品的范例；与同事朋友们交流，他们则希望有一本这样的辅助教材，理论与实践结合，从而有效提高文学理论课程教学的生动性和效率。尤其是"文学批评与实践"这门课程，上课老师和学生一直苦于没有合适的教材。于是，霍俊国与马兆杰、孟凡生商议编写教材的事情，两位老师欣然赞同。后，又向文学院院长夏静教授汇报此事，夏院长非常支持。2017年12月，《文学批评方法与案例教程》的编写工作正式启动。

《文学批评方法与案例教程》，顾名思义，就是一本介绍常用的文学批评方法及其实践案例的教材。全书共分为十三章，每章都先介绍一种文学批评方法，以便学习者掌握该种文学批评方法的基本理论观点和思想。然后，举出一至三篇使用该种文学批评方法解读文学作品、文学现象或文化现象的论文作为案例，以便学习者摹仿使用。

本书参编教师为霍俊国、马兆杰、孟凡生。具体分工如下：霍俊国负责全书通稿，编写一至五章；孟凡生负责编写六至九章；马兆杰负责编写十至十三章。刘大正、姬磊、孙婷婷、蔡培悦、柳云超、李雅迪等博士、硕士研究生同学也协助参加了本教材的编写工作。

本教材使用了国内许多同行的学术成果，已经全部联系这些成果的作者，基本上都欣然同意，但有极个别的成果因作者单位变动或由于其他原因，未能联系到原文作者，敬请这些同行见谅。采用的这些成果已在文中注明出处，并列入主要参考文献，在此一并感谢这些同行！

本教材在编写过程中，得到国家社科基金重大招标项目"中国古代文体观念文献整理与研究"、山东省一流学科曲阜师范大学中国语言文学学科、教育部人文社科一般项目"孔府档案文学书写研究"等课题组的支持和资助，在此向以上单位和课题组表示感谢！

本教材在编写和出版过程中，也得到社会科学文献出版社宋月华老师等人的大力支持，从文字校对到装帧出版等整个过程，需要做大量的工作，十分辛苦，在此向宋月华老师等表示衷心的感谢！

《文学批评方法与案例教程》编写组

2019 年 6 月 27 日

图书在版编目（CIP）数据

文学批评方法与案例教程／霍俊国主编. -- 北京：
社会科学文献出版社，2020.9（2025.8 重印）
ISBN 978 - 7 - 5201 - 6874 - 8

Ⅰ.①文…　Ⅱ.①霍…　Ⅲ.①文学评论 - 方法 - 教材
Ⅳ.①I06

中国版本图书馆 CIP 数据核字（2020）第 121956 号

文学批评方法与案例教程

主　　　编／霍俊国
副 主 编／马兆杰　孟凡生

出 版 人／冀祥德
责任编辑／李建廷　周志宽
责任印制／岳　阳

出　　　版／社会科学文献出版社·人文分社（010）59367215
　　　　　　地址：北京市北三环中路甲 29 号院华龙大厦　邮编：100029
　　　　　　网址：www. ssap. com. cn
发　　　行／社会科学文献出版社（010）59367028
印　　　装／唐山玺诚印务有限公司

规　　　格／开　本：787mm×1092mm　1/16
　　　　　　印　张：18　字　数：341 千字
版　　　次／2020 年 9 月第 1 版　2025 年 8 月第 2 次印刷
书　　　号／ISBN 978 - 7 - 5201 - 6874 - 8
定　　　价／128.00 元

读者服务电话：4008918866